我恋月亮

宁雨沉 著

U0527857

图书在版编目（CIP）数据

我恋月亮 / 宁雨沉著. -- 南京：江苏凤凰文艺出版社, 2025.6. -- ISBN 978-7-5594-9717-8

Ⅰ.Ⅰ247.5

中国国家版本馆CIP数据核字第2025YE5225号

我恋月亮

宁雨沉 著

责任编辑	周颖若
出版统筹	曾英姿
特约编辑	朵爷 图南
封面绘制	早文吕
装帧设计	殷舍 李娟
出版发行	江苏凤凰文艺出版社
	南京市中央路165号，邮编：210009
网　　址	http://www.jswenyi.com
印　　刷	湖南天闻新华印务有限公司
开　　本	880mm×1230mm 1/32
印　　张	10
字　　数	307千字
版　　次	2025年7月第1版
印　　次	2025年7月第1次印刷
书　　号	ISBN 978-7-5594-9717-8
定　　价	46.80元

江苏凤凰文艺版图书凡印装、装订错误，可向出版社调换，联系电话025-83280257

温言仰起脸,阳光透过单薄的云层照耀着整个海面,光落在掌心,她只轻轻一握,就攥住了活下去的力量。

江听寒只需要站在那里，就能给温言带来安全感。

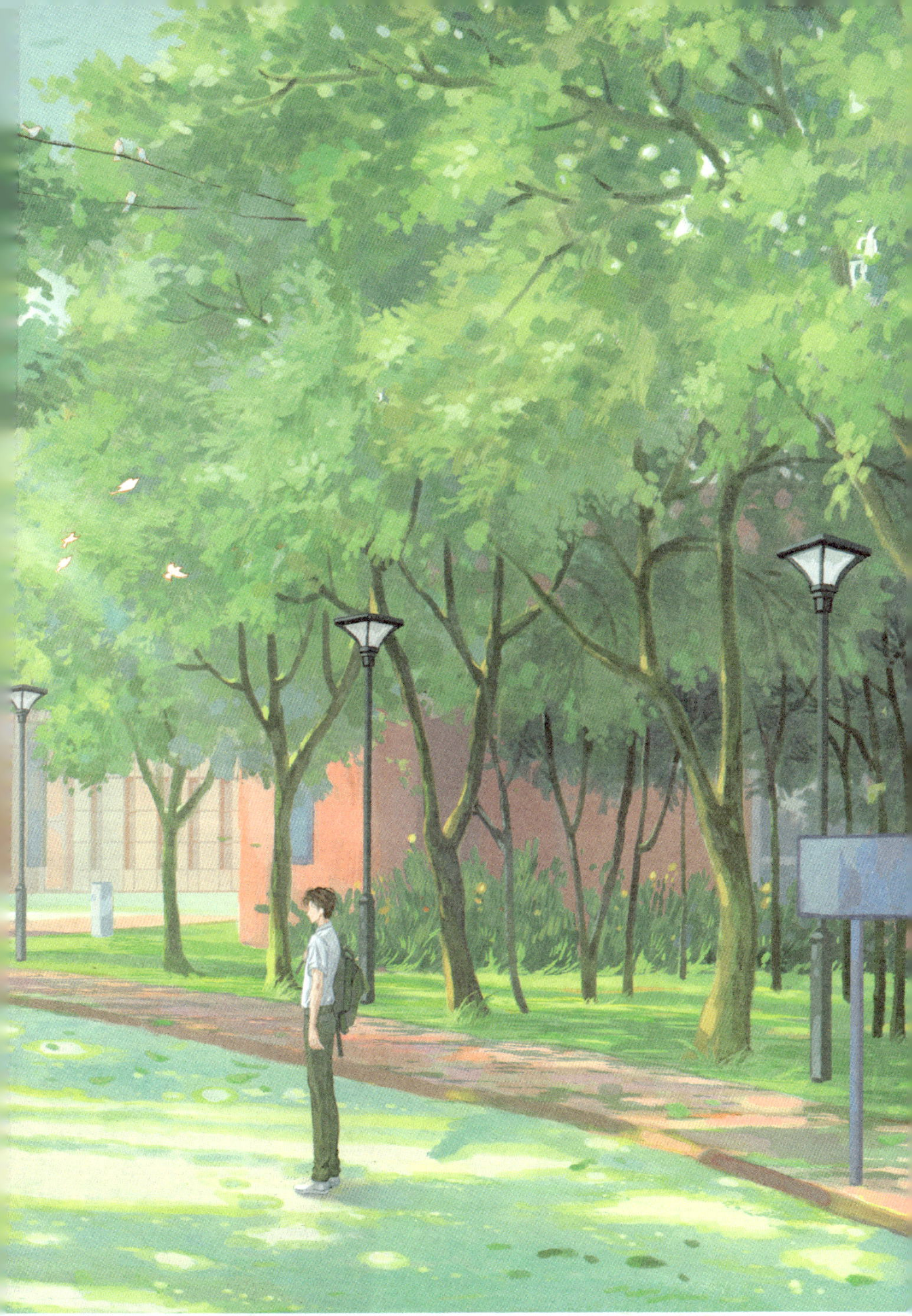

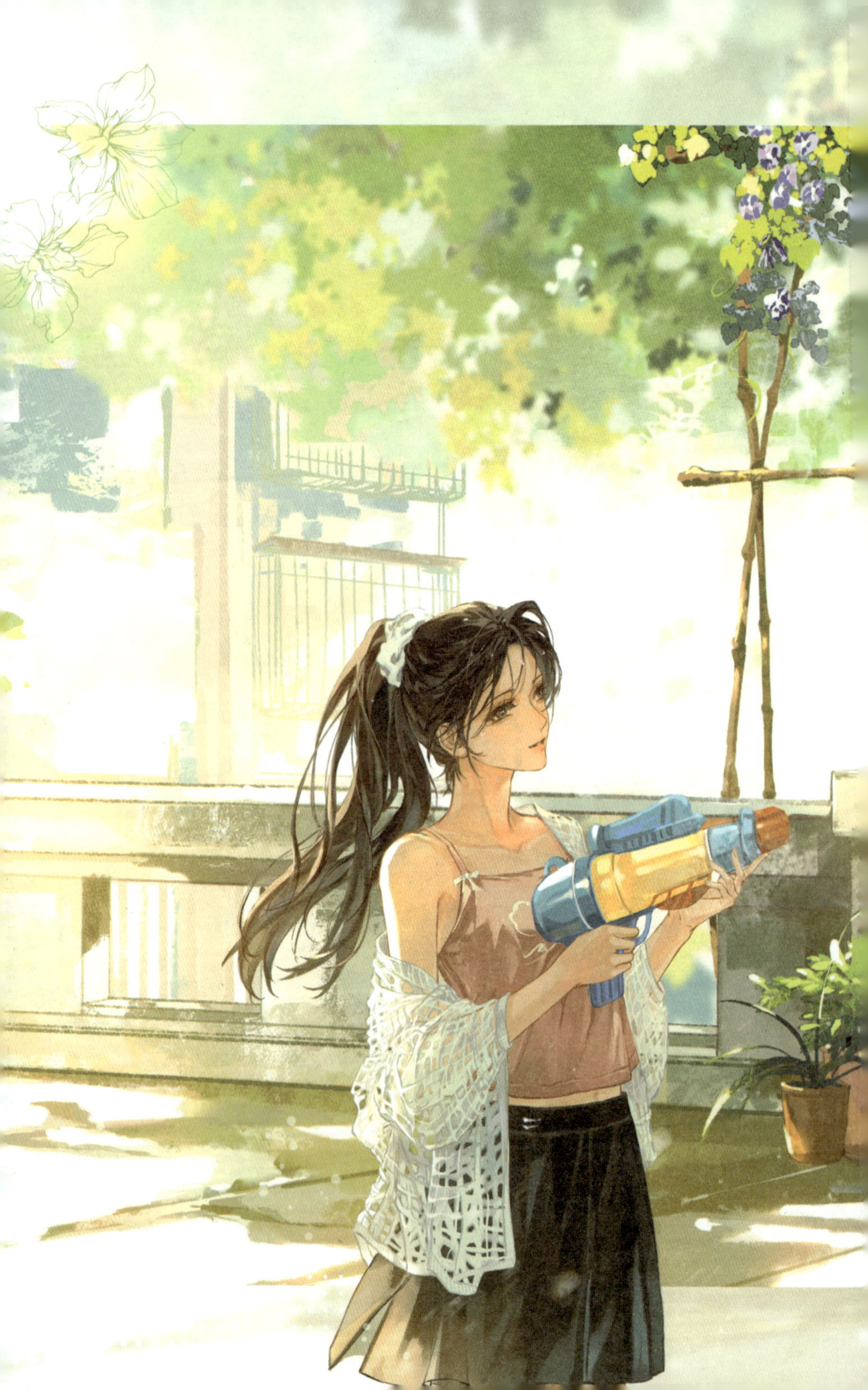

目录

- 第一章 重逢 /001
- 第二章 雨夜 /026
- 第三章 误会 /067
- 第四章 秘密 /089
- 第五章 雪仗 /116
- 第六章 月亮 /139
- 第七章 重生 /163
- 第八章 新年 /193
- 第九章 告白 /219
- 第十章 成长 /249
- 第十一章 陪伴 /282
- 第十二章 求婚 /304

温言以为没什么比烟花更绚烂美好，可是江听寒像是从天而降的神，成为了最耀眼的存在。

第一章

重逢

八月末，连宜市内刚下过一场小雨，地面湿漉漉的。

机场外的大屏幕上正播放着最新娱乐新闻——一代才女跌下神坛，疑似害死父母的大提琴演奏家温言今日重回连宜。

一个背着大提琴的女孩缓缓抬头望去，她身姿单薄，戴着帽子和口罩，仅露出的一双眼暗淡无光，身上有一种生人勿近的清冷感。

两年前，父母在望都车祸去世，温言身为幸存者活了下来，却遭遇了人生中最黑暗的时刻。

一条匿名上传的视频，将父母意外死亡的原因全部推到了她的身上。在望都的日子不好过，她实在走投无路，决定回到连宜投奔妈妈的好友韩晴阿姨。

"言宝！"门外有个小姑娘朝着她招手。

温言收回思绪，眼前站着的漂亮女孩是她唯一的好友——简怡。她和简怡是在一次乐团表演中认识的，简怡是乐队的小提琴二提手，被人嘲笑时温言挺身而出，现在已经是多年的好朋友。

简怡家的司机帮温言放好行李箱和大提琴后，两人上了车。

"言宝，你终于回来了！拿到转学证明了吗？"简怡小眼睛圆圆的，漂亮极了，很有灵气。

车内温度正适宜，温言的脸上有了一丝丝表情。她从包里拿出一张证明书晃了晃，说道："嗯。"

简怡看了下手表，道："好，那我们直接去五中办入学手续！"

"不急。"温言打算先去住处。

简怡却摇头，表示这事很急："必须今天去办入学，言宝，你可有眼福了！"

温言的眼里流露出不解。

"今天五中体队和体校搞联谊赛，全都是帅哥！"说到这儿，简怡的眼睛都开始冒光了，"其中就包括我们五中的光，江！听！寒！"

"江听寒？"温言喃喃着这个名字

简怡喝了口水，问道："你知道他呀？"

温言一时无语。她儿时最讨厌的家伙，韩姨的儿子，就叫江听寒！脑海中有关这个人的画面疯狂闪现。

操场边举大旗的人泾渭分明,红色是给五中加油的,蓝色是给体校加油的。

简怡拉着温言的手穿梭在拥挤的人群中,找到了一处最高的位置,看清了操场上的情况。

操场上正在进行4×100跑步接力赛,穿黑色队服的是五中的选手,穿蓝色队服的是体校的。

温言压了压帽檐,和四周的同学显得有些格格不入。她抬头往跑道上看去,少年们在跑道上驰骋,蓝色队服遥遥领先,最后一棒顺利交接。

五中这边慢了一步,急得五中同学直叹气,温言听到了身边人的挑衅。

同学A:"什么啊,五中体队就这水平?"

同学B:"还以为五中有多厉害,在自己家门口输了,说出去真让人笑话。"

温言这才发现,她和简怡好像身处敌方队伍。温言尴尬地四处看,不经意间注意到了跑道上穿着黑色队服,最后一棒的那个少年。

少年做好了接棒的姿势,虽隔得远,但依旧能模糊地看出,是个长相不赖的男生。他身前贴着号码牌,上面印着:第五高中·JIANG。

他马上要接棒了,简怡不自觉握紧了温言的胳膊,心都跟着提到了嗓子眼儿。

"小怡,我先去报到了。"温言打算离开。

简怡拉着她:"别呀,先看完,他还没跑呢!"

肯定会输,温言不喜欢看这种已经有了答案的比赛。

还没等温言拒绝,就听场内忽然响起一阵惊呼。同学们齐刷刷地喊着一个名字,格外亢奋:"江听寒!"

温言不禁往操场看去,那抹黑色身影爆发力十足地冲上前,看得人肾上腺素飙升。

少年闯过终点线,双手高高举起,再次迎来了操场上同学们的喝彩声和呐喊声!很快,穿黑色队服的队友围了上去,拥住他一同庆贺!

温言怔怔地站在原地,叹了口气,看来是她丧气太久了,才总觉得失败是常理。

什么是体育精神?她想,这就是吧。即便落后被嘲讽也不退缩,拼尽全力冲过终点线。她看到的，是一个拥有无数光环的热血少年郎，是一个备受瞩目、耀眼至极的人。

"言宝，这就是江听寒！我们五中的光！他可是体育圈冉冉升起的一颗新星，给我们五中拿下了一面墙的奖杯和证书！"简怡扯着温言的手臂，那叫一个激动。

"很厉害。"温言发出赞赏。不过，这应该不是她认识的那个江听寒。她认识的那个调皮鬼，以前最讨厌的就是跑步了。看完了比赛，她也该去办正事了，"我去报到了。"

简怡打算陪温言一起去，可比赛散场，往外走的人太多，她一转身，温言就已经不见了。

温言被人群裹挟着走，场面一度有些混乱。

她被人群带到了西侧，西侧是体队的训练楼。

温言看到训练楼的长廊连通教学楼，便跨过栏杆进了训练楼的长廊。长廊里空无一人。温言面对陌生的环境，心里有些发怵，只能硬着头皮往前走。走到拐角时，温言的脚步停了下来。

她看到休息室门口，一个漂亮女孩儿拦住刚刚那个获得荣誉的少年，问道："江听寒，我能加你一个联系方式吗？"

江听寒慵懒地背靠墙壁，兴致缺缺。他随意抬眼，刚好看到了闯入他视线的温言。

温言拧眉，近距离地看到少年优越的长相。

他眉目清冽，鼻梁高挺，再加上一双含情眼。黑色的头发被抓得有些凌乱，颇有些不羁。他身着一件白色T恤，下身是一条黑色裤子，整体宽松慵懒，给人一种清爽舒适的感觉，和刚才赛道上那个张扬的少年完全不一样。

温言这时才认出，这个人就是韩姨的儿子！

温言怎么都不敢相信，一别多年，从小最讨厌体育的江听寒，如今竟然已经是小有名气的体育之星。

江听寒望向温言，温言捂得很严实，只露了一双幽深的眼眸，所以看不清她的容貌。江听寒透过这双眼睛，想到了儿时的一个玩伴。可那位大小姐的眼睛比她的眼睛明亮多了，漂亮得像藏着整个银河。而且，她是不会回连宜的。

不远处传来简怡焦急的声音："言言，我可找到你了！"温言转过头，简怡喘着粗气，握住了温言的手，"迷路了吧？我带你去报到！"

闻声，江听寒的万千思绪瞬间被斩断。他有些错愕地慢慢站直，眸光炙热地打量着温言，回忆疯狂涌上心头！

真的是温言？

简怡要走时，看到了休息室门口的江听寒。她眼睛一亮，赶忙叫道："寒哥！"

江听寒却顾不上理简怡，视线直直地定格在温言身上。

温言察觉到那人炙热的视线，深知自己以后要投靠韩姨，这时不打招呼，回头也要见面的。她便冲着江听寒点点头，礼貌道："江听寒，好久不见。"

四周万籁俱寂，温言的语气毫无波澜。江听寒闻声，自嘲似的笑了一声。七年前一声不吭就离开了连宜，亏大小姐还记得他。

简怡站在二人中间，一头雾水："你们俩……认识啊？"

温言想到他现在身份特殊，为了避免不必要的麻烦，淡淡地说了声："不熟。"

一句看似不经意的"不熟"传入江听寒的耳朵里，却像是一个笑话。江听寒睨着温言，眸光暗淡，心中一阵唏嘘。

从小到大都这样，总是把自己和他摘得干净，就这么讨厌他？哪怕说一句他们是朋友，很难？温言果然还是那个温言。

江听寒眉眼轻挑，从刚才的重逢喜悦中抽离出来，语调里带着几分淡然："确实不熟，哪儿敢高攀大小姐您。"

温言察觉到了江听寒话里的讽刺，脸色微沉。

简怡见气氛不对劲，嘿嘿笑了一声，赶忙开口："寒哥，回见！"说罢，立刻拉着温言溜之大吉。

温言与他擦肩而过，不忘多看他一眼。江听寒脸色阴沉，看着她的瞳仁漆黑深邃。温言慌张地移开视线，心乱如麻。

"什么情况呀？快快如实招来！"简怡推搡着温言，她可不信温言和江听寒没故事！

温言垂眸，很快陷入了久远的回忆。

她是和江听寒一起长大的。江家养孩子养得糙，对江听寒一直是放养状态，所以江听寒打小就是调皮捣蛋的小混球。

她长得漂亮，家境好，又拉得一手好大提琴。这星海街里的人就总喊她大小姐，是众星捧月般的存在。她不喜欢"大小姐"这个称呼，总觉得充满贬义。可江听寒总是一口一个"大小姐"地叫，甩都甩不掉。

多年下来，她心里的幽怨越攒越多。一气之下，她告诉江听寒："江听寒，我讨厌你，我永远都不会和你做朋友！"

温言的话忽然顿住。年少不懂事时说的话，也不知道有没有伤害到江听寒。

简怡面对忽然停下的温言，着急地追问："然后呢？"

温言低头手指绕圈，语调越发平静："那天下午望都市华扬交响乐团来了一名老师，说有个新人乐师因为受伤空了一个大提琴的位置，让我顶替。"

"我和爸妈连夜赶去望都，从此我的大提琴生涯有了新开端。"

自此，也将有些人和事都抛在了脑后。虽说温言很讨厌江听寒，但不得不承认，他是她那枯燥的几年里唯一的色彩。每当她练琴到心情忧郁的时候，看到江听寒，就会觉得还是练琴更有趣。因为他真的很让人讨厌。

"嘶，这事，复杂了！"简怡手摸索着下巴，像个小诸葛一样。

温言只觉头疼："小怡，我感觉我接下来的日子可能不会太好过。"

她回连宜是想躲清闲的，可她怎么觉得，接下来不会太清静？

"管他呢，既来之则安之，我肯定站你这边！"简怡一副"你放心"的表情。

温言却对之露出质疑的眼神，就她那花痴样,还不分分钟倒戈江听寒？

"叮——"

温言手机响了，是韩晴发来的短信。

韩姨：言言，我刚下手术台。你已经报到了吗？我在星海街环盛烧烤店预订了包间为你接风洗尘。等会儿见！

温言看到短信，心里暖暖的，她慢慢回复：好的，韩姨，等会儿见。

简怡把温言送到了指定点——星海街。

这里的住宅沿海，有一条漂亮的柏油路直通海边，蔷薇花爬满各家墙壁筑成一片花墙，小洋房温馨又漂亮。"浪漫"是形容这里最多的词汇。

温言下了车，儿时的记忆涌上心头。如今这里已经大变样，成了连宜著名的旅游景点。夕阳西下，温言背着大提琴，拖着行李箱出现在了烧烤店。

"言言！"二楼阳台，一个身着黑色长裙，知性优雅的女人朝着温言摆摆手。

韩晴是一个外表和内心十分不符的人，外表看起来是个文静的人，其实天真烂漫，热情似火，像个小孩。

韩晴很快下楼，抱住温言，揉揉温言的头发。

"韩姨。"温言轻声叫着，十分亲切地回抱住韩晴。

韩晴上次见温言，还是温言父母去世那晚。转眼两年过去了，小姑娘又漂亮了些，却也黯淡了些。

温言妈妈盛欣生前和韩晴是极好的挚友，对双方的事情不说了如指掌，也知道个七八成。韩晴早在盛欣出事后就想把温言接到身边，是温言之前不愿意麻烦她。这次回来，是温言想完成学业。

韩姨招呼店里的服务生："小锁，麻烦你跑一趟，把我家小姑娘的行李放我家院子里。"

服务生点了点头："得嘞，韩姐！"

温言扶着大提琴，犹豫了一下，交给了那人："谢谢。"

韩晴握着温言的手，领着她往包间走，不忘解释道："言言，我本来应该去接你的。奈何忽然来了一台手术。阿姨这职业就这样，时间不等人，你别介意哈。"

温言摇头："不会。韩姨，你这么忙，其实不用专门带我吃饭的。"

韩晴拉开椅子，示意温言坐下来。她坐在温言的对面，为温言倒了杯水，眯着眼笑："那怎么行，接风洗尘是一定要的。我还叫了小寒，他马上到！"

闻声，温言扶着杯子的手抖了一下，而后听到了包间的门被推开的声音。一抬头，便看到了江听寒。

那人顿了一下，似乎没想到韩晴喊他来陪人吃饭，陪的会是温言。江听寒转身就要走。

韩晴叫道:"江听寒!"

江听寒心里泛着说不出的情绪,看到温言就堵得慌。

"干什么啊?"江听寒没好气地应着。

韩晴瞪着他:"你说干什么?过来,坐!"

江听寒目光落到温言的身上,故意没事找事地说道:"大小姐让坐吗?"

温言压低了头,一只手扶额。她知道以后会和江听寒抬头不见低头见,但没想到这么快。

"别贫嘴,快过来。"韩晴指了指自己旁边的座位。

江听寒耸肩,盛情难却,只好留了下来。

"都多大的人了,还像小时候那样皮。"韩晴将菜单递给温言,不忘教育江听寒,"小时候欺负人家,现在还欺负人家啊?成熟点。"

江听寒不说话,而是双手撑着脸看向温言。小时候欺负她,为什么啊?不就是为了能引起人家小姑娘的注意吗?

温言随便点了几样,便将菜单推了给韩晴。

江听寒注意到了她左手腕上的粗手链,大概是戴了有些年头了,无光泽,有磕碰,很丑。

大小姐的眼光一如既往的差。看来在外面这几年,她的日子过得也就那样。

饭桌上,气氛勉强算融洽。韩晴很是热情,一直帮温言夹菜:"有需要就找韩姨,千万别客气。"

温言莞尔,点点头:"谢谢韩姨,不会的。"

"大小姐什么时候跟人客气过啊,都是翘着尾巴看人的。"江听寒低着头看手机,语气凉薄。

温言握紧了筷子,她真的很讨厌这个称呼。比起大小姐这个称呼,江听寒更让人讨厌。

韩晴在桌子下踢了他一脚,骂他:"吃不吃,不吃出去!"

江听寒面无表情看向自家老妈,刚才是谁让他留下来的?

"别气别气。"江听寒拿起筷子,给韩晴夹了块肉。

温言喝着水,看着二人的相处方式,不禁羡慕。江听寒虽然是个小混球,但从小到大,在韩晴面前都乖得很。印象里江叔叔不常在家,大多数时候都是他们母子俩生活,他很懂得心疼韩晴。

可惜,只是表面乖而已,韩晴不在身边照样上房揭瓦。

"言言,让你见笑了。小寒从小到大就这样,你知道的。"韩晴觉得不好意思。

温言摇了摇头,脸上带着一抹温暖的笑。

江听寒抿着唇,目光几次不受控地落到温言身上。不得不说,温言笑起来是真的好看,和小时候一样,眼眸弯弯,藏着月亮似的亮亮的。

那时候好多人都想和温言一起玩,她像个小仙女,香香软软的,可是大家又都不好意思。唯有他,即便温言讨厌他,也总在温言身边晃,时不时还欺负温言。

如今想想,被她讨厌,也是他自找的。

"等下吃完饭,叫小寒带你逛逛星海街。你们俩好多年没见,应该有很多话要聊吧?"韩晴眯着眼睛,很是激动。

温言抬起头,目光不经意间和江听寒对视,看到他皱了下眉头。她觉得江听寒不是很愿意:"不——"了吧。

"好。"江听寒爽快应下。

吃完饭已经是晚上了。餐厅出去就是海岸边,直走就能到沙滩上。

马路边是一排商业街,吃喝玩乐什么都有。夏日夜晚的海边最是热闹,一家家店铺亮着暖黄色的灯,音乐声交错,自行车的铃铛声缓缓响起,时而交杂着叫卖声。

温言双手插兜走在前面,她身姿单薄,看起来小小一个,很不起眼。

江听寒静静地跟在她的身后,心里是既喜又恼。喜她再次出现在他的生活里,恼她不告而别,他永远不能释怀。

小商店里,温言停在一件物品面前,看了一眼价格又放下了。

江听寒揪起旁边紫色的玩具熊,看了看价格,再抬头看温言。二百块就不舍得买了?她小时候可不是这样的,两千块的也照样扔进购物车里啊。

江听寒双手环胸斜靠在货架上,看着温言平静而美好的侧脸,心里泛起圈圈涟漪，怎么也无法平静。

温言的事情，他略有耳闻。看到温言回来，他本应该开心的，谁叫她当年把话说得那么绝，甚至连个招呼都不打就走了。

可不知道为什么，发现她不再像以前那样，他却一点都笑不出来，反而心像是被什么东西钩了一下。所有的嬉皮笑脸，都像是在刻意引起谁的注意。大小姐怎么把自己搞得那么狼狈啊……

月光倾泻而下，路灯将柏油马路照得温馨，两个人的影子在地面上被拉长。

回家的小路上，温言先打破了宁静。

"听说，你现在是运动员了？"温言声音轻轻的，入耳很好听。

江听寒瞥着她，没回答。

她迎上江听寒的目光，双手背在身后，手指紧张得绕来绕去，说："我今天看到你比赛了，很厉害。"

江听寒依旧没说话，而是看着她在身后交缠的手，她紧张什么？

两个人一前一后地走着，这条路有些幽深，寂静得可怕。

许久，江听寒还是没崩住，问："你转五中了？"

温言点头。

江听寒："为什么忽然转过来？"

温言心事重重地踩着地面上的影子，她不想回答这个问题。

"你哑巴了？"江听寒的语调很平，却像是在阐述事实。

温言瞪了他一眼，他刚才不也没说话吗？凭什么她不说话就要挨骂？

江听寒看到她瞪自己，忽然笑了，语气吊儿郎当的："只会瞪人是吧？"

温言小时候最喜欢用她那双亮亮的眼睛瞪人了，不凶，很可爱。偏偏他们被她瞪得一点脾气都没有。

温言的脸上写着不耐烦，江听寒叹了口气，声音沉闷："啧，大小姐脾气还是那么差。"

"我不喜欢这个称呼。"温言往前走，眉头紧皱着，几缕发丝被风吹乱，能看得出来，她确实不喜欢这个称呼。

江听寒挑眉，哦？不喜欢？他姿态散漫，懒洋洋地应着："知道了，大小姐。"

温言哽住。

见温言没说话，江听寒继续碎碎念："大、小、姐。"

"大小姐？

"大小姐。"

两侧路灯不够明亮，江听寒的脸被照得忽明忽暗，却遮掩不住身上那种桀骜不驯的气息。他就围在温言的四周，语调一句比一句欠揍，仿佛又回到了儿时，温言甩都甩不开。

温言冷眼睨着江听寒，她看出来了，她越是不喜欢的，他就越是要挑战。

江听寒忽然停下脚步。他站在温言面前，微微俯下身，那张好看的脸逐渐贴近温言。

他很高，大概一米八五，她的脑袋刚好到他的肩。他靠得很近，逆着背后的光，碎发被照出一圈光晕，脸部线条清晰分明，有一种笔墨无法形容的好看。

她不禁又想到了那时口不择言说的话："江听寒，我永远都不会和你做朋友。"

江听寒是怎样回答的呢？他说"温言，对不起"。那还是温言第一次听到江听寒这个小浑蛋说对不起。

江听寒勾起嘴角，声音里带着打趣："要不……大小姐屈尊求求我，我就不喊了。"

温言思绪被拉回，对上他的眼眸，求他？

她从小到大只求过一次人，求别人救救她的爸爸妈妈，可是无用。温言绕过他往前走："不可能的。"

"啊，看来大小姐也不是一无所有，至少还有嘴硬。"江听寒挑眉，一双勾人的含情眼频频往温言身上落。

温言："你还是和小时候一样烦人。"

"能被大小姐记住这么久，也是我的福气。"江听寒随意地扯了扯领口，语调得意。

温言瞥着江听寒，竟不得已地笑了。她真没见过这么无赖的人，简直比小时候脸皮厚了不知道多少倍。温言懒得理他，加快脚步回家。

江听寒看着温言的背影，笑意渐浓。

XH09栋——温言停在大门门口,望着眼前的两栋小洋房,眼神有些发酸。

星海街的特色,两家同一个院子,一张大门。她和江听寒家,是对门。大概就是因为小时候总是低头不见抬头见,所以更讨厌江听寒吧!

推开大门,温言便看到了和儿时记忆里完全重合的院子。一进门,右边是一个小花园,花园里有一架麻绳秋千,这秋千还是爸爸亲自做的。往前看去,是一个大台阶,上去之后有个平台,左边是她的家,右边是江听寒家。

江家的门推开,韩晴从里面出来:"回来啦?行李都已经帮你拿回家了,我洗了水果,进来坐。"

温言本打算先回家的,但韩晴这么热情,她也不好拒绝。

江家被韩晴收拾得很干净,一面墙上挂着各种各样的奖章和奖杯,大部分都是江叔叔的。

江听寒的爸爸江峰曾是国家田径队短跑运动员。国内运动员最好的短跑成绩便是江听寒的爸爸江峰跑出来的。

大家都说,他可以继续创造巅峰。但不知道为什么,江峰在自己最鼎盛的时候退居幕后了。他现在正担任国家队教练一职。

江听寒小的时候过于淘气,每天上蹿下跳跑遍整个小巷。这时大家就会逗他说:"小寒,你爸爸是为国争光的短跑运动员,你妈妈是有名的医生,你怎么一个都不随?"现在看来,那些人话说得还是过于早了。

她很意外,江听寒竟然真的接了江峰的班,成了一名运动员。

小时候江听寒做体能训练都要江叔叔追着他又打又骂的,两个人每天都闹不愉快。可没想到那个她最讨厌的家伙,如今已是闪闪发光的体育之星了。

而她这个被众人看好的大小姐,却成了过街老鼠。想到这儿,她便越发不喜欢"大小姐"这个称呼了。

在江叔叔的那些荣誉证书中间,温言发现了一本写着江听寒名字的证书。只有那一本是属于他的证书,还是摆放在中心位。

温言忽然想到小时候和江听寒的对话。

"江听寒,你看到我一墙的证书和奖杯了吗?你有吗?

"江听寒，我们玩个游戏好不好？如果有一天我不理你了，你拿一本属于你的证书来我面前，我就原谅你。当然，你也可以拿一本证书要求我做一件事，怎么样？！"

她到现在还记得江听寒当时一脸郁闷。

耳边响起韩晴的声音，她说："言言，你们家的密码锁是你的生日，0823。房子我找人提前打扫过了，洗漱用品也帮你准备好了。回头你缺什么，再来和韩姨说。"

"谢谢韩姨，已经很麻烦你了。"温言挨着韩晴坐下。

韩晴揉着温言的头发，她是打心底里心疼温言："除了在学校吃饭以外，平时我不加班，你就来家里和我们一起吃。总之回到连宜我们就是你的亲人，你和小寒都在五中读书，有什么事你就找他。"

温言咳了一声，她哪儿敢找江听寒。

江听寒随意坐在沙发上，抱着抱枕看手机："我很忙的。"

"你告诉我你忙什么？"韩晴立刻吼回去。

江听寒叹息，瞧瞧，这就是亲妈。

韩晴又和温言多啰唆了几句，把家里的电话还有她医院的电话都留给了温言，免得温言往后有事找不到她。

从江家出来，温言觉得她这些年一直堵着的心舒畅了不少。看着韩晴，温言就像是看到了妈妈一样，心里格外温暖。

按照韩姨说的密码打开房门，开灯后，映入眼帘的便是田园风的装修，温馨而美好。

温言看向沙发，想起了小时候，爸爸妈妈总是坐在那儿听她拉大提琴。一家三口其乐融融的场面，这辈子都不会再有了。

温言不敢再多想，进去后赶紧关上了门，就直奔二楼卧室。卧室的床单被罩都是新的，在此之前温言快递回来的奖杯和证书，这会儿也都堆在一个箱子里。

手机忽然响了，是简怡发来的视频。温言按了接听，开了外放后，便把手机放在了一边，开始收拾行李箱。

"和江听寒一起吃饭逛街了？怎么样，有个大帅哥陪同开不开心？"

温言抬眼，很是无语："简怡，我以前怎么没发现你这么看脸啊？"

想了想,温言又问,"不应该啊,乐团里那么多帅哥,也没见你迷成这样啊?"

"哼!你懂什么?江听寒不止帅!他还有才华啊!"

温言"扑哧"一声笑了出来,从小到大第一次听说江听寒还有才华。温言摇摇头,觉得简怡真是无可救药了。

简怡贴近摄像头,问:"笑什么,你就说他今天最后那一棒跑得厉不厉害吧?"

温言回想起今天赛场上的江听寒,实话实说:"厉害。"

"那不得了,你是不知道寒哥的体育生涯有多励志!"简怡开了一包薯片,打算和温言好好说说江听寒这些年的故事。

"他以前并不喜欢跑步,虽然也有在训练,但是三天打鱼两天晒网。但这人吧,运气好,阴差阳错拿到了第二十届全国少年田径锦标赛的晋级名额。他人生的转折点,就是这个全国少年田径锦标赛!"

温言百忙之中抽空看了她一眼,这话说得抑扬顿挫的,适合开一档栏目,就叫简怡讲故事。

"他参加完第二十届全国少年田径锦标赛后,发奋图强地训练。你都不知道他有多恐怖,每天除了训练就是训练,他那会儿才十三岁哎!"

"被那届比赛打击了吗?"温言吸了下鼻子,倒也有点好奇了。

简怡晃着手指,眯起眼睛,玩起了神秘:"你再猜。"

温言沉默三秒,说:"猜不到。"

"据可靠消息,是江听寒在比赛上看到了一个熟人。之所以发奋图强,是为了再见那个熟人一次。"

温言边和简怡视频,边整理自己带来的箱子,箱子里全是她曾经获得过的荣誉。证书这东西,以前她可是闭着眼睛往家里批发的,如今什么也不是。她随意翻了翻,不忘抬头看简怡,见到偶像了?所以发奋图强?那他可要好好感谢一下这个人,没有这个人,就没有今天的他。

温言顺手扣上了盖子,准备丢储藏室去。却未发现在一个奖杯下面,压着一份第二十届全国少年田径锦标赛的红色邀请函。

温言拿起手机,对简怡说:"好啦,早点休息吧,明天学校见。"

简怡乖巧点头:"言宝,希望你在连宜过得开心哦!"

"唉,太惨了,这就没了父母,以后可怎么办呐?真是可怜!"

灵堂前,穿着黑色棉服的漂亮女孩面无表情地看着眼前的两具棺材,脑海中有关车祸的画面十分清晰。

浓浓的烟雾吞噬着她,车子就要爆炸了,爸爸用尽最后的力气将她推出来,嘱咐她一定要好好活下去。

他们都说,是她害死了爸爸妈妈。

不是她,她没有……

女孩忽然跑出去,任由后面的人喊她,她却像听不到一样。

冬日里,寒风萧瑟,冷风刺骨。刚下了一场大雪的缘故,整个城市被一片银白色包裹着。

她跑得越来越快,越来越快,最后跪在雪地上,眼泪哗哗往下掉,就连哭泣都变得无声。

她回到家,看着客厅里专属于她的大提琴,不禁想起了那些人的指责。

"温言,都怪你不懂事,如果不是你,你爸妈会死吗?"

"你就是害死你爸妈的罪魁祸首!温言,你还我妹妹!"

她的瞳仁紧缩着,双手慢慢握拳,最后拿起大提琴狠狠地摔在地上。

丁零零——刺耳的铃声划破清晨的宁静,温言猛地从床上惊醒,黑色长发散落在枕头上,额头上沁着一层薄薄的汗珠,脸上泪珠滚烫。

温言眼神空洞地看着这偌大的房间,不停地大口喘息,最后将视线落在角落的大提琴上,泛白的手指紧紧地抓着床单。又做梦了,如果那一切只是个梦就好了。

温言轻轻摩挲着手腕处的手链,看向了床头柜上那张合照。她再也不能成为他们的骄傲了。

温言调整好情绪,下床拉开了窗帘,沿海的风景瞬间映入眼帘。

温言洗漱后换上五中的校服,白色衬衫、蓝白色格子外套,配上蓝色的小裙子。她扎好头发便拎着书包出门了。

星海街离五中很近,从街道出去,过两个红绿灯就到了。

五中学校门口的风景在连宜出了名的美,双排道的柏油马路,路两侧种满樱花树。樱花树下是一家家年轻人开的小店,到了樱花盛开的季节,美不胜收。

学校大门口的牌匾金碧辉煌——连宜第五高级中学。

温言刚到操场,便看见了刚跑完三千米的江听寒。

他将一瓶水从头顶洒下来,眼看着汗珠和水珠混在一起顺着脸颊滑落到下巴,最后滴在胸前的衣服上。

江听寒找了把椅子坐下来,一只手拿着毛巾随意地擦着脸,一只手扯了扯领口试图让自己凉爽几分,漫不经心地四处打量着。

然后,他就和一双平静的眼眸对视上了。那道目光太醒目了,一眼扫去所有人的眼神都带着崇拜时,唯有她最平静、清醒,甚至还有几分小心翼翼。

晨光落在温言的身上,她穿着五中的校服,头发散落身后,双腿笔直白皙。未挡住的耳朵不知道是被阳光照的还是怎么了,肉眼可见地泛着红,莫名激起人的保护欲。比起他的耀眼,温言更惹眼。

即便操场上全是人,也能让人一眼发现。她身上的独特气质过于吸引眼球,沉静又孤傲,像极了她喜爱的乐器。

大抵是他的眼神太灼热,那人微微偏过头,躲开他的视线。

江听寒挑眉,冷哼一声,躲什么?

体队的同学正好跑过来,一个个眼神往温言的身上落,嘴里喊着:"寒哥,这谁啊?认识?介绍我们认识一下!"

江听寒抬眸扫了他们一眼,眼里带着威胁:"边儿去。"

温言赶忙小跑去教学楼了,她不喜欢被关注。

体校的人见她跑远,纷纷停了下来。

江听寒的死党陆禾坐在江听寒身边,喝了口水,冲着温言的背影扬了扬下巴,问:"你们见了?"

"很奇怪?"江听寒好奇。

陆禾挑眉,不意外吗?江听寒十五岁那年,不知道抽什么风,屏蔽了一切有关温言的消息,还警告他们,不准在他面前提温言!

"看来念念不忘,真有回响呢。"陆禾苦笑。

"欸,刚才过去那姑娘谁啊,新转来的?怪好看的。"一班的柏书文忽然坐了过来,少年高高瘦瘦,倒也斯文。可惜风评不太好。

我恋月亮

江听寒盯着温言远去的身影,眼底情绪翻涌。

陆禾见况,接上了话茬:"是挺好看。"

那可是星海街出了名的大小姐,能不好看吗?陆禾可以很肯定地告诉柏书文,温言绝对不止那张脸好看。她身上的闪光点多着呢。

"啧,有意思。"柏书文撑着脸,眼中闪过一丝欣赏。

江听寒瞥了柏书文一眼,眉间淡然,语调平平:"好看?我邻居。"

柏书文笑了:"那我岂不是可以快速认识她?"

陆禾正在喝水,差点喷出来。

江听寒眼眸眯了眯,在内心不屑地笑了一声。他在说什么?

"喀。"陆禾故意轻咳了一声,试图打断柏书文。

柏书文未察觉,反倒是继续说:"能不能帮我要个联系方式?"

陆禾内心暴躁:大哥,你是一点眼色也不看啊。

江听寒歪歪脑袋,睥睨漠视着柏书文,发丝被忽然刮过的一阵清风吹动,光晕落在他的身上。他弯着嘴角,目光阴鸷,语气里裹挟着讽刺:"行啊,跑个百米吧,赢了我,我就给你要。"

这话一落,周边的其他朋友也都看了过来。众所周知,江听寒得过全国少年田径锦标赛冠军,还得过全国青少年冠军赛的冠军。赢了他?

柏书文隐隐约约反应过来一些不对:"什么意思?你在挑衅我吗?"

江听寒没应声,显然是在拒绝。

"那我自己去要,多大点儿事。"是多没脑子的人才会和江听寒比百米啊?

江听寒终于直视柏书文,他温柔地笑了笑,风轻云淡道:"嗯,你试试。"

陆禾见气氛不对,赶紧拉过柏书文,笑道:"散了散了,改天一起吃饭。"

周边清净,江听寒抬眸,心底早已风雨欲来。

去班级的路上,班主任和温言介绍道:"(4)班都是尖子生,可能压力有点大。不过以你的成绩,应该能很快适应。至于你的情况,韩晴女士都和我说过了。"班主任话锋一转。

温言脚步顿了一下,她不愿意再多提及,班主任也没再多说什么。

高三(4)班。

教室里正喧闹着，等班主任带温言进去后，瞬间安静了。

"班里转来一位新同学，希望大家友好相处，多多照顾她。"班主任语调严肃，手往黑板上敲了敲。

温言一眼就看到了冲着她摆手的简怡。

温言弯腰鞠了一躬，很礼貌地说："我是温言。"

教室里瞬间炸开了锅。

同学A："她是那个小小年纪就进了华扬交响乐团的大提琴天才？"

同学B："她以前在连宜可出名了，家喻户晓。"

同学C："那件事之后，两年没有她的消息了，现在竟然成了我的同学？"

温言被淹没在议论声里，她双手僵硬地攥着，有些不知所措。

班主任猛地拍了一下黑板："去坐简怡旁边吧。"

温言步伐有些犹豫。她看着简怡，想问能不能换一个座位。她怕牵连简怡，毕竟舆论能做什么，她已经领会过了。

简怡看出了温言的犹豫，起身叫道："言言，过来。"

她不怕舆论。她就是要告诉所有人，温言是她的朋友！

教室门被推开，江听寒和陆禾刚训练完回来上课。

江听寒看到温言在教室还愣了一下，哟，和大小姐一个班。

温言拉过头发遮住了脸，不禁疑惑，为什么江听寒会在这儿？她记得江听寒小时候成绩并不好啊。

午饭时。

温言问简怡："江听寒为什么在（4）班？"

"（4）班是尖子生，他和陆禾是优等生，所以在（4）班。"说罢，简怡抬头往温言的身后看去，眼睛亮了。

温言看到她这个表情，再听到旁边隐隐躁动的人群就知道是谁来了。

餐盘落在她的手边，她听到那个人问："我在（4）班让你不开心了？"

陆禾坐在简怡身边，和温言摆摆手："好久不见，温言。"

温言点头，陆禾还真是和江听寒从小玩到大。

"你们平时不是不来食堂吃饭吗？"简怡小声问。

"大小姐在这儿，不过来打个招呼太不礼貌了。"江听寒吃着饭，手撑着脸,看向温言。

温言被盯得浑身发麻,这家伙想干吗?生怕她引不起别人的注意吗?

"要么好好吃饭,要么走开。不要和我坐在一起。"温言冷声提醒江听寒。

江听寒脸色一沉,明显不悦:"温言,我是灾难吗?这么避着我?"

江听寒当然不是灾难,可他身上光环太重。自从父母去世后,她就不习惯被太多人注视。那些人的眼神太冰冷了,像是一把把无形的刀子,让她窒息。

越来越多的人看过来,温言只觉脊背发凉。她淡淡地看了江听寒一眼,起身就走,结果不小心撞到了一个女孩子。温言抬头,一脸抱歉:"对不起。"

那女孩拍了拍被温言碰到过的地方,皱了下眉后,眼神不满且嫌弃地扫向温言,诚然一副高高在上的样子。

那一瞬间,温言仿佛在她的身上看到了小时候骄傲的自己。

江听寒正打算跟出来,被人拦住了脚步。

刚才温言不小心撞到的小姑娘撩了一下头发,扬起嘴角,大大方方地拦住了江听寒的脚步:"听寒,一起吃午饭吧。"

简怡忽然拉住温言,往后看去:"唉,阴魂不散的,寒哥真惨!"

餐厅里人员流动着,很快目光就被江听寒和那个女孩吸引了。

温言不禁问道:"她是谁?"

旁边立刻有人接上话茬:"许鸢你不知道?五中副校长的女儿,琴棋书画样样精通,总跟在寒哥身后……"

江听寒抬头,往温言的方向看去。

温言的眼神依旧平静,脸上却多了几分八卦的神色。

"同学,你哪个班的?新转来的?"有人拍了拍温言的肩膀。

"你是(4)班的温言吧,你和江听寒很熟吗?听说你们昨晚一起吃饭?"

四周有人投来异样的目光,议论声此起彼伏。温言看着逐渐围上来的人群,有些乱了阵脚。

温言垂眸,语气平静道:"不熟,不是我,你们认错人了。"

江听寒眼睁睁看着她逃跑。少年眸光暗淡,内心情绪翻滚,就这样听着她一次又一次地说着不熟，永远浑身带刺，永远难以接近。在温言面前，他永远不值一提。

晚课结束后，简怡家的司机来接她回去，她坐在车上再次问温言："真的不要我把你捎回家吗？"

"不用了，我走走就回去了。"温言摆摆手，笑得温柔。

简怡知道温言倔，说出的话轻易不会改变，所以没再问了。

看着简怡家的车远去，温言的鼻间难免酸涩。小时候，妈妈也经常开车来接自己回家，那会儿好多小朋友都羡慕她。可惜，再也不会有人来接自己，她也再没有妈妈了。

温言收回思绪，正要回家，便看到了双手插兜靠在墙边看着自己的江听寒。他咬碎了嘴里的棒棒糖，神情灼热，好似要将她看穿一般。跟在江听寒后面的还有陆禾，以及几个她不认识的男孩。

都是高中生，高高瘦瘦的，穿着打扮都不孬，只是表情看着有点凶，都不太好惹的模样。

江听寒和小时候比，一点都没变。但她和江听寒之间变了。她不像小时候那般，敢看着他的眼睛义正词严地说讨厌他了。现在的她每每对视上他的眼神，只想躲。

"又躲。"江听寒伸手揪住温言的书包，语调极其不悦。

刚才跟简怡说话的时候不是笑得挺温柔的，怎么到他这儿就低着个头，就这么瞧不上他？

温言幽幽地看向他："在等我？"

"不然呢？"江听寒压低声音，没什么好语气。

温言左右看了看，再看看江听寒身边的朋友，像是要找她约架的。

江听寒看向陆禾他们，陆禾等人眉头紧皱，那一脸的"正义感"确实挺像是要把温言堵住揍一顿。

"去。"江听寒踢了陆禾一脚，不禁觉得陆禾太多余了。

陆禾撇撇嘴，一脸不愿走的样子，他还想听听俩人聊什么呢。

旁边几个朋友扑哧笑了一声后，拖着陆禾走了。唯有温言笑不出来，四目相对，她更加谨慎。

江听寒抿唇，看着温言的眼神，喉结微动，欲言又止。许久，他才勾了勾唇，叫了一声："温言。"

温言动了一下，示意江听寒先放开自己。看出温言的不自在，江听寒往前一步，话语从他的薄唇中低低吐出："我们不熟吗？"

温言愣了一下，江听寒抿着唇，在温言的后背撞到树后，微微俯下身，认认真真地问："我从会走路就跟在你身后，我们不熟？"

温言有些恍惚，就因为这句话？怎么还和小时候一样，她的每句话他都要计较一下："江听寒，我不想给你添麻烦。"

江听寒嗤笑，误会？添麻烦？他没听错吧。从小到大，她都只把自己放在第一位，什么时候也学会考虑别人的死活，在意别人的感受了？

江听寒看着她的眼睛、鼻尖、嘴唇，这张脸在他的脑海中从未模糊过，一天比一天清晰。而她却说，他们不熟。

江听寒苦涩地笑了笑："温言，我到底做了什么，让你这么讨厌我？"

即便再次相见，她也还是那副态度，疏远而陌生，避之不及。甚至比小时候更不待见他，冷冰冰的不像是一个活生生的人，像是没有感情的机器，让人感觉不到一点生机，太冷漠了。

温言的心轻轻颤抖了下，她抬起眼眸，对上江听寒的眼睛。

——温言，我到底做了什么，让你这么讨厌我？

江听寒的话不停地在耳边循环播放，而她只能紧紧攥着衣衫，却回答不上来他的问题。

见她半晌都没有回应，江听寒站直了身子，深深地看了温言一眼，转身正要离开，却又停下。

少年的背影单薄，中午的阳光落下来，不比晨曦洒落那般熠熠生辉。

她听到他说："温言，我不会再像小时候那样缠着你了，用不着躲着我。"

温言身姿僵硬地站在原地，眼看着江听寒的背影渐行渐远。在听到这句话时，她没有一点轻松感，反而心像是被什么剜了一刀，让她一瞬间窒息，好奇怪的感觉。

"寒哥，解决啦？"陆禾打趣。

许次眯眼笑："所以你和那小姑娘到底啥关系？"

温言看到江听寒懒懒地伸了个懒腰，潇洒地说："不熟，不认识，看她半天憋不出一个字来逗逗她。"

原来那句"不熟"被有心人听着是那样讽刺。

温言低下头,垂在腿边的手不知道什么时候攥得衣角都起了皱。心里的纠结和不安,快要将她慢慢吞噬。

其实她已经没有小时候那样讨厌江听寒了,可是她似乎失去了解释的能力。从爸妈去世的那一刻起,她的所有解释,最后都成了无声的泡沫。

算了,就这样吧。现在的他是能拿起奖杯被认可的冠军,而她却从高处掉落,被死死地按在深渊,他们本就不该走得太近。

手机连续收到两条短信。

温言打开后,脚步缓缓停下,就连握着手机的手都不自觉地颤抖起来。

她的账户又多了两笔钱,是爸爸妈妈之前买的保险。看到资金到账的短信,温言终于藏不住委屈,眼圈泛红,所有有关爸妈的回忆猛地涌上心头。

她红着眼圈,紧咬下唇,将手机装进口袋里,回家的步伐越来越快。就像是那年冬天,再大的雪也阻止不了她回家的脚步。

回到家,温言便将自己关进了屋子里,任由回忆在脑海中疯狂发酵,眼泪却一滴也掉不下来。

晚上韩晴来喊她吃饭,敲了许久的门都没反应,吓得韩晴赶紧拿了备用钥匙开门进来。

她发现温言抱着大提琴坐在墙角,手机亮着屏幕放在腿边,眼圈红红的,像一只受伤的小兔子缩在那儿,可怜,无助。

韩晴站在门口,目光和温言对上,手中的钥匙掉在了地上,心里发酸。

她走过来,蹲在温言的面前,看到了那条短信——

"温小姐,您好。新生保险已经将温觉先生和盛欣女士去世的保障金全部结清,接下来您有什么疑问,都可以给我发消息,望您早日走出悲痛。"

韩晴是个感性的人,看到这条短信,再看看满脸悲伤的温言,眼泪倏然落下。

"言言。"她轻声叫着温言的名字,指尖拨动温言脸颊落下的碎发,心如刀割。

从昨天见到温言开始,她就是这样淡淡的,行事说话都如一阵轻风,恨不得将自己的存在感降到最低。小时候被所有人捧在手心,含在嘴里怕化了的宝贝啊,怎么就变成这样了!

"阿姨今晚给你做了糖醋鱼,你不是最喜欢吃鱼吗?走……"韩晴拉起温言,语调一直温温柔柔的,"阿姨把鱼刺都给你挑好啦,乖乖,走吧。"

温言看着韩晴的侧脸,仿佛站在面前的是自己的妈妈。可她清楚,她的爸爸妈妈再也回不来了,而她好像也成了永远洗不白的罪人。

"今天饭桌上清净,就咱俩。"韩晴递碗筷给温言。

说实话,温言吃不下。但她想感受韩晴给她的温暖,她已经好久没感受到家的温暖了。

韩晴一边夹菜,一边说:"小寒被教练喊去加练了,估计快回了,你叔叔忙。"

温言拿着筷子的动作僵住,想到了江听寒在校门口说的话。

——放心,不会再像小时候那样缠着你了,用不着躲着我。

——不熟,不认识,逗逗她。

温言握紧了筷子,不知道该怎么和韩晴解释,她好像没处理好和江听寒的关系。

咚的一声,门被推开,门口传来江听寒的声音:"我回来了。"

温言抬头,刚好对上江听寒的视线。

那人换鞋的动作停了一下,没什么情绪地走进来。

"刚好我们在吃饭。"韩晴要起身给江听寒拿碗筷。

"我吃过了。"江听寒要回房间。

"吃过了也坐下,妈有事和你说。"韩晴反握住江听寒的胳膊,拉着江听寒坐下。

江听寒嗯了一声,顺手拿起桌子上的一个橘子坐在了温言的对面。

"以后言言就在五中读书了,你好好照顾她,可以不?"韩晴蹭了一下江听寒的胳膊。

"不用麻烦了。"温言赶紧摇摇头,就剩下高三一年了,她不用谁特别照顾。

江听寒看着温言那一脸别扭的表情,冷笑一声,吊儿郎当地应着:"可以啊。"

"儿子,妈知道你最乖了。"韩晴拍拍江听寒的肩,不忘对温言说,

"言言，放心吧，你就只管好好读书。"

江听寒歪歪头，双手环胸看着温言，语调慵懒地附和："嗯哼。"

温言能感觉到江听寒随之下的敌意，她坦然接受："谢谢韩姨，谢谢江……"话音戛然而止，她的嘴动了动，有些难以启齿的样子。

江听寒眯眼，江什么？

温言小心翼翼地看了看江听寒，别扭地说："谢谢你们的照顾。"

"阿姨，我先回去了。"说完，温言站起身。江听寒立刻伸手抓住了温言的左手腕。

温言条件反射地将手抽了出去，护住了左手腕。她看向江听寒，眉头皱了皱，一套动作行如流水，脸上写满了谨慎。

江听寒观察着她的表情，又看了看她的手腕。那么丑的手链，他又不跟她抢，宝贝似的。

温言的表情有些不自在，将手藏在了身后。

"真没礼貌。"江听寒故意找她麻烦，"什么叫谢谢我们？不知道我叫什么？"

韩晴幽幽地看向江听寒，不禁眯起了眼，这臭小子干吗？

"知道。"温言平静地回答，目光一直在江听寒的脸上。

"重新谢谢我。"江听寒双手环胸，翘起二郎腿，微微扬起下巴，一脸戏谑的表情。

韩晴默默咬紧了牙关，眼神愈发冷厉了。

"好，谢谢你照顾我。"温言停顿了一下，又幽幽说了句，"江听寒，韩姨要发火了。"

温言抛下这句话，转身便溜了。

江听寒刚转头，韩晴一巴掌准确无误地拍在了江听寒的脑袋上。

"你还当起山大王来了？"韩晴的吼声穿破耳膜。

江听寒立刻暴躁地说："妈，你这区别对待也太明显了些吧！"

温言回到家赶紧锁上了门，就听那边江听寒无能地怒吼："这合理吗？我才是你亲儿子！"

温言扯了扯嘴角，她也不是不愿意喊江听寒的名字，而是两个人放学的时候刚吵了一架，他是怎么做到一下子就消化了情绪，又像个没事人一样的?

温言揉了揉眉心坐在了书桌前,看着窗外高高挂起的月亮,心思渐沉。

她无力地趴在桌子上,掌心落在了左手腕处。她试着将手链往下拉了拉,却很快又推了回去。

温言闭上眼睛,心跳得很快。接下来的日子,会太平吗?

第二章

雨夜

温言今天起了个大早，为的就是躲开江听寒自己去学校。

结果出了门才知道，江听寒今天要早训……于是两个人在雾蒙蒙的清晨里对上了眼神，温言真想骂一句"这该死的孽缘"！

但是良好的教育让她闭上了嘴，只能微笑着说一声"早"。

江听寒看到她那皮笑肉不笑的表情，理都没理，温言被无视得很彻底。

江听寒昨晚没睡好，有起床气，不想说话。他翻来覆去想了一晚上自己和温言的关系，怎么想怎么不服。

他江听寒哪儿受过这种委屈啊，小时候不懂事被人家讨厌就算了，怎么现在都开始要脸了，还被人讨厌瞧不起呢？

江听寒双手插兜，穿着五中的校服走在前面，从安静的巷子里走到热闹的街道上。

温言看着少年的背影，默默在后面保持着距离。

江听寒甚至转头扫了她一眼，看到她离自己那么远，脸很黑。

一直到学校门口，忽然被通知电子校门出现故障，守门的大爷恰好上午请假，派人去拿钥匙迟迟未归，导致无法进校。

温言还是第一次遇到这种情况，江听寒等了三五分钟便没了耐心，开始在原地打转。

片刻后，他的目光落到了温言身上。

温言正蹲在地上，捡了根小木棍在画圈。想到这两天和温言的针锋相对，他便觉得好笑。针对温言，真的是他的本意吗？

小时候不就是总欺负人家，人家才不待见自己的吗？江听寒，你怎么还不长记性？

江听寒睨着她，蹲了过去。

温言一抬头，就看到江听寒在她身边，淡淡地吐槽："温言，你越来越无趣了。"

温言闻言，直视江听寒的眼睛。他的眼神很平静，却又带着一点嘲讽。

"我又不是玩具，为什么要有趣？"温言目光看向别处，说出这句话的时候，又何尝不心酸。

她当然想变得有趣，可现实让她不得不扛起自己这一片就快坍塌的小天地。快乐和生活，终归是不能兼得的。

江听寒自顾自道:"也没小时候可爱了。"

温言笑:"你以为人人和你一样。"从小到大都是那副德行。

江听寒无语片刻:"我怎么了,我小时候就挺好的,现在比小时候更好!"

"江听寒,其实你这人挺好的,就是喜欢贫嘴。"温言实话实说。

江听寒冷嗤,懒洋洋地回应:"温言,你这人也挺好的,就是太孤傲。"

温言不说话,孤傲都是小时候的事了。

"有时候我都在想,温言到底有没有心啊?"

江听寒的声音淡淡的、轻轻的,像是一根刺,飘进了温言的心里,刺得温言心尖疼。

父母去世之后,她巴不得自己真的没有心。这样就不会那么痛苦了。

气氛安静了几秒。校门开了,温言没再接话茬,很快便进校了。

江听寒停在原地,又被无视了。

温言刚进教室,就见班里的小广播王轩同学手里抱着一个盒子,笑眯眯地对她说:"温言同学,抓阄。"

温言抓了张纸条出来,往简怡那边去,问:"这是什么?"

简怡坐在座位上,哭丧着脸,很不开心地回答:"开学大扫除啊!今年轮到高三部,一班三个人,谁抓到什么打扫什么!空白就是不用打扫。"

温言问:"那你?"

"是的,鄙人很荣幸抓到了三楼卫生间。"她皮笑肉不笑地将自己的纸条舒展开,十分生无可恋。

王轩在台上说:"还剩下两张纸条,是寒哥和陆禾的。他们还在外面拉伸,我就替他们拆了哈。"

说罢,王轩便将纸条打开,两张竟全都是空白。"那另一个人……"

说话间,所有人都看向了温言,一副"祝好运"的模样。

温言一怔,看她干吗?等等……温言赶紧将自己的纸条也打开——恭喜,喜提一楼长廊卫生。

王轩欣慰地笑了笑:"不亏,跟你们一起中奖是我高攀了。"

温言瞧着简怡,简怡快要哭了。

"我们换。"温言把纸条递过去,当作干脆利落。

长廊比起卫生间,好打扫多了。

"不用。"简怡才不要让温言去打扫厕所。

王轩从台上下来,囧得很:"我要打扫的是三楼男厕,换不了……"

温言表示十分理解,王轩同学还是很友好的!

"换吧。"温言把手中的纸条塞给简怡,动作很快。简怡拦都没拦住。

"温言!"简怡压低声音叫她。

温言拍拍简怡的脑袋,然后转头问王轩:"什么时候打扫?"

"午休的时候。"他回答。

简怡看着温言,心里晦涩极了。自己头顶的伞都破了,却还要给别人撑伞的笨蛋。

高三的学业紧张,只有午休的时间较长,每周只有一天半的周末。所以有什么活动,都集中在午休。午休也是学校里人最多的时候。

温言站在三楼女卫生间门口,神色凝重。看到王轩都行动起来了,温言也不好再站在门口发呆,便去拎了水桶和拖把过来。

学校的拖把很多人用,每个学期都要换几把新的,今年刚开学还没来得及换,以至于有点烂。

温言将拖把涮了几下,发现拖把头因为长期未使用的原因太硬了,无法正常使用。

长廊里人群熙熙攘攘,一群人在身边走来走去,嬉闹声很吵。

门外几个同学停下脚步,她们望着温言,眼神里带着炙热的打量,时而交头接耳,窃窃私语着什么,然后哄然大笑。

温言被打量得不舒服,她背过身,心中难免酸涩,手头动作都重了一些。

(4)班教室的门忽然被踢开,几个正在议论的小姑娘一转过头,就看到了江听寒那张阴森的脸。

他冷着脸,漆黑的瞳仁冷戾至极。长廊里霎时间安静了,大家纷纷加快离去的脚步。

江听寒往长廊右边看去,目光落在温言的身上。

温言就蹲在那儿,小小的一只,和那个拖把僵持不下。

不知道是不是他的目光太炙热,她忽然间抬头,穿过人群,对上了江听寒的视线。

温言顿了一下，正弄着拖把的手僵了僵，一时有些无措。

这世界上让人难以忍受的除了钻心的疼痛，还有自己狼狈不堪时被熟人看到的窒息感。

温言睫毛颤抖了一下，神色黯淡。

温言的头压得好低，她越是用力，手中的拖把越不听使唤。最后手背和拖把拉杆一起狠狠地磕在墙上，发出"咚"的一声。

江听寒的喉结滚了滚，有一瞬间想要冲过去，可在看到温言很快站起来时，还是停下了脚步。

教室里，陆禾已经观察江听寒的表情很久了。

他忍不住叹气，给他找了个台阶下："你和她别扭什么呢？你低个头，这事不就结了？"

江听寒冷哼，结了？陆禾太不了解温言了，她执拗得很。

"她要是先主动跟我示好，我倒是愿意帮帮她。"江听寒抿唇，说话的声音大了些，像是故意说给谁听。

温言听到了，但她没理，而是将拖把往旁边一丢，懒得再弄了。

刚好王轩从男厕出来，温言叫道："王轩。"

"温言同学，有什么吩咐？"

"你能不能带——"我去换个拖把？

话还没说完，就见一个山楂球砸到了王轩的脑袋上。

王轩揉着脑袋愤怒地看去，江听寒双手环胸靠在栏杆上，笑着问："打扫完了？"

"没完。"他摇摇头，转身便又回男厕了。

温言张了张嘴，然后转头瞪着江听寒，脸色阴沉。

江听寒耸肩，没办法，人缘好，都听他的。

温言气笑："江听寒，你幼不幼稚？多大的人了，还玩小孩子那套？"

"少管，我乐意。"江听寒双手环胸，一副吊儿郎当，事不关己的模样。

温言指了指旁边的拖把，面无表情地说："帮我换把新的。"

"不管。"江听寒果断转过头看操场，傲娇得很。

"江听寒，管不管？"温言拧眉，呼吸有些沉。她手疼，刚才那一下，撞到手背了。

我恋月亮

江听寒幽幽地看向温言，虽然说不管，但语气在放软："你这算是求我帮忙吗？"

"在干什么？"身后传来一道陌生的少年声音。

温言转身，是张陌生面孔，目光往下落，看到了那人的校牌——高三（1）班柏书文。

柏书文在看到温言的时候，有些惊讶。又看到一旁正皱眉的江听寒，他抿了抿唇，笑着问："需要帮忙吗？我帮你。"

江听寒的脸瞬间沉了下去，本倚着墙壁，立刻站直了。

温言瞥了江听寒一眼，然后回答柏书文："拖把坏了，想换把新的。"

"我看一下。"柏书文上手就要检查。

江听寒立刻吼他："柏书文，你欠儿不欠儿啊，是你们班的事吗？你就管？"

"同学友谊不分班级，谁说（1）班就不能帮（4）班了？"柏书文懒懒地一笑，蹲了下来。

温言也跟着蹲下来。两个人待在一起，竟然意外和谐。

江听寒朝着这边走来，嘴里叫着："温言。"

江听寒拎起柏书文，恼羞成怒："一边儿去。"

"不。"柏书文挑眉，有些针锋相对的意思。

江听寒拉紧柏书文的衣领，眼神越发冷戾。柏书文无奈，笑了笑说道："行了，她那拖把确实坏了，我给她拿把新的。"

说罢，柏书文就去给温言拿新拖把了。

江听寒睨着温言，他不明白温言怎么总是有那么大的魅力，总是让人毫无保留地帮她？

江听寒郁郁寡欢地转身。

陆禾看完全程，有些不解。这就走了？真让柏书文帮忙了？

江听寒的手臂被陆禾碰了一下，陆禾压低声音说："麻烦了。"

江听寒正撮着眉心，就听到一声呵斥。

同学A："新来的惨了，怎么得罪上了周木成？这周木成精神有点问题呀。"

周木成高考那年发生了意外，他就没有参加高考，现在已经是他在五中的第三年了，经常没事儿找点事儿，就为给校方添堵，偏偏校方还拿他没办法。

"我新买的鞋就这么脏了！"周木成怒瞪温言，胸膛此起彼伏，气急败坏。

虽然是他自己撞上来的，但温言不想跟人产生矛盾，将水桶往旁边踢了踢，语气平淡地给他道歉："对不起。"

周木成见状，上前一步，涨红了脸，表情不对："你这是什么态度？"

温言也是在这一刻才发现，眼前这个人好像是脑子有问题。

周木成察觉到了温言眼神的异样，手上动作紧了紧，上前一步，气急败坏："你也和他们一样觉得我有病是不是？"

呵斥声传遍整个长廊，大家都屏住了呼吸。

温言向四周看去，期待着有哪个同学能上前帮帮她！

陆禾默默地撞了撞江听寒的胳膊，问："管不管？"

江听寒转身，双手插兜，往教室去。

温言眼看着江听寒转身离开，薄唇无声地张了张，脑海中有画面疯狂跳出——

"小琪，你相信我，我不是她们说的那样！"

"琳琳，你也不信我吗？别走……"

任凭她怎么求助，可她的好朋友们却头也不回地离开。

那些口口声声伸张正义的人不停质问她："你也配有朋友？"

比起被欺负时的窒息和痛苦，朋友们失望的眼神更让她绝望。

她该如何从黑暗中逃出来，这是个永远也解不开的谜。

"有意见你就说，别在这儿一言不发。我周木成最讨厌跟我死磕的人！"

江听寒敛眸，低骂了一句，然后大步朝着周木成走去，一把接住周木成就要落下来的巴掌。

周木成被这突如其来的力量打了个措手不及，直接撞在了栏杆上。

温言无力地往后退了两步，手扶住墙壁，泛红的眼眸睨着江听寒，想哭又想笑。

周木成从地上爬起来，手指向江听寒："江听寒，和你有什么关系？"

江听寒瞥了他一眼，腾出一只手打开周木成的胳膊，整个人张弛有度，语调讽刺:"又发疯?"

江听寒将他上下打量一番,一脸"我为你好"的表情说道:"你有病去看看行不行?"

周木成恼怒地转过头,不敢反驳。

"走就走!"周木成闷哼一声,抬腿就走。

江听寒见周木成走远了,这才看向身边的温言,抬手摸了摸温言的头发,安慰她。

温言意外地看着江听寒,他的手收得很快,大抵也是怕她骂他,或者是嫌弃他。

江听寒偷偷睨了她一眼,发现温言面上没什么情绪,可她的身上却给人一种莫名的压抑感。等了半天,也没等到她开口骂。

"谢谢你。"她声音沙哑地吐出这句话。

江听寒没被骂还有点意外。

温言快速抬手抹了一下眼睛,与江听寒擦肩,捡起地上的拖把。

"干什么去啊?"江听寒问她。

"去换新的拖把。"

"没坏。"他冷哼了一声。这拖把哪儿坏了?不就是卡扣没卡对位置嘛。

"看好了,就教你一遍啊。"他点了一下温言的脑袋,当着温言的面将拖把下面的一个卡扣打开,把拉杆拉到最长,再把卡扣用力卡住,完活儿。

"喏。"他伸手递给温言。

温言抬眸看向他,少年痞帅的脸入了眼,那双含情眼此时正灼热地盯着她。

中午的太阳毒辣,他被照得浑身泛着金光,整个人灿烂似骄阳,自在且耀眼。是后来遭遇了那一切的她,如今最羡慕的模样。

温言收回目光,接过拖把,认认真真道谢。

但江听寒最讨厌温言这样,帮帮她,就跟他说谢谢,好像他们是什么陌生人一样。

江听寒烦闷地吐出一句:"不谢,当积德了。"

"祝你功德圆满。"温言一脸正经地接上这句话。

江听寒看了看女厕,抿了抿唇,忽然转头叫陆禾。

正走神的陆禾急忙应声:"啊?"

江听寒拧着眉,不耐烦道:"找人帮忙打扫一下三楼女厕。"

"成。"陆禾忙着放下手里的瓜子,拍拍手。这俩人终于不闹别扭了,早这样不就完了吗?

温言表示疑惑:"我的活儿,喊别人做不合适吧?"

江听寒心里有火:"你都受伤了还打扫?你再继续打扫才是真的不合适吧?"

二人离开后,一直在不远处的许鸢慢慢走了出来。

教室里,江听寒将自己的桌子搬到了温言的后面。

温言怔住。

"看什么?坐这儿不行?"他问温言。

简怡急急忙忙跑进教室,将温言从头到尾检查了个遍。她刚才在一楼被老师拎去办公室打扫了,外面的动静一点都听不到。

温言摇头:"没事。"

简怡松了口气,一回头,发现江听寒就坐在温言后面撑着脸看自己。简怡蒙住,往陆禾身侧看去,这才发现陆禾旁边的位置空了。

江听寒打了个哈欠,眼皮微微抬了抬,继续手撑脸:"别看了,以后我坐这儿。"

温言翻着书,想到了刚才江听寒的表现,偷偷往后看了一眼。结果刚转头,她就和江听寒对视上了。

温言立刻像个小学生一样挺直了腰板,背后传来江听寒的嗤笑声。

教室后门有人喊了江听寒一声,他抬头看过去,那人递给江听寒一个东西。

江听寒说了谢谢,然后点了一下温言的肩膀:"喏。"

温言转头,就看到江听寒手里拿着的冰袋,随后放在了自己的手背上。

温言垂下睫毛,有冰袋敷手背,被撞肿的地方舒服多了。她不禁在心里又一次谢谢江听寒。

晚上放学的时候,五中学校门口堵得水泄不通。

温言不着急回家，打算等外面人少一些了再回去，便在教室里又做了一套试卷。

简怡本来要陪她的，奈何管家来得早，她只能先走了。

教室门被敲响，温言抬头，是许鸢。

许鸢站在门口，问："还不走？"

"这就走了。"温言将一套试卷卷起来揣进兜里，又看了看她，没有说什么，和许鸢一起下楼。

下楼时，许鸢说："江听寒也还没走。"她停顿了一下又说，"他可没有夜跑或者夜晚训练的习惯。"

温言这才知道江听寒还在操场上跑步，但他平常没有这个习惯？

许鸢看着温言疑惑的脸，转移话题："你和江听寒，关系应该不简单吧？"

"你误会了……"温言话还没说完，许鸢就把手机举到了温言的眼前。

手机屏幕上显示的是五中的论坛。一眼看下去，所有帖子都在议论温言和江听寒。

许鸢收回手机，双手插兜："我可以帮你搞定这些帖子。"

她看得烦，但如果能因为这件事而增加温言对她的好感，简直是一举两得。

温言很想说一句随便，因为她从不看这些东西，眼不见心不烦。可是……如果帖子一直发酵，大家会不会很快就会知道之前的事了？

沉寂许久，温言停在最后一阶台阶上，问："你需要我做什么？"

许鸢提出帮忙，必然是有条件的。

"温言，我想和你做朋友。"许鸢微笑，单纯无害。

温言淡淡一笑，她这两年见过太多不同的嘴脸，许鸢这才不是要和她做朋友的模样。许鸢很关注江听寒，靠近她，肯定也是为了江听寒。

温言在许鸢拎着的书包里看到了一个包装袋的一角，伸出手："我帮你把东西给他，你删掉帖子。"

许鸢没想到温言竟然这么痛快。

"我会告诉他，我通过你送礼物给他。你在他面前不用多说什么。"她把礼物拿出来，放到温言怀里。

温言心想：还挺重。她答道："知道了。"

许鸢挑眉："论坛的帖子我会找人解决，合作愉快。"

"就这一次。"温言声音冷冷清清的，说完，便加快脚步离开了。

许鸢站在原地，看着温言的背影，还真是个有个性的女孩，似有万花丛中过，片叶不沾身的感觉。

温言在操场旁边的长椅上坐下，抬头看着江听寒。

操场上灯光昏暗，偌大的场地衬得少年背影孤单，唯有地上模糊的影子随着他不断前进。

想到江听寒下午在关键时刻出现，温言还是忍不住心跳加速。

这两年，在她需要帮助的时候，从未有人出现过，反倒有人火上浇油，火速将她推向深渊。所有人都说她该死，她这个所谓的幸存者，成了最该死的人。温言不敢再去想那些事，拿出口袋里的试卷，借着长椅旁的路灯，垫在刚才许鸢给的礼物上，写题以分散注意力。

江听寒老远就看到她下楼了，跑到她身前的时候故意拍了一下她的脑袋。

温言皱眉，冷冷地吐出一个字："烦。"

他立刻转身，倒退着跑步，扮了个鬼脸："略略。"

温言无奈，幼稚死了，怎么会有人十七岁了还和七岁时一样的？！

江听寒忽然又跑了回来，他在温言的面前踱步，难掩开心地笑着问："大小姐，在等我吗？"

"不是你在等我吗？"温言不解地看江听寒。许鸢说江听寒没有夜跑的习惯，那八成是在等她了。

江听寒舔着唇嗤笑了一声。

温言有些莫名其妙。

他停下脚步，三两步走过来坐在温言的旁边："大小姐，你什么时候也这么自恋了？"

温言一僵，手攥紧了笔，试卷也被抓得出现褶皱。

"谁说我在等你了？我这是在加练！"他冷哼一声，偏头摸了摸鼻子。

加练？气氛有些尴尬，温言揪了揪泛红的耳朵，默默低下头，说："哦。"

江听寒立刻看向温言，这家伙，怎么跟个闷葫芦似的。

"有事？"江听寒靠在长椅上，晃了晃手腕。不管是他等她，还是她等他，温言肯定是找他有事才坐在这儿的。

温言嗯了一声，将试卷下的礼物递给江听寒。

江听寒不解："啥玩意儿？"

温言说："礼物。"

"送我的？"江听寒眼睛一亮。

温言："这还有别人吗？"

江听寒抿了下唇，他打量着温言。温言主动送他礼物，太阳打西边出来了？

"收好。"温言将礼物往他怀里推去，随后起身，"我回家了。"

"不等我一起啊？"江听寒看着她的背影。

温言冷漠回应："不等。"

"啧，无情。"江听寒抱紧怀里的礼物。

温言往后看了他一眼，抱着礼物的江听寒给人一种"弱小且无助"的感觉。

看着温言离去，江听寒拍了拍手中的礼物，笑得像朵花儿似的。他猜，这礼物是为了感谢他下午帮了她？

江听寒眯起眼，行吧，看在她还有点良心的情况下，以后就不为难她了。

不远处，教练忽然喝道："江听寒！还在那儿坐着，不想回家了？继续！"

江听寒撇了撇嘴，不耐烦地应着："知道了。"

教练也着实拿他没办法，只好提醒道："不许再和同学发生争执了，就这一次！再有下次，可不只是简单的罚跑，知道吗？"

江听寒重重点头，双手握拳："感谢教练手下留情！"

次日，温言特意找简怡要了五中论坛的网址。她和江听寒的帖子果然都没了，一切恢复正常。

教室外长廊，温言和许鸢碰了个头。许鸢微微一笑，停下脚步："东西他收了吗？"

温言平静道："嗯。"

许鸢看着温言，眼神里情绪忽闪。收了……她是既开心，又失望。

"还有事？"温言见她不说话，手指了指教室，她要回教室了。

许鸢立刻说："温言，中午一起吃饭吧。"

"不了,我和简怡一起。"温言扫了她一眼,实在是对许鸢没什么好感。

"多一个人又不会怎样。说好了,中午一起。"她倒是大方爽朗。

"言言宝贝!"简怡忽然从背后抱住温言,激动地握住温言的手,说道,"你知道吗,昨天寒哥被教练处罚了。"

温言看向简怡:"他昨晚是加练。"

"加练?"简怡撇撇嘴,宠溺地点了一下温言的脑袋,"真是个小糊涂蛋!教练从来不会让他在晚上加练,江听寒也从来没有夜跑的习惯。他是因为白天的事情被罚了!"

温言顿时停下脚步,脸上的表情有些微妙,竟然是因为她?江听寒这人不管什么时候嘴都是最硬的,昨天还不跟她明说。

中午的时候,温言有意躲开许鸢,但还是遇见了。

简怡不是很喜欢许鸢,许鸢坐下后,她就一直翻白眼。

许久,许鸢放下了筷子,很严肃地说了一句:"温言,我想和你做朋友。"

简怡哽住,有谁会这么严肃又突然地交朋友啊?!

温言却不意外,她很清楚许鸢靠近自己的目的。

"温言,我昨天在网上搜了你的演出。我看了,你很优秀,在舞台上很耀眼。"她挑挑眉,加重了"网上"两个字的读音。

闻言,温言握着筷子的手一紧。她抬眸,目光深沉地看着许鸢,声音难得有了一些温度:"许鸢,你威胁我?"

"没有呀,我能威胁你什么呀。"许鸢赶紧摊开双手。

"许鸢,你到底想干吗呀?"简怡是个急性子,看不得她们两个在这儿绕来绕去。

许鸢抿唇,温柔一笑:"做朋友呢。"

"如果温言不愿意呢!"简怡把手中的筷子拍在桌上。

许鸢歪歪头,笑着看向简怡:"简怡,她是新转来的,她不知道我,你还不知道?"

简怡却眉头拧了拧,浑身戾气在这一刻消退了几分。许鸢仗着她爸是校长,可嚣张了。

温言放在膝盖上的手慢慢攥紧,她看着许鸢,眼神渐沉。

许鸢从口袋里拿出一个首饰盒,放在桌子上慢慢推过来,笑得极漂亮,她说:"帮我给江听寒,谢谢。"

简怡超级不爽:"言言,你真打算给她当跑腿了?"

"看心情。"温言吃下最后两口饭,回答得平静。

她才不会被拿捏,大不了就破罐子破摔,大不了就继续转学,大不了这辈子就这样!她的生活已经很糟了,她根本不怕越来越糟。

温言放下筷子,擦了擦嘴角。

简怡看着温言单薄的身影,十分心疼她。

温言一直到晚上放学才看到江听寒,他双手环胸靠在校门口的树旁,任由街道上的路灯灯光打在他颀长挺拔的身上。

今天的他不同于前几次的打扮,宽松的白色衬衫、黑色长裤,格外规矩。他此时正看着一个小姑娘逗猫,嘴角勾着淡淡笑意,眉眼间都是温柔,有几分干干净净的帅气。

那猫从小姑娘的腿边飞速撩过,江听寒侧了侧身子,路灯透过衣衫照出他性感的腰线。

温言眯了下眼睛,感觉心跳漏了一拍。

江听寒转过身,刚好迎上温言的眼神。

江听寒勾唇笑了一瞬,慢条斯理道:"过来。"

温言瞧着江听寒,心里犯嘀咕:他这是在等人吧,可是在等谁呢?

不知道是温言把心事写脸上了,还是江听寒太了解她了。她还没问,就已经听到他漫不经心地吐出一句:"等你。"

江听寒打了个哈欠,双手插兜,无奈又好笑地说:"走吧,一起回家,韩女士做了晚饭,说你不回去不给我吃。"

温言点了点头,跟在江听寒身后。

江听寒往后看了她一眼,有些郁闷:"跟我一起走会死掉?"

温言摇头:"不会。"

江听寒拧眉,重复温言的话:"对,不会。"

"那你离我那么远干什么?过来!"他直接将温言拉了过来,让温言与自己并肩。

"江听寒,你好幼稚。"温言发起无情的吐槽。

"我乐意。"某人不以为然。

"江听寒,你像只小狗。"温言向来说话直,有什么就说什么。

温言竟然说他像小狗,他真无语。

"怎么不说话?哦,我忘了,小狗不会说话,只会——汪!汪!汪!"温言眯起眼睛,忽然笑了。

江听寒的脚步停下,对上温言的眼眸,有什么情绪悄悄出现了。

他一点都没有因为温言说他是小狗而生气,只觉得她笑起来真的很好看,像一阵清风拂过心间,让人心生涟漪。他想抓住这缕风,却又想放这缕风去自由。

他对温言印象最深刻的一次,是温言的九岁生日。温家邀请了整条街的人去家里参加温言的生日。

温言穿着一条白色的碎钻裙子,头上戴着银色小皇冠坐在椅子上拉琴,结束时拉着裙摆做出优雅的退场动作,浅浅一笑,令人心动万分。

当时江听寒就坐在她家楼梯的台阶上,双手捧着脸看得入了迷。她又漂亮又乖,一点都不抵触那些人的镜头和打量的目光,即便万众瞩目也落落大方,简直就是众星捧月般的存在。

温言摸了摸口袋,仰头看江听寒,向江听寒伸出手,手心展开,是一个首饰盒。

江听寒愣住,什么情况,又送他东西?

"这不太好吧,咱俩也不是特熟。"江听寒眯着眼笑,一次又一次,他都有点不好意思了。

"少贫。"温言语调嫌弃,她只是个递东西的。

这下换江听寒郁闷了,大小姐难道是良心发现了?知道以前对他太苛刻,所以现在疯狂弥补?

江听寒瞥着她问:"是什么?"

温言一怔,她哪儿知道是什么?

江听寒眯了眯眼,送礼物还不好意思说?行,他自己打开看。他将盒子打开,里面竟然是一枚指环。他感到有些意外。

"还……挺好看的。"温言也挺意外的。

江听寒挑眉,戴上之后在温言眼前晃了晃,笑了:"确实。"

"我很喜欢。"他看着温言的眼睛,这话说得极其认真。

温言顿了一下，瞧着他眼里的认真，心底冒出一个疑问。许鸢有没有告诉江听寒，这些东西是她送的？

温言呼吸一滞，不会被误会是自己送的吧？！

沿着海边往回走，各家店铺依旧人满为患。

江听寒这一路难得安静。

温言心想：果然是小狗，收到礼物就这么乖。回头还是声明一下这些礼物来自许鸢吧，她也不会再帮许鸢给江听寒递东西了。

到家已经快十点了。韩晴站在台阶上左等右盼，终于把两个人盼回来了。

"言言，我这两天太忙了，也没来得及问问你。五中环境还不错吧？融入班级了吗？"

饭桌上，温言一边吃饭，一边回答韩晴的问题："韩姨不用惦记我，我在五中挺好的，还认识了新朋友。"

韩晴满意地点头，又问："没人欺负你吧？"

温言一顿，目光扫向了江听寒。如果非要问有没有人欺负她，可能也就江听寒了吧。

江听寒正事不关己地吃着饭，两道炙热的目光忽然就落在了他的身上。

气氛沉重，一切仿佛都凝固了一般，江听寒嘴里的饭愣是没敢咽下去。

"江听寒，你欺负言言了？"韩晴猛地一拍桌。

江听寒吞下口中的东西，干咽了下唾沫，而后右手举起，做出发誓的手势，说："天地良心，我没有！"

温言瞧江听寒那一本正经的样子，在心里冷哼了一声，也不知道是谁一直打着韩姨的旗号阳奉阴违。

"你最好是！"韩晴警告江听寒。

江听寒瞥向温言，温言莞尔，对韩晴说："韩姨，他如果欺负我，我会告诉您的。"

"好！"韩晴满意地点点头。

江听寒深邃的瞳仁死盯着温言，气得直咬牙。温言学坏了，都学会威胁人了！

"不许欺负言言。"韩晴在桌子下踢了江听寒一脚，还不忘给温言夹菜。

"妈，你真的没办法同时给两个人撑伞。"

"是呀，所以我直接放弃你了。"她又踢了江听寒一脚。

江听寒欲哭无泪，他本来在家里地位就不高，温言来了，他的地位更是直线下降。

"吃饭！"韩晴又给温言夹了块排骨。

江听寒瞧着温言碗里的"小山堆"，别提多羡慕了。

温言则是吃着排骨望向江听寒，别说，这排骨还挺香。

饭后，温言在韩晴的目送下回了家。

九月，连宜渐渐入秋，阴着天的早晨凉飕飕的。

温言合上书倚着栏杆往外看去，一眼就看到了操场上松松垮垮走在队伍后面的江听寒。他真的太有辨识度了，抛下那清冽的眉眼不说，身上那股跩跩的痞劲儿太过吸睛。

教练喊了他一声，让他跟上来。

他抠了抠耳朵，也不动弹。直到教练走过去踢了他两脚，他才嬉皮笑脸地跟着走。

最近江听寒变得特别乖，一点没找她的麻烦，她和江听寒的相处也有序多了。温言白天上课，江听寒白天训练；晚课温言刷试卷，江听寒就在她后面昏昏沉沉地睡觉。

温言难得过了一阵舒服日子。可一想到江听寒不再找自己麻烦的原因，心里多少还是有点惭愧。

"好看吗？"耳边忽然传来一道娇柔的声音。

温言微微偏过头，许鸢和她并肩倚在栏杆上，说："他很喜欢我准备的礼物。"

以前她送给江听寒的东西，江听寒从来都不收。而如今温言送的，他却当宝贝。那不就意味着准备礼物的人是谁不重要，将礼物递给他的人才最重要吗？

温言转过头看向她，她也迎上了温言清冷的眼神。两个人就这么对视着，长廊和教室里的晨读声渐渐将两个人吞没。

许鸢很快收回目光，看向了操场上的江听寒，很不甘心。她从初中就注意到他了，只是直到现在他们的关系都不温不火。除了那几个兄弟，江听寒很少和别人走动，她已经算是和他走动很多的了，她怎么能甘心！

"温言，再帮我一次。"许鸢的手攥紧栏杆。

温言合上书，她已经没办法专心致志晨读了："许鸢，我不会再帮你给江听寒送东西了。"

一想到江听寒收到礼物时的得意模样，她就觉得这对江听寒很不公平。况且，她现在只想顺顺利利完成学业，这些令人烦躁的事，她统统都不想参与。

许鸢没想到温言会拒绝，温柔地笑着说："可是温言，我能帮你删掉帖子，就能让舆论再次发酵……"

温言在心底冷笑，许鸢是不是真以为她能拿捏自己？

"如果你真这么闲，那随你。"温言面无表情，甚至连眼睛都没眨一下。

许鸢张了张嘴，笑容僵在脸上。在温言要回教室的时候，她拉住了温言的胳膊："最后一次，你就帮我问个问题，好吗？"

"我不愿意。"温言推开许鸢的手，眉眼间都是厌倦。她不喜欢别人一次又一次对她提无理的要求，别想再利用她了，烦得很。

"温言，你就不怕五中的同学都知道你的事吗？"许鸢的话在长廊里回荡。

温言转身，风轻云淡地看着许鸢，粉唇轻启："许鸢，你太小看我了。"

许鸢眼里泛起波澜，转身刚走了没两步，就看到了江听寒、陆禾和许次。

"这真是温言送的？"陆禾咬着面包，盯着江听寒正炫耀的那枚指环。

"你猜？"江听寒挑眉，语调里显然是藏不住的喜悦。

陆禾翻了个白眼，一抬眼就看到了许鸢。许鸢的脸色不是很好，他们竟然以为这是温言送的？

江听寒和许次也看到了她。江听寒勾唇，双手插进口袋，整个人慵懒散漫，难得好心情地打趣许鸢："许同学一个人啊？"

许鸢睨着江听寒，心尖一颤。第一次见到江听寒的时候，她因为一点事情被罚站。恰好，他也一样。他当时就是这样，笑着打趣她："哟，许同学一个人被罚站啊？"

"在聊什么？"许鸢的目光始终落在江听寒那张好看的脸上。

"聊他那宝贝礼物呗！"许次多嘴。

江听寒踢了许次一脚，许次嘿嘿一笑，说："我们上课去了啊。"

许鸢勉强笑了笑，点点头。她望着江听寒和陆禾渐渐远去的身影，垂在腿边的手慢慢攥紧成拳。那戒指，明明是她送的！

午休。江听寒翻着手机，吃着饭，问温言："你最近和许鸢走得挺近啊？"

温言顿了一下，头也没抬，说："不熟。"

江听寒翻手机的动作一停。他抬眸看向温言，她仍低头平静地吃着饭。

好一句"不熟"，就像是当时说和他的关系，一点温度都没有。江听寒忍不住吐槽："温言，你真无情。"

温言哦了一声。

"更无情了。"江听寒往前靠了靠，直盯着温言那张漂亮的脸蛋。

温言不得不抬起头，不悦地戳了一下米饭，凶他："管好你自己。"

江听寒笑笑："我可不像你这么无情。"

"你啊。"温言撑着下巴，瞧着江听寒，露出一个复杂的表情。

江听寒不满，他怎么了？江听寒默默为自己正名："我靠谱得很。"

温言点头，懒得计较，说："嗯嗯，靠谱。"他说什么就是什么吧。

江听寒立刻一脸委屈，眼神可怜兮兮的："温言，你好敷衍。"

"找了一圈也没有糖醋里脊。"简怡在温言旁边坐下来。

温言看向她，发现她两手空空："所以你的饭呢？"

"小公主的饭当然得是由侍卫来拿啦。"耳边传来陆禾慵懒的声音，紧接着，就见陆禾端了两份饭一起放了下来。

温言一愣。

江听寒有些玩味地看着两个人。

简怡看向陆禾，不由得咽了一下口水，肉眼可见的，脸有些红了。

陆禾坐下后，发现三个人都在看自己，偷偷看了看简怡，幽幽解释："喀，随便说说的。"

"所以你跟许鸢到底什么情况？"江听寒又将话题聊了回来。

"真不熟。"温言喝了口汤，动作很轻。

江听寒便将手机放在桌子上，推给温言看："这叫不熟？"

论坛里，有关温言和许鸢的帖子传得满城风雨。

温言没看之前还不觉得怎样,看过之后立刻问:"能不能找管理员删除?"

陆禾刚想开口说不能,嘴里就直接被江听寒塞了一块排骨,江听寒转头对温言说:"能!"

陆禾嘴里嚼着排骨,眯了眯眼睛,若有所思。

"明天周末,出去玩吗?"简怡忽然问温言。

温言摇摇头,她不想去人多的地方。

陆禾听闻,问简怡:"我和寒哥刚好要去星河馆打羽毛球,要不要一起?"

"好呀。"简怡立刻点头,不忘看向江听寒,笑得那叫一个甜腻。

陆禾顺着简怡的眼神看向江听寒,而后垂眸笑了笑。

"瞧你弱不禁风的,是该练练。"江听寒忽然对温言说。

温言皱眉,她哪里弱不禁风了?

"那约好了,一会儿我给小六打电话定场地,明天下午放了学我们就去。"陆禾打了个响指,就这么愉快地决定了。

图书楼休息室。

江听寒靠在门框上,双手环胸看着不远处正操控电脑的一个家伙。

"最近怎么一个两个都要我删帖子?"那人身着黑色绸面衬衫,戴着金丝框眼镜,随意地窝在沙发上,鼻梁高挺,很是妖孽的一张脸。

他是江听寒的哥哥,大伯家的儿子。经常泡在五中的休息室里写代码,五中的论坛归他管。

"这两个女孩儿的帖子怎么碍你的眼了?"

江听寒懒得听他唠叨,便闭目养神。

"可别说我能删帖子啊,被论坛管理员发现我要被骂的。"

江听寒不得不抬头:"江衍,你有病没病?"

江衍咂舌:"你怎么还骂人啊?"

"你就是论坛管理员,你在我这儿装什么大尾巴狼啊?最瞧不上你这出了。"江听寒甩了他一个白眼,又问,"之前谁来删的帖子?"

江衍嘿嘿一笑,你猜我告不告诉你是谁?

江听寒也嘿嘿一笑,说:"回头我就让大伯催你结婚。"

江衍气得脸黑,咬着后槽牙说:"江听寒,算你狠!"

江听寒摆摆手，一边往外走，一边吐槽江衍，快出去了，都还要在门口吼一句："江衍，我说真的！"

江衍的鼠标直接砸过来，江听寒刚好关上门。

"砰！"鼠标掉在地上，江衍想不通，江家一家子正经人，怎么到江听寒这儿就这么歪啊？！

星河馆是连宜最大的体育馆，馆内包含许多体育项目场地。

江听寒脱下外套，问温言："会打吗？"

"会一点点。"她有一阵子心情不好，一直运动。

"我先带你练练。"江听寒递给温言一个球拍。

温言抬头看他，江听寒身着一件灰色短袖，下身是黑色长裤，很慵懒轻松的装扮。温言觉得，还没开始她就被击败了。

"我，我跟小怡随便玩玩就行。"温言指了指旁边还在拍照的简怡。

江听寒则是看过去，笑了。简怡哪儿像是来打球的，她今儿就是来拍照的。

"寒哥可从来不带人打球啊，带你你就去呗。"陆禾坐在椅子上撑着脸给江听寒助攻。

温言还想说什么，就被江听寒拉着进了场："随便打打，我也不太厉害。"

他说他不厉害，温言是不信的。

温言很久没打羽毛球了，迟迟没手感，一直都在捡球。

江听寒见温言逐渐失去耐心，安抚她："别急，再来。"

温言抬眼看江听寒，点了点头。必须承认，江听寒很有引导能力和耐心。十分钟后，她勉强能和江听寒打几个来回了。

陆禾全程都在看热闹，并且给江听寒录了一段视频，发到他们几个人的群里，视频里江听寒每一球都接得很轻，力度是温言刚好能接到的那种。

许次："打球这么温柔的是江听寒？"

段和君："跟我打的时候恨不得给我摁地下，这对面是谁啊？"

林子然："盲猜对面是温言。"

陆禾挑眉，又将一个时间更长的视频发到群里，就见简怡忽然蹲在了他的面前。

小姑娘眼睛眨啊眨，乖得很，她问："陆禾，我能和你拍张照吗？"

陆禾有些诧异，和他拍照？陆禾来了兴趣，他弯了弯腰，笑着问简怡："你不去找寒哥拍？"

"拍，等会儿他下场了再拍，先和你拍。"简怡认认真真地说。

陆禾闻言，脸上笑容顿了顿，而后挑眉："嗯。"

他伸手拿过简怡的手机，简怡坐在他身后，他看着镜头里的简怡，眼眸微沉。

"好了。"简怡比了一个手势！

陆禾勾唇，按下快门，然后说："记得发给我。"

简怡拿到手机，看着两个人的照片，心里一阵窃喜，甚至顾不上去看陆禾，便答道："好。"

陆禾再看向江听寒和温言的时候，发现场上还多了两个人，疑惑道："许鸢怎么来了？"

她怎么阴魂不散？简怡和陆禾赶快走了过去，听到许鸢说："听寒，好巧，竟然在这里也能遇见。"

"许同学还有打羽毛球的爱好？"江听寒有些意外。

许鸢笑了笑，关于她，江听寒还有很多不知道的。

"打得还不错，要不要来切磋一下？"许鸢问江听寒。

江听寒掂了掂球拍，笑了："算了，怕把你打哭。"

"那……打双打怎么样？"许鸢发出邀请，"温言，一起来一局？"

"不打。"温言果断拒绝。

江听寒肯定很厉害，许鸢看起来也不弱，她旁边那个人身上挂着星河馆教练的牌子。双人对打的话，她这个小菜鸟加入进去是等着被虐吗？

许鸢见温言拒绝，问："温言，你怕了？"

许鸢上前一步，注视着温言的眼睛，而后靠近温言，用只有两个人能听到的声音问："球馆不就是打球的，你来这儿不打球，难道有其他目的？"

"许鸢，别以自我想他人。"温言语气平静。

江听寒不知道她们在说什么，但他看得出来许鸢对温言有敌意。

"聊什么，怕被我们听到啊？"江听寒神色散漫。

许鸢闻言，对着江听寒笑了笑，一副很友善的样子。

可看向温言时，她眼底的挑衅确实藏不住，但还是故作为温言好的样子，说："既然言言怕被打哭，那就不为难言言了。听寒，不如还是我们俩切磋一局吧？"

温言这人从小到大最不怕挑衅，因为从来都是她碾压别人。是父母去世后，她才变得懦弱淡然的。

许鸢看着默不作声的温言，心里觉得暗爽。江听寒以前说过，最讨厌别人唯唯诺诺、怕前怕后的模样，他看着就觉得烦。

"你们玩吧。"温言抿唇，打算先回家了。

许鸢的到来让她喘不过气，像是掉进了一个深海里，感觉有些缺氧。

江听寒看到了她眼底的黯淡，在她转身的那一瞬，拉住了她的手腕，将她拽到了身侧。

温言不解地看向江听寒，江听寒挑挑眉，笑着看许鸢，说："谁哭还不一定呢。"

他拉着温言往另一边去。

许鸢十分意外，握着球拍的手格外紧。

温言被扯得脚步有些踉跄，她皱着眉，挣脱着他的拉扯，说："江听寒，我不想打。"

江听寒停了下来，他看着温言的眼睛："温言，相信我。"

温言觉得不是相不相信他的问题："我会拖你后腿。"

"信我。"他将球递给温言，看着温言的眼神格外坚定，让温言开球。

温言望着江听寒的眼睛，他的眼睛里是少见的温柔。

他抬起温言的手臂，温柔的少年音传入耳畔，听得人心跳加速。他说："大小姐，自信点。"

这两年里，她几乎被人踩在谷底，自信是什么，她早就忘了。她有时候也会忍不住去看看自己在舞台上演奏的视频，再照照镜子看看现在的自己，简直是天差地别。

"温言，你到底行不行？不行就直接认输，别浪费时间。"许鸢没了耐心，更看不惯江听寒对温言那么贴心。

温言看着许鸢那张讽刺的脸，想到刚才许鸢说的那些难听的话，握紧了球拍。

"好。"温言冲着江听寒点点头。

江听寒笑了,摸了一下温言的脑袋,往后退了两步,对许鸢说:"输了别哭啊,许同学。"

他看似漫不经心的语气,却暗藏戾气。江听寒向来年轻气盛,他从来不知道什么是输,更不允许温言输。

"能行吗?"简怡小声问陆禾。

陆禾拉着简怡的衣领往后退了退:"你问谁能不能行?"

简怡无奈,当然是温言和江听寒能不能行了?许鸢是带着教练来的,他们俩看起来就是必胜组合。

陆禾嘴角勾起,双手环胸,淡淡地说:"她还不配在江听寒面前叫嚣。"

双方站好位置,比赛开始。温言发球,许鸢接球,开局还算温柔。前五分钟,以温言和许鸢为主,江听寒和教练偶尔接两下球。

许鸢大概是探出了温言的实力,心里也有了一杆秤,渐渐发力。

旁边打球的人见这边有热闹看,也不打球了,都围过来坐成一排。

许鸢忽然一个扣球,温言想去接,却没来得及。球落地,丢了一分。

温言晃了晃手腕,江听寒捡起球,挑挑眉,拍了拍温言的肩,语调轻松:"小事。"

许鸢看着二人,嫉妒得眼红。

她晃了晃手中的球拍,目光对准温言,再次将球朝着温言打去。

温言渐渐感觉到自己的体能根本跟不上许鸢,刚开始还能接到球,后面简直就是陪跑,球全掌控在许鸢的手上,她说往哪边打就往哪边打。

江听寒有几次帮她接回去,可很快球又奔着温言去,且许鸢打得一次比一次狠,次次暴扣。江听寒参与不进来,温言有些狼狈。

场内其他人看看,都不禁议论:"这哪儿是双人混打,这是一人受虐吧。"

旁边的人你一言我一语,温言也彻底蔫儿了。眼看着球再次被许鸢打过来,打成了直线,好像直奔她的脸。如果她不躲开,她就会被球打到。

温言脸色早已泛红,汗珠顺着脸颊滑落脖颈,呼吸越发沉重,握着球拍的手也紧了紧,胳膊却像是有千斤重一样,眼看着球来了,却怎么都抬不起来。

身边人的议论声传入耳底,让温言越发慌张。就在球要冲向她的脸时,砰的一声,江听寒的球拍出现在眼前,如一阵风呼啸而来。他快步走过来,手臂一伸将温言往后推:"我来打主位,你在后面,我接不到的球你来接。"

温言依言往后退,脚步刚站稳,就见许鸢惊讶地看着江听寒。她没来得及接球,是教练接到了球。那球几乎接近地面,他掀起来直接扬起。

江听寒直接跳起一个暴扣,羽毛球迅速弹回,猛地落地,赢回一分!

少年转过头朝着她得意地看了看,还不忘调皮地眨了眨眼!在球场灯光的映照下,他的轮廓忽明忽暗,眉眼显得更加深邃。

他的发丝有些湿,一下又一下地将球打回去,宽松的上衣不停地被往上掀起,整个人张扬又耀眼!

温言看着他,目光慢慢变得灼热,像是有小火苗在心中点燃,兴奋又热烈。

江听寒握紧球拍,看准一旁的许鸢,直接将球往许鸢那边打去。

许鸢来不及多想,赶忙接球。

江听寒勾唇,还能接到球是吧?

许鸢往后退了两步,察觉到了江听寒眼里的一抹狠意。

江听寒的球飞速朝着许鸢打去,完全避开教练的接球范围。许鸢能接住球,但接得不稳。

比分一点一点被拉回,许鸢脸红了,球拍都要挥不动了。

江听寒抿唇,看着打过来的球,弯弯嘴角,没力气了是吧?那她刚才怎么打温言的,现在他就怎么打回去。

他这人,温言说得对,就跟小狗一样。什么怜香惜玉的,他不懂,但欺负温言,就不行。

若刚才看温言打球是担忧,现在看江听寒打球就是享受,用"快准狠"来形容一点都不夸张。

温言想到刚才江听寒说的话——你在后面,我接不到的球你来接。

哪里会有他接不到的球?而且,他的目的也太明显了,就是针对许鸢!

温言的眼睛全都在那个羽毛球上,看来看去,看得眼睛都要花了,不知不觉中已经退出场内。

对面许鸢被打得有些蒙,她刚才在旁边看江听寒和温言打球的时候,江听寒可不是这样的。

教练见许鸢逐渐吃不消,上前帮忙。江听寒不慌不忙,看他一打二!

"这么嚣张?"简怡脸上本来紧张的神情消散,不禁觉得刺激了起来。

陆禾双手环胸,一切都在意料之中。他不慌不忙地说:"该到我们的高光时刻了。"

简怡看向陆禾,问:"陆禾,你是不是也很厉害?"

"没他厉害。"陆禾指向江听寒。

"你肯定也很厉害。"简怡嘿嘿笑了一声,又继续看江听寒打球。

陆禾看着简怡,嘴角勾起一个弧度。还行吧。

本是四个人的混合双打,最后完全变成了江听寒一个人的主场。

江听寒将最后一球稳稳接住,教练和许鸢两个人差点撞在一起。羽毛球落地。

江听寒挑眉,舌尖舔着口腔内壁,手中的羽毛球拍转了几个圈,而后定住。他勾起嘴角,笑得撩人。

刹那间,馆里响起一阵齐刷刷的鼓掌声。

江听寒扬了扬下巴,眉眼清冽地看着许鸢,声音低沉:"谁输了?"

许鸢坐在地上,大口喘着粗气,红着眼睛看江听寒。她输了。

江听寒竟然因为温言这么虐自己,太过分了!许鸢鼻子一酸,直接哭了出来。

温言见状,缓缓走上前来。她看着许鸢,声音轻轻地说:"是我输了。"

许鸢听到温言这话,更想哭了。温言是输了,但是她有江听寒护着。而自己,不仅输了,还没有江听寒护着!

"我许鸢向来玩得起,输了就是输了!"许鸢擦擦脸上的汗珠,看了温言一眼,再看向江听寒,而后望向他的手指,不禁苦笑了一声。

那个闯入她生活的人,在这一刻,彻底变得陌生。她的眼神渐渐冰冷,而后头也不回地转身离开,像是在计划着什么,每一步都十分坚定。

"玩不起!"简怡双手环胸,闷声哼着。

温言坐在简怡的旁边,伸手要去拿水,旁边的江听寒就递过来一瓶已经拧开的水。

陆禾带简怡去打球了,四周很安静。温言把玩着水瓶,她……想告诉江听寒,之前的东西都不是她送的,是许鸢让她给他的。

可是看着江听寒，她竟不知该怎么开口。

他那么喜欢，一直戴在手上……就这样告诉江听寒，她只是个跑腿的，他会不会生气？

"怎么了？"江听寒耐心地等她开口。

温言揉了揉摁在椅子上的手腕，手链丁零零地响。

江听寒往她手腕上看，那手链真难看，对她是有什么特殊意义吗？

温言的目光往他脚下看去，问了句："我……就是想问问，你穿多少码的鞋？"

"哈？"江听寒也往自己脚下看去，干吗，又要送他东西？

"大小姐，你怎么变得这么殷勤？"江听寒靠近温言，目光炙热，"你是不是对我图谋不轨啊？"

温言脸一沉，推开他的肩，躲闪着江听寒的眼神，一边起身一边说："不说算了。"

"说说说，我说还不行吗？"江听寒拖着尾音，将她给拉了回来。

大抵是力度大了一些，温言跌坐在椅子上时不小心撞到了他身上。

温言僵硬地看了江听寒一眼，赶忙挣脱开，默默坐好，耳朵有些红。

江听寒眸光沉了沉，手有些不自在地不知放哪里，而后轻咳了一声，说："44。"

"知道了。"温言赶紧回答，不敢再去看江听寒的眼睛，抿了抿唇，突然说，"我……我去换衣服回家了。"

更衣室。

江听寒冲了个澡出来，陆禾正坐在沙发上等他。

简怡和温言已经收拾完了，坐在大厅的沙发上，两个人不知道在聊什么，低头轻笑。

江听寒和陆禾的脚步几乎是一同放慢，灯光轻轻地落在简怡和温言身上，温馨又惬意。

"他们好了。"简怡率先发现江听寒，温言和她一同起身。窗外天色渐晚。

"我们不顺路，我司机在外面等，先走啦，言言就交给你们啦！"简怡推推温言，将温言挤到了江听寒身侧。

江听寒挑眉，扶了一下温言。

"我也走了。"陆禾看不下去了，刚好他还有事。

江听寒和温言对视一眼，就剩他们两个人回家了。

出了星河馆便是海边，沿着小路下去，便是星海街。海边的游客还是很多的，店铺的小灯打开，亮闪闪的。附近新开了几家民宿，这儿越发热闹了。

温言发现了一家新开的小店，店名是一串英文——Good night，门口挂着一块"试营业"的小牌子。

"进去看看？"江听寒的声音自身侧传来。

这家店门口有许多花，新鲜又漂亮，江听寒推开门，便听到里面传来清脆悦耳的铃铛声。室内装潢很轻奢，吧台里一个女孩笑着接待他们："你好，欢迎光临。"

温言进去才发现，是一家装修十分精致的面馆，店内亮着暖黄色的灯光。左边是宠物区，里面有很多干净的小猫。温言一眼就看到一只白色的贵妇猫，超级漂亮。

"二位要用餐吗？"服务生迎上来询问。

温言看过来："可以撸猫吗？"

"当然。"她点点头。

"那……"温言想了想，问江听寒，"一起吃个饭？"

江听寒求之不得。

"要一份炸酱面、一份红烧牛肉面。"温言爽快点单，说完，她还问江听寒，"我记得你最喜欢吃炸酱面，口味没变吧？"

江听寒有些意外地看着温言，嗯了一声，说："没变。"

"果然，从小到大都没变过。"说完，温言便去看猫了。

服务生指向一边，示意江听寒先坐。

江听寒坐在椅子上，看着温言单薄的身影笑了，她竟然还记得。

温言妈妈盛欣做得一手好面食，他特别喜欢盛欣做的炸酱面。温言和他口味不一样，所以盛欣每次都做两种口味。温言因此还批评过他："你就不能和我一个口味吗？"

他该不该告诉温言，他现在的口味已经变得和她一样了呢？

温言抱起那只白色的贵妇猫,轻轻和它蹭了蹭脸颊。她的侧脸很精致,鼻梁挺翘,睫毛也长,明眸善睐的。

傍晚,夕阳西下,落日余晖洒进小店,落在温言和猫猫身上。江听寒忽然明白了什么叫山温水软,岁月静好。

手机响了,是韩晴发来微信消息:小白菜,今天医院有台手术,很晚回家,不能做晚饭啦。你和言言点个外卖?

江听寒无语,这小白菜的称呼也不知道要喊多久。

江听寒拍了一张温言的照片给韩晴发了过去,配文:在吃面。

韩晴:哎哟,这张拍得真漂亮!你们吃吧,妈妈请客!

韩晴发来一个红包,江听寒冷笑一声,将手机关掉放到了一边。他以前出去吃饭,她怎么不请客?

面做好后送上来,温言才放下猫洗了手坐过来。

江听寒将面搅拌了一下,抬头看她。她还戴着帽子,显得脸更小,更漂亮。

"回来这么久,都没见你拉过大提琴。"江听寒冷不丁说。

"没手感。"温言淡淡地说。

江听寒看了她一眼,没说话,继续搅拌炸酱面。

她抬头看江听寒:"炸酱面好吃吗?"

"尝尝。"江听寒把面推过去。

温言摇头。

"我又不嫌弃你。"江听寒没端回来,示意她吃。

温言撇嘴:"你怎么就肯定是我怕你嫌弃我,就不能是我嫌弃你吗?"

"大小姐,你讲不讲道理啊?我还没吃呢!"他只是用筷子把面和酱料搅拌在一起而已!

"那也嫌弃。"温言挑眉,回答得那叫一个干脆。

江听寒冷嗤一声,说她:"温言,你也就在我面前嚣张。"

"总得欺负一个人吧。"温言把他的面推回去。

所以他就是挨欺负的那个?

"我算什么?"江听寒睨着她,语调慵懒。

温言立刻接上话:"你不是最会给自己找福气吗?这算是你的福气。"

江听寒瞬间哽住，一句话也说不出了。

温言吃着面，目光扫向窗外。要起风了，浪花卷得汹涌，窗外的花摇摇欲坠。温言的膝盖和手腕有些发胀，她说："要下雨了。"

江听寒大大咧咧往外看了一眼："下就下呗。"

温言抿唇，是啊，下就下呗。

江听寒吃了口面，瞧着温言，忽然问："怕打雷？"

"没有。"温言摇摇头，低下头吃面，再不说话了。

江听寒眯眼看了看她，半晌后，把手机推过去："温言，我的微信。"

温言面露疑惑。

他面无表情地说："加我。"

温言不太愿意，但看着江听寒的眼睛，又有点不敢拒绝，她磨磨蹭蹭地掏手机。

江听寒催促她："快点，小树懒。"

"知道了。"温言不耐烦地回答。

微信好友加上，江听寒点开她的朋友圈，一点内容都没有。

她的朋友圈，就如她的人一样，都给人一种凄凉的感觉。原来时间真的会改变一个人。

温言瞧了江听寒一眼，偷偷摸摸给江听寒换了备注：江小狗。

四周安静，店里放着舒缓的轻音乐，几只小猫调皮地叫啊叫，声音奶奶的很好听，一点都不觉得吵。

温言吃完又去逗了逗小猫，要去结账的时候，服务生说江听寒已经结过了。

此时那家伙已经站在门口，为她推开门："请吧，大小姐。"

少年模样慵懒，嘴角勾起，整个人吊儿郎当的，看起来有点不太正经。偏偏他做出来的事都是靠谱的。

温言走到门口，看着开门的江听寒："谢谢。"

江听寒目光直勾勾地盯着温言，一刻都不愿意移开，他说："不客气，建议……"

门关上，江听寒的后半句话和铃铛声一起被隔绝在那间小店里。

两个人回家后不久就下起了雨。

温言趴在窗口往外看,顺便看天气预报,天气预报显示今晚有雷阵雨。温言拉上窗帘,回到床上,想起今天加了江听寒的微信。

江听寒的朋友圈内容很丰富,一半是训练和奖章,一半是鞋和生活。每一条都有一个共同好友点赞——简怡。

温言在每一条有关鞋子的朋友圈都停留了好一会儿,然后去搜索品牌和款式。

她也想送江听寒一双鞋,顺便向江听寒坦白礼物的事情,希望江听寒不要生气。

温言放下手机,看着天花板,想到今天江听寒在球馆里为自己出头的风光模样,心里生出一种很奇怪的感觉,说不清道不明。

轰隆!窗外忽然打雷了。

温言从被子里钻出来,手机响了,是华扬交响乐团发的一条有关宣传的微博。

华扬交响乐团新的一年巡演开始了,第一站是望都。温言点开出演名单,在小提琴演员里看到了简怡的名字!她不是二提,而是主要成员!

温言赶紧给简怡发消息祝贺:"宝贝,棒棒!"

简怡立刻回复消息:"如果你在就好了。"

温言看得一顿,无奈笑了笑,回复了消息:"所以,你要替我完成梦想。"

简怡:"言言,那明明不是你的错,为什么一定要用你的前途来证明你的清白?"

温言握着手机的手颤了颤,她垂下头,吸了一下鼻子。

简怡:"温言,你一定会再回到舞台上。"

温言不想再听这些话,切出了简怡的好友界面。

她不知道该做什么,手指四处点着,只是不想让自己闲下来。

她将手机关掉,望向角落里的大提琴,咬了咬唇,下床走过去。她的手抚上大提琴,内心理性和罪恶疯狂纠缠着,她终究没有打开的勇气。

这辈子她都再也拿不起大提琴了,她终究还是未能完成爸爸妈妈的心愿。

雨下得越来越大,温言拉开窗帘,打开窗户往外看,手腕处酥酥麻麻地疼着。她低下头,看着那条手链,再看向窗外,慢慢陷入了回忆。

那天晚上也是这样的天气,望都下了好大的雨,路上车水马龙,有人撑伞漫步雨中,有人在雨中狂奔,踩得地面"吧嗒吧嗒"响。

窗外的雨透过窗户不停地往卧室里灌,白色窗帘被风吹得刮起。她跌坐在床边,卧室里的血腥味刺鼻,救护车和警车的鸣笛声交错,吵得要死。

叮!楼下忽然有人按门铃。

温言猛地从回忆中抽离,她透过窗户往外看,就见韩晴撑着伞仰头,朝着她摆了摆手。

温言十分惊讶,赶紧披了件外套下楼。推开门,看就到了韩晴和靠着墙的江听寒。

豆大的雨点啪嗒啪嗒落地,比在楼上看时还要大。温言将两个人往屋子里迎:"下这么大的雨,在这里干什么呀?"

"雷声有点大,担心你,今晚去我家睡吧?"韩晴也只是走进来了几步,指了指对面。

温言扑哧笑了,听懂了韩晴的意思,无奈说道:"韩姨,我已经长大了,我不怕打雷的。"

江听寒听了她的话,眯了眯眼:"小屁孩装什么大人?"

温言瞪他,烦人。她确实不怕打雷,只是下雨就会想到那些不好的事罢了。

韩晴觉得温言可能是怕麻烦她,可是这雨要下一晚上呢!

韩晴灵机一动,抓住了江听寒的胳膊,将他往前一推,一本正经地说道:"那让小寒陪你,怎么样?"

温言和江听寒同时愣住了。放眼整个连宜,韩晴这个主意也是十分炸裂的。

"妈,你在说什么呢?"这合适吗?

韩晴皱眉,拍了一下江听寒的脑袋,喝道:"臭小子,你想什么呢?"

温言抬起双手疯狂地晃了晃:"不用!他白天训练也挺辛苦的,下午还带我打了羽毛球,让他回家好好休息吧。"

温言望向江听寒,眼神轻柔许多,不像之前平淡冷漠。

江听寒还挺意外温言这个没良心的家伙竟然记得他的好。得,也算没白照顾她!

"没事,他这么大个小伙子要休息啥啊!"韩晴一棒槌下来。

— 057 —

江听寒无言地看向自家老妈,虽然,但是……他是人,又不是驴,而且驴也是要休息的啊!

"你家里有没有多余的被子和枕头?没有的话我去把他的拿过来!"韩晴愣是要把江听寒推销过来。

温言真的很拼命地拒绝了。

江听寒眨了眨眼睛,合计了半天,说了句:"我自己回去拿。"

十分钟后,温言关上了门,看着已经在沙发上躺下的江听寒。他好像在自己家一样自在,没有半点拘谨。

"你明明可以拒绝的。"温言吐槽他。

江听寒玩着手机,优哉游哉地说:"母命难违。"

"我看你根本就没想违抗。"温言郁闷地捡起了掉在地下的抱枕。

江听寒笑了笑,关掉手机,趴在沙发上,像小狗一样乖,拖着声音说道:"啊,被大小姐发现了。"

温言无奈摇头:"我去楼上了。"

江听寒点点头,打了个哈欠。上午训练,下午去球馆打球,这一天干的全是体力活。

温言走到楼梯上,不忘回头看了看他。他正趴在沙发上,下巴抵在抱枕上,身上搭了半截被子,头发垂下遮住了眼帘,脸部轮廓模糊。

他很高,她家的沙发容不下他,半条小腿都在边缘搭着。这家伙睡沙发上,真的舒服吗?

而且现在入秋了,今天又下了雨,一楼还挺凉的。

温言叫了他一声。

江听寒懒懒地抬起头,语气低沉:"嗯?"

"要不你还是回家睡吧,我真的不怕。"温言认真地说。

他没回应,皱了下眉便转过头继续睡觉了。

"我说真的。"温言再次说。

他捂住耳朵,听不见。

轰隆隆!雷声刺耳,震得人心里发慌。

温言回到房间,靠在门上,耳边满是江听寒的话。她抓了抓头发,磨蹭到床上去,一想到江听寒一个人在楼下,心里感觉怪怪的。

温言躺在床上,看着窗外的雨点,心里乱糟糟的睡不着。

窗外电闪雷鸣,闪电似要将墨色天空划出一道苍穹,雨点更加放肆地砸向地面。

"啪嗒"一声,卧室的灯忽然灭了。温言一顿,伸手又按了几下灯的开关,没反应。

房间里漆黑一片,伸手不见五指,只剩下窗外的雨声。再往外看去,院子里的灯也灭了。

温言刚要下床,手机屏幕亮了起来。

江小狗:"停电了,别乱走,早点睡。"

闪电忽闪,房间里被照得透亮。雷声紧跟其后,"轰隆"一声,格外刺耳。

温言默默回到床上,给江听寒回了短信:"好。"

江小狗:"怕不怕?"

温言:"不怕。"

江小狗:"大小姐胆子练大了啊,小时候一打雷,隔着窗户都能听到你在哭。"

温言:"没人会像你一样,从小到大都没什么变化。"

消息发出去,没等到江听寒的回复,却听到"咚"的一声闷响。

什么声音?温言立刻坐了起来,赶紧打开手电筒走出去。

温言推开门,长廊幽深,目光落在爸妈的房门上。小时候她要是害怕就一溜烟跑到爸爸妈妈的房间,现在却再也没有一个港湾能让她在被惊醒的深夜里安心熟睡。

温言站在楼梯口,小声叫着:"江听寒,你睡了吗?"

刚才还和她发消息,这么快就睡了吗?正想着,她往下走了走,就听门外又有声音,门也被吹开了。

闪电将客厅照亮,她没看见沙发上的人。她有些慌张,赶紧走了下来,拿手电筒四处照,却不见江听寒的身影。

温言小心谨慎地叫着江听寒的名字,在客厅找了个遍,就连卫生间的门她都敲了敲。想到刚才外面传来的声音,温言的心里咯噔一下,江听寒是不是出事了?

温言走到门口,她的手还未扶住门,一阵风瞬间将她和门一起往外推。她都来不及反应,只知道脸颊被风吹得生疼。雨点毫不留情地落在她身上,将衣服浸透。

温言知道会下雨,但没想过会下得这么大。就在温言要被吹得倒在地上的时候,门外有一抹身影迅速走过来,伴随着一道低沉的叫声:"温言!"

温言想抬头看过去,却被雨打得睁不开眼睛。下一秒,她被人拉进室内。紧接着门被关上,风雨声小了许多!

温言睁开眼睛,借着外面微弱的光看到了浑身湿透的江听寒。

温言想开口说话,却因为被呛了水发不出声音。她咳了几声后才问江听寒:"你去哪儿了?"

江听寒赶紧将温言放到沙发上,再将他的被子披在温言的身上,用力帮她擦了擦,然后裹住。

他一边去拿毛巾,一边回答:"外面花盆掉下去了,我去把另外几盆从栏杆上拿下去的时候发现其他家都有电,就想去看一下你们家的电路。结果你跑出来了。"

屋子里一片漆黑,温言看不清他,只能看到一个影子走来走去,最后走到了她的面前。

江听寒扶正手电筒,手电筒将客厅照亮,两个人的脸终于清晰了一些。

他拿着毛巾站在温言的面前,看着湿漉漉的温言,叹气。

温言仰起泛白的小脸,多少有点可怜兮兮的。

他最受不了温言用这种眼神看自己,他将毛巾丢到温言的脑袋上:"不是说了不让你下楼吗?"

温言默默抓住毛巾擦了擦脸,解释说:"外面有声音,我给你发消息你没动静。我一下楼就看到门开了,你又不在沙发上。"

江听寒拧眉,很是不悦:"所以?"

"所以风太大了,我被吹出去了……"温言抿唇,尴尬得不敢看他的眼睛,过了半晌,小声补了一句,"我怕你在我家出什么事儿,我和阿姨不好交代。"

江听寒听闻,蓦地怔住。他张了张嘴,被温言的这句话噎得不知道说什么好了。

我恋月亮 060

温言见他没说话了,不知道他是不是不生气了,一抬头,便对上江听寒凄凉的眼神。

她倒是被包裹得严严实实的,其实江听寒身上也湿透了。

"行了,坐好别乱动,我出去看一下电路。"江听寒转身要往外去,温言提醒他:"带件雨披吧。"说着就要起身帮他拿。

他走过来,一脸无奈,按住温言,打断她将要起身的动作,开口:"停停停,告诉我在哪儿,我自己去拿。"

温言抿唇,指了指门口的鞋柜。

他点头,拿起手电筒去找雨披。找到后,他一鼓作气套在身上,关门的时候再三叮嘱:"别乱动,我很快回来。"

温言坐在沙发上,双手搓了搓,心里却是说不出的安心。家里有个人,确实比没人好多了。但是江听寒刚才忽然不见,门又敞开着,真吓坏她了。

虽然她嘴上总说,这家伙和小时候一点都没变。但不得不承认,他还是变了很多的。

灯亮了,很快外面也传来脚步声。门被推开,雨点往屋子里钻,江听寒穿着雨披进来,关掉了手电筒,说:"没事,跳闸了。"

"厉害。"温言坐在那儿,生硬地夸着他。她这人,不是很会夸别人。

江听寒意味深长地瞧了她一眼,闷笑一声。将一条新的毛巾递给她,声音温柔:"先擦擦头发,然后上楼洗个澡再休息吧。"

温言点头,拿开被子,刚要起身,膝盖忽然发软,整个人不受控制地往茶几上摔去。

江听寒眼疾手快飞速垫在下面接住她,然后把温言扶起来让她坐在沙发上。

温言坐在那儿,手捂住膝盖,轻声解释:"不好意思啊,我'老寒腿',刚才灌了风,这会儿太凉了,有点僵。"

老寒腿?江听寒不可置信地看着温言,这种词他一般只在爸妈那辈听说过。

"想笑就笑吧。"温言也觉得很离谱,轻轻地哼了一声。

江听寒确实想笑,这话从温言嘴里说出来,怎么听怎么好笑。但他还是拍了一下温言的脑袋,憋住了。

"上楼吧,把头发吹干,洗个热水澡,然后早点休息。"。"

温言低垂着头,听着江听寒的话,被风雨麻木的心感觉渐渐有了温度。

窗户上映出两个人的身影,他拿着吹风筒,一点一点地帮她吹着头发。

温言望着他的影子,手紧攥着,不敢想往日看起来那么不靠谱的人,竟然还有如此贴心的一面。

可是江听寒……如果你知道我的事情,你不会和那些人一样,觉得我是个罪人呢?

看到温言在失神,江听寒关了吹风筒,提醒她:"好了。"

温言收回思绪,目光缓缓落在他身上,心却更沉了。大家都是手机不离身的人,他会不知道她的事吗?

他将热水袋拿过来放在温言的膝盖上,提醒她:"暖一暖。"

温言轻轻"嗯"了一声。

江听寒又陪了她一会儿,见她没什么事,说:"我先回去了?"

温言点头,试探性地问道:"那,你还回来吗?"

江听寒在温言充满期待的眼神下懒懒地吐出一个字:"回。"说完,门便关上了。

温言像是泄了气的气球,连忙呼了几口气,真是糟糕的一晚,像做梦一样。刚躺了一会儿,她的手机就响了。

是之前定的11点59分的闹钟,12点那双鞋就要开抢了。温言忙打开购物软件,希望能抢到。

江听寒睡前看温言的房间还亮着灯,给她发微信:"还不睡?快点睡觉。"

温言根本顾不上回他消息,在时间变成"00:00"后疯狂点购买!

温言直接刷脸支付,手机上很快显示——付款成功!她这才点开江听寒的聊天画面,回复了消息:"睡了,晚安。"

发完消息,她心满意足地放下手机。

清晨的阳光透过窗户照到床上,温言从卫生间出来后,将卧室收拾整洁。

窗外天晴了,昨日狂风暴雨,院子里到处都是被雨打落的树叶和花瓣,包括夜里打碎的几盆盆栽。

温言绑了个马尾，穿了套舒服的衣服下楼，客厅里已经不见江听寒的身影。但是透过窗户看到了昨晚被她弄湿的被子，想必江听寒早就起来了。

温言推开门，微风吹过，清新的空气中夹杂着丝丝海的气息。

温言刚拿起扫帚，恰好遇见要去上班的韩晴，笑着打招呼："韩姨，早。"

韩晴看到温言就开心不已，她走过来揉揉温言的头发，笑得温柔："昨晚睡得还好吗？"

"嗯。"温言笑笑，问韩晴，"江听寒回家了吗？"

"哦，他呀，一大早就出去晨跑了。"说着，韩晴还看了看手表，笑着说，"应该快回了。"

"别扫了，等他回来扫吧。"她按住温言手里的扫帚。

温言嗯了一声，说："韩姨，路上注意安全。"

韩晴走后，温言还是自己打扫了院子。她家和韩晴家院子是连着的，所以她就一起打扫了。原本忽然出来还觉得冷飕飕的，但是打扫完感觉身子暖和多了。

叮！手机里传来订单更新的消息，凌晨买的鞋竟然一早就发货了，看来明天就会到。

温言十分意外，竟然这么快。不过也好，让江听寒早点收到，她也好早点向江听寒解释礼物的事情。

温言回到房间，倒了杯牛奶放进微波炉。她晃了晃脖颈，简单地做了个拉伸。而后她拿出温热的牛奶，靠在了门外的栏杆上。看着清晨的风景，喝着牛奶，少女微微垂头，任由耳边的发丝垂下，恬静得像是一幅画，优雅而沉稳。

她拿出手机，翻了一下朋友圈，看到了江听寒夜里发的一条朋友圈，配文：月亮注定是要西沉的。

配图是她家客厅窗口，外面蒙蒙亮，看不到月亮，更看不到初升的太阳，只看得见外面下着小雨。

温言正要滑过去的时候，又看到简怡点赞了。紧接着，多了一条评论：或许是月亮也遇到了一点难过的事，躲在了云层里，未必西沉。

温言失笑，简怡的世界永远都这么浪漫。

温言喝下最后一口牛奶，正准备往屋里走，门外传来了脚步声。她微微侧过身子，刚好看到一只手拿着手机，一只手拿着毛巾擦脸的江听寒。

少年身着白色T恤，外面是一件黑色的骆驼冲锋衣，下身黑色长裤。因为跑步的原因，头发被他往后抓去，整个人带着几分不羁，还有几分松松垮垮的慵懒。

他抬头，四目相对，嘴角勾起："醒了？我回家冲个澡，等一下过来。"江听寒朝着里面喊了一声。

温言探头出来："那我晚点再给你热牛奶，免得凉了。"

"都行。"他背对着温言回答。

温言在客厅等江听寒的时候，看到了江听寒回复简怡的评论："有道理。"

这俩人，还真对得上频道。

温言打了个哈欠，手撑着脸，无聊地看着江听寒家。

她家的客厅刚好有个窗户是对着江听寒家，两家小洋房的户型是一样的。小时候她经常坐在这个窗口拉琴，他就在对面手撑着脸看她。

她那会儿一看到江听寒就不开心，跑去把窗帘拉上，隔绝江听寒。如今想想，也是好笑。

过了一会儿温言才去帮江听寒热牛奶，顺便烤了两片面包，煎了两个蛋。

她端着牛奶从厨房出来时，江听寒刚好走进来。他换了身衣服，深色卫衣配黑色长裤，头发还没吹干。

"怎么不吹头发？"温言把牛奶推过去。

他仰起头，那张脸干干净净的，乖得很："怕你着急。"

温言拧眉，她急什么，今天周日，又没什么事。

"我去拿吹风筒给你。"她难得殷勤。

江听寒拉住她的衣服："别忙了，坐下吃东西，不用因为昨晚帮了你就这么殷勤。"

温言一怔，而后低下头，将花生酱涂抹在面包片上，轻声说："我没有。"

大抵是小心思被猜透，她迟迟没再抬头看他。直到手中涂抹好花生酱的面包片被抢走，她才抬起头。

"谢谢。"他毫不客气地咬了一口，眼尾轻挑，恶趣味十足。

温言嫌弃地看了看他,只好再拿起一块,耐心地涂抹着。

江听寒一边吃着东西,一边看着她娴熟的举动。他到现在都觉得不真实,温言竟然真回来了,还这样坐在他的面前,和他一起吃早餐。

"温言。"他叫她。

温言没抬头,只轻轻"嗯"了一声。

"温言。"他又叫她,这一声,比刚才更沉重了些。。

温言:"说。"她在听。

江听寒目光灼灼地看着她,声音温柔:"欢迎回来。"

温言涂抹花生酱的手停了下来,少年目光温柔,深色卫衣衬得他稳重了几分,不像往日满是稚气。她看着他,心情像是坐过山车一样,或复杂,或焦灼,或轻松,或沉静。

他说欢迎回来。那是不是意味着,他不计较自己小时候对他说的话了?也意味着,他不会再欺负自己了?

想到这儿,温言垂下头继续涂抹花生酱,平静的嘴角却慢慢勾了起来,心里是说不出的开心。她忽然觉得,生活好像也不是那么糟。至少,在这一刻,不糟糕。可她嘴上却不饶人,平静而冷漠地吐了一句:"总算说了句人话。"

江听寒咽下嘴里的东西,反驳道:"大小姐,不会说话的是你。"

温言咬了一口面包片,幽幽看他:"是我吗?"她扬起那张漂亮精致的脸蛋,一本正经地说,"那我以后不和你说话好了,免得你不愿意听,还说我不会说话。"

江听寒只觉得心更梗了,而后讪讪地笑着,很是狗腿:"别,我错了。"

"我怎么能不爱听大小姐说话呢?"

"你要是不和我说话,那我可比死了还难受!到时候我吃不下睡不着,你说人要是吃不下东西也睡不着觉,那不完犊子了吗?"

温言面无表情地睨着他,就见他的嘴一张一合,打断他:"别贫了,我随便说说的。"

江听寒收起那副欠揍的表情,继续吃早餐。

阳光透过窗户打在两个人的身上,桌子靠窗,两个空盘摆放整齐。窗外树枝上落了两只鸟儿,叽叽喳喳叫个不停,让这个清晨显得格外生机勃勃。

两个人又聊了起来，比起刚才的内容，沉重了些。

"膝盖会经常疼吗？"

"阴天下雨会疼。"

"怎么弄的？"

"不记得了。"

第三章

误会

周一。

温言刚穿上鞋子，就看到了在等她的江听寒。少年身着五中校服，嘴里正吃着什么。看到温言出来，他摆摆手："走。"

温言看着他，心里那块一直漂浮着的石头慢慢往下沉了一些。以前独来独往惯了，现在忽然有人陪着自己，好像……也挺好的。她嗯了一声，拎上书包跟了过去。

他接过温言的书包挂在车把手上。

温言好奇地问："吃什么？"

他从兜里掏出来两个山楂球，瞧着温言："吃吗？"

"酸。"她不喜欢。

江听寒笑笑，又放回口袋里："就知道你不喜欢。"

温言坐在江听寒的自行车后座上："那你猜我喜欢吃什么？"

"小蛋糕呗。"他顺口而出。

温言有些惊讶地看向他，他骑着车，声音懒懒的："整个星海街，谁不知道大小姐喜欢吃甜食啊。"

温言笑着垂眸，车子顺着柏油马路滑下去，在前方一块指示牌下左转，很快便到了海边。路上行人渐多，各家各户忙碌着。

迎着海风，看着海面上千变万化的浪花，温言手抓着车座，声音轻轻的："现在不喜欢了。"

"口味变啦？还是怕胖啊？"江听寒往后看了看。

温言挑眉："你倒是挺了解女孩子。"

江听寒一听，这是个圈套，不能跳："没有的事，我只了解你。"

温言眼尾轻挑，他怎么这么会说！

"老地方，在路口放我下来。"温言提醒他。

江听寒一听，心里凉了半截，叹着气，阴阳怪气道："和我一起上学就这么丢人？"

听着江听寒在那儿诉苦，温言的手不禁掐了一下江听寒，重重地说："江听寒，我已经不讨厌你了，别阴阳怪气了。"

江听寒清楚地感觉到了腰上的痛感，身子躲了一下。

"你身边那么多人，我当然得离你远一点，被误会可怎么办。"温言垂着头，晃荡着腿，开着玩笑。

江听寒叹气，拆穿她："温言，你从小到大都不会撒谎。"

温言闷闷地看他一眼："你知道我不会撒谎，就别总是什么都刨根问底了。"

"行行行，听你的。"江听寒一脸拿她没办法的表情。

温言看着地上的影子，眸光温柔几分。有关这两年发生的事，她不主动说，他便也不问。

她不知道江听寒在心里是怎么看待自己的，只知道，现在的江听寒，待她还不错。

在距离学校五百米的地方，温言下了车。简怡正坐车过来，偶遇温言便提前下了车。

两个人进了校门，刚好撞见陆禾。他正吃着煎饼果子，肩上挂着一个双肩包，体育生在这一众同学里真的是很显眼。

简怡一见陆禾就抛弃了温言："陆禾、陆禾！"

江听寒去体育室跟教练报了个到就回教室了。

温言清晨早读，他在后面说："太好睡了。"

第一节课温言背文言文，他在后面眼冒金星直呼看不懂。

数学课温言"唰唰"写题，他试着参与，可还是看不懂。

一直到中午吃饭，江听寒才觉得自己活过来了。

陆禾朝江听寒小声问了句："寒哥，你和温言的关系好像缓和了些？"

江听寒一听，语调有些践："你以为我是吃素的？"

江听寒忽然想到那天温言给他的盒子他还没拆开，今晚回家拆开看看她到底送了什么。

温言正吃着饭，手臂忽然被旁边疯闹的学生撞了一下，她手中的筷子掉在了地上。

江听寒几人抬头看过去，就见几个高一部的学生怔怔地站在原地，连忙说着："对不起啊。"

江听寒放下筷子，目光深沉地看着那几个家伙。

温言捡起地上的筷子，抬起头，眼里闪过一瞬间的惊讶，而那人也愣了愣。

"温言？"少年的声音更加冰冷，还带着几分意外。

温言抿唇，脸上的表情有些僵。

齐轩看了看温言，二话没说，头也不回地走了。

温言看着齐轩快步离去的背影，不禁想起了上次见面的情景。

姥姥去世，他把她拦在门外，红着眼睛骂她："滚，滚出去！如果不是你，姥姥也不会去世！温言，你不配看姥姥！"

姥姥最喜欢她和齐轩了，齐轩是姥姥一手带大的。姥姥离世，对齐轩是莫大的打击。可齐轩不知道，对温言来说，姥姥离世是原本剩下的半边天彻底崩塌了。也是从那个时候起，她自己也觉得自己是个罪人了。

"他是谁？"江听寒的声音从耳边传来。

温言这才收回目光，平静地说："二姨……家的弟弟。"说出二姨那两个字的时候，温言很没底气。

简怡皱了下眉头："就他啊？"

江听寒和陆禾对视一眼，感觉简怡像是知道点什么似的。

"我不吃了。"温言起身，直接离开。

齐轩知道她回连宜了，会把所有的事情都告诉她们吗？

温言咬唇，一种不安爬上心头。她翻开书开始背英语，试图让自己冷静下来，别想太多。

温言一会儿趴在桌子上，一会儿靠在后面江听寒的桌子上，一会儿倚在墙上。过了好一会儿，内心都没能平静下来，反而更乱了，烦得她想躲起来。

后门被推开，有凉意袭来。温言睁开眼睛，江听寒拉着椅子坐在了她的桌子旁边。

"喏。"他将手里拎着的东西放到了温言的桌子上。

温言瞧着他，打开了袋子。里面是糖果和蛋糕，还有一杯热奶茶。

"吃点甜的会不会心情好点儿？"他问温言。

温言心头一哽，一时间看着他，不知道该说什么好。

温言看着那些东西，心里觉得奇怪。她有些僵硬地问江听寒："你这是，在关心我吗？"

他立刻接话："不算吗？"

算。因为除了简怡，没人会注意她的情绪，没人会在她心情不好的时候给她买东西。那些人只会因为她的难过和狼狈而更加放肆地嘲笑她，抨击她。

她看着江听寒，想到自己待他的不好，只觉得更惭愧了。

她倒希望他和那些人一样对自己恶意满满，而不是这样待她好。

江听寒一定不知道，一个几近崩溃，觉得世界了无希望的人，多怕有人忽然朝她伸出手。

温言低下头，鼻腔泛酸，声音轻轻的："江听寒，我没事。"

"又说谎。"明明早上还说，她最不会撒谎了。

温言只好抬头，挤出一个笑来："你给我买吃的，我超开心。"

江听寒挑眉："嗯，这句话是真的。"

温言睨着他，不禁笑了："江听寒，你……"

江听寒撑着脸，打趣她："我怎么？"

温言咬了咬唇，不知道该怎么说他。

"我不想吃这个。"温言看着那袋子里的甜食，忽然朝他伸手。

江听寒眯眼，什么意思？

温言指了一下他外套的口袋。

江听寒忽然明白了，这家伙不是怕酸吗？他拿出一个山楂球，用修长好看的手指剥开包装袋。

他递过来，温言接过，放进嘴里咬了一口，酸味瞬间在嘴里迸开。奇怪，那么酸，他怎么会喜欢吃？

"别不开心了。"他揉揉温言的头发，直勾勾地看着温言，像只讨人开心的小狗狗。

温言吸了下鼻子，偏过头："都说了没有不开心。"

"行行行。"他点点头，"从小到大都嘴硬。"

"是你才对。"温言皱眉反驳他，嘴硬的难道不是江听寒吗？

"少管。"江听寒凶她。

温言冷脸："那你也少管我。"

"嘿，看你心情不好来安慰安慰你，还安慰错了是吧？没良心的！"他伸手点了一下温言的脑袋。

温言便偏过头,冷冰冰地睨着江听寒。

江听寒抿唇,站在原地不动。半晌,他还是抬手默默扶正温言的脑袋瓜,十分狗腿地说:"我错了,大小姐。"

真受不了温言这么盯着他,给人一种没错也错了的感觉。

"江听寒,你傻乎乎的。"温言推开江听寒,真受不了这个人。

"咚咚咚——"

教室门被敲响,许鸢清冷的声音响起:"江听寒,找你有事。"

江听寒懒得去:"就在这儿说。"

许鸢的目光落到温言身上,再看江听寒,许鸢只说了一句"楼下等你"就走了。

温言心里有种不好的预感。

江听寒眼里生出一丝顾虑,但还是跟了出去。他与许鸢一前一后下着台阶,不耐烦地说:"说什么?"

许鸢只是往前走,一直走,一直走。毕竟,江听寒从来没这样跟过她。直到走到教学楼转角,无人的地方,他挡在了许鸢的面前,彻底没了耐心:"许鸢,你有事没事啊?"

"有。"许鸢仰起脸,一双眸子恨恨地看着江听寒,最后看向他手上的指环。

江听寒拧眉,将手抬起来:"看什么,喜欢啊?"

"谁送的?"许鸢脸上泛起一抹苦涩的笑。

说起这个,他嘴角扬起,藏不住欢喜:"温言。"

许鸢神色黯淡,笑了:"温言?"

江听寒只觉得她奇奇怪怪的:"怎么?"

许鸢脸上的表情消散,她很生气地说:"江听寒,这才不是温言送的!是我!"

江听寒神色骤然大变,他看着许鸢,眼里满是惊讶,她说什么?

"我说,那是温言帮我送的!根本不是温言准备的!"许鸢语调很冲,每一个字都像是一根针,狠狠地刺在江听寒的心头。

江听寒哽咽,他舔了舔唇,苦笑一声,似不敢相信:"你送的?"

"不然呢?你真以为是她送的?"

"那个盒子,也是你准备的?"江听寒试探地问许鸢。

只要许鸢说那个盒子不是,他就不管这究竟是谁送的了!可是,许鸢却回答得干脆:"也是我!"

江听寒瞬间无声。他冷冷地看着许鸢,甚至没想到许鸢来找他是为了说这件事,太过突然。

他慢慢地摘下指环,攥在手心里,像是烫手的山芋,让他心中灼热。

他一次次以为礼物是温言送的,还总说太阳是不是打西边出来了。可他却忘了,温言根本不是会讨好别人的人,太阳也根本不会从西边出来!

"你知道温言为什么帮我送礼物给你吗?"许鸢睨着江听寒的眼睛。

江听寒喉结滚了滚,怒火爬上眉梢,而后看向许鸢。

"江听寒,你不过是她的一个筹码。"许鸢的眼里闪过一丝狠意,"你以为她很在意你吗?"

"她帮我把礼物给你,不过是为了让我删除掉论坛上那些和你有关的帖子!"许鸢咬着后槽牙说出这句话,脸都涨红了。

江听寒的心更像是被什么击打了一下,想到了那天江衍说的话——最近怎么一个两个都要我删帖子?

原来上一个去删帖子的人,是许鸢。

"江听寒,我只想问你一个问题!"许鸢伸手拉住江听寒的胳膊。

江听寒看着她伸过来的手,烦躁地推开:"别碰我。"

许鸢的脸色僵了僵,而后垂下眸。

"许鸢,我警告你别再玩这种无聊的游戏!"江听寒生温言的气,可他更气许鸢。

她可以自己来送他礼物,或者根本不送!闹出这么大的乌龙,许鸢才是最该负责的人。

看出江听寒的怒火,许鸢沉着声音,第一次那么卑微地面对一个人,她问江听寒:"我们算朋友吗?"

许鸢从来没有这样过,谁都知道她根本不缺朋友,那些人恨不得都往她身上贴。唯有江听寒,是一阵让她抓不住的风。偏偏,越是抓不住,她越是想去抓住,抓得紧紧的!

他正要回答,许鸢又打断他,语无伦次似的说:"我的意思是……以后我们毕业的话，我……有没有机会？"许鸢咬唇，期待着江听寒的回答。

"许鸢，我跟你说过，我……"江听寒的话到嘴边，目光落到了许鸢身后那个忽然出现的人身上，他的心猛地一跳。

江听寒抿着唇，看着她，手攥得更紧了。江听寒收回目光看向许鸢，嘴角勾起，眉眼却冷冽，他说："有，怎么没有？"

"比起喜欢说谎，不敢正面直视自己错误的人，我更喜欢你这种直接的人。"江听寒看着远处的人，眼神越发冷漠。

许鸢察觉到江听寒的不对劲，顺着江听寒的眼神看过去，一眼就看到了孤零零站在那儿的温言！

许鸢眯了眯眼睛，不禁勾起嘴角，在心里笑了。温言，江听寒最讨厌欺骗，我看你这下怎么和江听寒解释！

"听寒，你也别怪她，她肯定是有苦衷，所以想删帖子再正常不过了。"许鸢开始添油加醋。

江听寒勾唇，是啊，她那么讨厌自己。她都可以面无表情，心平气和地替别人给他送东西，还有什么是她不能做的？

温言就是温言，从来不会考虑别人的感受，哪怕是真心待她的人。

江听寒双手插入口袋，看着远处的温言，自嘲地笑了笑后，朝她走过去。

温言拧眉，纵使她再不懂，也该知道，江听寒以这样的眼神看她，许鸢以那样的方式出现，二人说的会是什么事！

在江听寒与她擦肩的那一刻，温言坚定地伸出手，拉住了他的胳膊，叫道："江听寒。"

江听寒看着她的眼里满是冷漠和失望，他甚至真的以为温言不讨厌他了，以为他和温言的关系不会再像小时候那样了，以为一颗炽热的心能换来应有的回应。

可是在温言的眼里，他卑微到不值一提。她看到他每天将礼物当宝贝似的戴在手上，很开心是不是？看到他和陆禾炫耀的时候，她是不是也在心里嘲笑他，还像小时候一样幼稚？

江听寒不懂，温言怎么能这么冰冷，像是一座坚不可摧的冰山。

"温言，我只问你一句，这到底是谁送我的？"江听寒压低声音，回应她的语气还算平静。

甚至在这句话里，许鸢能听出来，江听寒还在给温言机会！

温言不傻，自然也看得出来。她看着江听寒的眼睛，脸上的难堪和愧疚似乎已经给了江听寒答案。可江听寒还是想听她亲口说，这是她准备的！

气氛沉重，两个人的内心同样焦灼不安。

温言终究还是说出了那句话："这……不是我送的，是许鸢。"

江听寒盯着她，舌尖抵着口腔内壁，半晌后笑了："温言，真有你的。"

温言看出他的失望，解释道："我打算今天就和你说的！"

"好巧，刚好我今天知道了。"江听寒微微俯下身，眉间满是戾气。

因为许鸢今天坦白了，她就说准备今天说的。如果许鸢今天不坦白，她还不知道要哪天说！就这样骗他！一直骗他！

"温言。"江听寒看着她的眼睛，上前两步。

地方不大，温言轻轻后退，却不敢看他，只能重复那句："对不起。"

江听寒睨着她垂着的头，心里更是窝火。他手按住温言的肩膀，压低声音："温言，抬起头来。"

温言抬头，那张脸红得厉害，惭愧和不安像是一双无形的大手狠狠地掐住她的脖颈，让她说不出话来！

江听寒眉眼间都是怒意，他声音沙哑地问："在你眼里，我就是一个傻子是吧？"

温言说不出话来，这会儿完全丧失了解释的能力，就好像回到了两年前一样。

"你四处问，我江听寒在别人面前是什么样的！"他眼底的失望和冷冽，都像是一场寒霜，让温言心发冷，浑身发抖。

那些人也是用这样阴鸷的眼神看着她，任由她解释到声音沙哑，可他们还是指着她说她是害人精！

江听寒最讨厌温言一言不发，小时候围着她转，她一言不发；他拿着自己喜欢的东西和她分享，她还是冷着脸，一言不发！

就连她那年离开，都是这样，一言不发就走了！

他眼眸微红，将她逼退到墙边，几乎没了吼她的力气，只是哑着嗓子说："温言，怎么会有你这样的人啊。"想起这些年的种种，江听寒真真切切地被伤到了，他始终入不了温言的眼。

江听寒垂眸，微微叹息，算了。

少年的侧脸轮廓模糊，顾长的身影有些晃动。温言想抓住他，却被他甩开。

温言看着他的背影，终究还是开了口："江听寒，我真的不是有意要骗你。是许鸢找到我，问我愿不愿意帮忙给你送个礼物，为此她开出条件，说可以帮我删掉论坛上的帖子！"

江听寒的脚步停了一下，可只停了一秒。

"江听寒，我没有嫌弃你，只是你的热度太高了，我不想让大家注意到我！"温言张着嘴，终于再也无法平静，声音颤抖，"我……"

她攥着拳头，到嘴边的话最后还是咽了下去。

温言知道，解释是最无用的，所谓解释，到最后都会被称为辩解、嘴硬。

江听寒没有再听她的话，头也不回地离开。

温言看着他坚决离去的身影，瞬间像是掉进了冰窟窿里，浑身发凉。她甚至连一滴眼泪都流不出来，只觉得难过又无力。你看嘛，解释根本就没用……

许鸢走到温言的面前，一脸看戏的表情，说："温言，真好笑呢。"

温言的目光落在她的身上。

许鸢则是将温言从头到尾打量一番，啧啧咂舌："温言，你还真是不一般啊，被江听寒那样说，都还能做到这么平静……"

许鸢抬手想拍拍温言的肩膀，却被温言打开了手。她立刻惊呼一声，不悦地呵斥道："温言，你竟然敢打我？"

温言还是佩服许鸢这颠三倒四的本事："我打没打你，你心里不清楚吗？"说罢，温言大步离开。

许鸢站在原地，却一点都没有因为温言的话生气，反倒是更开心了。

下了晚课放学已经九点多，温言一个人站在长廊里往外看了好久，操场上没有江听寒的身影。

温言一个人往家走，情绪低落地踢着地上的小石子，任由路灯将影子拉长。

走到小巷转角的时候，她看到了正和几个朋友说笑的江听寒。他靠着墙，嘴里吃着东西，手中转着手机，在看到温言的时候，脸上的笑容就不见了。

温言张了张嘴想叫他,却怎么也开不了口。

"回了。"江听寒对几个朋友懒懒地说了一声,然后双手插兜往家去。

那几个朋友也看了看温言。

温言不认识他们,不是陆禾和许次!

温言看着江听寒的背影,跟了上去:"江听寒。"

他没回答,只是走在前面。到家门口,他顺势拎起了地上写有他名字的快递,却在看到快递上标注的物件时停下了脚步。

温言也跟着停了下来,就见他转过身。温言以为他要和自己说什么,还在等他开口。

夜晚的院子门口灯光本就够明亮,他的那张脸忽明忽暗,再加上没什么表情,显得格外凶。

温言攥紧了衣角,紧张爬上心头,上前一步。

他没说话,只是冷笑一声,自嘲似的将那个快递扔到了一边,回了家。

温言蹲下去的时候才看清楚,那是她买的鞋……

江听寒面无表情地站在窗前,温言就蹲在那儿,肩膀轻轻颤抖,整个人像是被单薄的风一吹就要倒了似的。

温言从来没有认真待过他,她还是和小时候一模一样……

江听寒轻笑一声,拉过椅子坐下来。看着那一面墙的证书和奖杯,他第一次觉得那么好笑。

这些年的努力究竟是为了什么呢?为了自己?为了热爱?江听寒拉开书桌的抽屉,那里面堆着一张又一张的报纸和杂志内页或封面。

没人知道,在温言离开的那几年里,他偷偷藏下了有关温言的所有新闻消息。

这些消息,停止于两年前。最后一张,是温言即将代表国内大提琴演奏家与国外至顶乐团合作的媒体消息。年仅十五岁的大提琴才女,走出国门,冲向世界。

媒体铺天盖地地报道,从那时候开始,温言和他彻底成了两个世界的人,他也屏蔽了温言的所有消息。

窗外,温言捡起盒子,抬头看向江听寒的窗口。屋子里的灯灭了,只剩下院子里的几盏灯发出微弱的光芒。

温言垂下头,手里拿着盒子,回了家。她看着空荡荡的客厅,像是从悬崖跌入谷底。

温言走上二楼,站在爸妈的门口握了许久的门把手,却迟迟没有勇气推开。

她脚步沉重地回到卧室,房间里没有开灯,借着微弱的光,停在了大提琴前面。

深夜的宁静,像是无声的悲哀。

墨色的天上,月亮藏进云层里,再也不愿出来。

隔日,江听寒独自骑自行车到学校,垂着眼眸,目光阴沉地推开教室门,正见陆禾要出来。

陆禾拍了一下江听寒的肩膀,打趣他:"哟,今儿来得挺早啊。"

简怡吃着东西往后看了看,问:"言宝来了没?"

江听寒没说话,拖着桌椅又回到了陆禾的旁边。

简怡吞下嘴里的东西,陆禾站在门口,本想去帮简怡打水的,这时意外地问:"坐回来了?"

陆禾哽了哽,简怡勾手指示意陆禾快回来,陆禾便把水杯还给简怡,在江听寒的旁边坐下,问:"没事吧?"

"没事啊,能有什么事。"江听寒看着手机,头也没抬,声音有些哑。

陆禾咳了一声,他这样可不太像没事的人。

"起床气。"江听寒又解释了一句。

陆禾点点头,江听寒是有起床气,还很严重。

"没事就行,看你今儿无精打采的,吓人。"陆禾起身,又去找简怡要水杯了。

简怡还小声问了问:"真没事?"

"应该……没事吧。"陆禾也有点拿不准。

简怡还是觉得两个人吵架了,中午她正端着饭找地方的时候,就看到了不远处坐下的两个人——

江听寒和许鸢。

简怡拧眉,真是看不懂这一幕。

江听寒没什么胃口，吃了几口就懒得吃了。

许鸢心情极好，问他："第一份礼物你拆开了吗？"

江听寒声音清冷："扔了。"

许鸢握着筷子的手一抖，脸上的表情有些难堪。扔了……真是好洒脱的一句话。她可是准备了好几天，亲手叠了千纸鹤，上面还写了很多话。如此看来，她的心意根本不值一提。

"温言今天没来上学呢。"许鸢望着江听寒，语调没了温度。

江听寒没说话。

许鸢又继续说："我听别人说，你们俩从小就认识，你待她很好。"

"可她好像对你避之不及，就连论坛上有一点你和她相关的帖子，她都要删掉……"

江听寒原本冷漠的神色忽然有了变化，他双手环胸，轻笑道："你这么关心温言？"

"我只是觉得温言人挺好的，所以对她多关注了一点。"许鸢回答得光明磊落。

江听寒眼眸微眯，眉间越发冷冽，他压低了声音警告许鸢："许鸢，你离她远点。"

许鸢咬了咬唇，质问江听寒："你什么意思？"

她说的这些难道不是事实吗？都这个时候了，他还护着温言？

"在一个学校这么多年，你是什么人我不知道？我是和温言闹了点别扭，但还轮不到你在这儿落井下石，懂？"他脸上没什么多余情绪，若非说什么神情，唯有不耐烦和厌倦。

许鸢被说得有些失了面子，她扬着脖颈，张了张嘴。

江听寒站了起来，居高临下地看着她："别自讨没趣。"

"可温言——"许鸢再次开口。

江听寒本要离去的脚步停下，他双手撑在桌子上，目光冷厉地俯下身："我长了眼睛也长了耳朵，温言做了什么，她是什么人，我会听会看，不劳烦许同学操心。"

"许同学，我的建议是，管好你自己。"江听寒微微一笑，浑身戾气。

许鸢僵着身子坐在那儿，所有的骄傲都被踩在脚下，彻底无言。

江听寒从餐厅出来，一时间不知道去哪儿，随便去操场上找了条长椅躺着。

许次等人找了江听寒一圈，最后在椅子上找到他。

"心情不好？"许次一眼就看出来了。

秋风吹得凉，江听寒闭着眼睛，手臂垫在头下，脸上没什么表情。

"下午八百米，教练希望大家全力以赴！谁要是跟不上队，就特别加练。毕竟过了年不久后就要体考了。"许次在旁边叨叨叨。

见江听寒的眉头皱了皱，许次又问："寒哥，你打算考哪儿啊？"

一身黑色休闲服的干练少年段和君开了一罐可乐，猛喝了两口："你寒哥还用说，肯定是望都体育大学啊！"

许次："多少人都想往里进的体校，你寒哥这成绩，不去都说不过去。"

"不一定。"一道低沉的声音入耳。

许次和段和君都看过去，二人异口同声："子然哥又懂了。"

"别闹。"林子然抿了下唇，很是沉稳。

江听寒睁开眼睛，实在是被这几个人吵得心烦："离我远点行不行？"

"不行。"许次首先回应。

江听寒白了他一眼："许次，你不知道自己招人烦是吧？"

许次嘿嘿笑，皮得很："我妈都说我是开心果！"

许次正说着，忽然指向一旁："哎哎哎，温言来了！"

段和君和林子然一同看过去，前几天大家训练都忙，他们还没正式见过温言。

小姑娘穿着五中校服，瘦瘦的，扎了个马尾。即便是从远处看，也能看出那张脸上的五官有多端正。

温言慢慢走近，段和君不禁咂舌："这么好看啊，怪不得打羽毛球的时候放水了。"

林子然认真打量温言，其实现在的小姑娘稍微打扮一下都漂亮，但温言的好看是很特别的，端庄秀气，很有气质，确实像她的乐器。

"我之前听说过一点她的事，也不知道是真的还是假的……"段和君捏着易拉罐。

许次探过头来："我也听说了，但两年都没个结果，八成是真的了。"

林子然瞧了江听寒一眼，他就躺在那儿，默不作声。

正说着，又走来两个少年。其中寸头少年顺势坐在江听寒的腿边，问："下午八百米都准备好了？"

"哟，冷翊，教练罚你的五百个仰卧起坐做完啦？"许次打趣他。

他不悦地踢了许次一脚，哪壶不开提哪壶。

另一个少年伸了个懒腰，顺势靠在树边，顺着段和君的目光往远处看，问："看啥呢？"

冷翊也看过去，眯眼，兴致勃勃道："那不是新转来的温言吗？听说她故事挺多啊。瞧她那一脸平静的模样，倒也确实像个薄情之人。"

江听寒睫毛轻颤，而后睁开眼睛。他坐了起来，踢开了脚边的冷翊。

林捷正要说什么，林子然伸手捂住他的嘴，压着声音叫："林捷。"这俩傻孩子真是一点都不会察言观色。

江听寒抓了抓头发，漫不经心地打了个哈欠，他一只脚踩在椅子上，正迎上温言的目光。

温言走得很慢，一步一步看起来有些艰难，右腿好像很沉重。

他打量了温言好一会儿，而后低下头，懒得管她怎样，淡淡地说了一句："确实。"

这一句"确实"给身边几个人都整蒙了。他抬头看温言，重复着那句话："确实是个薄情的人。"

温言没敢看他，而是加快脚步往教室去。

江听寒就这么看着她离去的背影，眼神渐渐暗淡，笑得讽刺。

一众少年先后离开，教学楼的长廊上，多少小姑娘抻着脖子看，不禁觉得这是颜狗的盛宴。

五中体队以江听寒打头，每个人都又高又帅，且各有各的特点！

林子然，身戴佛牌，深沉矜贵被他玩得明明白白，可一到了跑场上，就变得狂野起来。

段和君看起来没什么特点，听名字也像是文弱书生，但他和江听寒的成绩只差四秒，是在江听寒出意外不能上场时能及时顶替江听寒的人。

许次是调皮捣蛋的万事通，在言语打击人这方面和江听寒有几分相似。人家都是靠成绩出圈，只有许次是靠被江听寒打出圈。没办法，这人就是皮实，被打一百遍也不长记性！

哦，对了，加上一个深藏不露的陆禾。这五个人，单独拎出来都不孬，放在一起是田径接力赛的王牌组合！

至于冷翊和林捷，篮球队的，恰好性子合得来，便在一起玩耍了。

冷翊的寸头在五中也是出了名的帅，二人在篮球队是后卫双子星，联起手来无人可敌！放眼整个连宜，五中体队也是十分炸裂的存在。

温言回教室趴在桌子上，有种说不出的疲倦。她昨晚彻夜未眠，再加上低血糖晕倒了，摔倒的时候还不小心磕伤了膝盖。

简怡听说温言来学校了，一路小跑回到教室，在门口看到孤零零地趴在桌子上的温言时，心里有些酸溜溜的。这个笨蛋！

简怡走过去，将外套脱下，正要给温言盖上，就见温言缓缓睁开眼睛。

四目相对，简怡噘起嘴，表情十分不满，哼！

"小公主噘着嘴干什么？"温言依旧趴在桌子上。

"你生病了都不和我说，知不知道我有多担心你？"简怡双手环胸看向窗外。

温言嘴角勾起，轻轻一笑："小公主，我错了。"

简怡睨着温言："是在跟我求和吗？"

"嗯，在跟你求和。"温言认真地说。

简怡立刻放下双臂，委屈巴巴地说："我真担心死你了。"

"言言，你没事吧？"简怡也趴下来，看着温言的眼里满是心疼。

温言望着她泛红的眼眸，更觉得愧疚了。这个世界上最担心她的人就是简怡了，可她有时候在简怡面前一点都不热情。她是不是真的如他们所说，太薄情了？

"好了好了，你不想说话那就好好休息吧。"简怡拍拍温言的头，很是温柔。

温言闭上眼睛，心里说不出的闷。她想找个地方藏起来，不想说话，不想面对他们……

"言言……"简怡看着温言漂亮的脸蛋，声音很轻柔，"我可能这周就要去乐团报到了。我不在，你可得照顾好自己呀。"

温言原本闭着的眼睛睁开。

简怡真的很担心温言,她觉得温言的状态太糟糕了。她伸手握住温言的手腕,眼泪顺着脸颊流下来。

温言点头,牵强地扯起一抹笑意:"嗯。"

比起两个人的寂静,操场上实在是太热闹了。

田径八百米测试,围满了人凑热闹。江听寒在跑道上做拉伸,目光有意无意地四处打量着,却没看到想看到的人。

下午两个人都没再碰面。

温言下了晚课,最后一个从教室出来,刚好碰到了周木成。周木成扫了她一眼,本来已经走过去了,却又折了回来,叫住温言。

温言的脚步停下来,对视上周木成漆黑的瞳仁。他很高很壮,同学又都走得差不多了,温言面对他时忽然有点怕。

周木成往温言的教室里看了一眼,问她:"江听寒没在啊?"

温言抿唇,没理他,抬腿要走。周木成又挡在了温言的面前。

温言冷下脸:"你有事吗?"

"有事啊,怎么没事?"周木成双手插兜,打量着温言,点点头,"是比许鸢好看。"

温言很讨厌不熟的人这样上下打量自己,像是马戏团里的猴子一样被参观。温言绕过他,只想快点离开,膝盖却疼得让她走不快。

周木成就跟在温言的后面,温言心里难免有些慌张,他也不追上来,也不说要做什么,只是跟在她身后。

温言往下走,在拐角的时候没站稳,单膝跪在了地上。一抬头,周木成就在她的身边。温言吓得出声:"别过来!"

四周漆黑一片,周木成巨大的身影笼罩着温言。

温言赶紧站起来,再次往台阶下走,身后的脚步声又重又近。就在温言继续往下去的时候,迎面撞上了江听寒。

温言在慌乱中抓住了他的衣服,紧张不安的心有了一丝安慰。

"帮我……"她的声音哑得就快要发不出来。

周木成的脚步停了下来,他站在台阶上往下看去。台阶下那人拿起手机打开手电筒,直接照向周木成的脸。

周木成皱起眉,在强光下,看清了那人的脸——江听寒!

"滚！"江听寒冷着脸，目光阴鸷，浑身戾气。

温言腿都软了，她松开紧攥着江听寒的手，扶住了楼梯："谢谢。"

"谢谢……"她只是呢喃着，然后转身下楼，每一步都走得艰难。

江听寒的手电筒照向她的脚下，温言的脚步莫名地停了下来。

楼梯交错间，他低下头，她抬起头，猩红的眼睛看着江听寒。

"谢谢。"又是一声哽咽的谢谢，听得江听寒的心像是被什么剜了一刀。

他最讨厌她说谢谢，他收回手机，迅速上楼，全程没有和她说一句话。

他是怪她的吧，温言低下头，拖着疼痛的腿，赶快走出阴暗。此时此刻，她只有一个想法，她要回家……

三楼的长廊里，江听寒看着温言一瘸一拐的身影，抬起了刚才被温言紧攥着的手。

他的掌心和手背留有她刚才抠出来的指甲印。她是被周木成吓坏了吧。

江听寒紧紧地盯着她的背影，耳边响起了韩晴早上说的话。

"怎么不等言言一起去学校？

"小寒，你们是不是吵架了？你让着她点嘛！

"江听寒，男孩要主动学会认错！"

江听寒闭上眼睛，双手拍在了栏杆上。他必须承认，面对温言，他才是一点办法都没有，他才是束手无策的那个人。

片刻后，江听寒朝着储藏室走去。推开门，他一眼就看到了躺在床上的周木成。

江听寒走过去，周木成坐了起来。

江听寒拿出手机，当着周木成的面给陆禾打电话："告诉久安别关门，我马上到。"

周木成怎么都没想到，江听寒会带他来了跆拳道馆！

江听寒戴上拳套，冲周木成扬了扬下巴："练会儿？"

周木成转身要跑，江听寒一把将他拉回来："切磋一下，周同学没意见吧？"

周木成瞪大了眼睛，眼看着江听寒的拳套落在了脸上！

"江听寒！"周木成手中的拳套一起被扔了出去。

周木成十分恐慌："我求饶，江听寒，我求饶！"

"我刚才给没给你机会吗？"江听寒揪着他的衣领问。

江听寒这人没什么本事，不过是攀岩、爬山、蹦极、射击、击剑、跆拳道、跳伞……各种项目都练过一点！虽然都不精，但对付一个周木成，足够了。

周木成瘫在地上的时候还被江听寒强行拉起来回答他的问题："满足你的孤独求败了吗？"

周木成脸都肿了，哪里还说得出话来。

"我当你有什么本事呢，也就吓唬吓唬小姑娘的本事了！瞧你这屄样！"

周木成倒在地上，灯光刺得他睁不开眼。

江听寒摘下拳套扔在周木成的耳边，他居高临下，目光睥睨地看着他："别吓唬温言，还需要我说第三遍吗？"

周木成睁不开眼睛，他的手抓了抓，也不过是抓了些空气。许久后，他无力地点了点头。

江听寒转身下了擂台，摘了拳套，一下也不再碰周木成。

陆禾终于明白，江听寒这大半夜的带周木成来跆拳道馆是闹的哪出了。

"久安，辛苦你打扫一下场地，把他送去医院。"江听寒拿起一旁的外套。

久安点点头，他向来不问江听寒的事。但今天，他实在有点忍不住，问："温言是谁？"

"邻居。"江听寒淡淡地吐出这两个字，便穿上外套走了。

陆禾跟出去的时候，江听寒正一个人双手插兜沿着路边往回走。

"哎。"陆禾叫了他一声。

江听寒也没停下，继续往前走。

"啧，口口声声说不管温言了，这又是干吗呢？"

江听寒没说话，他瘦瘦高高的，背影很冷漠。谁说他管温言了？但行好事，不求回报，他这是在日行一善！

"你说这个世界上最难藏的是什么？"陆禾双手垫在脑后，睨着江听寒问。

江听寒不理他，他也不介意。

陆禾走上前,看着江听寒,认真地说:"是关心!是看一个人时不自觉流露出的眼神!"

江听寒终于抬眸,望向陆禾。

"当一个人藏不住这两种情绪的时候,就证明这个人啊,八成是……"

江听寒眉头跳了一下,神色淡漠地问陆禾:"你说谁?"

说谁?不知道。说谁谁自己清楚,自己对号入座呗。

江听寒本来就烦,陆禾还说话说一半。他没理陆禾,在前面的路口和陆禾分开。可他却因为陆禾的话,脑子有些乱。

"小寒放学啦?"药店门口,邻居热情地打着招呼。

江听寒点点头,目光看向药店,脚步不自觉地停了下来,看着药店许久,走了进去。

叮!温言家的门铃被按响。

温言去开门,门外空无一人,只剩下对面的关门声。她目光往下,看到地上放了一个塑料袋,里面都是药。

云南白药、云南红药、止血化瘀……还有一些暖宝宝。

温言抬头,看到江听寒房间的灯亮了,她默默抱紧了怀中的药。

她回到卧室,卷起裤子,两个膝盖处一片淤青,轻轻一碰就疼得厉害。

温言叹了口气,下床去给热水袋充电。用热水袋热敷了一下后,再喷了活血化瘀的药。

温言拿起手机,已经十一点了,他今天回来得真晚。温言点开江听寒的微信,上次聊天还是下雨那晚。她最狼狈的时刻,好像都被江听寒看到了。

温言在对话框里打下"别生气了"几个字,可是看了一会儿,却没有发出去的勇气。她删掉又重新打了一行字——对不起,不要生气啦。

温言的指尖停在发送按钮的上方,最后还是删掉,将手机丢到了床头柜上。

这无济于事的对不起,江听寒看了怕是只会冷笑一声。

却不知,那人正躺在床上,看着对话框上面反反复复出现的提示——对方正在输入中……

等了许久,也没有等到对方的消息。

次日午餐时,简怡告知温言,她已经订好机票,明天就要走了。简怡什么都不担心，唯独担心温言在学校会受委屈。

餐厅一角，许鸢看着温言的身影，手紧紧地攥着筷子，眼里是说不出的怒意。

别人不知道昨晚周木成去干什么了，她知道，她刚好回来拿东西。

"这么生气，不如给她点警告好了。"耳边传来一个女孩的声音。

许鸢抬头，警告？

温言和简怡吃完饭，一起往外走去。

刚出了餐厅不远，就遇见姗姗来迟的齐轩。

齐轩班级下课晚，才得空来吃午饭，看到温言的时候，他丝毫不意外。毕竟都在五中，学校就这么大，碰面是难免的。

齐轩依旧看不惯温言，对温言冷眼相对，不忘道："真有人不怕死，和害人精一起同行！"

温言攥拳，简怡立刻吼道："你说谁？"

他头也不回："就说你旁边那个害人精！"

"别一口一个害人精！"简怡恼火。

"我奉劝你赶紧离她远一点，小心你也会变得不幸！"齐轩终于回头，看着温言的眼睛里满是恨意。

温言望着齐轩的背影，心轻颤着，不禁想到了姥姥的那张脸。

温言调整了一下状态，心平气和地拉住简怡的胳膊往教学楼走，心却疼得厉害。无形的压力再次席卷而来，四周人群好奇的目光让她抬不起头。

不远处，江听寒靠在墙边等人，眉头微微皱起，整个人情绪并不高。

江听寒抿唇，双手插兜，吊儿郎当地进了餐厅，一眼就看到了正要打饭的齐轩。他走过去，神色散漫地撞了一下齐轩的肩膀，而后不屑道："不好意思啊，没看见。"

晚自习后，温言送走简怡，转身便看到了齐轩。

他手中拿着一瓶水，直接泼到她的脸上，吼道："温言，你这辈子都别想好过，你就该背着愧疚过一辈子！"

水顺着脸颊和发梢流下来，浸湿了温言的衣领。她心脏狂跳，听到他用比那些人恶毒十倍的口吻说："为什么只有你没有事！"

温言肩膀颤抖着，面对齐轩的呵斥，她无力反驳，只能忍受。她记不清自己是怎么回的家，只是用被子将自己蒙起来，试图隔绝掉那些言论，却发现在狭隘的空间里，那些声音越发清晰。

就像是回到了两年前，父母去世，所有人都在指责她，却没有人问她有没有事，需不需要帮助。

齐轩的话在耳边回响着，温言大口喘着气，呼吸一声比一声沉重，心怎么都静不下来。

她从床上坐起来，额头上沁着密密麻麻的汗珠，颤巍巍地去翻抽屉里的药。

她起身去倒水，双手颤抖得根本握不住杯子。她拼命按住手腕，将几颗药放进嘴里，囫囵吞枣似的咽下去。

她坐在地上，手捂着发闷的胸口靠着床大口呼吸，脸上没有一点血色。

她看着窗户，眼神慢慢变空洞。两年前的那个夜晚，她就是这样坐在床边，眼看着窗户被狂风暴雨卷开，窗帘在眼前乱飞，冰冷的雨水砸在脸上，疼……

她和姥姥通了最后一次电话，她和姥姥说对不起，姥姥也只是沉默无声。姥姥是恨她的吧，是怪她的吧……温言趴在床边，闭上眼睛。

院子里，江听寒双手插兜靠在台阶的栏杆上，目光落在二楼温言的卧室窗口。

江听寒垂下头轻声叹息，影子被拉长，颀长的身影显得格外孤独。

第四章

秘密

清晨。

温言推开门,看着空寂的院子,深深地呼吸着,而后戴好帽子出发去学校。

刚一进校门,她就听到同学们在议论自己。

温言看了看那些人,压低了帽檐。

班级里的人在看到温言的时候,眼神都有些异样。王轩看着温言,有些同情,但不多。

温言回到座位上,大家几次看向她,在她抬头迎上他们的目光时,他们又立刻转移视线。

那些人打量的目光,让温言觉得压抑。

中午温言从教室出来准备去食堂,路过高一部的时候,看到了齐轩。齐轩冷着脸,眼里却闪过一丝胜利者的喜悦。

温言垂下头,赶快走出人群往食堂去。大抵是今天来的时间不对,食堂人特别多,每个窗口都站满了人。

她一进去,大家纷纷躲得她远远的。到处都人满为患,唯独她的身边,空荡孤寂。但有几个人并不想放过她。

每当排到她打饭,便故意堵住她,将她往后挤去。一来二去,温言久久都没能打到饭。

她看出她们在针对自己,也没了吃饭的胃口。

"温言。"背后忽然有一道男声叫她。

整个食堂的人都往后看去,一秒便炸开了锅。

温言转头时,正见体校的几个人浩浩荡荡地朝着自己走过来。

林子然走过来,扫了那几个小姑娘一眼,不友好地问:"你们几班的?"

几个小姑娘磕磕巴巴的,一时间不知道说什么好,只是将目光往一个方向看。而那个方向,不正是许鸢所在之处吗?

许鸢脸色一沉,赶紧背对着这边,而后转身离开。林子然眯了眯眼,像是明白些什么了。

"温言,你想吃什么?我们帮你打。"陆禾看向温言,很是热络。

许次晃了晃餐盘,眯着眼笑:"多来点肉吧?瞧你瘦得。"

温言有些慌了神,盯着餐盘,欲言又止,说不出话来。

许次跟冷翊去打饭了。她被人往后拉了拉,少年身上淡淡的香气入鼻,就见林捷摆摆手,笑得乖:"你好,我是林捷,咱们坐哪儿?"

"坐……"温言差点就接上话了。

但她很快还是拿开了手,谨慎且小声地问:"你们是……"什么意思?在帮她吗?可是她们好像并不熟。

温言很警惕,甚至有些往后退,但一后退,又撞上了段和君。

他们几个人就快围住她了,个个都很高很瘦,温言看得心里十分有压力。她吞咽了一下,手心都沁出了汗。

陆禾无奈,他也觉得这群人有点逼得太近了。

"温言,这些都是体队的,大家对你没恶意,你不要害怕。"陆禾开口解释,不忘指向餐桌,示意温言过来坐。

温言被陆禾推着坐下,她小心翼翼地打量那些人,忽然想到什么,问陆禾:"是简怡拜托你照顾我的吗?"

"啊?"陆禾正给温言递去筷子,犹豫了三秒后,点头,"对。"简怡走时确实叮嘱过他,帮忙多照顾一下温言。

许次和冷翊端了很多份午餐过来,一同坐下。

温言听是简怡拜托的,放心了不少。

餐盘里的饭菜十分丰盛,全是肉菜,一个素菜都没有。温言多看了他们一眼,有些疑惑,体队有特权吗?

"够不够吃?我还有,都给你。"林捷把自己的餐盘推过去。

温言看着他,不免有些难过,轻轻笑了笑,低下了头:"够吃了,谢谢你。"

林捷看着她,眼眸一亮,温言笑起来可比冷着脸好看多了。

林子然时不时看看她,温言吃起饭来轻轻的,筷子和餐盘不会碰撞发出任何声音。

温言抬头,发现大家都没吃东西,而是看着自己。

她低着头,攥着筷子的手在颤抖,轻轻地说出一句:"谢谢你们。"

几个人都愣住了,有一刹那的安静。她看起来很低微,很小心翼翼。这样的温言和新闻上所说的,真不一样。

"不用客气,寒哥的……"林捷到嘴边的话,一把被陆禾给按住。林捷"嗯嗯"想说什么，最后都变成了模糊的语句。

陆禾轻咳一声，他这人不是特别会撒谎，一撒谎就会不自在，于是很官方地说道："不用客气，我答应过简怡要好好照顾你的。"

陆禾瞪了林捷一眼，许次也在桌子下面踢了他一脚。

不远处的餐桌旁，江听寒揉了揉眉心，几个笨蛋！

"我吃好了。"温言早早放下筷子。

几个人发现，温言根本没吃几口。

"是不是我们在这儿，你感觉不自在？"林子然观察了一会儿，问出了关键性的问题。

温言摇头，他们帮她解了围，她怎么会不自在？只是她最近实在是没什么胃口。

"要不我们先走？"段和君也接上话。

"不了，你们吃吧，我走。"说完，几乎不等他们再开口，她挪动着步子很快离去。

林捷双手撑着脸，皱着眉："她好压抑啊。"

江听寒从一旁走过来，少年身着黑色卫衣，下身是宽松的卫裤，剑眉微皱着，脸上没什么多余情绪。

江听寒从餐厅出去，直奔校长办公室。

校长许庆恒正推着眼镜，门突然被打开。看到是江听寒后，合上了手中的文件，开口："是小寒啊。"

"校长，我就是想问问，你能不能管好你的女儿？"江听寒看着许庆恒。

听到许鸢的名字，许庆恒也不得不认真起来。他仰头看江听寒："说来听听。"

江听寒便将许鸢针对温言的事，一五一十和许庆恒说了一遍。

许庆恒全程皱着眉，很是不悦："她带头针对新来的学生？"

"她什么样，你心里没数吗？"江听寒觉得头疼得厉害。

"校长，温言入学是我妈办的，我妈可是把温言当女儿，要是被我妈知道温言被许鸢欺负……"江听寒勾着嘴角，只留下这一句话，便头也不回地走了。

听到韩晴，许庆恒便手脚发麻。他和韩晴是同学，以韩晴的脾气，他可招架不了！

想到这儿，许庆恒还是忍不住擦擦汗，他赶紧给许鸢打去电话："来办公室一趟！"

毫无疑问，许鸢被许庆恒教训了一顿。许庆恒甚至警告许鸢："再做这样的事，你就立刻给我出国！"

他决不允许自己的女儿做出这样出格的事情！

许鸢从办公室出来，看到了站在楼下的江听寒。

江听寒挑眉，冲着许鸢钩钩手指，慵懒极了。他说："来。"

许鸢往办公室看了看，再看江听寒，她听到江听寒坦荡荡地说："不是温言，是我。"

许鸢的脸色骤变，竟然是江听寒！

"温言那家伙跟个软柿子似的，她能告你什么状？"江听寒舔着唇，玩世不恭地歪着头。

许鸢低下头，慢慢走了过去："江听寒，我……"

"不用解释，你爸的话我都听见了。"

江听寒微微俯下身，第一次这么近距离地看许鸢。那年夏天，他第一次见许鸢。她高高在上的清冷模样仿佛是第二个温言。

现在，许鸢和温言一点都不像了。

许鸢被盯得惭愧，她往后退了退，不敢去看江听寒。

江听寒转身离开，背对着许鸢摆摆手，有些漫不经心："我相信许同学是个懂事的人，识趣点。"

长廊里，温言正看着操场发呆。

"看，体队的！"旁边有人指了指操场。

温言顺着他们的目光看了过去，江听寒也在其中。想到中午的事，温言的心里还是暖暖的。

江听寒忽然抬起头往这边看，温言连忙转身进了教室。虽然她躲得很快，但江听寒还是发现了她。

没良心的家伙，还不快点主动找他说话！明明就是她做错了，难不成真要他去求和？

秋风吹得夜色凄凉，五中校门口人满为患，直到放学晚高峰结束，才恢复了宁静。

温言顺着柏油马路下去,老远就看到家门口停了两辆车。车亮着远光灯,直照在温言的身上。

温言走近后,从两辆车分别下来一个短发女人、一个卷发女人,二人眉眼十分相似。那卷发女人身后还有个六七岁的男孩儿,手里拿着奥特曼的玩具。

温言不得不停下脚步,她们还是来了,比她想的更早一些:"大姨……二姨……"

"温言,你还敢回来?"二姨盛薇一开口,便是极度讽刺的语气。

"你有什么脸回连宜?我们不是让你滚得远远的吗?"又是一道怒斥,比刚才那声还不客气。

"回来就算了,还住在这里,你配吗?"盛薇走过来,一把揪住温言的衣领。

"二姨,我读完书就离开这里。"温言压低了声音,小心翼翼地回答。

盛薇一把推开温言,吼道:"看着你就烦!"

身侧的小朋友蹲在地上,仰着脸看温言,笑眯眯地重复:"看着你就烦!"

温言偏过头,默不作声。

"行了,干吗呀这是。"短发女人缓缓走过来,她拿开盛薇的手,整理了一下温言的衣衫。

温言警惕地后退一步,温岚不以为意,继续说:"回来挺好的,大姨和二姨也能照顾照顾你。不过大姨和二姨这次来,是有事找你。"

温言神色凝重地看着盛岚。她们俩当初是怎么把自己从家里赶出来的,她历历在目,她不信盛岚说的会照顾她,她们想干什么?

"你跟她客气什么呀!"比起盛岚,盛薇更焦躁了一些。

盛岚便推开盛薇,皱眉:"薇薇,你瞧!耐不住性子。"

"听说你爸妈去世的保险金下来了?"盛岚瞧着温言,语调还算温柔。

温言的心里咯噔一下,她们……

"我和你二姨公司的资金出现了一些问题,想跟你借点钱。"

果然,她们是打起了那笔钱的主意。温言的目光落在身后那两辆车上,一辆一百多万的迈巴赫,一辆几十万的宝马。她们说,跟她借钱?

"听到没啊,给个反应!"盛薇态度依旧恶劣。

温言透过她那张脸,看到了齐轩。他们母子俩还真是像。

"钱我存起来了。"温言声音淡淡的。

"存起来了可以拿出来啊!"盛薇没了耐心。

盛岚也说:"言言,你看,你还小,那么多钱你一个人也无法打理,不如就让大姨和二姨打理。"

温言再次拒绝:"劳烦大姨二姨了,不需要。"

"我们会帮你打理好这笔钱的!"盛岚微笑。

温言只是摇头。

"姐,你就别跟她废话了!"盛薇吼着温言,不停地在旁边施加压力。

盛薇来到温言面前,一副居高临下的模样,指着她的鼻尖骂:"温言,这个世界上任何人都有资格拿那笔钱,而你,没有。"

"我是受益人。"温言仰起脸看她,很是坚强。

"你摆正你的身份!"盛薇立刻骂骂咧咧地搡了她一下,"如果不是你,你爸妈能死吗?你是怎么好意思说出你是受益人这句话的?"

温言红了眼,却没有反驳的勇气。

"温言,我今天和你大姨来,不是和你商量的,而是通知你!你的这笔钱,必须交给我们!"

温言低着头,嘴里倔强地说着:"不给。"她已经什么都守不住了,不能连这笔钱也守不住。

"这笔钱必须给盛家,你没有理由拒绝!"盛薇咄咄逼人。

"凭什么!"温言紧咬着唇,任由唇瓣渗出血来。

"就凭你害死了你爸妈,你就没资格拿这笔钱!"盛岚压低了眉心,冷眼睨着温言。

"我没有害死我爸妈!"温言第一次反驳这句话,坚定而有力!

"哟,你这个灾星,这两年脾气见长呀?"盛薇撸起袖子,似要好好教训一下温言。

温言推开盛薇,她看着眼前本该是最疼爱她的两个人,几乎崩溃地反驳:"我不是!"

盛薇质问:"你不是灾星,你爸妈怎么死了?"

温言用手捂住了耳朵,却怎么都隔绝不掉那些声音。

盛薇越骂越来劲,温言一把推开盛薇,撕心裂肺地喝斥:"我说了我不是!"

盛薇一个趔趄,有些震惊地跌倒在地上。

温言顾不上那些,转身想回家。

沉默已久的盛岚抓住她,言语冷漠无情:"温言,我们今天就做个了结,我不想再来第二次!"

看到温言,她就会想起小妹,她不想再伤心了!

可温言又何尝不想做个了结呢?温言看着盛岚的眼睛,她忍住眼泪,皱着眉,带着无数委屈哽咽地叫着:"大姨……"

盛岚眉头一紧,眼神躲闪。

大姨以前待她最好了,姐姐有的东西,大姨都会给她带一份。

大姨说,她就是她的亲闺女,还说她以后得和闺女一样为她养老送终。

秋风吹得人一点都不凉,反倒是眼前的这些人,让她的心一次一次凉得不能再凉。

周围的一切似乎都要将她吞噬掉,迎来的是无尽黑暗,毫无生机。

温言看着她,笑得荒凉,眼眸猩红地质问盛岚:"幸存者有罪,是吗?"

"就因为我在那场灾难中活下来了,所以我就该死,对吗?"她不受控制地浑身颤抖。

盛岚被问得一怔。

温言无动于衷,始终望着盛岚,任由心尖滚烫,脸色惨白如纸。

耳边传来阵阵脚步声,温言忽然被一个温暖的怀抱所包围。

温言睁大猩红的双眼,眼前的人不是江听寒又是谁?温言的手立刻抓住江听寒的胳膊,颤抖得厉害。

盛薇打量着江听寒,吼道:"你谁啊?"

"你在我家门口问我是谁?"江听寒捡起地上的奥特曼玩具,看向盛薇旁边朝温言丢玩具的小孩。

不知是江听寒的眼神太凶,还是那小孩也知道自己做错了事,他默默地往盛薇身后躲去。

"拿你的破玩具扔谁？有没有教养？"他的声音在空寂的小巷里显得格外冷厉。

盛薇脸一黑："你说谁没教养！"

江听寒上下打量她，笑了："你是他妈？"

盛薇冷脸："怎样？"

江听寒咂舌，半晌，吐出两个字："难怪。"

江听寒抿了抿唇，目光冷漠地睥睨着她们："少在我家门口撒野。温言现在是我们江家的人，你们欺负温言，也得掂量掂量自己几斤几两。"

盛岚笑了："小孩，你知不知道我们是谁？"

"我不管你是谁。现在，立刻，马上消失，不然我就报警了。"江听寒拿出手机，面无表情地看向盛岚，"这附近都有监控，到时候告你们个恐吓罪和故意伤害罪，对你们没好处！"

他沉稳且冷静，每一句话都精准打击。

盛岚和盛薇抬头看了看，果然，这四周家家户户都安了监控。尤其是眼前门口这个，清清楚楚地亮着灯，正对着她们。这意味着她们刚才的所作所为都已经被拍了下来！

盛岚张了张嘴，她看着躲在江听寒身后的温言，再看江听寒，忽然想到什么，问："你爸是江峰！"

江听寒眉目冷冽，上前一步，怎样？

盛岚看了江听寒好一会儿，眼神复杂，最后拉着盛薇说："走！"

走？钱不要了？

"以后再说。"盛岚直接拉走盛薇。

盛薇则是看着江听寒，眯了眯眼睛，咬牙切齿。活这么大岁数，她被个小孩威胁了！

眼看着两辆车一前一后离开，江听寒转身，刚要叫她，就见温言顺势倒了下去。

江听寒心一沉，迅速抓住温言的手臂，直接将她抱了起来，叫道："温言？"

温言的脸上一点血色都没有，唇瓣动了动，却无声。

江听寒赶紧带她回家，只觉得脊背蹿过一丝凉意，他声音有些沙哑：

- 097 -

"温言……"

他将温言扶到床上,转身要帮她去倒杯水,却被温言叫住。她浑身都在颤抖,手指向抽屉:"帮我。"

江听寒慌乱地去开抽屉:"你想要什……"她嘴边的话在看到里面那一抽屉的药时戛然而止。

他不可置信地看向温言,心狠狠下沉,氟西汀、舍曲林……那些药有着统一的功效——用于治疗抑郁障碍!

江听寒的手攥紧那一个个药盒,眼眶猛地湿润。

温言察觉到他神色里的震惊,强忍着被发现的不安和难过,轻轻道:"红色的……"

江听寒看到了那仅有的一盒红色药,是用来安神的。

他看向温言,她的手还抓着他的胳膊,额头沁着一层薄薄的汗珠,嘴唇被咬出了血。

"温言……"江听寒哽咽地叫着温言的名字。

他颤抖着手拿了一颗药给温言,她甚至连水都没喝,迅速吞服了下去。

温言闭上眼睛,口腔里格外苦涩,不知过了多久,她才终于平静了下来。

江听寒坐在床边,目光呆滞地看着不远处的他丢下的快递。

温言睁开眼睛,头顶的灯刺眼得厉害,她看着江听寒的侧脸,忽然笑了。

卧室里寂静无比,她的呼吸虚弱,他的呼吸却急促又慌乱。

温言先开了口:"江听寒,怎么又是你?"总在她最狼狈的时候及时出现。

江听寒则是睨着她,声音格外沙哑:"嫌弃我?"

温言又一次笑了,却笑得那么苦涩。她慢慢撑着坐了起来,眼睛红红的。

江听寒真想让她别笑了,笑得比哭都难看。他无法忘记那一个个药盒上写的字。

想到这儿,江听寒更加痛恨自己。温言不就是替许鸢送了两次礼物吗?他竟然不理温言,竟然生温言的气。

他总说自己待温言好, 一次又一次地向温言低头。可他好像根本就不了解温言。

温言吸了吸鼻子,又叫了他一声:"江听寒。"

"说！"江听寒也不知道为什么，明明心里很自责，可说出去的话，语气却是那样恶劣。

温言被吼得怔了怔，却觉得没什么。她脸上扬起一抹笑，手指轻轻拉了拉江听寒的衣角，语调有些俏皮："江听寒，别生我气了。那鞋子，真是我买给你的。"

江听寒就这么看着她。她的强颜欢笑，她的小心求和，让他心底最柔软的地方被狠狠打了一拳，眼角似有一滴滚烫的泪落了下来。

温言真是要笨死了，明明那么不开心，却还逞强。

他偏过头隐藏自己的心疼，声音沉沉："我早就不生你气了！"

"真的？"温言小心翼翼地问，像个小孩子一样，想得到肯定的答案。

江听寒不由得转过头再次看向她。温言的眼睛里都是期许，甚至有些光亮。

温言瞧着他，心里格外委屈，看到江听寒红着眼睛，她忍不住要落下眼泪。

江听寒往前走了一步，但他没敢看她的眼睛，低垂着头，声音轻颤着说："温言，是我错了。"

温言想，她应该永远都忘不掉，在那个吹着冷风的秋夜里，那个她曾经最讨厌的人，在她最不堪的时候抱着她说的那句——温言，是我错了。

明明，错的是她。

温言双手攥着他的衣角，吞下所有难过，小声说："对不起。"

他没说话，只垂着眼眸，将声音压低："温言，在我这里，你永远都不需要说对不起。"她只需要叫一声他的名字，他就会毫无底线地原谅她。

温言看着他，声音轻轻的："帮我保密。"

江听寒抬头看她，忽然对视上她那双猩红浑浊且有些委屈的眼眸。

她吸了吸鼻子，轻轻柔柔地说："江听寒，苦。"刚才吃下的镇定药，好苦。

"你想吃什么？我去给你买。"

温言舔了舔唇，目光从江听寒那张好看的脸上慢慢下移，落在了江听寒的口袋上，从江听寒的口袋里摸出两个山楂球。

温言看了一眼时间，已经很晚了："我累了。"

"你确定你没事了？"江听寒瞧着温言，还是有些担心。

温言点头，没事了。

"我在楼下睡吧。"江听寒有些不放心。

温言摇头拒绝。

江听寒抿唇想了一会儿，将床头柜上的手机拿过来，放在温言的手心，问："有事给我打电话，会吧？"

温言乖乖点了点头："会。"

江听寒挑了下眉，还是少见这样乖巧的温言，他还真有点不得劲。

"走了。"他起身，双手插兜，将口袋里仅剩的几个山楂球都塞到了温言的手心里，抬眼对视温言的双眸，声音低沉好听，他说，"温言，我不会哄人，但我希望你开心。"

温言垂头看着手心的山楂球，再看看被他关上的门，不禁笑了。

只是再想起盛薇和盛岚的那两张脸，温言的心里难免忐忑不安。

温言关掉卧室的灯，刚躺下，手机便响了。

简怡："宝贝，休息了吗？离开我的第一天，还顺利吗？"

温言："一切顺利。"

消息刚发过去，简怡便回了一个小猪的表情图。

简怡："你呀你，报喜不报忧！"

温言沉默了一会儿，又发了一条消息过去："礼物的事情江听寒已经不和我计较了，不用担心。"

次日，温言刚打开门，便看见正要敲门的江听寒。少年穿了件灰色连帽卫衣，下身是一条黑色长裤。

他正张着嘴要打哈欠，看到温言，将哈欠咽了下去。

那张好看的脸上闪过一丝不自在，他摸了下鼻尖，先开了口："没事了？"

温言双手背在身后，看着江听寒点头。

江听寒不禁多看了温言一眼，乖乖仔，每天都穿校服，怪清纯的。

江听寒双手放进口袋，轻咳了一声后转身说："过来吃饭。"

他昨晚都没怎么睡，生怕温言出什么事。既怕温言不给他打电话，又怕温言给他打电话。

"你告诉韩姨了吗？"温言追上去，拉住江听寒的衣袖。

江听寒看着她的手指，抬眸看温言，勾起嘴角："求我，我就不说。"

温言皱眉，这人真的很烦。

江听寒撇嘴，她真就一次都不打算松口？

"知道了，不说。"江听寒重重地说。

温言刚进客厅，就见韩晴把热乎乎的包子端上桌，热情道："言言，早。"

"早，韩姨。"温言帮韩晴拿了碗筷出来。

韩晴拍了一下江听寒的脑袋，不忘骂江听寒："瞧你，一点眼色都没有，多跟言言学一学。"

"一家有一个长眼色的就行了。"江听寒咬了一口包子，看着手机里的消息，声音有些闷。

温言瞧了江听寒一眼，心里顿了顿。

韩晴却是眨了眨眼，然后笑了，特别开心地点头："你说得对，儿子。"不过很快，她又拍了一下江听寒的脑袋，"用手抓！脏不脏！"

江听寒："妈！这一早上被你拍得都要脑震荡了。"

手机里又发来一条消息：寒哥，你要买的那双鞋目前还没有人往外出，你要不换个款？

江听寒扫了一眼，有些烦躁地将手机扣在了桌子上。

韩晴坐下来，问温言："今天周六，就半天课是不是？晚上小寒爸爸回来，我们一起出去烤肉吧。"

温言听到后，小声说："韩姨，我就不去了。"

韩晴还没开口，便见江听寒投来炙热的目光，问她："干吗不去？"

温言觉得人家一家三口难得团聚，肯定有很多知心话想说。她毕竟是个外人，不想叨扰。

"主要就是为了给你接风洗尘嘛，你肯定要来的。"韩晴拧眉，又补了一句，"这也是你江叔叔的建议。"

温言还想拒绝，韩晴揉了揉温言的头发，眼眸里满是温柔，她轻声说："听话。"

每次看到韩晴,温柔都忍不住想到妈妈。她必须承认,韩晴让她无法拒绝:"好。"

江听寒瞧着温言,给她夹了个小笼包:"多吃点。"

"我自己夹。"温言说。

江听寒仰起脸,秀起优越的下颌线:"偏要给你夹。"

温言懒得和他斗嘴。

韩晴在一旁笑开了花:"对了小寒,你要买的东西买到了吗?"

江听寒摇头:"没货,不买了。"

温言看着他,不知道他要买什么。

今天时间来得及,温言和江听寒沿路走去学校。

江听寒忽然蹭了一下温言的手臂,双手插兜,懒洋洋地看她。

温言不解。

他有些傲娇,又有些不好意思地朝着温言伸手:"我的礼物。"

温言顿了一下:"什么礼物?"

"你说什么礼物?别装傻!"江听寒拧眉,手又往温言面前伸了伸。他那么大的礼物呢?

"是你自己不要的。"温言双手背在身后,语调平平,"我退了。"

江听寒撇嘴,手收了回来,冷哼一声:"别装了,我昨晚都看到了。"

温言:"嗯,今早退的。"

"温言,你一点都不可爱了。"江听寒表情严肃地说。

温言扬起脸看向江听寒,问:"我在你眼里不是一直都不可爱吗?"

"如果我没记错的话,在你眼里,我是薄情的、无情的、冷漠的……"温言掰着手指数她在江听寒眼里的种种形象。

江听寒竟然被噎得一句话都说不出。他以为温言不记仇,原来温言也记仇啊?

"温言。"江听寒委屈巴巴地看着温言,他的礼物就这么没了?

虽然是他自己不要的,但当时是有原因的。他以为那是许鸢准备的,这难道不是情有可原的事情吗?

温言看着江听寒的眼睛,少年睫毛浓密,微垂时泛着无尽悲伤。

他像只小狗,摇尾乞怜。尤其配上那张白净好看的脸,真是让人无法拒绝啊。

"嗯……"温言瞧着江听寒，往他跟前凑了凑，细细打量江听寒的面容。

江听寒等待着她的下文，都没注意到温言离他有多近。呼吸洒在脸庞，江听寒在她的眼睛里看到了自己的身影。

她歪歪头，呢喃："给……还是不给呢？"

温言看着江听寒的眉眼，眼神柔和了几分，而后笑了笑，往前走。

他轻舔着唇，望向温言的背影，嘴角不自觉勾起，然后跟上她。

温言自己都没发觉，经过昨晚那件事后，她好像更靠近江听寒了一些。

江听寒双手插兜，目光落在温言的身上，神色认真，声音很是好听："做你自己就好，不用强颜欢笑。"

少年的话如夏日的风，轻柔凉爽，温言的心湖不由得泛起圈圈涟漪。

"我很好，不会强颜欢笑。"温言莞尔，这两年她一直都在调整自己，虽然偶尔也会有想不开走进死胡同的时候，但大多时候她都能熬过来。

"乖。"他拍拍温言的头。

温言拿开他的手，语气平平："不要没大没小。"

江听寒立刻笑了，他弯腰挡住了温言的去路，眯着眼笑，显得玩世不恭："论生日，应该是我大一些吧？"

温言脸一沉，立刻推开江听寒，语调不悦："走开。"

她大步走在前面，江听寒看着她的背影，点头应着："好的，大小姐。"

两个人的身影渐渐远去。清晨的阳光升起，金色光芒照耀海面，沿路吹着海风，无比美好。

晚上，温言如约和江家人一起吃了晚饭。江峰许久未见温言，再次见面，很是感慨。

他告诉温言，就把江家当自己家，无须客气。

这样的话，温言在韩姨那儿也听了很多遍。她不禁又一次觉得，被人疼爱是如此幸福的一件事。

"谢谢江叔叔，真的麻烦你们了。"温言十分有礼貌。

韩晴摆了摆手，哎呀一声："麻烦什么呀，一只羊也是放，一群羊也是放。不麻烦！"

江听寒瞥着自家老妈："妈，你不觉得你这个比喻用得很荒谬吗？"

"有吗？没有！"韩晴不以为意。

温言跟着笑笑。

饭后，韩晴提议一起逛逛。温言不想扫兴，便同意了。

今天晚上没那么冷，温度适中，星海街的游客也多了许多。

韩晴挽着江峰的手臂，两个人身高差了十五厘米，刚好合适。韩晴时而低声笑着，这副模样太过幸福。

"明天天气特好，出去玩？"身边传来江听寒的声音。

温言看过去，他正在看天气预报。温言摇头拒绝，她不太想出门。

"那么宅干什么？我叫上几个朋友一起出来玩，就这么说定了。"江听寒拍了一下温言的脑袋。

温言拧眉："说了不要。"

江听寒双手插兜，懒洋洋的，话锋一转道："等下回家别忘了把东西给我。"

温言问他："什么东西？"

江听寒眯眼，这家伙，又装傻是吧？"你说呢？"江听寒看向温言，只见她抬起双手将头发往后拢去，露出了漂亮的脖颈。温言真的很白，白得发光。

江听寒抿唇，收回目光。

"不记得了。"温言淡淡回答。

江听寒语塞。

温言偷偷看他，谁知被他抓了个正着："温言，你就嘚瑟吧。"

温言哼了一声："跟你学的。"

"我就你这样？"江听寒指着自己鼻尖问。

"不然呢，你以为你很好吗？"温言眨眼。

韩晴几次转头看他们，然后偷偷对江峰说："温言能回来，可把你儿子高兴坏了。"

"是啊，吃饭的时候眼睛都要长在人家身上了！"

到家门口，韩晴和江峰先回家，只有江听寒还停在栏杆前，等着温言把他的礼物拿出来。

江听寒双手背在身后，心中满是期待，这算是温言真正意义上送他的

我恋月亮　104

第一件礼物。

屋子里传来脚步声,很快,温言便出现在了门口。

他抬起头看她,她也看他。四目相对,月色溶溶,格外温柔。

江听寒伸出双手,那叫一个乖巧。

江听寒打开鞋盒,有些意外,映入眼帘的正是他心心念念的那双鞋!本来他那晚也打算买的,因为照顾温言,错过了时间。就在今早他还收到短信说绝版了,没想到温言给他买了。

"喜欢吗?"温言小心翼翼地问。

她从来没给男生买过礼物,这是第一次,希望他喜欢。

江听寒挑眉,将盒子盖上,藏住喜欢,故作矜持没说话。

温言皱眉:"不喜欢?那退掉吧,我去换成别的。"

江听寒一听,死死地护在怀中,傲娇地嘟囔着:"喜欢啊,怎么不喜欢。"温言送的他都喜欢!

温言一脸嫌弃:"那你刚才的表情是什么意思?"

江听寒不悦:"我想矜持一点不行吗?"

温言:"就矜持三秒?"

"少管。"三秒已经是他的极限了。

秋风拂面而过,少年下巴微扬,灯光落在他的身上,在他的身上镀了一层金边。

次日。

温言站在厨房望着窗外发呆。耳边传来叮的一声,面包片烤好了。

她喝了一口牛奶,拿起面包片往客厅去,步伐轻盈。

温言来到窗边推开窗户,晨光洒在身上,暖暖的。温言咬了一口面包片,空气有些湿润,夹杂着海的味道。

"啧,谁家的猪啊,睡到九点才醒。"江听寒散漫的声音从不远处传过来。

温言动作一僵,往外看去,就见江听寒坐在院子里的秋千上。

少年手撑着脸,一双眼直勾勾地盯着她。

温言又咬了一口面包片,一大早就坐在那儿往她家看?

"还吃，等你一早上了。"江听寒撇嘴，语气有些嫌弃。

"我都说了不去了。"温言淡淡地回答。

"你啥时候说了？"某人双手环胸，开始装起无赖。

温言冷哼一声，关上了窗户。江听寒见状，起身往温言家去。

温言刚坐下，他就推门进来了，坐在温言的对面大言不惭地说："我也要。"

他一早起来，家里人就都不见了。每次江峰回来，都要带韩晴出去玩，这时他就跟充话费送的一样，无人在意。

温言："江听寒，你的家庭地位也就那样。"

江听寒不说话，只是盯着温言。

温言不满地往厨房去，给他烤了两片面包，然后转头问他："你在那儿坐多久了？"

他便抬起手，掰着手指算："不多，也就四个小时吧。"

温言真想拿面包机砸他脑袋上，现在才九点多，他清晨五点多就坐那儿等了？

温言的眼神冷冽下去，将餐盘往他面前一丢，餐盘和桌面发出刺耳的碰撞声。

那人有些委屈地抬起头，嘿嘿笑了一声："一个多小时。"

吃完东西，温言上楼换了身衣服，戴好帽子，便和江听寒一起出去了。

海边，强烈的太阳光照在海面上。

温言坐在长椅上，帽子遮住脸，日光落在她的身上，她闭着眼睛静静地听着浪花席卷海面的声音。

旁边有人坐了下来："还是大小姐会享受。"

江听寒手臂搭在椅子上，单手打开易拉罐，喝了一口雪碧。

温言淡淡地看了他一眼，继续用帽子遮住脸。

江听寒不厌其烦地拿掉她的帽子，然后戴在自己头上："有什么好挡的。"

温言整个人沉溺在光里，眼睛里泛不起任何波澜。

"哎。"江听寒蹭了一下她的胳膊，"讲讲你这两年在外面都经历了些什么？"

温言垂下眼："不讲。"

江听寒手撑着脸，幽幽地看着她，又是冷漠地拒绝，真的很无情。他想了想，开口道："网上的舆论，我也看到了一些。"

闻言，温言抬头看向他。

"别在意。"他说。

温言笑，很清脆地回答了两个字："在意。"

江听寒看着她未泛起任何波澜的眼睛，心思沉重："温言，到底发生了什么？"

温言抿唇，转过头看他，声音淡淡的："你不是看到网上的消息了吗？"

"我不想听网上的，我只想听你说。"江听寒的目光暗淡，"不管你说什么，我都信你说的是真的。"

——不管你说什么，我都信你说的是真的。

她就这么看着他，心像是被什么拉扯着。除了简怡，没有人这样坚定地说过信她。她不知道江听寒会不会是那个值得她倾诉的人，但她想试试。

温言望着海面，眼神复杂，陷入了回忆当中："那天下雪路滑，车子出现故障，所以才发生了意外。可我也不知道为什么，舆论就变成了那样……"

那天晚上，爸爸送她和妈妈去机场，她将代表国内大提琴演奏家，与国外十分权威的乐团合作，却不料发生了车祸。车祸后，网上忽然传出一段视频。

盛欣坐在她的面前，问："温言，我们该思考一下，是否真的要去？"

她刚刚结束一场表演，目光坚定地说："一定要去。"

盛欣沉默，然后叹了口气："言言，不要意气用事……妈妈的意思是，不然就别去了。"

"宝贝，考虑一下吧！"盛欣拍着她的肩，神色复杂。

视频只有二十秒，对话也到这里。

网络上疯传：这场车祸本可避免，却因为温言的任性和一意孤行，非要参加演出，才酿成了悲剧！

温觉和盛欣是著名的企业家和音乐作曲家，他们的去世，瞬间引起了一阵风潮。而温言也迅速卷入了舆论当中，成为众人攻击的对象。

盛家人也在得知消息后，连夜赶到望都殡仪馆。浑身是刮伤的温言被盛薇狠狠打了一个巴掌，耳边是刻薄的怒骂声："温言，是你害死了我妹妹！"

"你爸妈从小就宠着你，你要天上的星星都摘给你，可你呢？听你妈妈的话会死吗？"

"温言，你妈妈这些年陪着你跑前跑后，将你培养到现在容易吗？你还我妹妹！"盛薇几乎失控，红着眼睛朝她扑来。

那时，所有人都失望地看着她。她伸手去抓姥姥的手，姥姥滚烫的眼泪掉在她的手背上，灼伤了温言的心脏。她说："言言，姥姥不怪你。"

虽然姥姥这样说，可温言的心却没有得到一点舒缓。姥姥的话，只像是在安抚，而不是真的不怪她。

盛薇拿开温言的手，似也将温言彻底与盛家隔绝。

"姥姥、大姨……事情真不是网上说的那样，妈妈是同意我去的！"温言的眼泪徐徐落下，可凄凉悲哀的殡仪馆里，无人在意她的解释。

盛岚闭上眼睛，不愿看她，声音沙哑："无论如何，这场悲剧都因你而起，你这辈子都要活在自责中！"

"可是大姨，我也在那辆车上啊……"温言望着盛岚的背影，哭得很凶。她只是在那场意外中活了下来，她做错了什么？

盛岚无法回答她的问题，不再看她一眼，哽咽道："你父母的葬礼我们会接管，你就不要在这里碍眼了。"

温言就这样被推出殡仪馆，但她的世界并没有就此崩塌。她奋力地解释过，但没有人相信，大家都说是因为她的一意孤行，所以温觉和盛欣才会发生车祸。

他们站在阳光下，他们躲在手机里，温言看不清他们的脸，只知道她被贴上了"罪人"的标签。

但这些并没能让温言倒下，真正压垮她的，是最疼爱她的姥姥。

爸妈的葬礼结束不久，姥姥因为急火攻心引发脑梗去世了。

温言得知消息后，顶着那些人的攻击从望都回到了连宜，却在姥姥家门口被齐轩狠狠打出门："温言，你还回来干什么？"

"看姥姥最后一面？你配吗？你不配！"

温言闭上眼睛，心里一阵刺痛。海面上波光粼粼，海滩上的所有快乐都与她无关。

江听寒就这么看着她，呼吸沉重，墨色瞳仁里布满复杂的情绪。

这个时候，他说什么似乎都略显单薄。她藏着自己的不堪，忍受着这个世界的敌意和误解，孤身一人往前走。

"幸存者无罪。"少年声音卷起层层波浪。

温言转过头看他，脸上没有多余的情绪，一身黑色的装扮似乎代表了她的所有态度。

江听寒抬手，有些责怪地点了一下她的脑袋？。

温言不满地蹙眉，蜷缩在长椅上继续看海。

四周嬉戏声入耳，陆禾他们玩得欢乐，顾不上他们。

江听寒低着头，听到温言问："你信我吗？我妈妈是同意我去参加演出的。"

江听寒抬眼，对视上温言的眼眸。他没有过多去问那条视频里，她和盛欣谈的到底是什么，盛欣又为何不让她去，他只是语气低沉地应着："信。"

温言欣慰地笑了，点点头："足够了。"

你看，这个世界上也不是完全没人信她。之前只有简怡，现在，有江听寒了。

江听寒将口袋里的手机和耳机拿出来，将耳机挂在她漂亮的耳朵上。

此时，耳机里缓缓传来歌声——

"我可以逆转那时空
化作伴你的清风
穿过幽暗的宇宙
抚平深海里的梦
我知道没有下次再见吧
归途的风一直刮
别害怕走过那长夜吧
世界会在你脚下。"

温言的眼睛里难得有一丝光亮,垂头笑了。

他看着温言垂头轻笑的模样,随着耳机里的歌,轻声哼唱着。

陆禾他们在准备海边烧烤,许次已经架起了小炉子。

温言坐在江听寒的旁边,许次刚烤好的肉串别人还没看到,就已经在温言的手里了。

段和君面无表情地看着江听寒,想到江听寒打羽毛球把自己往死里打,又放弃了上前和他争论的想法!

冷翊将烤好的大虾拿到温言的面前,很是友好:"温同学,别客气哈。"

"嗯……"温言轻轻点头,小口吃着手里的肉串。

江听寒把玩着温言的帽子,转来转去。温言见他玩得不亦乐乎,伸手拿了过来,她还要戴的呢。

"小气。"江听寒摆出一张嫌弃脸,可很快又笑了起来,"但并不影响你长得好看。"

温言将帽子戴好,把头发往后捋了捋,然后继续晒太阳。

他们在吐槽明天的三千米测试。

江听寒一脸嫌弃,鄙视道:"多大点事,瞧把你们给愁的。"

"你不懂我们,就像白天不懂夜的黑!"许次十分严肃地反驳江听寒。

温言瞧着他的侧脸,打心眼里觉得江听寒真的很小孩子气。

"来来来,别想那么多了,干杯干杯!"

"就是,出来玩就开心点,快乐至上!"许次和林捷纷纷举起饮料。

温言本来只是看着他们热闹,直到手心里被放了一罐可乐。

江听寒挑眉,碰了一下她的可乐,温柔道:"快乐至上,大小姐。"

温言从来不喝可乐,往日喝得最多的就是牛奶。

但今天,她很想尝尝。因为他的那句,快乐至上。

夜幕降临,月色将大地笼罩出银色的光,海风吹得有些冷。海滩上多了一些小商贩,他们的车上挂着金色的小灯,温馨而美好。

温言就坐在长椅上等江听寒,像只小猫一样安静。

江听寒送走他们,一转身就看到正望着自己的温言。

温言问:"可以走了?"

"走吧。"他朝着温言伸手。

温言推开他的手,走在了前面。江听寒时不时掉队,但依旧保持距离跟着温言,不让温言离开他的视线范围。

路边的小店放着音乐,在那家店面的门口,她听到了中午江听寒给她听的歌。

眼前忽然多了一小束渐变淡粉色的郁金香,温言抬头,就见江听寒一只手背在身后,一只手举着花,静静地跟在她身侧,脸上写满得意。

他说:"回礼。"

"什么回礼。"

"鞋子的回礼。"

温言便往他的脚下看,他没穿她给他买的鞋子。

"你送的鞋子应该出现在每一个重要场合,而不是现在。"他拍拍温言的头,将花递给温言。

温言的心尖轻颤,温暖如流,少年的真诚和耀眼尽在眼中。

"走咯,带月亮回家。"他仰头看向天空的明月,声音清亮,少年气息十足。

温言抱着郁金香抬起头,夜色融融,月亮悬挂树梢,发出皎洁的银光。

带月亮回家?如果大家都想带月亮回家,那要多少月亮才够分呢?

江听寒回家后没有休息,而是打开了电脑。

时隔两年,他再次在搜索框打下"温言"的名字,第一个弹出来的就是温言的微博。

微博已经两年没有更新,唯一在更新的就是生日提醒。每条生日提醒下面都有大量的评论,一点进去,简直不堪入目。

他找到了温言说的那条视频,那条视频已经有了几百万的点赞。他点开视频,映入眼帘的,是一个不停颤抖的门缝视角。

他甚至没有勇气继续看下去,而是匆忙关了电脑,任由内心酸涩,只觉窒息。

江听寒望向温言家亮着灯的房间,眼神黯淡。

温言和江听寒周一一起去上学时,同学们看温言的眼神依旧不是那么友好。尤其是他们看到江听寒站在她身侧的时候,嘴里都呢喃着什么。

温言太怕自己会影响到江听寒了,便有意离他远些。江听寒察觉到她的小动作,将她拉了回来:"又躲什么?"

"没有呀……"温言讪讪地回答。

江听寒态度坚决地跟在温言身边。

温言说不清此时的情绪,她终于明白,真正在意自己的人,是怎么推都推不走的。而不在意你的人,无须你多言,他自己就退场了。

晚上放学时,温言收到了简怡发来的短信。华扬交响乐团的下一站在连宜,她寄了几张票,希望温言到时候赏脸出席。

温言果断回复一个"OK"的表情图。小公主的演出,她自然不会缺席!

"音乐会,要不要一起?"温言问江听寒和陆禾。

陆禾问:"简怡他们那个交响乐的?"

温言点点头,陆禾立刻道:"去!"

"你呢?"温言看江听寒。

陆禾手臂搭在江听寒的肩上,嘴角扬起,温言去,江听寒不可能不去。

话音落下,便听到许次喊:"你们快点啊!就等你们啦,饿死了。"

"你们要去吃饭吗?"温言收好手机,问江听寒。

"一起。"江听寒终于开口。

"我不饿,我先回了。"温言要走。

江听寒揪住温言的衣领,盯着温言。

温言和他们去了一家火锅店,老板娘姚姐是个三十多岁的女人,很有亲和力。

姚姐将菜单递给温言,说:"小姑娘点单吧!"

"我不能吃辣,我只要一个番茄汤底,其余的都可以。"温言将菜单推给江听寒。

江听寒便嗯了一声:"锅底换一个番茄的,多加一点素菜,其余的都老样子。"

"好,喝什么?"姚姐微微一笑。

江听寒想了一下,说:"给她一个桃子味的气泡水吧。"

"好。"语毕,姚姐便出去了。

温言逐渐和这群人混熟了,饭局上也不再那么拘谨。

江听寒一边帮温言夹菜,一边和林子然聊今天跑三千米的事。

温言喝着气泡水,望向江听寒的侧脸。少年睫毛浓密且长,鼻梁很是立体,下颌线更为清晰性感。

他笑起来是最好看的,有些张扬。

大抵是她打量的目光太炙热,他不解地转过头看她,沉声问她:"怎么了?"

她说没事,他便又给她夹了一些肉,让她多吃一点,然后继续和林子然聊测试的事。

温言吃好后,便手撑着脸看着沸腾的火锅发呆。

"今年冬天还是得加练,过完年不久就要体考了。"许次喝着茶,神色凝重,"压力好大,辛苦了这么多年,就怕最后没考上一所心仪的学校,没能跑出好的成绩……"

温言抬眸,许次的脸上写满了担忧。

"别自己乱了阵脚,心态最重要。"林子然劝他。

江听寒则是跟着点头:"很难不同意然哥的话。"

"真想站在世界赛道上为国家荣誉而战!也让那些人看看,我们也能跑出好成绩!"许次一股热血冲上来。

江听寒睨着他,神色慵懒,没说话。

江听寒和许次是两个极端,一个是有天赋,可以预见的未来体育之星;一个是一腔热血,但要靠不停努力才能创造出好成绩的替补小将。

"快吃东西吧,肉都涮老了。"林子然提醒他们,也顺势转移了话题。

江听寒转过头看温言。温言正看着许次,眼里是说不清的情绪。

许次真的很有理想,温言能在许次的眼睛里看到因为自己能力不足而产生的悲哀情绪。

许次让温言想到了她代表国内大提琴演奏家和国外乐团合作的事。

她到现在还记得最后二选一的时候落选的那个女生——夏知。

她是夏家排行第六的女儿,漂亮优雅,比她大三岁。

夏知从来没输过,却在那次竞争中输给了温言,温言在夏知的眼睛里看到了悲哀的情绪。

代表国内所有大提琴演奏家,这是至高无上的荣誉,谁会不想为国家荣誉而战呢？还好，最终，她如愿了。

"看着许次发呆，还不理我。温言，我对你这么好，你就这么无视我？你良心不会痛吗？"

温言不得不收回思绪，她面无表情地抬起手放在自己的肚子上，问他："良心在哪里？"

江听寒无语，肯定不在肚子那里。

"吃好了，散了？"林子然问江听寒。

江听寒嗯了一声，几个人陆陆续续走了。

姚姐结账的时候一直在夸温言漂亮，让温言常来，还给了温言一包酸梅条。

晚上十点半，大概是秋天天凉了的原因，路上没什么人了，但小店铺里还是人满为患。

江听寒今天穿了一件黑色棒球服，下身是灰色长裤，整体着装都很慵懒。

温言跟在他的身边，嘴里还咬着刚才结账的时候姚姐给的酸梅条。

"开心吗？"身边传来江听寒的声音。

温言嗯了一声，开心啊。

江听寒垂眸看她，声音低沉："那你怎么都不笑？"

"表达开心的方式有很多种，不只是笑。"比如现在她在吃姚姐给她的酸梅条，这也是表达情绪的一种。

姚姐愿意和她相处，还让她常去，这难道不值得开心吗？

江听寒想了想，又说了一句："明早没有饭吃了。"

他爸又走了，韩晴忙着呢！

"知道了。"温言喏喏地回答。

江听寒眯眼看向她："知道什么了？"

"给你带一份早饭。"温言面无表情。

"懂事了，没白疼你。"江听寒脸上露出一种很是欣慰的表情。

两个人沿着柏油马路回家，路边树枝上枯黄的枫叶往下落。安静了一会儿，温言问："江听寒，你是不是不喜欢跑步？"

"你怎么知道？"江听寒挑眉，有些意外。

温言在心里闷哼一声，刚才许次说那些话的时候，她看到了江听寒的表情，很不在意。

"不喜欢为什么还——"

说到这儿，他似有些抵触似的，立马开口打断温言："没什么。"

温言十分疑惑。

江听寒不说话，目光深沉。没有人知道那个从小就不喜欢运动的人，为什么长大会选择体育。

第五章

雪仗

今天有考试，所以学校里很安静。

只是考试，注定有人欢喜有人忧。

江听寒默默举手，实在是坐不住了，没几道题是他会的："老师，让我提前交卷吧。"

班主任一副"扶不起的阿斗"的表情。江听寒双手合十，看着一道也不会做的题，比训练还难受。

"不会也给我坐着！"班主任语气冷厉。

江听寒十分委屈，只能继续趴在桌子上。

温言看了看他，继续写题。

数学考试结束刚好是中午，温言从教室出来，没见到江听寒。

他这人是闲不住的，跑了也正常，温言便一个人往食堂去。

路上一部分人在谈论今天考试的题目太难，也有少数人将目光落在她的身上。

她去打饭的地方，那些人像躲瘟神一样，换去老远的窗口。

"想什么呢？"肩膀忽然被拍了一下。

温言抬起头，就见江听寒挑着眉又跩又臭屁的脸。

"没。"温言摇摇头。

江听寒拿过她的餐盘，冲着不远处抬了抬手："都在等你。"

温言闻声看过去，就见许次在疯狂招手。

她听到江听寒难得正经地说："他们并不值得你消耗自己的情绪。"

入座后，同学们的目光更赤裸裸了，像是看动物园里的猩猩。温言很努力地去无视他们的目光，忽略心中猛然泛起的自卑情绪。

温言擦了擦嘴角，在江听寒忍不住要站起来之前冷声说道："我吃好了。"

江听寒拧眉，看着温言匆匆离去的身影。

"我昨天在网上搜索了一下……不小心看到她的微博，我的天，下面的评论简直不堪入目。"许次是个特别特别乐观的人，一般的事都入不了他的眼，简单说就是心大。但看到那些评论的时候，他还是心头一颤！

"她找媒体澄清过吗？"林子然问许次。

许次点点头，他还真刷到了温言澄清的视频，但只是口头澄清，又没什么关键性的证据,所以下面依旧是一片谩骂。

"如果能找到当年偷拍那条视频的人,或者找到完整的视频,这件事应该就能结束了。"许次叹了口气,不禁摇头,"但是很难。"

林子然不解:"怎么说?"

许次:"那是个匿名人士发的,事情闹这么大,肯定早就销毁证据了。"

江听寒一句话都没说,只是吃着东西,却将许次的话听进了心里。

温言没有直接回教室,走着走着就到了凉亭。她侧着身子坐在木椅上,双臂搭在靠背上,下巴枕在双臂上,看着水面发呆。

温言闭上眼睛,难得清静。倒也不是没有人来,只是一看到是她,便全部退步了。

脚步声从来到走,毫不犹豫,一次又一次,从未有人坐下。背后又有脚步声,那脚步声很平稳,越来越近。

温言皱了皱眉头,清楚地感觉到那人停了下来。温言想,能在这个时候还靠近她的人,除了那个家伙,也没别人了。

耳边果然传来一道熟悉的声音,温言睁开眼睛,江听寒一边坐在她的面前,一边打开便利袋:"给你买了小蛋糕。我也不知道你喜欢吃什么口味,反正这是对面甜品店卖得最好的一款。"

"叫什么?草莓啵啵?还是什么……反正买的人特别多,我差点都挤不进去。"他有些笨拙地将蛋糕拿出来。

温言看着他的脸,睫毛颤了颤。

江听寒抬头正看到温言泛红的眼眶,整个人有些蒙,声音都在颤抖:"大小姐,咱可不带哭的啊?"他从小到大最怕温言哭了。

温言偏过头,她才没有哭。

江听寒叉了一小块蛋糕递给她,语调耐心地哄着她:"看在我好不容易抢来的分儿上,就吃点吧?"

温言看着他不停眨动的眼睛,轻轻笑了一声:"谢谢你,江听寒。"

"别说谢谢,烦。"江听寒的语气里满是不悦。

温言垂眸,这蛋糕里又是草莓果肉又是果酱,层次很丰富,料给得也扎实,怪不得卖得很好。

"吃饱了。"温言把吃完的空盒还有叉子递给江听寒。

我恋月亮 118

两个人往操场上去。秋风瑟瑟,温言双手插兜,脸上没有多余的情绪。

江听寒看了看她,说:"温言,以后学校里再有人议论你,别跑了。"

"拖你一个人下水就够了,还要拖上你的朋友一起吗?"温言看他,直接坦白想法。

江听寒闷笑,声音沉闷,不疾不徐:"我和我的朋友都不怕被你拖下水。"

"是你自己在怕而已,胆小鬼。"他点了一下温言的脑袋。

温言的脚步停了下来,目光注视他,说:"你才是胆小鬼。"然后低下头,继续往前走。

"你不是胆小鬼,就证明给我看。"

温言拧眉,声音越发轻:"不。"

江听寒站在原地,冲着她的背影喊:"温言,有人拉你出深渊你都不敢伸手,甚至看都不敢看一眼!你这不是胆小鬼是什么?!"

温言猛地停下脚步,她转身,目光冷厉地看着江听寒,无视周边同学的目光,冷声道:"我不是。"

"那就证明给我看。"江听寒盯着她,眼神里的嚣张火焰在上升。

阳光照在两个人的身上,枯黄的树叶落在脚边。

温言垂在腿边的手紧紧攥成拳头,内心暗涌如潮,在勇敢和退缩之间反复挣扎。最后她扬起脸,直直地盯着江听寒,认认真真地说:"证明就证明。"

江听寒眯眼,瞬间笑了。人间大好山河,怎么能一直身处黑暗呢?星星点点的光其实一直都在你的肩上,要勇于发现才行啊!

江听寒一步一步朝着她走去,斑驳的光影透过枝叶落在他的身上,全身透露出一股散漫气息,吊儿郎当的模样让人看起来不那么靠谱。他微微侧过身,光便落在了温言的肩膀上。

温言想,她真的是疯了,忽然和江听寒闹这么一出。

江听寒的手机响了,他拿出手机,是江衍发来的短信。

"我有事要出去一下,你自己回教室。"他把手中的袋子递给温言。

江衍手撑着脸翻着电脑里有关温言的消息,然后抬头看了看正坐在沙发上的江听寒,站起来走到江听寒的面前,慵懒地靠在窗边:"我先问一嘴,

— 119 —

温言是谁？"

"你管她是谁，能不能查到那个匿名发视频的家伙？"江听寒拧眉，没什么好脾气。

江衍"嘶"了一声，喝了口酒，很认真地摇了摇头："够呛，我查到了 IP 地址，可是两年前这个地方是个网吧。"

江听寒拧眉，是个网吧不是很好查？！

"小寒，这个网吧现在已经倒闭了，因为一场火灾，老板也去世了，这些新闻上都有。"江衍又补了一句。

江听寒心中燃起的一点小火苗瞬间熄灭。

"哥，帮帮我。"

江衍神色一怔，他很少喊"哥"。他点头，算是应下了。

很快便是月末。

温言已经有一个月没见到简怡了，期待今天能和简怡好好叙个旧，也好好听一场乐团的演出。

温言今天穿了一身黑色的休闲服，头发散落在身后，戴了一顶黑色鸭舌帽，还戴了口罩，捂得严严实实的。

她怕被乐团的那些人认出来，他们应该很不愿意见到自己。

温言已经有两年没进演出场所了，这是那次意外发生后的第一次。她以为自己会很抵触这里，但今日来，没什么感觉，只是看着偌大的舞台有些感慨。

"会不会不舒服？"耳边传来江听寒的声音。

温言抬眼："什么？"

"帽子、口罩。"他眼里写满担忧，这么封闭的场馆里，他怕温言会捂出问题来。

温言摇头，这套装扮她早就习惯了，要不是戴墨镜会显得奇怪，她还想戴墨镜。

"你有很久没上台了吧？"江听寒看着舞台，墨色的眸子清澈，其中藏着少年的不羁。

帽檐下，温言那张脸上没有多余的神情："不想上台。"

江听寒的目光落在她的身上，她也坦坦荡荡地看向江听寒。

江听寒垂眸轻笑，馆内灯光衬托下，他的模样清俊好看。是不想上台，还是被舆论压得没办法上台？

"大小姐一身本事，那些人看不到，实在是太可惜了。"他垂着头，手机在他修长好看的指间把玩着，有一搭没一搭，很散漫。

温言不愿再多提，拿起了旁边的乐团介绍书。

这种一年一度的巡演，乐团所有的大拿都会参加。温言先是看了小提琴组，看到简怡的名字后，便看向了大提琴组。

大提琴的带头人，是夏知。

在夏知的名字右边，还有一个温言熟悉的名字——萧司泽。

温言攥紧手中的介绍书，心里勾起了一抹回忆。

那个少年蹲在他的面前，眼眸含笑，温润矜贵："温言同学，你可要继续努力啊。"

萧司泽比她大三岁，早她两年来到华扬交响乐团，也是一名优秀的大提琴演奏家。

他眼里总是含笑，温和又内敛，团里很多长辈对他的评价都特别高。

温言初来时还小，不了解乐团的规矩，要和乐团磨合。

那会儿萧司泽以大哥哥的名义帮了她很多，久而久之，她便和萧司泽关系最好。

萧司泽得到出国深造的机会，温言难过了好久，但调整好状态后，便回答他："我们国外见。"

"一言为定。"他温柔地笑着，眼里似乎藏了一整个夏天，有一种不染凡尘的干净。

那时的她信誓旦旦，她觉得自己一定会追上他的步伐，可惜家里变故来得太突然。

温言的指尖在他的名字上轻轻触碰着，心里感慨万千。她再也追不上萧司泽的脚步了，甚至都没有勇气再见他一面。

温言不知，她失神的这一幕，全被江听寒看入眼底。江听寒在有关温言的新闻上看到过萧司泽，知道他们关系很好。

舞台已经准备就绪，温言一眼就看到了简怡。

简怡今天穿了一条奶白色的裙子，脚下是一双黑色的小皮鞋，头发微微挽起来，完全就是一个甜妹，在人群中太显眼了。

很快，夏知也入场了。就在温言打量夏知时，她看到了那个许久未见的老熟人——萧司泽。

那人一身黑色西装规规矩矩，头发打理得干净利落。他整理着大提琴入座，长腿往前倾斜，而后抬眼望向台下。

男人面容优渥，眼里似藏了一汪清泉，温柔似水。他的手扶着大提琴，手指修长好看。旁边有人和他搭话，他便微微一笑，矜贵优雅，让人移不开目光。

演奏会开始了，今天台上的人，温言认识三分之二，有一些新人，她没同过台。

简怡全程都很认真，等待进节拍的时候还偷偷往她这边看。

温言给简怡拍了很多照片，每一张都很漂亮。只是看到他们在舞台上闪闪发光，看着那一把把大提琴，温言内心的伤疤像是被撕扯一样疼。

演奏会接近尾声的时候，温言打算先退场。她刚离开座位，便被一个人拦住了。拦着她的人，正是乐团老板徐千千。

她看着温言，扬了扬嘴角，指向一边，示意两人聊一下。

温言脸上的表情有些复杂，千防万防，没防住徐千千。

只见所有人的目光都落在了她的身上，尤其是萧司泽，眼神更为炙热。

"江听寒，你有事就先走，没事就在外面等我一会儿，行吗？"温言转过头问江听寒。

江听寒懒洋洋地应着："等你。"

温言与徐千千去了后台，温言希望徐千千只是想和她叙叙旧，客气个两三句就快放她走。

徐千千双手环胸打量温言，而后淡淡道："摘了帽子和口罩。"

温言无奈，不想，却听徐千千哄着说："我又不会打你。"

温言沉默三秒，还是将帽子和口罩摘了下来。

徐千千在看到温言的脸时，瞬间鼻腔酸涩，有种想哭的感觉。那年温言被卷入舆论的旋涡，乐团碍于压力，不得不辞退温言……

"温言，你瘦了。"她的手落在温言的肩上。

温言的身体很单薄，掌心窝在她的肩膀上能清晰地捏到骨头。

"看到乐团在你的带领下发展得这么蓬勃,我真的很开心。"温言轻轻客套着。

徐千千知道,她心里是有隔阂的。

温言看了下时间,演出快结束了。

徐千千在那一个个高潮的乐声里问了一句:"考不考虑回来?"

"回来?"温言不解。

"回华扬交响乐团。"她说,"温言,这次我不会放弃你了。这些年有关你的舆论一直没有个结局,不如就用你重回交响乐团来证明你的清白吧。"

温言十分诧异徐千千会这样说,徐千千也是在弥补当年对温言的伤害。

不置可否的是,温言确实是一名很优秀的大提琴演奏家,她再也找不到像温言这么优秀的人了。

"谢谢您,但这个决定太大胆了。这个话题说到这儿就结束吧,别再提了。"温言看了下手表,匆忙道,"我还有事,朋友在等我,我先走啦。"

她话说完,台上的音乐也停了有一会儿了,却在转身后看到了那个多年未见的人——萧司泽。

他和之前没什么差别,甚至比之前更加风度翩翩,像是沉稳的邻家大哥哥,让人很有安全感。

萧司泽看着他,西装衣领扯得有些乱。

温言慌乱间想戴上帽子和口罩将自己藏起来。

耳边传来那人颤抖的声音:"言言……"

温言的心刺痛,她的手紧紧地攥着帽子,没有抬头看他的勇气。她张了张嘴,想说什么,却怎么都开不了口。

温言消瘦了,整个人不像幼时那般明媚漂亮,给人一种说不出的破碎感。萧司泽有些哽咽,声音压低,更为沉稳:"等我换身衣服,一起吃个饭。"

"不了。"温言摇头拒绝。

"温言,你的事我都知道了,你没必要躲着我。"萧司泽拉住要走的温言,不愿她匆匆离开。

"我没躲着你。"温言抿唇,轻轻拿开萧司泽的手。

她始终不敢再抬起头看他,她会受不了。明明那时一起约定,要变成更好的人。

他完成了目标，她却一落千丈。看到他，她会想起以前光鲜亮丽的自己。

"温言，我们是朋友，躲着我并不能解决什么。"萧司泽眼神哀伤，每一句都温柔到骨子里。

温言摇头，鼻腔酸涩。

萧司泽拧眉，他没有因为被温言拒绝而难堪，只是心里难过。

温言以前很乐观自信的，可现在沉默不语，低着头不敢看他，这才是最令他感到悲哀的。

"我会在连宜待一阵子。你今天不方便，那明天我们再约，好吗？"萧司泽不想放弃。

在国外的那些年，他最惦记的就是温言了。

温言出事后，便直接将他推开，彻底与他断联。如今能再见到温言，他有一种失而复得的欢喜。

温言没答应，而是绕开萧司泽。她刚走出后台，就看到了靠在墙边的江听寒。

少年双手环胸，垂着头不知道在想什么。

他忽然抬头往这边望，原本焦灼的眼眸忽然一亮，脸上泛起丝丝笑意，语调愉悦地问道："大小姐，叙完旧没啊？"

温言还没来得及说话，萧司泽也跟了出来。他就站在温言的旁边，猝不及防和江听寒对视上。

江听寒慢慢站直，双手垂在腿边，脸上笑容不见，眼神复杂地看着萧司泽。

"这是？"萧司泽问温言。

温言一直没敢看萧司泽，但在萧司泽问起江听寒时，她看向了他，轻声道："很好的朋友。"

江听寒竖起耳朵，不禁在心里把温言夸了一遍。

萧司泽沉默了几秒，对温言说："我想送你回家。"

江听寒走了过来，本不打算参与的，毕竟要给温言留一点私人空间。但萧司泽都要送温言回家了，自己还在旁边看戏，就有点说不过去了。

萧司泽拧眉看着逐渐靠近的江听寒，他这才发现，这是最近体育界的新晋体育之星江听寒。

萧司泽正出神,就听到江听寒说:"我和她住一起,可以一起回。您演出辛苦了,就不劳烦您了。"

萧司泽听闻,猛地收回思绪:"住一起?"

温言抬眼看萧司泽,想解释只是邻居,却被江听寒抢了先。

"是的,如果您没什么事的话,我们就先走了。"江听寒勾唇,眼里闪着敌意。

萧司泽抿唇,他也不是什么随便搪塞就能糊弄过去的人。

"既然住一起,那你也搭个顺风车吧,这个时间出去怕是不好打车。"他好脾气地对江听寒说。

江听寒十分烦闷,谁要搭他的顺风车!再说了,这会儿观众都在散场,他以为他的车会飞,不会堵车吗?

温言默默低下头,垂在腿边的手快捏出一套海景别墅来了。

江听寒强忍着恼怒,冷笑道:"没关系啊,我们坐地铁。"

"你让温言和你坐地铁?"萧司泽拧眉,从语气里透出抵触。

"坐地铁怎么了?大小姐偶尔也要下凡间体验一下人间烟火嘛。"江听寒直接将温言拉到了自己身边,问温言:"坐地铁行不行?"

温言偷偷看了看萧司泽,萧司泽的脸色不是很好。在萧司泽的眼里,她还是那个要家里专车接送、众星捧月的温大小姐。她和萧司泽,早就不同路了……

江听寒则是看向温言,察觉到了温言在看萧司泽,他心里忽然有些不好受,像是被谁打了一拳。

"萧司泽,谢谢你的好意,还是不麻烦你了。"温言看着萧司泽,大大方方地拒绝。

萧司泽眸光暗淡几分,有些失落。

"下次见。"温言冲萧司泽摆摆手,而后看向身边那只可怜巴巴的小狗。她发现,江听寒卖惨真的有一套。

萧司泽目送二人离去,自嘲地笑了一声。再转身,徐千千就站在他身后。

"你心心念念的人,似乎对你很陌生啊。"徐千千逗他。

他便笑,有些心虚地说:"徐姐,别开我玩笑了,我把温言当妹妹。"

"是吗？"徐千千撇撇嘴，而后笑了一声，摊开双手，"好吧。"

从场馆出来已经快十一点了。刚才在里面又紧张又热，这会儿被风一吹，温言不由得打了个冷战。

肩膀上忽然披了一件有温度的外套，然后就看见江听寒身上那件单薄的黑衬衫，他问温言："回家？"

她拉了拉身上的外套，说："我还没见到小怡。"

"陆禾去见简怡了，他说简怡会在连宜待一阵子再去下一个城市。所以今晚见不到没关系，明天也会见到的。"江听寒认认真真地解释。

"回家了。"江听寒拍拍温言的头，走在了前面。

温言想了想，跟了上去。

江听寒直往右边走，温言拉住他的衣服："地铁站，那边……"

"不坐地铁。"他说。

温言不解，啊？

江听寒也算是实打实的连宜本地人，对于连宜的地段他还是很熟悉的。

场馆出来当然打不到车，到处都是观众，私家车也都被堵在停车场出不来。

只要从场馆出来往后面那条商业街去，立刻就能坐上车了。

"其实坐地铁也可以的。"温言跟在他身后，小声说。

"大小姐怎么能坐地铁呢？脑子不好的人才会带大小姐挤地铁！"他一味地向前走，嘴巴说个不停。

脑子不好的人才会带大小姐挤地铁？可坐地铁这话刚才是他说的呀！

温言看着他的侧脸，忽然笑了。

这就是少年嘛，总是轰轰烈烈不计后果的，想把最好的一面都给予最在意的家人和朋友。

路灯洒在两个人的身后，二人一前一后，任由影子被拉长，时而交叠，时而分散，少年像是要带她逃离这个喧嚣的世界。

这一刻的温言，是真的开心。

江听寒转过头看她，小姑娘眼眸弯弯，散落身后的发丝扬起，帽子遮不住她好看的脸庞。

穿过一个小胡同，便到了后面街道。街道人也很多，但出了繁华区，便都是排队等客的出租车。

他拉开车门,和温言一起上了车:"师傅,星海街。"

车内光线昏暗,温言摘下帽子,抓了抓头发。他闻到了她的发香,一种淡淡的,花香的味道。

温言打了个哈欠,有些疲惫地倚在靠背上往窗外看。

星海街离演出的场馆很远,坐车都要半个小时。

他偏过头看温言。温言正看着窗外,眼眸轻眨着,很恬静,又像是皑皑冬雪中高岭之上的冰玫瑰,冷冷清清不容亵渎。她大抵是累了,微微闭上眼,却很快又睁开。

温言第二天早早就爬起来了,倒水时听到对面的韩晴对江听寒道:"我去上班了,今天有好几台手术,没事别给我打电话!温言要有事的话另说!"

正打算出去跑步的江听寒狠狠关上门,用行动表达自己的不满。

温言推开窗户,叫住江听寒。

江听寒抬头,看了下手表,七点都不到,有些惊讶:"这么早?"

温言说:"你去跑步?带上我?"

"你行吗?"江听寒拧眉。

"等我。"温言说完便关上了窗户。

温言换了一身休闲服,戴了顶帽子便出来了。江听寒从头到尾打量了她一番,确实像搞锻炼的样子。

"跑不动我可不管你。"江听寒好言提醒。

温言莞尔:"你想管,也要看我给不给你机会。"

江听寒的晨跑还是挺耗费力气的,他每天早上会绕着星海湾慢跑十公里左右。

但今天有温言在,他不打算跑太远。

温言才跟着跑了一公里就开始喘,江听寒便在原地踏步等她。

温言蹲下来,手撑着膝盖,大口喘气。

江听寒将水递给她。

她摆摆手,不喝。她摘下帽子,将头发往后撩去,额头上全是汗珠。以往这个时间点起床总觉得特别冷,今天跑步跑得浑身都发热。

"继续。"温言站起来,戴好帽子,调整好呼吸,又跑了起来。

江听寒跟在她后面,看出她的吃力,便主动给她台阶下:"第一天可以不跑太远,受不了就停下。"

闻言,温言转过身,一双眼直勾勾地盯着江听寒,几乎想都没想就停下脚步,果断蹲了下去,不跑了。

江听寒蹲在她的面前,扑哧笑出声来。这家伙有台阶还真下?他拧开水递给她,问:"不跑了?"

"不跑了。"温言说话都没力气了。

江听寒提起温言的衣领,看着她那张红得要命的脸,问:"还能回去吗?"

温言有些恍惚,只知道往前跑,却忘了还要回去……

江听寒将她眼底的迷茫收入眼底,扑哧笑出声:"跑不回去了?"

温言试着站起来,却发现小腿酸胀,膝盖也有些疼:"我可能需要帮忙……"

"刚才出来的时候我就提醒过你,跑不动我可不管你。"江听寒故意打趣她。

温言抬眼,学着江听寒卖起惨来:"江听寒,你忍心把我自己一个人扔在这儿吗?"

"这有什么不忍心的。"江听寒目光飘散,不看她。

温言:"江听寒,你的心是石头做的。"

"你的心才是石头做的。"江听寒瞪了她一眼。

江听寒叹了口气,注定是败给温言了。他背对着温言往后退去,而后弯下腰,声音沉闷:"上来!"

温言闷闷地笑了一声,就喜欢看江听寒口不对心:"是谁说不管我的?"

"不要得了便宜还卖乖。"江听寒拧眉。

温言慢慢站起来,爬上了他的后背。

江听寒背着温言,脚步放慢,沿着海岸往家走。

路过面馆,江听寒问她:"要不要吃东西?"

温言看过去:"好。"回家还要做饭,她好累,不想动了。

江听寒带她进了面馆，一群小猫叫个不停，好似遇到了熟人。

风铃声悦耳，温言又坐到了那天坐的位置上。

江听寒去点面。温言便抱着一只跑过来的小猫，揉了揉小猫脑袋，温柔地学着它的叫声："喵。"

江听寒懒懒地倚着吧台，双手环胸，竟也忍不住观赏起来。他余光扫到一旁的相机，问店员："相机可以用吗？"

"可以呀。"店员是个漂亮的女生，看到江听寒十分热情。

江听寒拿起研究了一下，对准温言，给她拍了两张照片。

"你能不能帮我拍一张？"江听寒看向店员。

店员表示疑惑，江听寒将相机给她，然后背对着温言，拍他，便会拍到后面的温言。

"好。"店员明白了江听寒的意思。

江听寒单手比耶，看着镜头扬起嘴角，少年张扬不羁，帅气而耀眼。

"需要帮你洗出来吗？"店员问。

江听寒点头："谢谢。"

面煮好后，照片也洗好了。江听寒看到照片才发现，店员给他拍的那张照片，温言刚好抱起小猫放在脸旁，和小猫一同看着镜头，眼眸带笑。

江听寒心里咯噔一下，望向吃面的温言。他只是想偷拍一张和温言的合影，不料却被抓了个正着。

海边的景色太美了，这样的晴天，海面波光粼粼，像是布满了金珠和银珠。面馆放着轻音乐，在这个美好的清晨里，让人身心舒畅。

吃完面回家的路上，江听寒问她："明天还跑吗？"

温言想了想，摸着鼻尖说："……不了。"

江听寒失笑，温言便不悦地看向他，嘲笑她是吧？

"今天打算做什么？"江听寒拉伸手臂，顺便问温言。

温言双手背在身后："写完试卷，下午去找小怡。"

晚上，江家。

"小寒，你爸爸说一月份有个省级田径比赛，问你参不参加。"

江听寒抬头，吃着东西，皱着眉："不参加。"他要备战明年的体考，今年不打算再参加比赛了。

"好像是个奖金制度的比赛,第一名有奖金十万块。"

江听寒摇头,那他也不参加。

"好吧,回头我帮你回绝了。"

"嗯。"江听寒应了一声。

韩晴又看向温言,问她:"言言,你真的不打算参加艺考啦?"

"嗯,我想了一下,打算学医。"温言低头吃饭。

江听寒睨着她,她当真的?真不参加艺考了?

"学医固然好,可你的大提琴就这么放下了吗?"韩晴疑惑。

温言:"嗯。"

"你爸妈要是知道你最后不是考音乐学院,肯定会很失望!"韩晴瞧着她,叹了一口气。

闻声,饭桌上的气氛有些僵硬。

江听寒在桌子下碰了一下自家老妈的膝盖,怎么哪壶不开提哪壶?

韩晴却不以为然,而是继续说:"言言,我也不是故意提起你爸妈!只是你想想,如果你爸妈还活着,他们会同意你放弃音乐学院而去学医吗?"

韩晴婆口苦心:"他们只想你过得好,并不希望你为了他们放弃什么,懂吗?"

温言咬着唇没说话,继续吃饭。

一直到饭后,她都一句话没说。她想帮韩晴刷碗,却被韩晴推出去:"你的手可不是干粗活的,去休息吧。"

韩晴希望温言清楚,眼前的不堪,早晚有拨开云雾见天明的一天!

"韩姨,我回去休息了。"温言站在客厅沙发前,对着在厨房里忙碌的身影说。

"回吧。"韩晴没出来送她。

这是第一次,韩晴没送自己。温言想,自己是不是让韩晴失望了?

"走吧。"江听寒揉了揉她的头发,送她出去。

"韩姨是不是生我气了?"温言问江听寒。

"没有的事,你别多想。"江听寒抿唇,还往屋子里看了一眼。

韩晴怎么会生温言的气呢，疼她还来不及呢。

"不过你真的想好了，不参加艺考了？"

温言看他，又想到刚刚韩晴的话，有些犹豫。

江听寒俯下身，那眼神格外认真，他说："温言，人确实不能一直活在过去，舆论早晚会散尽，但这些人生重大的转折，需要你深思熟虑来决定，而不是一时冲动，知道吗？"

温言眨着他的眼睛，关键时刻，江听寒十分清醒，她点了点头，嗯了一声，转身要走。

他又叫住温言："温言。"

夜晚的光落在江听寒的身上，少年穿着黑色衬衫，头发稍凌乱，清冽眉眼含着淡淡笑意，看着有些不羁。他说："虽然我支持你做的每一个决定，但我不希望以后的你想到今天这个选择会后悔。"

"你值得更好的未来，你该是不停创造价值和不停攀登巅峰的人，而不是止步于现在。"

"回吧，晚安。"他摆摆手，目送她回家。

温言沉了沉眸子，转身回了家。

关上门，她靠在门上，看着空荡的卧室发呆。过了一会儿，她来到角落，拿出了琴盒。

她蹲下来，将琴盒放平。她的手放在卡扣上，她的心脏忍不住狂跳。两年了，她都没有勇气打开。现在，她依旧忐忑不安。

温言的手紧紧握着卡扣，将卡扣打开又扣上。

她躺在地上，看着头顶的吊灯，心跳加速。

她转过头，手放在身侧的琴盒上。她只是看看……看看而已。

她坐起来，又一次打开卡扣。她双手扶着卡扣，一把掀开了盖子。

她的心扑通扑通狂跳，她慢慢睁开眼睛，眼前的一幕触目惊心。

盒子里的大提琴早已被摔得七零八碎，几根琴弦四散飞起。

温言的眼睛微红，她拧着眉，手慢慢抚上破裂的琴。这就是父母去世后，她冒着大雪跑回家砸碎的大提琴……

没人知道，她如此宝贝的琴盒。里面藏着一把破烂不堪的大提琴。

两年来，温言从不敢打开看，每次看到都会想起爸爸妈妈。

- 131 -

或许江听寒说得对，人生重大的转折点，需要深思熟虑来决定，而不是一时冲动。

多年以后，她会不会后悔现在没有参加艺考，最终没有去音乐学院呢？

温言合上盖子，抱着琴盒蜷缩着躺在地上，任由眼眶泛红，轻声呢喃："妈妈……你会怪我吗？会吧，你会和姥姥一样怪我吧……"

温言闭上眼睛，抱着琴盒入睡。

十二月气温骤降，连宜迎来了冬日里的第一场大雪，家家户户庭院里落满了雪，一大清早便都是扫帚扫雪的"哗哗"声。

温言站在学校的长廊里，看着外面纷飞的雪花，忍着膝盖的疼，眼神呆滞。

"听说了吗？今年的元旦晚会，要求每个班都要出两个节目。"

长廊里，同学们都在聊元旦晚会。温言的肩膀被撞了一下，她转过头，就看到许鸢面无表情地和她擦肩而过。

温言拍了拍肩膀，进了教室。窗外的雪越下越大，很快便堆起了厚厚的一层。

江听寒从后门进来，拿了一个热水袋丢给温言："护着你的腿。"

她瞪了江听寒一眼，默默将热水袋放在膝盖上。

很快，上课铃打响。班主任踩着铃声进来："上课之前宣布一件事，元旦将至，31号晚上七点半，在学校大礼堂举办元旦晚会！"

这话一落音，教室里瞬间沸腾了起来，竟然是真的！

班主任敲了敲桌子，皱眉："瞧你们一个个开心的。"

"老师，高三真的好累啊，难得有个娱乐节目，能不开心吗？！"王轩在后面吐槽。

班主任冷哼一声，又说："每个班有两个参演的名额，你们谁来？"

同学A："什么都不会演什么？总不能上去背一段文言文吧？"

同学B："让温言参演，她的大提琴还不吊打所有节目？"

同学C："我投温言一票！"

不知道谁起的头，紧接着，所有人的目光都落到了温言身上。

温言抬头，莫名其妙地看着他们，直接拒绝："我不参加。"

班主任瞧着温言，敲了敲黑板，道："这个下课再谈吧！大家如果有想表演的，来办公室找我报名。"

江听寒翻着手机，发现快圣诞节了。他手撑脸，百无聊赖地问她："温言，圣诞节你想要什么礼物？"

温言摇头，她什么都不缺。

"那你想去哪儿玩？叫上陆禾他们一起去唱歌吧？"

温言瞥他："你们不训练？"

"练啊，晚课结束再去。"某人歪着头，一心只想着带温言去玩，"要不带你去吃路边摊？"

温言："……现在是冬天。"

"那还是去唱歌吧！"江听寒眼睛一亮。

"我不喜欢，太吵了。"

"好，那就唱歌！"他打了个响指，就这么愉快地决定了。

温言无语，江听寒，有病啊！

雪断断续续下了一天，城市被雪点亮，操场上一片银白。

温言从教学楼出来，雪花立刻扑面而来。她抬起头，任由雪花落在脸颊，冰冰凉凉的。

冷风刺骨，她闭上眼睛，浑身打了个冷战，想到了那个夜晚。好大的雪，厚得埋没了她的脚踝，可她像是有什么执念一样，疯了似的往家跑，砸坏了那把大提琴。

砰！背后忽然被人拿雪球砸了一下。

温言转身，就见江听寒站在操场中央朝她招手。在雪雾中，他声音清朗："温言，过来！"

少年身着黑色长款棉服，发丝被雪打湿，暖黄色的灯光下，他的身上似镀了一层浅浅的光晕。

温言咂舌，拍了拍被他扔的雪球打到的地方，平静地说："我回家了。"

"欸，你这人也太无趣了吧！"江听寒小跑过来。

少年似一阵风，身上带着冷气，他高高瘦瘦，站在她的面前遮住了她眼前所有的光线。

温言双手插兜，淡淡道："上了一天课，很累了。"

— 133 —

"证明你该锻炼了。"他握住温言的手腕,拉着温言往操场去。

冰凉的触感落在手腕,温言慌张地吼道:"我不打雪仗!江听寒!"

操场上人满为患,三两个人为一组,热闹非凡。

地面的雪被踩得"咯吱"响,一个又一个脚印清晰又模糊。

刚到操场中央,江听寒和温言就被陆禾他们围攻了!刚才温言没出来的时候,江听寒在操场一打五。

温言就这么莫名其妙地被卷入了战争中,她左躲右躲,喊道:"江听寒,你到底得罪了多少人啊!"

操场上喧闹无比,打闹声传遍整个校园。

江听寒拉着温言跑,嘴里喊着:"完了,温言,你要跟我一起挨揍了。"

温言惆怅:"江听寒,你故意的。"

"我发誓,我不是!"他不停地拉着温言躲,后面那几个人追得特别紧。

"信你才怪!"说话间,温言的脑袋还被一个雪球砸了。

雪灌进脖颈,凉得温言打了个冷战。

"许次,你完了!"身后的林捷在那儿事不关己地火上浇油!

许次一头雾水,什么情况?!

江听寒放开温言后,几乎想都没想团起地上的雪就往许次身上扔。

旁边的人瞬间排排站,开始看热闹。

陆禾默默团起一个雪团,在江听寒扔许次的时候,也跟着丢了上去,典型的看热闹不嫌事大。

许次被按在雪里不停哀嚎,雪灌进脚踝、灌进耳朵和脖颈,他只觉得浑身都被疏通了一样。他悲惨的叫声传遍整个操场。

林捷在旁边捂着肚子笑:"活该!"

温言失笑,其实她并不喜欢下雪天。但不知道为什么,看到他们这么开心,气氛这么融洽,她竟然也没那么排斥了。

陆禾看向她,把刚才团好的雪球给她:"一起。"

她接过陆禾递过来的雪球,问他:"我可以丢谁?"

"你想丢谁就丢谁。"陆禾表示,他们这群人随便温言扔,且是不还手的那种。

"我要是丢他的话,他会不会把我也……"温言挑眉,睨着不远处的江听寒。

陆禾看过去,把她怎样?像许次那样按雪堆里吗?除非江听寒疯了。

温言轻咳一声,走近一些,把雪球扔到了江听寒的后背上。

"谁——"江听寒转身,到嘴边的话在看到温言时,猛地咽了下去。

陆禾等人齐刷刷抬手指向温言。别看他们,是温言!

江听寒站了起来,许次终于获救了。

温言有一种不好的预感。她转身要跑,被江听寒拉住了衣领。

温言侧着脸看他,小心翼翼:"江听寒,有事好商量。"

"你扔我的时候可没见你跟我商量啊。"江听寒眯眼,眼里闪过一丝坏笑。他故意将手忽然放在温言的耳朵上,那一瞬间,温言像是身上触了电一样,好凉!

温言往旁边躲,不忘往林捷他们那边看。

林子然率先团了一个雪球,陆禾也掂了掂手中已经团好的雪球,几个人朝着江听寒扑去,直接将江听寒按倒在地。

他们前所未有地团结,在这一刻体现得淋漓尽致。

一群人疯闹了许久,直到都累了才停战。

一群人在雪地上躺得四仰八叉,许次还不忘抓起雪往江听寒的身上丢。可恶!下手太狠了!他现在衣服里还有地方是凉的。

温言蹲在江听寒的旁边,看着他们疲惫得不愿起来,很是好奇,他们不冷吗?

江听寒睁眼,就看到正低着头自己画雪的温言。

她不知道画了什么,勾起嘴角轻轻一笑。

江听寒看着她,不禁失了神。温言真的很好看,有礼貌很温顺,又不失自己的小脾气。

江听寒歪过头,问她:"在画什么?"

温言抬眼,双手立刻捂在了地上。

江听寒皱眉,此地无银三百两,那他就必须看。

江听寒拿开她的手,她又挡上。发现藏不住了,她便想毁掉。可人还没挡过去,就被江听寒看到了她的大作!

雪地上画着的,可不就是一只小狗吗?

小狗就算了,旁边写了他的名字,还写了一个字——汪!

江听寒气恼:"温言!"

温言起身想跑,却被江听寒抓住了手腕。

温言脚下没站稳,江听寒还没站起来,便撞着他一起倒在了雪地上。

江听寒的身体僵了僵,清楚地感觉到了她身上的温度和气息。他的手完全在雪中,这会儿什么都不知道了,只问道:"摔疼了没?"

温言有些恍惚,她翻了个身,滚到了江听寒的旁边,神色很不自在。

江听寒看她像个粽子似的,笑着又将她拉了回来。

"问你话呢,摔疼没?"他压低声音又问了一遍,语调有些霸道。

温言默默摇头:"不疼。"

"嗯,大小姐要是摔坏了,韩女士又要找我算账了。"江听寒挑眉,颇有些玩世不恭。

温言睨着他的眉眼,雪中的少年,冷冽却又有温度。他的脸被微光照亮,不太清晰的轮廓泛着朦胧感,垂下来的发丝遮住他的半边眼,少年脸颊消瘦,薄唇此时紧抿着。

江听寒点了一下她的脑袋,将她呆呆的样子收入眼底。这样的温言和往常反差还挺大的,挺可爱的。

温言想,她应该永远都忘不掉这一幕。

和他们如此放肆地打雪仗,不顾他人评价躺在地上迎着雪,包括这时心猿意马的心跳,冬天好像没那么讨厌了,她也不抵触下雪了。

当然,如果老寒腿能好就更好了……

从学校出来,一行人还在嘻嘻哈哈。

昂首挺立的树干上挂着厚厚的一层雪,林捷站在树下,许次踢了一脚树干,大雪哗哗掉落。

雪从脖颈钻到后背,林捷狠狠打了个寒战,嘴里骂着:"许次!"

许次笑得那叫一个开心,当然被追着打的时候跑得很狼狈。

雪一直没停,马路对面的店亮着暖黄色的灯光,厚厚的一层雪让人步伐艰难,同学们哈着寒气迎着雪往家走。

城市洒了一天的盐,马路上的雪化成水,有些地方结了薄薄的冰,车辆缓行。

温言和江听寒很晚才回到家,她的手冻得冰凉,韩晴给两个人煮了莲子羹,让两个人吃了暖暖身子。

连宜进入冬天会供暖,屋子里的温度正舒服。电视里放着晚间泡沫剧,窗外下着小雪,城市一片银装素裹,倒也温馨。

温言坐在地板上,趴在茶几上吃东西,很是安静。

"言言,好不好吃呀?"韩晴手撑着脸看她吃东西,眼里全是笑意。

温言抬眸,鼻尖和脸颊还是红的,点点头:"好吃。"

"瞧你们,放了学就早点回家嘛,冻得脸都红了。"韩晴起身,给热水袋充了电。

温言吸了下鼻子,不禁看向一旁的江听寒,跟韩晴告状:"他用雪球砸我。"

正吃着东西的江听寒猛然一顿,然后看向温言,到底谁砸谁啊?

难道不是她拿雪球丢他,还拉着他的朋友叛变吗?他才是最可怜的那个啊!

江听寒一脸正义地问韩晴:"妈,你信我吗?"他没有!

韩晴走过来撑了一下江听寒的脑袋,把充好电的热水袋递给温言,让温言再暖和暖和全身。

温言一只手抱着热水袋,一只手拿着汤匙,看着江听寒时,那张泛红的脸人畜无害,单纯得很。

"言言,快圣诞节了,你想要什么礼物呀?"韩晴往前坐了坐,满脸温柔。

江听寒瞥了温言一眼,他也想知道温言需要什么。

温言摇着头,说:"韩姨,我不需要礼物,我什么都不缺。"

"怎么会不需要礼物呢!"韩晴皱着眉,语气可爱了一些,"女孩子就是要被爱包围着呀,这样才会永远年轻和浪漫嘛!"

温言能在韩晴的脸上看到幸福的痕迹。

韩晴将碗筷收拾了拿到厨房,出来时站在窗口往外看,叹着气道:"一年又一年,冬来了,年也快来了。"

韩晴转过头,忽然望向温言,说:"我看望都音乐学院那边已经开始报名招生啦。"

温言嗯了一声,以前每到这个时候,她都会盯着人家官网刷新闻。她还给他们留过言,说自己一定会考上望都音乐学院。

韩晴打量着温言脸上的表情,换了话题:"言言,回头把你身份证发给我吧。"

江听寒翻着杂志的动作停了下来,而后看向韩晴,眼眸微眯。

"我们医院最近会做冬检,有几个免费检查的名额,回头你和小寒一起去检查检查身体。"

"身份证用作登记的,回头我再帮你看看你有没有社保、医保什么的。"韩晴过来坐下,满脸认真。

温言点了点头,把身份证号码发给了韩晴。

江听寒不得不坐起来,目光复杂地看着韩晴,她想干吗?

"好了,你们年轻人玩吧,我去休息啦。"韩晴的小目标达成,拍拍手转身上了楼,不带走一片云彩。

"晚安,韩姨。"温言也该回家了,她将棉服套在身上,转身出去的时候,听到江听寒说:"你还真信。"

"什么?"温言转过头看他。

江听寒闷笑一声,帮她把棉袄的帽子戴上,声音很轻:"没什么。"

温言扬起嘴角,淡淡道:"晚安。"

江听寒睨着她亮亮的眼眸浅笑一声,压低了声音:"嗯,晚安。"

看到温言回了家,卧室亮了灯,江听寒才回去。

第六章

月亮

很快便迎来了圣诞节。

连宜过节的气氛还是很浓重的,每家店铺的装饰都很出彩,一棵棵圣诞树漂亮又华丽。

连宜的冬天是真的冷,尤其是一场大雪过后,更冷了,直逼零下二十摄氏度。去 KTV 的路上,江听寒一直在发消息,温言也不晓得他到底在忙些什么。

江听寒说陆禾他们都已经到了,就等他们了。

温言推开包厢的门,却发现包厢里漆黑一片,空荡荡的,不像是有人来过的样子。

"你不是说他们都——"温言扭头,歌厅的长廊里早已没了江听寒的身影。

"江听寒?"温言退出包厢,左右找了一圈。

人呢?温言确定是眼前的包厢,犹豫了一下,打算进去等他。

她抬手摸着墙壁,想开灯。却在下一秒,屋子里灯光忽然亮起,是两棵圣诞树,紧接着有音乐声响起来。

许次和林捷手里拿着礼炮,砰的一声,彩带飘下来,一屋子人看着她,大家异口同声:"圣诞快乐!"

"温言,圣诞快乐。"少年就站在圣诞树旁,一双眼炙热温柔,声音散漫却不失好听。

温言吓了一跳,双手还捂着耳朵。

江听寒眯眼,不停叫她:"还愣着干吗?"

温言关上门走了进去,因为惊吓,心还在扑通狂跳。

林子然在点歌,段和君拿了两瓶饮料过来,冷翊趴在林子然的后背上,皱着眉看那些歌单。林子然问他:"唱什么?"

"不会唱歌,随便看看。"冷翊嘟囔着。

一切看起来都是那么井然有序,唯独温言。

温言问江听寒:"你刚才不是和我一起进来的吗?"

"偷偷告诉你一个秘密吧。"江听寒靠近温言,眼睛直勾勾地看着温言。

温言不解,什么秘密?

江听寒看着她的眉眼,眼里笑意渐浓。

温言静静地等着他的下文。

却见他靠过来，隔着音乐声，大声说了三个字："我，会，飞！"

温言就知道江听寒这个不靠谱的说不出什么正经话来。

"惊不惊喜？意不意外？"江听寒看着她的眉眼，皮得不得了。

"这事儿韩姨和江叔叔知道吗？"他们生的崽会飞，他会被抓去做研究吧？

江听寒将温言拉起来，走到圣诞树旁边，他说："我给你准备了礼物。"

温言跟着江听寒一起，看他把圣诞树上挂着的小盒子一个个拿下来，堆成了一个小山。

"都是给我的？"温言意外。

"嗯。"他双手抱着膝盖，笑着看她。

"浪费。"温言忍不住拿起一个晃了晃，好久没收到礼物了，就连过节是什么滋味都不知道了。

"送你的，怎么能是浪费？"他一脸严肃地补充道，"钱要花在刀刃上，你就是刀刃。"

江听寒送的礼物比较琐碎，吃的、用的、玩的……什么都有。

她拿起一个小猪玩具，对比江听寒的脸，笑着说："怎么是小猪呢，应该买个小狗才对。"

"小猪是你。"他咬着后槽牙说。

温言："我才不是。"

陆禾正给简怡发视频。

简怡："拍张照片给我，让我也快乐一下！"

陆禾看向温言和江听寒。

包厢不大，两个人就蹲在角落的圣诞树前，江听寒看着温言，温言拆着礼物。每拆开一个礼物，温言就会拿给江听寒看，顺便点评一下，很温馨。

他发了照片过去。

温言拿起最后一个礼物，这个礼物看起来很有分量的样子。她瞧了江听寒一眼，江听寒似乎有点紧张。

温言便更好奇是什么了。打开后才发现，竟然是那日她在江听寒家里看到的证书，摆在一众荣誉证书中间的那个。

可他为什么送证书给她呢？

江听寒拧眉，声音里透着些紧张："这证书，是我获得的第一个证书。"

温言疑惑："第一个证书不是很珍贵吗？为什么送给我？"

"果然自己说过的话都不记得了……"江听寒瞬间委屈脸，"是谁小时候说，如果你生气了，只要我拿一个证书，你就会立刻原谅我的？"

温言恍惚，小声说："我从来没有忘记这件事……"

她确实记得。

"对，这个证书就是你说永远不会和我做朋友之后，我得的第一个证书！"江听寒咬着后槽牙诉说自己的委屈，"可是我拿了证书，某个人便再也没回来过。"

他在温言的诧异下继续诉苦："温言，你向来如此，一点都不遵守游戏规则。"

"江听寒……"温言轻声细语地叫着他的名字。圣诞树上的灯光照亮两个人的脸庞，温言内心的惭愧无处可藏。她甚至不敢想，当年她走后，他是以什么状态一次次敲响她家的门。

江听寒双眸泛着星星点点的光芒，他的声音低沉好听："拿我的证书换你的原谅，以后不许再讨厌我，所有过往一笔勾销，成吗？"

温言心里酸涩，认真地点了点头。她早就不讨厌江听寒了，以后也不会讨厌他。

温言将证书合起来，放进了那个包装袋里。这样，便是真正将过往一笔勾销了。

陆禾将麦克风递给江听寒，问他："来一首？"

他果断拒绝："不唱。"

林捷眯眼，问："怎么啦，温言在这儿你不好意思啊？"

温言则是看向江听寒，江听寒感受到了温言眼里的期待。

他接过许次手里的麦克风，看向林子然，想了许久，说："《花海》吧。"

"好。"林子然应声。

江听寒起身，坐在了一旁的高椅上。他看了温言一眼，温言正乖乖坐那儿等着他开嗓。

包厢里的灯光落在江听寒的身上,照亮他的轮廓,他闭着眼,轻轻开口。

少年坐在那儿,微垂着头,五官精致,藏不住锋芒,灯光描绘着他的面部轮廓,将他身上张扬的气息展现得淋漓尽致。

他握着麦克风,一声声像是带着魔力。

温言想,她不会再走了。

一曲结束,气氛组在旁边纷纷鼓掌,然后齐刷刷看向温言。

"小狗很会唱歌嘛。"温言眼神波动,忍不住夸赞江听寒。

陆禾等人像是听到了什么大新闻一样,立刻捕捉到了重点,一行人齐刷刷看向江听寒。江听寒本想耍帅的,但她又叫他小狗,还当着他们的面!

感受到江听寒的羞恼,许次等人纷纷捂上耳朵。没听到没听到,什么都没听到啊。他们最会察言观色了,这个时候装聋肯定没错!

江听寒坐在她旁边,听陆禾他们聊天。温言拿起茶几上的橙子正要剥开,眼前伸过来一只修长漂亮的手,接过橙子,帮她剥。

"江听寒,我能问你一个问题吗?"温言小心翼翼。

他抬眼看过来,示意温言问。温言咬了咬唇,思考了一下,问:"你在第二十届田径锦标赛上遇到了谁?"都说江听寒是在第二十届田径锦标赛上遇到了一个人,才正式努力训练,有了如今的成绩。

但却从来没有人听说,他遇到的人是谁。温言也不知道为什么,她忽然很好奇这个人是谁。

江听寒睨着温言,他抿着唇,原本淡然的眼神忽然有些深邃,她怎么忽然问这个?

"这题我会!"陆禾举手,表示他能答。

"我也会!"许次也跟着举手,脱口而出一句,"许鸢啊!"

江听寒猛地咳了一声,眼神错愕地看着许次。许鸢?

温言睨着许次,心里闪过一丝异样。许鸢?可他和许鸢的关系,似乎没那么好啊。

一阵安静中,江听寒的手机忽然响了。他看了许次一眼,然后掏出手机,本想挂断的,却在看到来电显示时顿了一下。

韩晴科室的副主任?

林子然将包厢里的音乐关掉，江听寒按了接听，就听到那边道："小寒，你妈今天在医院晕倒了，我没联系上你爸，你来医院一趟吧！"

江听寒心一紧，立刻站了起来："好，知道了。"

温言也听到了，她离江听寒特别近。一行人纷纷起身，都要跟着一起去。

江听寒拧眉："去那么多人也没用。"

温言上前一步，拉住江听寒的衣袖，道："我和你一起去吧。"

江听寒看了看她，本想说让她回家的，但一想到这么晚了她自己在家也要担心，还不如让她跟在身边。

"好。"他应了一声，去拿衣服。

"寒哥，有事打电话！"陆禾等人焦急地说道。

江听寒推开包厢的门，朝后面看了一眼："嗯。"

江听寒在车上垂着头，他在给江峰打电话，却一直打不通。从小到大总是这样，每次家里最需要他的时候，他都是查无此人！

看出江听寒的紧张，温言握住他的胳膊，叫他："江听寒。"

江听寒抬眼，布满担心的双眸对上温言的视线。他抿唇，即便内心急如火，表面如旧平静，说："没事。"

韩晴对自己的身体向来有数，她总是把自己照顾得很好，怎么会突然晕倒呢？

急诊室人很多，不知道哪里发生了一起车祸，三辆车相撞，其中一辆车的司机这会儿浑身都是血。

温言的脚步顿了一下，眼看着那人躺在床上，胳膊垂在床边，血顺着胳膊往下淌……

温言的呼吸忽然有些急促，有什么画面在眼前疯狂闪过，她右手不禁攥紧了自己的左手腕！

"让一让！"后面传来护士的喊声，病床被推得飞快。

温言转身，还没反应过来，手便被人抓住，而后被拉进一个怀里。

"温言，你想什么呢？差点撞到你。"那人语调有些急，带着一丝责怪。

温言抬眼，看着江听寒，艰难地咽了下唾沫。"没事。"温言摇摇头，示意江听寒快去看韩姨。

江听寒将她的不对劲收入眼底，心里想着是该好好给温言做个检查了。

我恋月亮　144

穿过急诊室便是住院部,从一楼到十三楼,明明不是很久,却像是经历了漫长的等待。温言的鼻尖似乎还充斥血腥味,刚才那人的胳膊垂在床边的一幕让她久难忘怀。

叮!数字跳到"13",电梯门打开,十三楼是心脏外科。

江听寒刚出来,就撞见了副主任秦明。秦明是韩晴的得力助手,两个人这些年在心脏外科创造了不少辉煌事迹。

"秦叔。"江听寒叫他。

秦明点点头,带去病房的时候,还不忘看向江听寒身后的小姑娘。

温言今天穿了件黑色棉服,围了一条格子围巾,她的脸被围巾衬得格外娇小,眉眼秀气,充满担心。

"这是?"秦明忍不住向江听寒八卦。

江听寒无奈:"秦叔。"这会儿还有心思八卦,韩晴是不是不严重啊?!

"好好好,不问。"秦明憨憨地笑了笑。

秦明推开病房的门,就听里面的韩晴说:"哎呀,我的身体什么样我会不知道吗?"

江听寒没看到韩晴,先听到了韩晴那不耐烦的语气。

韩晴从病床上坐起来,就要拔掉点滴针,一抬头,看到了江听寒和温言。

江听寒冷着脸看她,目光落到了她的手上。

韩晴脸上的表情僵住,看着自家儿子,莫名就有点怂了。

"老秦!"她有些责怪地叫了秦明一声,"你告诉他干吗呀?!"

"我给江峰打电话打不通,只能给你儿子打了。"秦明摊开双手。一旦刚才出点什么事,没有家属,他又不能代替签字!

秦明耸耸肩,表示——你休息,我先去值班了。

病房里安静下来,只剩下了三个人。医院外正是连宜的金沙滩,夜晚亮着灯,景色很好。

"韩姨。"温言走过来,握住了韩晴的手,很是担心,"没事吧?"

江听寒走过来,叹了口气,随手拿起旁边的橘子剥开,淡淡道:"看她还能凶人,肯定是没事了。"

"真没事,就是今天连轴转上了好几台手术,有点低血糖。"

江听寒抬头看了她一眼,冷哼道:"你难道不知道,手术是永远做不完的吗?身体才是最重要的。"

"可是患者不能等!"韩晴义正词严。

"江听寒,你别和韩姨吵。"温言提醒他。

"就是,还是言言会疼人!"韩晴抱抱温言。

"我还成外人了?"江听寒哭笑不得。

"真的只是低血糖,没别的问题吗?"温言帮韩晴掖了掖被子,示意韩晴好好休息。

"真的。"韩晴很认真地点点头,不忘指向头顶的点滴瓶,"挂的葡萄糖呢。"

她今天本该休班的,她已经连上了两个夜班,实在是没休息好才昏迷在手术室的。

"你们先回家吧,我这边要很晚了。"韩晴提醒他们。

"陪你吧,反正回去也没事做。"温言双手托着下巴看着韩晴。

温言像个贴心小棉袄,江听寒都不用说话了。

"听话,回吧。"

温言看韩晴确实不像是有什么事的样子,又寒暄了几句,才和江听寒一起从病房出来。

电梯里很安静,温言看着跳动的数字,更加佩服医生这个职业了。

"你要是学医,就和她一样。"身侧忽然传来江听寒的声音,有些淡漠。

温言看着他,他好像很不喜欢这个职业。

"我不喜欢。"他实话实说,低下头,又说,"我也不喜欢我的职业。"

江峰和韩晴感情虽然好,但两个人常年分居。他之所以对江峰态度很差,就是因为韩晴每次需要江峰的时候,他都没出现。

江峰带给了韩晴什么呢?阶段性的宠溺陪伴,以及一些虚头巴脑的名声,运动员家属、冠军家属……有什么用呢?

温言看着他,忍不住问:"我们没见的这几年里,你都经历了什么?"

江听寒则是看向她,笑了:"温言,只是你离开了很久而已。"

温言不懂。

"这期间,我们见过。"少年垂眸看她,眼睛里有委屈和难过。

温言有些恍惚,他们曾见过?

他扫了她一眼,继续道:"你问我第二十届田径锦标赛遇见了谁。"

温言脱口而出:"许鸢。"

"是你。"江听寒睨着她,语气微沉,目光炙热且坚定。

温言就这么直直地看着江听寒,眼里满是惊讶。她慢慢抬起手指向自己,那双漂亮的眼睛里布满不可思议。

江听寒往外走,整个人透出几分疲惫。

温言立刻跟了上去,听到他说:"第二十届田径锦标赛上,你是演出嘉宾,和乐团一起来的。"

他原本不想参加锦标赛的,只想在省级比赛露露脸,是江峰瞒着他给他报的名,他硬着头皮去参加的。

从那届比赛结束,他便加大了训练力度,从此一发不可收拾。他为的就是能在全国田径锦标赛上再见温言一面,让温言看到他站在冠军奖台上,可是后来温言再也没去过。

温言努力回想,她确实去参加了这次比赛,可她怎么没在那天的比赛上看到江听寒呢?

"我怎么没注意到你?"温言纳闷。

江听寒停下脚步,转过头看她,眼神淡然,很平静地说:"跑得不好,第一个被淘汰了。"

温言恍惚,一时间不知道怎么消化江听寒说的话。她睫毛微颤,问他:"怎么不和我打招呼?"

江听寒嗤笑,双手插兜从住院部出去,迎面而来是冬日的寒风。

温言在呼啸的风声里听到他自嘲地说:"你是高高在上的月亮,我只是一个被淘汰的 loser(失败者)。打招呼做什么?让人笑话吗?"

她的脚步停下来,脚像是灌了铅,怎么都无法再继续前行。

门口的灯照在他的身上,他转过头看她,眼里的黯淡藏不住。

温言不知道该怎么形容自己的内心,原来真的有人会因为儿时的玩伴而发了疯地努力,只为了再见一面。

江听寒见她一言不发,继续道:"你还委屈上了?受委屈的应该是我吧?嗯?"

"我没有委屈。"温言拿开他的手,不敢再看他的眼睛。

— 147 —

她走在前面，江听寒瞧着她的背影，不禁勾起嘴角。

"好，你没有委屈，是月亮委屈。"江听寒姿态散漫地跟了上去，与她并肩。

温言没说话，只是看了他一眼，心里酸涩。

他把她比作天上月，她却只当他是个调皮的讨厌鬼。

"江听寒，如果我不回来呢？"她岂不是永远都不会知道江听寒为她做的这些事？

"如果你不回来啊……"他叹了口气，望着雾蒙蒙的天，连思考都没思考，便吊儿郎当道，"月亮不奔我来，我便随月亮去。"

冬天的风吹得凶，枝干上挂着的雪不停地掉落。道路上的车跑得慢，灯光明亮，无法融化地面的冰雪。

可温言的心却因为江听寒的话变得滚烫，卸下了一层薄薄的寒霜。

"没理想的家伙。"温言哽咽着说他。

江听寒双手插兜跟着她，笑道："我的理想大着呢。"

"是，你都要追天上的月亮了。"

"追月亮？小了。"他仰头望月，眼里写满温柔。

他的理想是，得到月亮。

"可你一直追逐的月亮，早就没那么高高在上了。"迎着风往医院外走，温言脸颊的发丝被吹散，她的声音轻轻的。

他便看着她的侧脸，挑了下眉："那又怎样？"

路灯将两个人的影子拉长，雪在灯光下闪闪发光。

"她已经不明亮了，不值得你追逐。"温言侧过头看他，声音有些哑。

江听寒笑了，格外不羁："我觉得值就值。"

什么是少年？少年的心里藏着整个星辰大海，浩瀚山河。他们一腔热血不计后果，撞了南墙也要继续往前闯。他觉得值得就值得。

她好像很久都没有这样青春过了，生活压得她喘不过气，逼着她往前走，根本没时间去享受青春。她已经忘了自己该活成什么样子了，或许她真的该勇敢一些。

温言收回目光，继续往前走。江听寒跟着她。她偷偷往后看去，正好迎上江听寒炙热的双眸。

她立刻收回目光，拉了拉围巾，将下巴埋进去，耳尖有些红。

江听寒叹了口气，皱着眉，阴阳怪气道："我这也算是跟你全盘托出了，你就没有什么要跟我说的？"

"你想听什么？"温言看他。

"我想听什么你就说什么？"江听寒哽了一下。

温言一顿，那倒也不是。她想了想，瞧着他，有些故意地说："嗯……谢谢你？"

江听寒沉默三秒，眉梢爬上哀愁："你知道的，我最讨厌你说谢谢。"

"嗯，我知道。"她就是故意的。

温言洗漱后钻进被子里，翻了几个身后，她从被子里钻出来，盘腿坐在床中央，盯着窗外的夜色不停地咬着下唇。

回想起今天一整天的相处，温言觉得像是做梦一样，太不真实。

江听寒带她过圣诞节，送她那么多礼物。

他告诉她，他人生中的第一个证书是为她而得的。第二十届锦标赛上，他看到的不是别人，而是她。

他说她是月亮，皎洁明亮，高高在上。

温言的手捂住心脏，她清晰地感受到强烈的心跳。她想，她确实要好好生活了，哪有一直活在黑暗里的月亮呢？

校门口，温言揪着简怡的衣领质问她："回来为什么不告诉我？"

"哎呀，言宝、言宝，注意形象，别这么凶嘛！"简怡笑着反手抱住了温言的腰，乖乖地说，"我这不是想着给你一个惊喜吗？"

"哼！"温言偏过头看操场，哄她吧。

"而且我们昨晚飞机落地已经九点多了，我本来想着直接去你家的，但是太晚了！"简怡捧着温言的脸蛋，一脸认真，"我真的是想给你个惊喜才没告诉你的。"

"我给你准备了圣诞礼物哦。"简怡忽然将一个小盒子递给温言。

温言推回去："小怡，我什么都不缺。"

"知道，但是我就想送你嘛。"简怡示意温言打开看看。

温言点了一下简怡的脑袋，将盒子打开，里面竟然是一枚红色玫瑰形状的胸针。

温言看向她，倒是想起什么来了。她第一次和简怡同台演出的时候，她的服装上是红色玫瑰，而简怡的服装上是粉玫瑰……

简怡希望有一天她还能和温言一起出现在舞台上。

"谢谢。" 温言轻声言谢。

"不客气，言宝。"简怡知道自己的力量很微弱，但她希望温言知道，她永远都不是一个人。

两个人正要回教室的时候，长廊里有人讨论说今年的元旦晚会，学校请了一个很年轻的帅哥。

简怡听闻，立刻拿出手机。她看着手机里的这个模板，皱起了眉头。这背影……怎么那么眼熟啊？

温言也看过来，盯着那模板怔了怔，两个人异口同声道："萧司泽？"

"一代大提琴才子，竟然沦落到来学校参加元旦晚会演出？"简怡都觉得不可思议。

"才子也要步入凡尘，感受一下人间烟火气了。"温言开玩笑说。

简怡摇摇头，她不由得看向温言。是步入凡尘，还是……

后排王轩扯着身上的藏蓝色校服，一脸惆怅地坐过来，很认真地说："元旦晚会每个班级要派两个同学出节目，我们班还缺一个，不如你来？"

简怡吃着薯片，听王轩继续说："本来大家想让温言参加的，但温言不愿意。"

简怡一听，便笑着接下了这活儿："好，我来，让我这个专业人士来秀一手！"

"这不稳赢了？"王轩立刻吹捧起来。

"老师，我想报名这次元旦晚会的演出。"教师办公室里，简怡跟在负责这次演出的负责人后面转。

老师问："你是几班的？"

"我是高三（4）班的。"简怡微微笑，很是乖巧。

"（4）班呀？（4）班两个节目都已经有人报名了呀！"老师疑惑。

我恋月亮

简怡纳闷，没听说（4）班谁报名了呀？

叮！简怡的手机忽然响了，是爸爸打来的电话，她没再追问，便出去接了。

晚上放学，温言在教学楼门口看到了正往这儿拉设备的卡车，看来是要布置元旦晚会现场了。

温言正要离开的时候，耳朵里忽然被塞了一个无线耳机。她转过头，正对上江听寒平静的双眸。

他垂眸看着她，挑挑眉："看什么？"

温言抿唇，故作淡漠地吐出一句："歌不好听。"

江听寒："你还挑上了。"

"不可以吗？"温言理直气壮。

"可以，大小姐说什么都可以，我们这些人就是为你服务的。"他叹着气，真是拿温言一点办法都没有。

"你想听什么歌？"她说不好听，那就为她切歌咯。

温言步伐缓慢地往校外走着，想了想，说："《花海》吧。"

江听寒点着头，修长好看的指尖在手机屏幕上滑动着。他刚要切了歌，听到那人又说："最好是你唱的。"

江听寒的脚步停了一下，他对视上温言漂亮的双眸，看到了温言眼底藏着的笑意。

然后他安静了几秒，手在口袋里搓着山楂球，看着温言，有些难以启齿的样子。

"支支吾吾，不像你的性格。"温言继续暖手。

他便垂下眼眸看着身侧的小姑娘，鼻音有些重："今年一起跨年行不行？"

十字路口红灯下，温言抬起了头："什么？"

江听寒抿唇，有些不自在地说："总是在关键时刻装聋。"

温言倒是将这句话听得清清楚楚，说："我才没有。"

江听寒冷哼一声，没那么别扭了，又问了一遍："我说，今年一起跨年？"

"刚才是这么说的吗？"温言眨眨眼。

江听寒气得咬后槽牙，他就说温言是故意装聋的，还要他说第二遍！

温言恶作剧得逞，脸上挂着一抹笑："我考虑考虑。"

闻声，江听寒一把将温言拉到身边，语气很凶："这有什么好考虑的，难不成你要跟别人一起跨年？"

温言睨着他，很是认真地问："不行吗？"

江听寒偏过头，双手环胸："给你三秒钟时间考虑一下。"

温言显得为难："太短了。"

"两秒钟！"江听寒下最后通牒。

"江听寒！"温言叫他。

这下换他无辜了："温言，你果然不想和我跨年。既然你已经有约了，那我就不缠着你了，我走了。"他抬腿就要走。

温言瞧他那委屈的模样，笑出了声。她知道江听寒是故意的，却还是拉住了他的衣袖，愿者上钩："江听寒，我们一起跨年吧。"

"不许骗人啊。"江听寒停下脚步，迫切需要一个肯定的答案。

温言闷哼了一声："我什么时候骗过你？"

温言看着地面上紧跟其后的少年身影，眼眸里是藏不住的温柔笑意。

沿着海边往家走，夏日里波光粼粼的海面如今已经结成冰面。今晚没有风，月亮特别明亮，家家户户亮着小灯，圣诞气氛还没有完全消散，店铺门口堆着奇形怪状的雪人。星海街春夏秋冬都没有凄凉感，总是很温暖。

回到家洗漱完已经很晚了。温言刚钻进被窝，便收到了江听寒发过来的一条链接。

温言顿了一下，她点开链接，竟然是江听寒录的歌。发表时间是刚刚，发表内容上还有一串字母：hwtjmzdxjdsyyq。

温言撇嘴，扫了一眼后小声说道："小学生，乱打了些什么东西？"

江听寒："满足某人的愿望，不用谢。"

温言将江听寒的歌存在软件里，设成了单曲循环。躺下的时候，她余光看到了床头柜上和爸爸妈妈的合照。

温言倚在床头，拿起相框，指尖在照片上轻轻擦着，耳边是江听寒的歌，手里握着她的亲人。

元旦晚会如期而至。

还未到七点,礼堂里便坐满了人。今日的礼堂特别装饰过,不像往日开会时那般庄严,看得出来学校是很用心在举办这次晚会。

温言和简怡刚入座,便听到有同学问:"(4)班不是两个表演名额吗?小林唱歌我知道,另一个节目是谁的呀?"

旁边的同学回答:"没听说呀,反正老师说报满了。"

同学:"该不会是在给大家留惊喜吧?"

温言和简怡竖起耳朵听,也不发言。(4)班第二个表演的人似乎成了谜,谁也不知道是谁。

这时,安全通道口,一个身着黑色西装,戴着金丝边眼镜的男人在一众人的拥护下入了座。

馆内灯光明亮,男人面部线条清晰,下颌线性感利落,一张妖孽的脸不苟言笑。他指尖轻推眼镜,冲着身边人微微颔首,气场很是强大。

温言觉得这张脸有点熟悉,很像一个人,但一时记不起是谁。她正犹豫着,那人忽然看向了她。

温言正愣着,就见那人淡淡一笑,像是在跟她打招呼。

温言蒙了,她赶紧往后看。后面是其他同学,也不见再有其他什么人,他在跟谁打招呼?!

简怡也看愣了,连忙问:"你认识江总?"

"那是谁?"温言不解。

"江听寒他大伯家的哥哥,江衍,言文集团总裁。"简怡一脸严肃地给温言科普。

温言恍惚,怪不得她总觉得这人有点眼熟,细看才发觉,他和江听寒眉眼之间很相似。

"江听寒哪儿去了?"温言左右找了一圈都没见江听寒。

"他不喜欢这种场合,不会来的。"简怡低着头翻书包里的零食。刚说完,便听到江听寒声音沉闷地问:"什么不会来?"

简怡差点被刚放嘴里的枣子呛到,她扬起脸瞪着江听寒,都怀疑自己是不是在做梦。这种活动他从来不参与的啊,他说一群人叽叽喳喳吵死了,

— 153 —

有什么好看的。

江听寒打了个哈欠,挤了挤旁边的同学,坐在了温言的右边。他戴着黑色鸭舌帽,身着一件黑色长款羽绒服,修长的两条腿因为地方狭窄不知道往哪儿放。他皱了皱眉,找了个舒服的姿势转过头看温言。

两个人的目光就这么不经意间对上。

"看什么?别忘了今天晚上和我一起跨年。"

"你说过很多遍了。"从她答应江听寒一起跨年那天起,江听寒就每天早上在她家门口等她一起上学,然后提醒她,"你答应和我一起跨年的。"

他是不是以为她是鱼啊?只有七秒记忆?

"知道了!"温言重重地回答他。

场馆内再次轰动,大家的尖叫声响起:"萧司泽来了!"

江听寒瞬间绷紧了神经,往后看去。萧司泽身着一套黑,身后背着琴盒,打扮得体,沉稳又温柔。

他的琴盒是特制的,纯黑磨砂,上面是一排烫金英文——SIZE·XIAO。

萧司泽视线在场内随意一扫,便看到了温言和简怡。

"哇。"简怡眼冒金星。

虽然每次演出都能看到不同妆造的萧司泽,但每次看见他,都能被惊艳到。萧司泽就像是一个身骑白马的王子,他身上带有一种魔法,让人忍不住想去窥探。

礼堂里观众席的灯光关闭,舞台上的光骤然亮起,就见一个身着黑色西装的少年走上台。

"竟然是老段?"温言往江听寒那边靠了靠,和他小声议论。

江听寒睨着温言近在咫尺的脸,嗯了一声。

"欢迎大家来到连宜第五高级中学元旦晚会现场,我是今晚的主持人——段和君。"他弯腰鞠躬,得体又自在。

段和君说了一段开场白,大致内容就是感谢赞助,再预祝高三生来年高考旗开得胜。

一套说辞后,晚会便开始了。

舞台上的灯也全部熄灭了,霎时间一片黑暗。

就在大家都纳闷的时候，舞台上一束光亮起，正打在了那架价值不菲的钢琴上。

钢琴前面坐着一个穿着白裙，优雅高贵的女孩，是许鸢。

许鸢微微转过头往台下看了一眼，随后调整了一下状态，进入节拍。

礼堂里传来钢琴的律动，她的手指细长，在琴键上飞快地跳跃着，一首《起风了》听得全场沸腾，汗毛直起。

温言静静地听着，不禁感叹，许鸢确实挺厉害的。她的手法很熟练，可以看出从小就在练习，节拍踩得又准又稳。

一曲结束，舞台灯光亮起几束，温言看到她提着裙摆起身，弯腰鞠躬致谢，优雅且自信，像是不可沾染的白天鹅。

许鸢微微抬眼，笑靥如花，将目光落在温言的身上。

段和君上台，继续走流程。

温言收回目光，肩膀上忽然有了重量。她一转过头，就见江听寒靠着她睡着了。

段和君还在台上主持："那我们演出继续。在下一个节目开始之前，我先透露一个小彩蛋！今晚将会有一个神秘嘉宾表演哦。"

这话一落，大家立刻道："萧司泽！萧司泽！"

段和君看了一眼手卡，在萧司泽的名字下面，有一个问号的标志。这意味着不止一个神秘嘉宾。

"还有一位哦！"段和君笑了笑。

台下同学你看看我，我看看你，还有一个？

简怡转过头看温言，正想跟她讨论还有一个是谁，就看到江听寒双手环胸靠着她睡着了。

简怡冷哼道："我就说吧，他不喜欢这种场合，来了就睡觉，真有他的。"

"很重。"温言指了指自己的肩。

"推开他。"简怡一脸正经。

温言犹豫了一下，为了自己的肩膀，默默抬手将江听寒的脑袋推开。

可她刚调整坐姿，那人的脑袋又耷拉了下来，肩膀上再次有了重量。

"别推了。"简怡塞了一个脆冬枣进嘴里，看透一切，你永远推不开

- 155 -

一个装睡的人。

礼堂的灯光昏暗,江听寒缓缓睁开眼睛,浓密的睫毛下眼眸幽深漆黑,染着几抹笑意。

晚会过半,场内没有了刚开场时的热闹。

"吃不动了。"简怡的嘴巴停了下来,"萧师兄啥时候上台啊?"台上在敲快板,真的好想睡觉啊。

温言的肩膀被江听寒枕得特别酸,她手在肩上按了按,不知道是不是吵到他了,他坐直腰板,打了个哈欠,睡眼蒙眬。

温言瞪了他一眼:"睡饱了?"

"嗯?"他故作茫然地望向温言,笑着说,"睡得特舒服。"

段和君:"接下来,让我们欢迎——萧司泽!"

萧司泽拿着大提琴出现在舞台上,优雅绅士地鞠了一躬。他身姿颀长,黑色燕尾服衬得他风度翩翩。

温言第一次见他,他便是这样的着装站在台上排练,冲着她笑,说:"欢迎加入大提琴组。"

他真的很像他的乐器,矜贵沉稳,温柔又有气度。

温言太怀念那时候的他们了。不,准确地说,是怀念那时的自己。抱着对大提琴的热爱出现在一个陌生的环境里,一路横冲直撞。

萧司泽看了看温言,他垂眸,拉响大提琴。他今天和许鸢表演了相同的曲子——《起风了》。

大提琴的声音和钢琴的完全不同,若说许鸢弹奏的是少年的莺飞草长,那萧司泽演奏的便是青春期无法道别和错过的遗憾。

台上灯光几次从不同方向打到他的身上,他的侧脸和正面都无可挑剔地好看。

江听寒偏过头,忽然看向温言。

温言完全沉浸其中,眉头紧皱着,丝毫没有要舒展开的意思。

江听寒垂下头,再看看自己。他除了每天惹温言生气,好像什么事都做不成。他压低了帽檐,忽然起身。

温言抽离思绪,看着江听寒离去的背影,皱了皱眉,他怎么走了?

江听寒从礼堂出来,就看到了一旁窝在一起打游戏的陆禾他们。

江听寒抿唇，靠在了栏杆上，心情沉重。

大提琴的声音从礼堂里传出来，悠扬动听。江听寒拿了一个山楂球放进嘴里，任由酸味刺激味蕾。

陆禾往江听寒这边走来，问："萧司泽在表演了？"

江听寒扫了他一眼，陆禾手机屏幕灰了，游戏人物刚阵亡。江听寒点头，又吃了一个山楂球。似乎只有嘴里酸一点，他心里才能舒服一点。

陆禾看出江听寒的不对劲，示意其他几个人别玩了。

江听寒抬头看他们，忽然问了句："你们觉得萧司泽怎么样？"

陆禾刚要开口说不怎么样，江听寒便郑重地提醒他们："我要听实话。"

林捷和许次对视一眼，陆禾抿唇，先开了口："有涵养。"

许次支支吾吾半天，说："有本事。"

林捷："家境殷实。"

江听寒瞥向冷翊和林子然。

冷翊皱眉："不认识。"

最后，所有人看向林子然。

林子然："年纪轻轻便有如此成就，很优秀。"

"那我呢？"江听寒瞥着他们，幽幽问道。

许次首先笑了："你还用说吗？你特别好！"

陆禾拍了一下许次的脑袋，许次根本没懂江听寒要问的点："他的意思是，和萧司泽比呢？"

"各有各的好，和他比什么？"林子然淡淡地说。

"就是，你的优点或许他都有，但是没事啊，你的缺点他不一定有啊！"许次胳膊搭在江听寒的肩膀上，无脑安抚。

林捷狂点头，跟着接上话茬："换个说法，萧司泽的优点我们寒哥没有，但萧司泽的缺点，肯定有！"

江听寒面无表情地看着他们，后槽牙咬得直响："玩你们的游戏去吧！"他踢了许次一脚，还不忘拍了一下林捷的脑袋瓜。

萧司泽下台后，简怡便去后台找萧司泽了。温言坐累了，去了趟卫生间。洗手池前，她肩膀被撞了一下，差点磕到水池上，还好手快扶住了边缘。

温言转过头，就见许鸢勾着嘴角看她："哟，不好意思啊，撞到你了。"

许鸢站在温言的身边,将头发挽了起来。

温言不愿和她费口舌,转身要走。

许鸢又叫道:"温言,你准备好了吗?"

温言皱眉,不耐烦地看向许鸢,什么?

"看来,我们晚会最后的一个神秘嘉宾,到现在还被蒙在鼓里。"

温言听不懂她在说什么。许鸢莞尔,提醒温言:"温言,我给你报名了今天的演出。"

她眼里闪过一丝坏,微笑着说:"下一个节目,就该你登台了。"

温言的眸子里闪过一丝震惊,她来到许鸢面前,神色冷厉地质问她:"你给我报名了?"

许鸢摊开双手,迎上温言的目光,丝毫不胆怯,讽刺道:"您不是大提琴才女吗?"

"你凭什么替我报名!"温言咬紧牙关,怒火冲上了头。

她就是不想拉大提琴又怎么了,这难道不是她的私事吗?她连自己的私事都不能做主了吗?这世界上任何一个人都能左右她了是吗?!

许鸢瞧着她,还真有一瞬间被吼住了,翻了个白眼,说道:"我不仅帮你报了名,我还送了你一个礼物呢。台上见!"

说完,她便被几个女孩推着往前走。走过一条幽深的长廊,四周无一点声音,像是被这个世界隔绝了一般。

礼堂里忽然传来鼓掌声,这是舞台侧幕后。许鸢要带她上台?

温言转身想跑,被许鸢一把抓住。她扯着温言的手腕,一副嚣张的模样:"温言,我倒要看看你还怎么招摇!"

舞台灯光明亮,台下的鼓掌声还没彻底消散。她就这么狼狈不堪地站在舞台边侧,迎上了众人惊讶和好奇的目光。

温言?

台下的人目光诧异,对面正要继续走流程的段和君也愣了一下。他低下头看手卡,温言难道是神秘嘉宾?

舞台上的大屏幕忽然黑暗,场内一片寂静。

温言后退了两步,被众人注视,感觉自己就像是热锅上的蚂蚁。她承认自己在调整状态,要越来越好,但现在让她接受这么多人的目光,她做不到。

大屏幕上忽然放起她的照片，强烈的光线刺痛了温言的眼睛。那是十五岁那年代表国内大提琴演奏家出国表演时拍的艺术照。她扶着大提琴，看着镜头的眼神里写满清澈和自信。

温言脚有些发软，垂在两边的手因为不安开始轻微抖动。紧接着屏幕乱闪，出现了两排宋体字："你以为我今天是带你认识大提琴才女温言的？那你就错了！接下来让我们带你认识真正的温言！"

下一秒，大屏幕上便闪现出了那段视频。视频对话清晰明确，盛欣不愿她参加演出，希望她再考虑考虑。而她执意要参加。

视频结束，是车祸现场！

温言双手紧紧抓着衣衫，比起台下人赤裸打量的目光，那刺耳的爆炸声更让人无处可逃。

台下的观众开始躁动，议论声纷纷入耳。段和君察觉到不对劲，转过头看台下负责人，这大屏幕是什么情况？赶快关了！

温言步伐紊乱，她现在只想下台，眼睛酸涩，浑身紧绷着一根弦。她在心里不停告诉自己不要怕，可她必须承认，她就快要崩溃了。

许鸢看着温言，嘴角扬着笑："大提琴我都为你准备好了，要不要来一段啊？"

温言盯着角落里架着的大提琴，如鲠在喉。让她在这段视频下拉大提琴？许鸢可真残忍啊。

"拉不拉是我的选择，许鸢，你没权利干涉我！"温言推开她，声音已经接近哽咽。

"你知道你热爱的大提琴害死了你爸妈，所以你不敢再碰大提琴，对不对？"许鸢嚷起来，将她的事公之于众。

江衍拧眉，往后面的某个位置看了一眼后，拿出手机发了一条消息："小寒，速回，出事了。"

温言站稳脚跟，强压着战栗，坚定道："我父母的死只是一场意外。"

许鸢面不改色，却被她的举动闹得窝火，她咬牙道："你到现在都不知悔改？"

后台的人全都闻声赶来，简怡和萧司泽一前一后步伐匆忙，看到台上的温言时，纷纷傻了眼。

简怡看着屏幕上不停回放的视频，心像是被什么剜了一刀，立刻吼道："许鸢，你疯了吗？"

她知不知道，她这是在把温言往悬崖边推！向来成熟稳重的萧司泽脸上浮现一抹慌张。

许鸢仰起脸，看着要走过来的萧司泽，微笑道："萧司泽，你尽管过来，如果你不怕媒体的话！"

说话间，她将手指向了右侧几个拿着摄像机的记者。

萧司泽神色微顿，眉头紧皱着，他听到许鸢说："你可是首席大提琴家啊，确定要为了温言葬送自己的未来吗？"

萧司泽看着温言单薄的身影，心像是被什么刺了一下，她现在十分需要一个人上去证明，证明她不是罪魁祸首。这个人，可以是他萧司泽。

所有人都看向了萧司泽，在等待萧司泽的一个选择。

温言冲他摇了摇头，她不需要萧司泽上去帮她。

萧司泽抿唇，不疾不徐地整理好衣着，迈开了步子。经纪人冲过来拉住了萧司泽的胳膊，提醒他："萧司泽……为了乐团和你的团队考虑考虑，你不能这么自私……"

他与经纪人只有一步之遥，经纪人大口喘着气，额头沁着一层薄薄的汗珠："司泽……"

萧司泽喉结滚了滚，看了看经纪人，再看向台上孤零零的温言。

温言看着他犹豫的眼神，不禁笑了笑。人本就是复杂的，她不希望萧司泽卷进来。可看到萧司泽退缩的那一刻，她又觉得难过。

你看，她从来没被谁坚定地选择过。

父母去世后，她从未为自己争取过什么。但这次，她要为自己争取，为自己辩解。她要向江听寒证明，她温言才不是胆小鬼。

"车祸只是一个意外，我父母很爱我，我也很爱他们。你将莫须有的罪名扣到我的头上，把我的事迹公之于众，是你侵犯了我的隐私。"温言步步逼近，任由指尖泛白，声音沙哑。

许鸢恼羞成怒，猛地抬起右手，巴掌就要落下。

说时迟那时快，场内一瞬间变得黑暗。同学们纷纷发出了惊恐的叫声：

"怎么啦？停电了吗？"

下一秒，一束光亮了起来。

众人纷纷往后面看去，就见江听寒姿态散漫地走上台，场内一瞬间变得寂静。

江听寒拍了拍手："真精彩啊。"

江听寒目光淡漠地扫向萧司泽，冷笑一声，眼里满是嘲讽。

萧司泽神色凝重，垂在两边的手渐渐握紧。总有人会义无反顾地奔向温言，但不是他……

江听寒双手插兜往台下看去，就见陆禾举着手机在录像。

他目光阴冷，很强势："这种情况，我们是可以报警的吧？"

"报警？"许庆恒一听要报警，立刻爬上了舞台。

"哟。"江听寒不屑地睨着许庆恒，笑了，"我还以为许叔叔刚刚不在呢？"

"小寒……"许庆恒擦了擦额头上的汗珠，面对江听寒的阴阳怪气，格外心虚。

简怡推开萧司泽快速跑了上去，站在了温言身边，坚定道："我同意报警！"

江听寒的目光扫向许庆恒，再看许鸢，几乎是咬着牙说："回头韩晴女士会找律师和您对接，辛苦您配合！"

"别呀，小寒！咱们可以再商量商量。"许庆恒慌张不已，伸手要去抓江听寒的胳膊，却被江听寒躲开。

许庆恒乱了阵脚："小寒！"

江听寒不愿再看他们一眼，垂下头对上温言的视线。她鼻尖红红的，头发乱糟糟地贴在脸颊，白色羽绒服上到处都是污点。

江听寒看得眼眸微红，他双手帮她整理着头发，温柔地说："没事。"

在众人的目光下，他扶着温言离开。

在走出礼堂，寒风刺进骨子里的那一瞬间，温言终于绷不住，浑身都在抖："江听寒……我可能真的是个胆小鬼……"

江听寒垂下头，眼睛都红了一圈，声音沙哑地说："胡说什么，大小姐才不是胆小鬼呢，你已经足够勇敢了。"

温言抬手,指尖落在江听寒的眼尾,他眼角有泪掉下来,灼伤了她的指尖。她轻声呢喃:"江听寒。"

江听寒点头,鼻音很重,他说:"我带你回家。"

第七章

重生

今晚阴天，月亮躲在云层里迟迟未出现。别墅大门被推开，一阵急促的脚步声传来。

江听寒刚倒了杯水，便看到了匆忙赶回来的韩晴。

韩晴扎着的头发有些凌乱，身上的针织衫一半掖在裤子里，一半露在外面，看起来不太利落。

她一靠近，便能闻到浓浓的消毒水味道。她握住温言的手，凉得要命，忙问："怎么回事啊？"

江听寒抿唇，将包装袋丢进小垃圾桶里，平淡地讲述了晚上发生的事。

韩晴眉头紧皱，喝道："许鸢怎么回事？疯了吗？"她赶紧捋了捋温言的头发，将温言搂在怀中。

"我已经让陆禾报警了，接下来由你处理吧。"江听寒看着韩晴。

韩晴冷着一张脸，眼神冷冽："知道了。"

这边话音刚落，院子的大门便被敲响了，接着传来许庆恒的声音。

"小寒？温言同学？"

韩晴和江听寒一同往窗边看去，就见许庆恒站在外面，身边放着大包小包。

"这是来干什么？"韩晴面无表情，一把推开温言家的窗户，盯着楼下那人喝道，"许庆恒，你赶紧给我带着你那些垃圾滚！"

许庆恒抬头找了一圈，发现了温言家窗口的韩晴，他叫道："欸，韩晴、韩晴，都是误会！我……我……"

"你别在那我我我的，看到你我就来气！许庆恒，我算是知道什么叫上梁不正下梁歪了！"她说完，将窗户猛地关上。

许庆恒的身子一顿。他双手抓着大门栏杆，被骂得一句话也说不上来。

温言还是第一次见这样的韩晴，太凶了。

江听寒倒是常见，因为韩晴每次都是这么骂他的。

韩晴气喘，她抚了抚胸口，转身看着二人。她憋着气看了一圈之后，目光落在了江听寒的身上，骂道："我不是让你照顾好温言吗？江听寒，你说你能不能有点用啊？"

韩晴气得手痒痒，她开始找东西。

江听寒绕过沙发往门口跑："妈，你这可就有点不讲理了啊！"

"江听寒,你给我站住!你再敢走一步!"

江听寒默默地磨蹭回来,缩到了角落里,双手举起表示投降:"妈,我错了。"

韩晴刚要过去,江听寒就被琴盒绊倒摔在了沙发上,琴盒直接"咚"的一声摔在地上。

江听寒脊背一凉,赶紧爬起来扶起琴盒,火速转身向温言认错:"我错了!"

温言很虚弱地摇摇头。

就在江听寒认错后,背后忽然传来滴滴答答的声音,好像有很多东西在箱子里碰撞。

江听寒转过身,韩晴也走了过来。韩晴打开琴盒,里面的大提琴零件一团一团地往下掉。

"言言,这……小寒,你完了,妈也帮不了你了。"韩晴看向自家儿子。

江听寒更是僵在原地。

"不是你摔坏的。"温言及时开口。

江听寒便和韩晴一同看过来,两个人的表情都有些惊讶。

"是我自己摔的。"

韩晴茫然:"什么时候的事啊?"

温言坐了起来,靠在床头,垂下眸捏着手指,轻声说:"我爸妈去世那天晚上。"

韩晴推了一下江听寒的胳膊,示意江听寒快给温言收拾好。

"跌跌撞撞,在别人家也没个分寸。"韩晴骂了他两句,江听寒还是没躲过一顿揍。

屋子里的气氛有些低迷,韩晴摆摆手,哽着声音说:"言言,没事啊,韩姨给你煮碗面吃。"

江听寒郁闷地躺在沙发上,拿帽子遮住了脸。

"对不起,让你被揍了。"温言声音淡淡的。

江听寒拿下帽子,盯着温言:"温言,你欠我的。"

"嗯,我欠你的。"温言的眼眸圆了几分,像是一个承诺。

江听寒看着她的眼睛,哼了一声,又把帽子盖在了脸上。温言欠他的,这辈子都还不清了。

"温言。"他闷闷地叫了她一声。

温言便看他："嗯。"

江听寒沉默了许久，沉声道："别太逞强了。"

温言不能一辈子活在回忆里，她得走出来。

江听寒来到她的面前，漆黑的瞳仁里一片深沉："别畏畏缩缩，去拿起大提琴，去读音乐学院，去做什么都可以。温言，任何人都左右不了你。"他俯下身，对视着温言的双眸，轻声道，"我不求你一定要追光，我只求你勇敢地站在光下。别怕，有我们。"

温言睫毛轻颤，心为之触动。她是该扪心自问，她自以为是不再碰大提琴，究竟是在感动自己，还是真的如了爸妈的愿？

这两年是舆论压住她，还是她自己给了自己太大的压力？她总以为解释无用，却忽略了不解释的后果。

是她的心生病了……不能怪世界。

温言吸了吸鼻子，睨着江听寒，她听到江听寒问："这对大小姐来说并不难，对吧？"

"嗯。"温言轻轻应着。

听到她的回应，江听寒的心一跃，他轻轻笑了，温柔说道："我就说嘛，大小姐怎么可能是胆小鬼呢，你比他们勇敢多了。"

在她以为没有人会坚定地选择她时，是他出现在她面前。

她的世界透进了一束光，如他所说，光照在她的脸上，落在她的肩上。

她不该躲开光，还说她的世界一片黑暗。

江听寒，冬天好像也没那么讨厌了。

房间的门被推开，韩晴端着一碗热腾腾的面进来。

"宝贝，吃点东西，填填肚子。明天我去给你讨个说法去！"

韩晴轻轻顺着温言的头发，看着她消瘦的脸庞，心疼地说："宝贝，不怕哈。"

"你从来都不是一个人，你有我，有小寒，有你江叔叔，我们整个江家都在你的身后，没人能欺负得了你！"

温言听得鼻腔发酸，韩姨对她真的很好。

我恋月亮

韩晴的手机忽然响了,她起身出去接电话。

温言吃着面,就听到外面咚的一声,窗户上映出绚烂的烟花,然后窗外开始噼里啪啦地响起烟花绽放的声音。

江听寒掏出手机看了一眼,零点了。他抬头看温言,问她:"新的一年,大小姐该有新开始了吧?"

温言眼眸里露出笑意,点点头。

窗外烟花炸开,墨色天空五彩缤纷,整个城市都热闹了起来。

江听寒本打算带温言去海边看烟花秀的。没想到期待了那么多天的跨年,最后是这么个情况。

"那我许个新年愿望吧。"江听寒睨着温言,眼神很动人。

温言看向他,眼眶有些红,但依旧亮亮的,写满了期许。

她听到他说:"温言可以在我面前随便掉眼泪。"

温言吃着面的动作停了下来。回到连宜这么久,发生了那么多事,她从未掉过一滴眼泪。

她宁愿把自己的唇咬得发紫,都不肯哭出来。江听寒真受不了温言强忍着泪水的样子。

那新的一年,他希望温言能有个依靠,想哭就哭。

他拿起茶几上的杯子,冲着温言举起,目光炙热且纯粹。他拖着尾音,缱绻道:"元旦快乐,温言。"

温言垂下头,忍着鼻腔酸涩,温柔地回应:"元旦快乐,江听寒。"

温言休息后,江听寒就回家了。

韩晴正在客厅和江峰发视频聊温言的事。

江听寒倒了杯水,靠在窗边看着天空中高高悬挂的月亮。他怎么都想不到,温言那么宝贝的大提琴,现在竟然会是一堆破烂。

"妈。"江听寒叫了韩晴一声。

韩晴转过头:"怎么了?"

"你上次说,一月份的那个比赛——"现在还能报名吗?

韩晴顿了一下,猛拍大腿:"哎呀!小寒,妈把那件事给忘了,你爸好像给你报名了!"

江听寒一副意料之中的表情,韩女士总是这么马虎。

— 167 —

江听寒起身来到韩晴的旁边，问视频里的江峰："那个比赛什么时候啊？"

"你不参加吗？你们没答复，我以为算默认了。"江峰那头漆黑一片，但能听出他语气不太好。

江听寒忙接上话茬："我参加。"

江听寒看向手机里的江峰："什么时候体检报到？你把赛制和赛程发我一份。"

"你这孩子，到现在还不知道比赛时间？"江峰的语气里带了些责怪。不一会儿，江听寒的手机便收到了江峰发来的比赛信息。

"你俩别腻歪了，早点睡。"江听寒起身，拍了一下自家老妈的肩膀。

阳历新年的第一天，温言醒来的时候已经八点了。她坐在床上，看着窗外，眼神有些空洞，心里更空虚。

她做了好长一个梦，梦到了爸爸妈妈。他们在梦里不停地往前走，她苦苦追寻着他们的脚步，哭着闹着想和他们一起走，可他们怎么都不肯停下来。

她哭累了，不再追着他们的脚步，他们却停了下来。她看到他们转过头，脸上带着笑，说："言言，回到舞台上去吧，没什么能牵绊住你。"

温言低下头，双手捂住了脸，手指慢慢插进头发里，深深叹气。

许久，温言才下床，倒了杯水。她目光往外看，一眼就看到了正在院子里拉伸的江听寒。少年戴了一顶黑色线帽，穿着黑色的冲锋衣，下身是黑色长裤，整个人有一种说不出的冷清感。

温言推开窗户，那人刚好抬起头。

"睡饱了？"他的嘴里吐出寒气，看着她的表情很是愉悦，"我去给你热早饭，洗漱后来我家，我有话和你说。"

温言点点头。

江听寒热完早饭，温言便推门进来了。他把早餐放到桌子上，坐在了温言的对面。

温言双手捂住碗，问江听寒："有什么话要说？"

江听寒摘下帽子，随手抓了抓被压下去的头发，而后双手环胸看她，说："我要去参加比赛了。"

我恋月亮　168

温言差点被粥呛到,她抬头看他,怎么这么突然?她小声问他:"什么时候?"

"下午就走。"他说。

温言怔住:"这么快?"

"嗯。"江听寒喝了口水,眼睛始终看着温言,试图从她的脸上看出些什么情绪来,"月末的比赛,刚好年前能回来。"

温言看了他好一会儿,想到他要走一个月,心里感觉怪怪的。

"哦。"温言低下头,没什么表情地继续吃早饭。

江听寒看着她,微微皱眉,这个没良心的家伙,就知道吃,听到他要走了就一个"哦"字吗?

饭桌上气氛有些安静,温言想了想,还是忍不住问:"怎么那么突然去参加比赛?"

江听寒翻了翻手机,挑眉,随便搪塞:"我爸给我报的名,反正闲着也是闲着。"

温言又问:"对外公开吗?"

江听寒挑眉,忽然笑了。他双手撑着脸,笑眯眯地看着温言,问她:"嗯,你要来吗?"

温言:"哪天?"

"27号,周六,如果你想来,我给你弄张票。"江听寒歪歪头,有些期待。温言来看他的比赛,这一直都是他的愿望之一。

温言咬着小包子:"再说吧。"

江听寒原本充满期待的脸瞬间垮了下去。没良心的家伙,她就一点都不想去看他比赛吗?

江听寒放在桌子上的手机屏幕亮了起来,是高铁票的出票提醒——连宜通往沈城的G8001趟高铁,下午一点整发车。

温言看到了:"我送你。"

江听寒咳了一声,心里难免窃喜:"你忽然这么好,我还真有些不习惯。"

"少贫了。"温言吃下最后一个小包子,擦了擦手。

"成,不贫。"他点点头,细细打量温言,问她,"会照顾好自己的对吧？"

他一点都不担心去比赛会不会得冠军，反倒是有些担心温言。

温言边将吃完的餐盘拿去厨房洗好放进橱柜里，边笑着说："知道了，不会的。"

"得。"江听寒站起来，拍拍身上并不存在的灰尘，"那我就放心了。"

"昨晚的事就算了吧，这些并不会对我造成什么影响。"温言笑着看他，也算是给江听寒吃了一颗定心丸。

到高铁站已经十二点多了。

温言停在安检通道外，把江听寒的背包放到行李箱上，抬头看他："注意安全，比赛顺利。"

江听寒拿了身份证出来，应着她："好。"

他摸了一下口袋，然后拉住了温言的手。他摊开她的手心，将口袋里的一把山楂球都放在了她的手里。

"我在家里也留了一些，就放在客厅茶几上，还叫陆禾拿了一些放在你的课桌里。"

温言的心为之一热，睫毛微微颤抖地看向他

"我们打个赌，如果我带了奖杯回来，你就参加艺考。"江听寒歪歪头，眼带笑意。

温言拧眉，他肯定会拿奖杯回来啊。

"行不行？"江听寒睨着她，期待她的回答。

温言收回手，将山楂球装进口袋里，小声嘟囔："艺考的报名时间早过了。"

江听寒笑了笑："你韩姨给你报名了。"

温言微怔，很是惊讶。

他弯下腰，嘴角勾起："笨蛋，你真以为她要你身份证号是给你报名体检啊？"

温言恍惚，所以韩姨要她身份证号是为了给她报名参加艺考？

"我还是那句话，舆论早晚会散尽，但这些人生重大的转折点，需要无数次的深思熟虑来决定。我们都不希望现在的你做出让以后的自己后悔的决定。"少年的声音温温柔柔，如一阵清风钻进温言的心里。

我恋月亮　170

江听寒拎起背包，拖着行李箱转身，背对着她摆了摆手。

温言也冲着他的背影摆了摆手。

温言从高铁站出来，阳历新年的第一天，零下二十摄氏度，好在中午的阳光充足，照得人暖洋洋的。

温言刚到家，便看到了在门口等她的萧司泽。

"温言，昨天晚上……对不起。"萧司泽开门见山。

"没关系，都过去了。"温言给他倒了杯水，问他，"什么时候走？"

萧司泽能看出来，温言是真的不想再提以前的事了，淡淡回答："过几天。"

温言嗯了一声，再没多说话。

萧司泽垂头，语气很轻，温言从他的口吻里听到了自责，他说："是我懦弱。"

"什么懦弱不懦弱的，萧司泽在我眼里一直都很厉害，是很厉害的师兄。"温言双手搭在膝盖上，落落大方。

"还会再同台吗？"他问温言。

温言不禁有些恍惚，上次和萧司泽同台已经是两年前的事了。

"但愿。"温言回答得干脆，眼眸亮亮的，很是好看。

萧司泽想起了初见温言时的场面，她就是这样笑着看自己，有点小骄傲，却不惹人讨厌。

"咚咚！"房门被轻轻敲了两下，是韩晴在门外。

韩晴眨了眨眼，目光果断地落在萧司泽的身上。

温言起身，主动介绍："韩姨，这是以前乐团一起演出的师兄，萧司泽。"

萧司泽望向韩晴："你好。"

韩晴挑眉："哦，师兄啊……"她拖长尾音，跟着笑，"你好。"

屋内气氛有些尴尬，萧司泽起身来到温言的面前，说："温言，我没什么事了，明天我就走了，你照顾好自己。"

"会的，谢谢师兄关心。"温言莞尔。

萧司泽睨着她，无奈笑笑："我走了，你不用送了。"

温言就这样站在台阶前，看着车子远去，心也跟着沉了下去。

"我是来和你说许鸢那件事的。"韩晴放下喝水的杯子，拉过温言。

温言坐在韩晴对面，只听韩晴认真道："公安局已经正式立案，许鸢这次跑不掉了。"

"委屈我们家言言了。"韩晴轻捋着温言的碎发，指尖在她的脸颊轻抚着，眼里全是宠爱。她像是在看自己的孩子，别无二心。

温言情不自禁地靠在韩晴怀里，强忍着紊乱的心跳，哽咽道："韩姨，有你们真好。"

"乖。"韩晴捏捏温言的耳朵，眼里笑意渐浓。

"小寒去参加比赛了，已经和你说过了吧？要不，你来我家住吧，我们睡一张床！"韩晴满脸期待地看着温言。

"好。"温言点点头，不忘说，"可是韩姨，我会踢被子。"

韩晴爽快地摆摆手："这都不是问题，你是不知道江听寒睡觉有多不乖，他能把自己睡到地上去！以前还要去他房间给他盖被子。"

还在高铁上的某人狠狠地打了一个喷嚏。

"好啦，不打扰你休息啦。"韩晴看了下手腕上的手表，她下午还有个手术，要回医院。

温言送韩晴出去，走到门口的时候拉住了韩晴的手。

韩晴转头，不解。

温言说："韩姨，谢谢你帮我报名。"

"那你怎么想呢？"韩晴讪笑一声，立马询问。

"我会准时去参加考试的，谢谢韩姨。"温言歪歪头，微风掠过，她的发丝被风吹起。

即便江听寒不带奖杯回来，她也会去参加考试。当然，江听寒一定会拿冠军的。

"太好了。"韩晴激动地点了点温言的脑袋瓜，"我得把这个好消息分享给你江叔叔。"

温言眼看着她迈着小碎步回家，垂头轻笑，韩姨真的太可爱啦！

午后的阳光顺着窗户洒落进来，室内温暖而舒适。书桌上，和爸爸妈妈一起的合照是那样明媚。

温言看着那张照片，不禁抬手轻轻抚摸。她答应他们，会好好地生活下去，不被任何事牵绊。

周一，温言套上棉袄，拿着韩晴为她准备的早餐，急急忙忙往外走："韩姨，我起晚了，就不在家吃了，我去学校啦！"

温言关上门，院子里忽然没了江听寒等她的身影，还真有点不适应。

学校里放着音乐，温言吃下最后一口包子，将包装袋扔进垃圾桶里。

刚进教学楼，便迎上了同学们打量的目光。温言拢了拢身上的棉服，双手插进口袋里，无视那些人的眼神继续上楼。

冬天的早晨十分的冷，走廊是露天的，教室玻璃上起了一层寒霜。

温言刚上到三楼，肩膀便被人撞了一下。

然后便有几个人在温言身后故意大声地讨论，一边说许鸢不必道歉，一边说江听寒对温言这么好真是白瞎了。

温言挑挑眉，转过身，冷漠地叫住了其中一人。

"喂什么喂？收起你这副恶心人的做派！"带头的黑长发女孩声音尖锐，满满的都是针对。

温言冷笑，眼神坚定地朝着那人走去，然后走廊上响起了一声清脆的巴掌声。

"我今天把话放在这儿，背后你们愿意怎么议论是你们的事，但凡以后听到你们当着我的面说一句乱七八糟的话，就别怪我不客气。"

短发女孩冲上前来，怒吼道："温言，你凭什么这么嚣张！江听寒去比赛了，从今天开始没人护着你了，知不知道？！"

"那我就自己护着自己。"温言勾起嘴角，笑得危险。

温言晚上回家后，收到了江听寒发来的视频。

她猜，是不是江听寒听陆禾他们说自己今天的事了。所以接通视频后，她便将手机靠近自己的脸，声音轻轻的，像是在说悄悄话："江听寒，我今天很棒哦。"

江听寒勾起嘴角，得意洋洋地说道："我就说嘛，温言才不是胆小鬼。"

"看在你这么棒的份儿上，奖励你一张我比赛的入场券吧，允许你来现场为我加油。"江听寒说着说着，便骄傲了起来，小表情得意扬扬，一副"能来现场是你的福气"的样子。

温言翻了个白眼，嫌弃得不得了。

"这奖励你自己收着吧，我才不去。"温言把手机靠在杯子上，而后双手环胸，和江听寒杠上了。

江听寒眯起眼睛，小动作很多："温言，我在给你机会呢，你不要是吧？"

"你搞清楚，是你给我机会，还是你想让我去？"温言直直盯着他。

江听寒懊恼，当然是他想让温言去了！他下巴抵在桌子上，可怜兮兮地看着温言，没了那股子得意劲儿，语调缱绻慵懒："到底来不来嘛。"急死人了。

温言心里偷笑，就喜欢看江听寒着急。

她听到他的话，心里藏着心动，手指卷了卷头发，傲娇地说："知道啦。"

江听寒看着被挂断的视频，临近抓狂。

卧室里静谧温暖，温言拉开椅子坐在书桌前。她拿起手机，手机桌面上除了系统自带的软件，就只有一个微信了。

温言点开应用商城，指尖在屏幕上犹豫了几秒，下载了微博。

她有一年多没登录她的微博账号了，账号一登上去，便全是红色的消息提示框，她从未看到过如此壮观的数据。

温言点开自己的个人主页。她发的微博不多，三十多条，除去点赞最高的那条，平均每条点赞都有五六万，粉丝如今还剩一百多万。

温言鼓足了勇气，将动态一条一条地删除，就连解释的那条也一同删掉了。

她有一个超话，不知道是不是超话提示她上线了，超话广场里粉丝们瞬间炸开了锅。

温言删除所有动态后，翻了一下相册。她手机相册里的照片少之又少，却刚好有一张许久前拍的月亮，她用作了头像。

她点开关注栏，之前互关了许多人，包括界内很有名气的大提琴演奏家。有很多都显示已经不是她的好友了，她也不在意，重新清理了一下关注的人，最后只剩下了六个人。

简怡、萧司泽、夏知、华扬交响乐团，还有两个账号，是爸爸妈妈的。

温言看着干干净净的微博，不禁觉得一身轻松。

放下束缚的方式有很多种，比如清理自己的社交平台，更换一个头像，做一个全新的自己。

她发了一条动态：我回来啦。

点赞和评论数量在疯涨，说什么的都有。

温言退出主页才发现，她上了热度榜单，48名。

但这些并没有吸引她的视线，而是她的新增粉丝提醒里有一个熟悉的名字关注了她——江听寒成为你的新粉丝。

温言连忙点了进去，还以为是个同名的，却在看到他的两百万粉丝时，沉默了。

这家伙疯了，竟然跑来关注她？

而此时简怡也转发了这条微博。

手机再次弹出一条提醒，温言神色复杂，是华扬交响乐团。

与此同时，她的手机叮叮当当响个没停，她收到了徐千千陆续发来的微信消息。

徐千千："怎么这么突然，都不打个招呼！温言，看到你回归真是太好了！"

徐千千："我就知道你终究会再次拿起大提琴，你舍不得放下它！那我希望有一天你还能回到华扬交响乐团！"

徐千千："只有温言存在的演出才群星璀璨，期待大小姐重返舞台！"

温言握着手机，目光许久才移开，最后落在了琴盒上。

她的青春，晦涩灰暗，她一边艰难地向前走，一边被贴上各种各样的标签，她像是迷途羔羊，跌跌撞撞。

温言来到角落，手指轻抚琴盒。她不得不承认，她开始后悔了，后悔摔坏了爸妈送给她的大提琴。

人真的会在冲动的情况下做出很多不理智的事，许多年后会觉得后悔，可后悔也没用。这个世界没有后悔药，更没有时光倒流的机器。路都是自己选的，既然开始走了，就得硬着头皮一直前行。

但是……人生中总会出现一些小插曲，会有人改变你沿路的风景，让万物枯萎变成万物复苏，生机勃勃。

一月末，距离新年还有七天，五中放了寒假。

今天是江听寒比赛的日子。

连宜下了小雪,操场上刚刚铺了一层若隐若现的雪。

温言从教室出来,人群熙熙攘攘,她听到有人说:"下午三点钟,江听寒比赛,记得看直播。"

"之前不是说,体考之前要养精蓄锐,不参加比赛了吗?他怎么又去参加比赛啦?"

温言跟在她们身后静静听着,她的黑发随便挽了起来,双手插进口袋,穿着黑色的棉服,背着一个白色的双肩包,白皙的脸因为教室里暖气充足有些粉红。

从教学楼出来,一阵寒风灌进脖颈,温言伸手拢了拢衣襟,而后加快了离开的脚步。

她刚出校门,便看到了人群中等她的韩晴。温言有些意外,韩晴不停地招手,叫道:"言言,这里。"

温言小跑过去,韩晴接过温言的书包,带温言去车上。

"你要去哪里?"韩晴系好安全带,转头看向后面的温言。

温言不解:"回……回家啊。"

"回家呀?"韩晴的语气里似乎有点失落。

温言扯着安全带,瞧着韩晴,不禁问:"韩姨,你不去看江听寒比赛吗?"

"你江叔叔去。"她挑挑眉,开着车,嘴里说着,"太忙啦,没时间去看儿子比赛,在手机里为他加油吧。"

温言笑了笑,虽然韩晴总是揍江听寒,但能感觉到,她一说起江听寒,便发自内心地为江听寒骄傲。

学校门口人满为患,车子堵了半天才开出去。

温言打开手机,江听寒今天没有再给她发消息。

倒是陆禾给她发了消息。

陆禾:"寒哥给你订了一点四十的高铁票,你去的话,我们高铁站见。"

江听寒连票都给她买好了。

车子停在家门口,温言下了车,她的手扶着车门,看向驾驶位上的韩晴。

韩晴没有要下车的意思,她扭过头看温言,似乎在等温言说些什么。

我恋月亮 176

温言笑了:"韩姨,你在等我开口吗?"

"是呀,在等你开口,看看小白菜这张票到底用不用得上。"说着,她从包里抽出一张入场券,轻轻晃着。

风吹过温言的脸颊,她看到韩晴笑得温柔。

透过韩晴,温言似乎能看到江听寒那张脸。他站在她的面前,修长好看的手指夹着那张入场券,张狂地说道:"给你机会,你别不知道珍惜。"

温言轻抿着唇,看着韩晴,眼眸里泛起浅浅笑意。

"这里是宁省第六届冬季田径比赛现场,我是今天的解说员江峰!很荣幸受邀成为今天的解说员,也算是第一次挑战新的领域,希望大家多多指教!"

各大平台直播软件上映入江峰的画面,男人一身黑色西装,凌厉稳重,粉丝们在直播软件里疯狂发弹幕。

"江教练,今天的弹幕真是热闹呀,可见大家对你的喜爱!考不考虑参加综艺发展一下?"另一个解说员开起了玩笑。

今日和江峰一同解说的,是专业解说员胡肯尼。

胡肯尼是界内解说风格最随意,且最有梗的人,不像其他人那么死板,刚好和严肃的江峰形成了一个鲜明对比,很互补。

"一把年纪了,不考虑了。"江峰用着很严肃的表情,认真回答。

胡肯尼便笑笑,继续和江峰看弹幕,不忘道:"我们的比赛还有二十分钟开始,现在场内观众已经全部入座。"

江峰点头,胡肯尼便继续道:"今天的热门选手分别是10号选手江听寒和16号选手贺玄。好,现在镜头给到正在热身的运动员们。"

江听寒身着红色比赛服,黑发被打理得利落,他正在拉伸,头微垂,脸部线条流畅清晰。

江峰看到江听寒的身影,脸上神色丝毫没有动荡。他的儿子和其他参赛人员,在此时此刻,都是一样的存在——比赛选手。

比赛现场人满为患,运动员已经全部入场。粉丝尖叫,横幅拉长,热血沸腾!

江听寒拉伸着手臂,目光落到了前排的观赛区。他寄到沈城五张票,一张给温言,四张分别给了陆禾、许次、林捷,冷翙,现在一个人都没到。

说实话,那四个家伙来不来他并不在意。

"别紧张啊,兄弟。"身边忽然有人搭话。

江听寒转过头,看到那人身上的姓名牌,笑了:"管好你自己吧,哥们儿。"

少年高高瘦瘦,一米七八左右的身高,皮肤被晒成健康的古铜色。他穿着蓝色的比赛服,胸前挂着"HE XUAN"的名牌。

镜头刚好切到这一幕,胡肯尼开玩笑地说:"强者之间的比拼,狠话放得充满关怀。"

"少年人,年轻气盛。回想起我们那会儿,比赛时谁也不服谁,根本不会主动搭话。"江峰跟着附和,脸上带着几分无奈的笑意。

镜头再次给到江听寒,胡肯尼翻着手卡,开玩笑问:"我发现江听寒的目光一直往观众席看,他难道在等人吗?"

江峰也往大屏幕上看去,江听寒往观众席看的次数确实很多。

胡肯尼没有多说,跟随镜头转移话题:"现在我们可以看到八位选手已经全部来到赛道前,比赛马上开始。"

江峰在旁边跟上解说节奏:"贺玄处于四号赛道,对他来说很有优势。"

"是的,我记得江老师退役之前的那次比赛也是在四号赛道对吧?当时取得了不错的成绩。"胡肯尼望向江峰。

江峰则是嗯了一声,没有多提自己那次比赛的事。

胡肯尼继续讲解:"江听寒身处五号赛道,刚刚放过狠话的二位选手如今又是邻居,看来这两位选手是要死磕到底了。"

江听寒蹲下来,双手撑住地面。镜头给到江听寒,江听寒抬起头,眉头微皱,眼神凌厉而坚定。

这次比赛的冠军,他势在必得!

他的目光再次扫到观众席,就见陆禾等人姗姗来迟,许次朝着他招了招手,林捷和冷翎一头一个,果断拉出横幅,一排黄字金灿灿——听寒听寒!五中之光,锐不可当!

江听寒挑了挑眉,勉强收下他们的祝福。

只是目光扫到中间空下来的位置,他的眼里不禁闪过一丝失落。温言这个没良心的,竟然真没来。

我恋月亮

"预备！"

江听寒顾不上想太多，蹲踞准备，调整姿势。

不得不承认，贺玄在旁边，多少还是有些压力的。

在之前的很多比赛中，贺玄都跑出了不错的成绩。比赛之前江听寒也和教练做了一点关于对手实力的赛前准备。

贺玄在历届 100 米跑赛中，跑过 10 秒 38 的好成绩。

江听寒的成绩则是稳在 10 秒 32，两个人仅仅相差 0.06 秒。

鸣枪！

"比赛开始！江听寒完美起跑，领跑速度很快！"胡肯尼迅速进入状态，嘴皮子上下碰撞，语速十分快！

场内一阵尖叫，江听寒的大旗被高高举起。许次站起来呐喊："加油！冲啊！"

风从耳边呼啸，江听寒想赢的想法从未停止过。

江峰紧盯着屏幕，神色沉重："贺玄开始加速！两个人速度一致，发挥十分稳定！"

"进入最后阶段，贺玄的身体似乎有些僵硬。"

胡肯尼也跟着激动起来："即将越线！冠军马上见分晓！"

"赢了！赢了！他赢了！"场内的尖叫声再次高了几分贝，所有人的脸上都写满了喜悦。

江峰的脸上也挂起了一抹笑，胡肯尼站了起来，声音甚至有些撕裂，他大声道："十七岁小将江听寒！再次创下最新成绩，10 秒 27！恭喜江听寒！"

"同时也恭喜贺玄，创造出了个人历史新高 10 秒 31！希望二位继续保持优越成绩，为祖国田径之路再添新色彩！"

江峰起身鼓掌，看着比赛现场躺在地上的江听寒，脸上露出欣慰的笑容："我很喜欢肯尼的这句话——为祖国田径之路再添新色彩。"

"体育行业需要更多的新鲜血液涌入，致敬那些还在拼搏的体育人，不管你们正处于迷茫期还是鼎盛期，都希望你们能够不忘初心，继续为之努力！"

镜头不停徘徊在江听寒身边，所有人都在为他狂欢呐喊。

江听寒最后看向观众席上026号位置，他勾起嘴角笑了笑。

出口处，陆禾等人朝着他走来，纷纷抱了江听寒，兄弟们的称赞声入耳。

"10秒27，谁说江听寒不能再创巅峰！"许次眼泪泛着泪花，"寒哥，我永远为你热泪盈眶！"

许次抱紧江听寒，喊得嗓子都哑了："哥们儿，你太帅了。"

江听寒低下头，又想起了一些话。

"江听寒，你知道你的天赋是多少人努力都换不来的吗？"

江听寒心一紧，拍了一下许次的肩膀，手在许次的头上胡乱揉了几下。

他似乎能懂这一刻许次的心。看着他们几个，江听寒的心莫名有些堵得慌，他问了句："温言没来？"

"啊，没来呢。"陆禾双手环胸，瞧着江听寒。

江听寒苦笑一声，语调懒懒的，有些酸涩，嘴硬地说："倒也符合大小姐的设定，人家高高在上着呢，难下凡尘啊。"

"对嘛，人家毕竟是大小姐，不来就不来了，不是还有我们吗？"林捷拍拍胸脯，"我们与你同在！"

江听寒嗤笑，而后点了点头，认了。没来就没来吧，来了又是一阵风声。大小姐肯定有她自己的考量。

"走了。"江听寒接过冷翊递给他的棉服，一转身，便看到站在他身后的人。

小姑娘身穿一件黑色毛呢大衣，内搭白色的针织毛衣，黑色长裤，双腿笔直纤细，这会儿正直勾勾地看着他。

他的动作僵住，衣服只穿了一半，一时无措，忘了呼吸。

"高高在上？难下凡尘？那我走好咯？"温言歪歪头，声音悦耳纯净，像是冬日一抹清灵，带着一丝调皮。

江听寒猛地咳出了声，他甚至以为是自己看错了。

"我真走啦？"温言气鼓鼓地喊了江听寒一声。

就在她转身要走时，江听寒抓住了她的胳膊。江听寒抽离思绪，打量着温言，还觉得有些不可思议。直到温言拧了一下他的胳膊，他清楚地感觉到疼痛，这才笑了："什么时候来的？"

"和他们一起来的。"温言双手背在身后，看着江听寒穿上了衣服。

我恋月亮

江听寒不解,和陆禾他们一起来的?那怎么不进场呢?害得他以为她没来,带着怒火跑完了全程。

江听寒再次往后看,几个人纷纷望天。别看他们,是温言自己要在终点给他惊喜的!

"看到我比赛了?"江听寒瞧着她。

温言点头,眯着眼笑,很清纯:"看到了,五中之光。"

"什么五中之光?都是他们吹的。"江听寒低下头,拉衣服拉链。

"是吗?那现在又多一个人吹了。"温言挑挑眉,双手背在身后,笑意绵绵。

江听寒便看向她,她舔了舔唇,还是忍不住笑了。那从今天开始,他会喜欢上这个称呼。只是,更让他开心的,是温言来看他的比赛。

"为什么到终点才出现?"江听寒问她。

温言认真地想了想,说:"怕我带给你霉运嘛。"

江听寒看着她,用指尖点了一下温言的脑袋。

刚好有镜头扫过来,江听寒将温言拉过来,一同入镜。

大屏幕上出现二人的画面,少年张狂而得意的声音在场内回荡:"This is my lucky girl.(这是我的幸运女孩。)"

江听寒学习成绩不太好,生平会的英语单词全用在了这里。

他垂眸看着身侧的小姑娘,眼里的欢喜怎么也藏不住。她不晦气,也不会给他带来霉运。她是 lucky girl。

温言惊讶地抬起头看江听寒,眼眸里隐隐泛起细碎的光。

"你才不会给我带来霉运,你只会给我带来好运。"江听寒望着她的眉眼,心为之疯狂跳动。

他的愿望不多,只有两个。

一是希望温言来看他的比赛。

二是听一场大小姐的演奏会。

现在,已经完成了一个。

温言笑,镜头在身边徘徊,她找到镜头。看着对准她的摄影机,温言的内心虽忐忑,却没有退缩,她手指向江听寒,笑意绵绵,优雅有气质:"这是我们五中之光,希望所有人都能记住他的名字,他叫——江听寒。"

总有一天,他会站在最顶尖的赛道,为国而战!

"笨蛋。"他点了一下温言的脑袋,浑然一副不管粉丝们死活的模样。

"江听寒,继续闪闪发光吧。"温言莞尔,声音轻轻柔柔,这是她对他的祝福。

江听寒挑眉:"发光的不能只有我,温言,你也得加油。"说完,江听寒便去领奖了。

少年迎着风,转身后退着,冲着温言扮了个鬼脸。

大衣兜不住他的肆意张扬,冬日寒风吹不灭少年的热血胸膛。

当他站在领奖台上,所有摄影机对准他的那一刻,她感觉到了什么是参差不齐。儿时,她众星捧月,而他在身后看着她。

现在,他站在领奖台上,握着奖杯,享受着尖叫和呼喊,目光落在她的身上,灼伤了她的心脏。确实要加油了啊,不然要被小狗甩到身后了。

温言拿出手机,为他拍了一张照片。她打开微博,发了动态。

温言:是青梅竹马,是江听寒,是冠军。

沈城的冬天天黑得早,比赛结束后,场内已经没什么人了。江峰请大家吃饭,并给大家在附近酒店开了房,直到差不多九点饭局才结束。

江峰叮嘱了他们几句在沈城注意安全,有事可以联系他后,就离开了。许次他们吵吵闹闹着要去玩,江听寒因为温言没和他们走,就此分开。

"其实我自己回酒店也是可以的。"沿着街边走,温言双手背在身后,抬眼看向江听寒,声音温温柔柔的。

江听寒瞧了她一眼,而后勾起嘴角,吊儿郎当地说:"谁忍心把这么好看的大小姐丢在外面跑去上网啊?那不是脑子有病嘛。"

"油嘴滑舌!"温言说他。

江听寒立刻眯起眼笑,小狗似的乖巧:"哪儿的话,我这人最真诚了,从来不玩那一套。"

"是吗?用陆禾的话来说就是,我这人最会察言观色了,但我一点没看出来你哪里真诚。"温言摊开双手,一脸调皮。

江听寒:"温言,每次打嘴仗你都要占上风,你就不能让我赢一次?"

少年沮丧,双手放进口袋,气鼓鼓的,有种说不出的可爱。

温言睨着他,笑了。

我恋月亮

夜晚繁华，街灯昏黄，墨色天空上，星星点点，月亮闪耀。

"其实你完全可以赢我的。"温言的声音轻轻的，是他不想赢而已。

江听寒双手插兜，眉尾上扬，开口："月亮嘛，就该被捧着。"

她问："为什么把我比喻成月亮？"

"众星捧月，就该是月亮。"他自然地回答。

"为什么不是星星？"温言嘟起嘴巴后，好奇。

江听寒沉默三秒，说道："星星没有月亮明亮，不够衬托大小姐您。"

"为什么？"温言还是很好奇。

"温言，你是十万个为什么吗？"江听寒开始暴躁。

温言难得露出委屈的神情，问一下嘛……

"快走，很冷。"江听寒往前跑。

温言惆怅："跑那么快，我又跑不过你。"

江听寒便放慢脚步："那我等等你。"

"温言，你居然让冠军等你！

"这是你的福气，你可得收好了。"

温言走过去便是一拳捶在他的胳膊上："去死。"

江听寒委屈巴巴地揉着胳膊："啊，痛。"

"很痛吗？我帮你揉揉。"温言眯眼笑，像朵小白花一样乖巧无害。

江听寒乖乖伸过去胳膊，笑眯眯地看着温言，温言一脸无辜地拧了一下刚捶过的地方。

江听寒就快跳起来了："嘶！小姑娘怎么能如此粗鲁？"

"乐意，少管！"温言丢下这句话便继续往前走了。

江听寒越发叹气，上梁不正下梁歪，两个人相处时间久了果然只会越来越像。

两个人的身影在长街慢慢消失，却无人注意到，高悬于天空之上的月亮旁边一直有一颗星星在默默守护着。

江听寒回到宿舍，教练将手机还给他。因为担心运动员在比赛当天会受什么影响，所以全天教练都会收走手机。

江听寒刚回宿舍，便听室友说："你火了。"

江听寒疑惑地打开手机，刚连接上网络，就收到了朋友发来的信息。

沈故:"你竟然认识温言?"

江听寒挑眉,这有什么好意外的?

江听寒:"大记者今天竟然没来现场,在忙什么?"

沈故是连宜一位很出名的娱乐记者,江听寒是在一次比赛上认识的他。

沈故:"先回答我的问题,你认识温言?"

江听寒不解,这么执着于他认不认识温言做什么?

江听寒:"认识,你找温言?"

沈故:"知道了,有机会我们见一面。"

江听寒握着手机,盯着沈故发来的消息迟迟没有移开目光,最后带着疑惑地发送了一个"好"字。虽然不知道沈故要做什么,但沈故主动要见他,肯定是有事。

次日一早。

温言还没睡醒,房门就被敲响了,门外隐约传来江听寒的声音。

温言睡眼蒙眬地用被子蒙住脑袋,双手捂住耳朵,卷着被子翻了个身。敲门声不断,温言不得不从床上坐起来。打了个哈欠,一脸无奈地下了床。

打开门就见靠在墙边,正百无聊赖要继续敲门的江听寒。

少年黑发干净利落,穿一件黑色的棉服,内搭枣红色的连帽卫衣,下身是一条黑色休闲裤。

本无聊的表情在看到温言的一瞬间,笑得跟朵花儿似的:"终于舍得醒了?"

他轻车熟路地走进房间。

温言转过头看他的背影,没有和他争吵的力气:"来干吗?"

江听寒耸肩,随意道:"今天带你逛沈城。"

温言关上门去洗脸刷牙,不忘问他:"你比赛的事都完成了?"

江听寒:"嗯。"

"外面冷吗?"温言在洗漱间里问他。

"冷。"江听寒应声。

温言探个脑袋出来,问他:"你吃过早饭了吗?"

江听寒抬头看她:"没有,你再不起,我就要饿死了。"

我恋月亮　184

"那我请你吃早饭吧。"温言换好衣服出来。

"那就去吃抻面吧,给我多加几份肉。"江听寒跟在温言身后,可怜兮兮的。

"陆禾他们呢?叫来一起吃饭吧?"温言进了电梯。

江听寒戴上卫衣帽子,本要跟进来,听到温言的话,便停下了脚步。说好的只请他吃早饭,怎么又要喊陆禾他们?

"怎么不进来?"温言手臂挡在电梯门边,不解地看着江听寒。

江听寒皱眉,拿开温言的手,自己去拦电梯,却不进去。

温言无奈:"不喊陆禾他们还不行吗?"

"说好了只请我一个人吃早饭,刚出房间就要喊陆禾他们一起,怪我生气吗?"江听寒拧着眉看她,同时诉说自己的不满。

"不怪你,怪我。"温言默默认错,着实是她考虑不周,"我再多给你加两份肉行吗?"温言继续给他台阶下。

江听寒不说话,电梯门打开,他往外走。

看着身侧的小姑娘,江听寒有气没地儿撒,半晌还是说了句:"算了,扯平了!"

吃完饭已经临近中午。

江听寒带温言在附近转了转,冬天景点都关着门。

"别看了,这边来。"他有目的似的要带她去哪里。

温言也不多问,就这样跟着他往前走。

冬日的街头静然无声,夏日里繁密的树叶也因季节的更替,变得枝干无叶。在空荡的柏油马路旁,树干显得更加挺立。

江听寒带她走进了一条乐器街。每家店铺装修得都很新,每家店的橱窗里都摆放着自家主卖的产品。才走了不远,江听寒的脚步便停了下来。

温言抬头,那是一家名为"听"的乐器馆。在橱窗里展示的,正是一把砖红色的大提琴。

"进来看看。"他拉开门,朝着温言伸手。

"我……"温言看着他,目光转向那把大提琴,乱了心跳,不知道该说什么。

他便走过来,一把攥住她的手腕,带她大大方方走进乐器馆:"你什么你,你是属于舞台的,过去的事该放下就放下。摘掉那些标签,你就是你。"

温言匆忙地跟上他的脚步,消化着他对自己说的话。

一楼大厅里灯光亮得晃眼,各式各样的乐器映入眼帘,温言看得花了眼。她似乎跌进了乐器的海洋,乐谱里的音符往外跳,它们在冲她招手,说期待她归来已久。

但最吸引她的,还是角落里的一把大提琴。她不自觉地走过去,眼神移不开。

这把琴,很像她之前的那把……无论是花纹还是颜色。

温言咽着唾沫,修长漂亮的指尖落在了大提琴上方三厘米的地方,却不敢摸下去。

江听寒看着身侧的人,鼻腔酸涩。

温言垂头,直到手背覆上一层温热,有掌心盖住了她的手背,她的手搭在大提琴上轻抚着大提琴的琴身,最后落在琴弦上,太像了……

看出温言的激动和喜欢,老板提醒道:"同学,可以试试哦。"

温言抬眼看她,江听寒也点头。

温言抿唇,盯着大提琴看了好一会儿,还是摇了摇头。算了。

"怕什么?畏畏缩缩的。"江听寒点了一下温言的脑袋。他最不喜欢温言这样。

"很疼。"温言皱眉,揉了揉被他碰过的地方,语气不悦。

"疼什么?我就是轻轻碰了一下而已,你怎么那么脆弱?"江听寒瞪了她一眼,再去看那把大提琴。

"从你的专业角度来说,这把琴怎么样?"江听寒双手环胸,一副"我想学习一下"的模样。

"还不错。"温言答。

"值得买吗?"江听寒继续套话,表现得很若无其事。

他很想给温言买这把琴,前些日子他已经来这边逛过了,走了很多家都没眼缘,打算离开时看到了这把琴。

这把琴和温言之前的那把很像,她一定会喜欢。

温言看了一下价格，这把琴要十几万呢，值不值得，确实要试试音色才知道。不过品牌和成品都摆在这儿，温言想，应该不会太差。

温言无力地看着他，然后蹲了下来，双手撑着脸，气鼓鼓地看着眼前的大提琴，问："你要给我买啊？"

谁知那人却像她一样蹲了下来，双手捧着脸，嘿嘿一笑。

"不要胡闹。"温言小声说。

江听寒却摇头："我没胡闹，就是要给你买一把大提琴，不然你以为我大过年的跑沈城来参加比赛是为了什么？"

温言怔怔地望着江听寒，脑子里到处都是他的声音。

是为了她……

温言打量着他的眉眼，看着江听寒张真诚的脸，嗓子发紧："可是那把琴要十几万……"

江听寒微微歪过头，往她耳边凑去，吊儿郎当地小声说道："千金难买我乐意。"

"走啦。"温言起身，不忘拉起江听寒。

"走什么，试试呗。"江听寒还是想让温言试试，只有试过才知道值不值。

温言语调强硬："不买，不许买，买了我会生气。"

"生气再哄。"江听寒强行拖回温言。

温言试图挣扎，却耐不住力气小，被江听寒三两下就给拉了回去："江听寒！讲不讲道理！我不要还不行吗？"

江听寒瞧了那把大提琴一眼："不喜欢？"

温言抿唇，胡说八道："颜色不好看、材质不喜欢、琴弦质量也不好。"

老板丝毫不介意，说："没关系的同学，可以按照你的喜好定制哦。"

江听寒笑出声，他揉了几下温言的头发："赶紧试试看，定金我都交了。"

"定金都交了？"温言看江听寒。

老板微笑，也跟着胡说八道："是的，定金六万，我们家定金可是不退的哦。"

"就这把了，定下来。"说完，江听寒便去和老板交尾款，填收货地址。

温言泄了气。

有人从不在意她说过的话,却有人将她每一句幼稚不成熟的胡言乱语放在心上。

有人拉着她往后退,也有人推着她往前走,让她别回头。

她再也没有不坚强的理由了。

从乐器馆出来,温言抬眸看向前方,声音轻轻的:"韩姨和江叔叔知道你花这么多钱给我买琴吗?"

提到这个,江听寒笑了。他往前多走了几步,而后转身倒退着走路,问温言:"你猜猜我奖金之外的钱是哪儿来的?"

江听寒笑了,眼里像藏着浩瀚宇宙似的,他打了个哈欠,转身背对着温言,语调吊儿郎当,却说不出的好听:"你韩姨赞助的。"

温言怔住。

他语调轻快,满是慵懒:"你江叔叔想参与,但我没给他机会,下次吧。"

帽子遮住了温言的半边脸,她看到少年转身,阔步向前。她慢吞吞地跟上去,戳了一下江听寒的胳膊。

他扭过头看了她一眼,又立刻看向前方:"干吗?"

温言吸了吸鼻子,声音温柔几分:"你陪我去个地方吧。"

江听寒怎么也没想到,温言让他陪她来的地方,竟是儿童福利院。

温言爸妈还在时,常做慈善公益。这家枫叶福利院就在其中。温言也和爸妈来过多次,和院长、孩子们都比较熟。在温言身处低谷的这几年,她也经常来福利院做志愿者,每当和孩子们接触的时候,她的心里就会特别安静。

福利院是一栋六层楼房,但目前只用了两层,其他楼层还没有装修。院子里很宽阔,娱乐设施齐全,环境很好。江听寒在大厅里看到了各种各样的证书,全都是孩子们获得的。

院长叶琳今年四十多岁,长发盘起,尽显优雅。

江听寒和温言拎着大包小包的儿童用品和零食刚进大厅,叶琳便迎了上来,十分热切地叫着:"言言,你来了!"说罢,她朝着里面叫道:"宝贝们,快来看是谁来啦?"

不一会儿,温言就在门口被一群小朋友包围了,那些小家伙嘴里不停叫着:"温言姐姐!"

"温言姐姐,你都好久没来啦,我们都想你啦!"

江听寒和叶琳被挤到外面。叶琳和江听寒相视一笑,她不禁问:"你是言言的……"什么人?

江听寒"哦"了一声,连忙道:"很好的朋友。"

院长笑了笑,瞧着江听寒,道是想起什么来:"你是那个百米跑的冠军吧?"

江听寒恍惚,竟然有人知道自己。

院长指了指里面,示意江听寒进去坐,外面冷。

闻言,江听寒也不好再杵在这儿,只好拎着东西跟着院长进去。

外面忽然传来一阵阵笑声,江听寒转身,就见温言蹲在地上,正趴在一个小女孩的耳边说悄悄话。说完,那个小姑娘便捂着脸笑,温言也跟着笑。

"温言姐姐,那个大哥哥是谁呀?他在看你笑呢,笑起来好好看呀,和你一样。"小家伙忽然指向江听寒。

温言看过来。江听寒挑眉,而后双手环胸靠墙,他也正想听听温言是怎么介绍他的。

温言很认真地想了一下该怎么介绍他才好。

"他啊,是个优秀的人。"温言将那个小男孩抱在怀中。

江听寒眼里笑意渐浓,然后呢?

"他叫江听寒,是跑步比赛冠军哦。他跑得超级快,耳边都是风的那种。以后,他还会身披国旗,为国出征!你们说,他优不优秀?"温言捏着小包子的脸,说起江听寒,语气里满满的都是自豪,再也不是儿时的讨厌。

江听寒抿唇,垂眸轻轻笑着。

"他是冠军,他有奖牌吗?是不是有很多奖杯?"几个小朋友纷纷看向江听寒,眼睛都亮了。

江听寒见他们对自己感兴趣,便朝着他们走去,挤进人群里,把温言怀中的那个小男孩给抱了出来。

小家伙又问了一句:"哥哥,你有很多很多奖杯吗?"

"有很多,两面墙那么多。"江听寒忍不住捏捏他的脸蛋。

"哥哥，你是怎么做到拿那么多证书的？难不难，累不累呀？"小家伙歪着脑袋，仿佛有十万个为什么。

闻言，江听寒心一哽。这些年，大家都执着于他是不是第一个跑到终点，是不是又创造了新的成绩，是不是又多了几本证书。可是好像从来没有人问过他累不累。

江听寒的目光不由得落到了温言的身上。

温言也像那些小朋友一样眼神纯粹而炙热地看着他，等待着他的回答。

他喉结滚了滚，眼神始终在温言的身上，没移开："很难，很累，但是值得。"

毕竟温言都夸他是个优秀且伟大的人。怎么会不值得呢？

小朋友们给江听寒竖起大拇指，温言也在心里无数次夸赞江听寒。他真的很优秀，再也不是儿时大家口里的小浑蛋了。

"院长妈妈，楼上打算什么时候装修？"温言抬眸问院长。

院长无奈："早该装修了，只是实在没钱，只能一推再推。"

江听寒也听出了院长语气中的无奈。

温言揉揉小家伙的头发，示意他们去玩。她来到沙发前坐下，忽然严肃地问："院长妈妈，您的预算是多少？"

"我哪里敢有预算？"温言从院长的口吻里听出了悲哀的语气。其实早些年，这家福利院就要倒闭了，是院长妈妈自己拿出了积蓄，靠着好心人的救助，才一直支撑到现在。

看着小朋友们脸上洋溢出的幸福感，温言没办法置之不理……

"我……"温言张了张嘴，她有一个大胆的决定。

江听寒和院长妈妈一同看过来。

"我爸妈去世之后，我手里有很多钱，一直不知道该怎么处理。院长，我想拿出三分之二捐给你们福利院。"

这笔钱若是能帮助福利院走出困境，能帮到更多的小朋友，那这笔钱便是有意义的。

"言言，你……认真的？"院长十分吃惊。

温言听到院长妈妈的疑问，放在膝盖上的双手攥紧，不由得看向江听寒。

"你想好再做决定。"江听寒提醒温言。

温言容易冲动,而江听寒,是那个会在身边时刻提醒她,思考再三,再做决定的人。

爸妈去世留下的钱,无论是放在手里攥着,还是她花掉,她心里都会觉得不安。不如就捐了,用这笔钱为爸妈最后做一件有意义的事。爸妈在世时也经常做公益慈善,他们一定很乐意将这笔钱做这样的处理。

"嗯,我决定了。"温言点头,没有什么时候比现在更坚定了,"院长妈妈,我要捐款,以我父母的名义捐款。"

温言决定捐款,所以留在沈城处理完这件事后,才和江听寒回了连宜。

回家后,江听寒把获得的奖杯递给温言:"大小姐,该你兑现承诺的时候了。"

温言看看江听寒,再看看奖杯,笑着接过:"答应你的,我不会食言。"

她再也不会做胆小鬼,她会好好生活。不是她看见了光,而是光就在她的身边。

"两个宝贝在聊什么呢?"门口传来韩晴的声音。

二人一同转身,就见韩晴张开双臂,手里还拎着刚买的菜:"欢迎回家!"

"韩姨。"温言叫着韩晴,立刻朝着她走去,然后抱住了她。

江听寒见状也走了过去,隔着温言抱了抱韩晴,还不忘揉了揉温言的脑袋。

"我买了排骨和鸡翅,晚上给你们炒几个菜,再煮个火锅。"

江听寒将韩晴手中的菜接过来,跟着韩晴往台阶上走。

"小寒,妈妈看你比赛了哦,真帅。"韩晴眼里全是为儿子自豪的神情。

"毕竟是你儿子。"江听寒推开门。

"韩姨,我回家换身衣服,收拾一下,马上过来帮你择菜。"温言对韩晴说。

韩晴点点头。

江听寒看着温言离开,懒懒一笑。

韩晴立刻将江听寒拉过来,一脸八卦地询问他们在沈城的事。

"温言把她爸妈留下的钱,一大部分都捐给福利院了。"

温言之所以捐钱给福利院，一是处理父母留下的钱，二是为了让那些小孩能生活得更好。

"捐了好，留在手里她也有压力。"说着，韩晴笑了起来，"反正咱们家已经很有钱了，养得起她。"

江听寒瞧着自家老妈，没忍住笑了。他可真是韩晴的亲儿子啊，反应都是一样的。

"不过话说回来，言言要参加艺考，若是去了音乐学校，以后可就留在望都了，你呢？"韩晴倚着冰箱，不禁有些惆怅。

江听寒还没回答，就见温言换了衣服回来了。

"在聊什么？"温言想帮忙。

她被江听寒挡在了门口，示意她在这儿看看热闹就行，用不着她上手。

"聊他呀，考哪里的体育学院嘛。"韩晴将洗好的菜放在餐盘里。

温言也看了看他。确实一直没听江听寒说过要考哪里，而她对体考也不是很了解。

温言拿了一小根黄瓜，靠在厨房门上，问江听寒："那你现在有目标了吗？"

江听寒擦擦手，神色散漫："大小姐指哪儿，我就打哪儿。"

"别不正经了，问你正经的。"温言一张嫌弃脸。

江听寒往温言身边凑了凑，笑眯眯地说："正经的，你说去哪儿，我就跟你去哪儿。"

"那就一起去望都吧。"温言说。

江听寒抬眼看她，嘴角勾起："那就去望都。"二人看着彼此，像是在默默约定着什么。

第八章

新年

次日一早，温言就听到外面传来热闹的声音。她从床上爬起来，拉开窗帘，果然看到江叔叔拎着大包小包的年货进院子。

"今年买这么多东西呀？"韩晴随便打开一个箱子，发现里面有很多烟花。

"言言今年不是和我们一起过年吗？我就多准备了一些吃的，还多买了点烟花。回头让小寒放给她看。"说着，江峰还指了指身边的一堆东西，道，"这些是给温言那丫头的，虽说是在我们家过年，但她家里也不能空荡荡的什么都没有吧？她爸妈去世还不到三年，回头咱们给她简单布置一下，也算是有点过年的氛围。"

"好。"韩晴轻轻点头，还不忘夸江峰，"这事干得漂亮。"

温言趴在窗户上听着二人的对话，心里暖暖的。她好像真的有一个家了，不再是一个人了。

简怡打来电话，温言拿起手机，只听简怡叫道："言宝！猜我在哪里！"

温言眨眨眼，就见简怡镜头对着冰面，温言也激动起来："你回连宜啦！"

"是的！本公主正在往你家走的路上，速来迎接！"简怡的声音越发激动了。

温言点点头，赶紧套上棉服下了楼，一出去就撞上了江峰。

"江叔叔！"温言热络地打着招呼，格外乖巧。

江峰还有些意外，这小丫头最近心情看起来很不错的样子！

"言言，等下过来吃早饭哦。"韩晴喊她。

温言点点头："我的朋友来啦，我出去接她。"

"好的呀，到时候一起来吃饭。"韩晴比了一个"OK"的手势。

温言小跑出去，就看到拖着行李箱冲她招手的简怡。

温言飞奔过去抱住简怡，只觉得这一刻无上美好。没了束缚，马上新年，家人朋友都在身边。美好人生不过如此！！！

"我给你讲我们乐团发生的事！你知道吗，夏知被家里人催着相亲了！你猜相亲对象是谁？！"

温言眨眼，十分好奇："是谁？我认识吗？"

"你何止认识，你太认识了！是江衍啊！"

"天哪,世界真是太小了。"温言撇嘴。

"还有,萧司泽现在正式成为大提琴组一哥了。以后大提琴组都得听萧司泽的啦,包括夏知。"

"那还挺好,他应得的。"温言笑了笑,由衷地替萧司泽开心。

温言握住简怡的手,拍拍她的行李箱,转移了话题:"你带着行李箱,该不会是一下飞机就来找我了吧?"

"落地先来看你,你感不感动?"简怡扬了扬下巴,一副"我最爱你"的骄傲模样。

"新年将至,我也告诉你一个好消息。"温言捋着简怡的头发,眼眸里泛着细碎的光,说出来的话是那样有力量,"小怡,我要考望都音乐学院!"

简怡不知道该怎么形容此刻的内心。是激动,是感慨,是为她开心的躁动。

"那我便祝你前程似锦,别被困在这小小阴霾中,我们都有大好的未来!"简怡忽然变得这么正经,温言还有点不习惯。

"祝我们都有大好的未来。"她点点简怡的鼻尖。

吃完饭送走简怡后,温言的手机就响了。

温言拿出手机,是院长妈妈给她发的支出详细,还有一封长信。

亲爱的温言,见字如面。

再次感谢您和温觉先生、盛欣女士对枫叶福利院的资助。

收到款项后,我已开始筹备翻新计划,这是您捐助款项的第一笔支出明细,请您查收。

未来有关你们资助款项的每一笔支出,我都会列出支出明细让您过目。

我代替孩子们和枫叶福利院的每一位工作人员感谢您,祝您新春快乐,岁岁平安!

您是个漂亮且善良的姑娘,愿世界美好与你环环相扣,期待下次见面。

——叶琳

温言轻握手机,看着院长妈妈发来的消息,心里格外温暖。她开始追寻父母的脚步,学着他们的模样生活。被人需要原来是这样一件美好的事情。

温言斟酌了一下，回复了信息——

院长妈妈，收到您的消息很激动。

能帮助到枫叶福利院是我的荣幸，我相信您会给孩子们一个温暖的乐园。在这里，我希望院长妈妈以后不要再给我发支出明细了。

您是一个真心待小朋友们的人，您做的每一件事都值得尊重，我完全信任您。

我会经常去福利院看望您和小朋友们，希望不会叨扰。

谢谢您，也提前祝您新春快乐。

发完消息，温言觉得自己一身轻松。这世间的束缚和苦难，比起迎来新生，如今想想也不过如此。

温言拉过江听寒，将手机递过去："看。"

江听寒看完之后，不禁感慨："大小姐心怀天下。"比起温言，他还太幼稚。

少年的声音迎风吹入耳里。

温言瞥着他，看着少年的侧脸不禁笑了笑。她以前很不喜欢"大小姐"这个称呼，可不知道为什么，现在竟然没那么讨厌这个词了。

大概是因为，别人口中的"大小姐"总是带着打趣。只有江听寒口中的"大小姐"，是真的当她是众星捧月的大小姐吧。

"那你呢？你心怀什么？"温言歪歪头。

江听寒弯起嘴角，漆黑的瞳仁温柔，他说："我藏着天下的天下。"

远处的小店里忽然传来歌声，温言转过头看他，忽然换了话题："江听寒，忽然想听你唱歌了。"

"不是给你录了？想听就听，不用矜持。"江听寒挑眉，一副慷慨的模样。

温言："那也不能总听同一首歌吧？"

江听寒："我是点歌机吗？"

温言笑："或许，你可以是？"

江听寒咂舌，叹了口气。曾年少轻狂，以为没人能拿捏他，现在梦醒了。

"走啦，回家啦，我逗你玩的。"温言走在前面。

江听寒看着她的背影，听到她说："马上过年了，好久没吃饺子了，希望今年除夕夜可以吃到豆腐。"

江听寒疑惑："人家都想吃到硬币,你为什么想吃豆腐？"

"吃到豆腐的人,新的一年会福气满满。"她倒退着走路,继续解释,"要有好多好多福气,才能得到好多好多的爱。"

江听寒睨着她,心情激动,说不出的滋味。他跟上温言,与她并肩,声音轻轻的："会的。"

回到家,手机振动。温言双肘撑在桌子上,举着手机,点开了江听寒发来的消息。

江听寒：《再见深海》演唱者：JTH——来自K歌软件。

温言笑着点开链接,再次听到这首歌,还像那日在海边时一样,觉得心动又温暖。

歌词是江听寒想对她说的话,再次录歌是江听寒对温言的每句话都有回应。

温言又一次注意到了发表内容上的一串字母：ylzdyrzatm。

温言试着拼了一下,最后放弃了。小学生又乱打字母,还有句号,有始有终的。

次日,温言早早便起了,恰好碰见江听寒要去买春联,便跟着一起去了。

早市里有很多小吃,温言吃得饱饱的回了家。

家门口停了一台白色的皮卡车,有两个工人正将车上的东西搬下去。

江听寒看着车牌号,便猜到了那里面是什么,是温言的大提琴到了。

"来签收一下！"工人朝着院子里喊。

江听寒快步上前,道："我是收货人。"

工人从车上跳下来,将帽子戴上,对着江听寒说："打开验货。"

"大小姐,你的宝贝到了。"江听寒对身侧的人说。

温言停下脚步,心忽然就躁动了起来。

"我打开,你来检查看看琴有没有损坏。"江听寒提醒温言。

温言点点头,喉咙发紧,她要有新的大提琴了。

"我……我回去洗个手。"温言往家跑。毕竟是新琴,她刚才吃了很多东西,手上有味道。

江听寒只看到了温言的背影,但他能感觉到温言十分激动。

温言推开门，正开心地放下东西要去洗手间，却在看到沙发上的人时，脸上愉悦的表情骤然大变，停下了脚步。

韩晴慢慢站起来，她神色沉重地望着温言。

温言没有看韩晴，而是死死地睨着旁边站着的两个人——盛岚和盛薇。

门外还有江听寒和工人对话的声音。

屋子里，盛岚和盛薇却像是两个随时会爆炸的炸弹，让温言觉得窒息。

"这么早就出去了？"盛薇拧眉，一开口便满满的都是敌意。

盛岚碰了一下盛薇的胳膊，示意盛薇别这样。

"大姐，我可没你那心胸，我对她友好不了！"盛薇的声音越发尖锐。

温言抿唇，望向韩晴，说："韩姨，你先去忙吧。"

盛薇和盛岚会说很多难听的话，韩晴听了肯定要心疼她。

韩晴张了张嘴，想留下来陪温言，便听盛薇道："我们娘几个的事自己会解决的，外人还是别参与了。"

这一句外人直接将韩晴架住，她哪儿还有留下的理由？

韩晴冷笑，阴阳怪气地起身道："虽说是外人，可我这个外人哪，就像是亲人一样。不像某些人，身上流淌着相同的血液，却不做人干的事。"

韩晴睨着盛薇，就差直接点名道姓了。

盛薇也不是傻子，自然听得出来。她情绪渐渐失控，脸上的表情像是要把韩晴撕碎一样，更加刻薄。

温言递给韩晴一个放心的眼神，韩晴便先出去了。

盛薇往前坐了坐，拢着身上的貂皮大衣。

温言睨着她，还真是贵气呢，像个暴发户一样。

"温言，我们——"盛薇正要说此次前来的目的，便见温言喝了口水，平淡地说道："我没有钱了，钱我都捐了。"

盛薇听到这句话，直接炸了。她站起来，手中攥着抱枕，瞪着温言："你说什么？"

温言仰起脸，声音冷厉，口吻加重："我说，我爸妈去世后保险补偿的钱，我都捐掉了！"

"温言，你凭什么把那些钱捐掉？"盛薇的眼睛瞪得圆圆的，看着温言时，眼珠子都像要瞪出来一般。

"我是他们的女儿，是他们的继承人，你说我凭什么？"温言站起来，与盛薇平肩。

盛岚看着如此强硬的温言，眼中满是复杂意味。温言变了，第一次来见她的时候，她还不是这样的！

"温言，你是不是觉得你有人撑腰了？"盛岚缓缓开口。

温言不语。盛岚便冷笑一声，继续说："江家是什么家庭，你真以为是你能高攀的？"

盛岚起身，来到温言面前，攥住温言的手腕："温言，我不管你怎么做，都要把那笔钱给我拿回来！"

温言不卑不亢，仰着脸讽刺道："钱不可能要回来了。"

盛岚盯着温言的眼睛。

温言完全不惧她的眼神，再也不怕盛岚了。盛岚早就不是她印象里那个亲切和蔼的大姨！盛岚是逼着她不得不成长的恶人，是她这辈子都无法和解的恶人！

"我看你真是疯了……"身后传来盛薇的骂声。

盛岚垂眸，温言冰冷的眼神着实让她心凉。

"温言，只要你再也不拿大提琴，我们就不要钱了！"为了盛欣，她愿意给温言一个台阶下！

"不可能！"温言倔强地回绝。

盛岚右手握拳，她无法理解："温言，你到现在都不知道错吗？你这样对得起你爸妈吗？他们那样疼你！"

温言哽咽道："那段视频被恶意剪辑过，并非真相。我妈同意我出国表演，她只是担心我资历不够，让我再三斟酌！"

"我是当事人，我最知道发生了什么。"她手指向二人，情绪逐渐失控，像是在一一列举她们的罪证，"反倒是你们，打着正义的旗号说是为了我好，不过是惦记我爸妈的钱罢了！你们才是最虚伪的人！"

大抵是被戳中痛处，温言的话说完，盛岚一巴掌猛地扇了过去，她连躲都来不及。

温言偏过头，四周万籁俱寂。她垂下睫毛，一声又一声地笑着，脸颊的疼远不及心里疼痛的万分之一。

她目光不屑地扫向盛岚，依旧不屈："怎么了？是被我说中心事，恼羞成怒了吗！？"

盛岚咬着牙，呼吸越发急促："闭嘴！"

"你一意孤行惯了，今天我就替你死去的妈好好教育教育你。"

盛岚红着眼，一把抓住温言的手腕，将温言的手直接摁在茶几上。左手手腕上的手链和茶几碰撞发出声响。

"你不是非要拉大提琴吗？行，我今天就恶人做到底，彻底断了你的想法！"盛岚四处找东西，不小心打碎了茶几上的玻璃果盘。

她顺手捡起碎片，在窗外阳光的照射下，碎片折射出刺眼的光芒。

盛薇见状，愣了一下："大姐……"向来平稳不动声色的大姐，竟然会做出如此举动！

温言恍惚，她抬起眼，眼里充满惊恐和不可置信，脸上还印着清晰的一个巴掌印。

盛岚是最会击垮人心的，拉大提琴的人最在意的就是手，这和要了她的命有什么区别？

"盛岚，你就是一个卑鄙小人，你根本不配做我妈妈的姐姐！"

盛岚一听，更加情绪失控："我不配？温言，你才是最不配做她女儿的人！"

温言将手往外抽，盛岚却死死地掐住她的手腕放在茶几上。

温言的手腕在茶几边缘疯狂磨蹭，怎么都抽不出来。她红了眼，嘶吼道："放开我！"

手链发出的声音越发刺耳，听得温言更加急躁。碎片逼近，冰凉无比。

盛岚怒吼："盛薇，过来按住她！"

盛薇站在一旁不知所措，上前也不是，退后也不是。她只是想要钱，伤害温言并不是她的本意啊！

温言慌了神，却保持着理智，她另一只手推着盛岚，疯狂挣扎时，转头冲着门外大声喊道："江听寒、韩姨！救我！"

盛薇听到门外有脚步声，她赶紧走过去要将门锁上。房门被一脚踢开，盛薇被推得摔倒在地上。

就在碎片要刺进手掌的那一刻，盛岚被一股强劲的力量踢开。

温言手腕处的手链断开，掉在地毯上，她瘫软在地，睫毛不停颤动着。她抬起红着的眼，看见了奔她而来的救星。

江听寒将温言护在身后，而后望向盛岚和盛薇。少年眼眸阴鸷冷戾，像是压了无数怒火，声音低沉有力："你们再动她一下试试？"

江听寒步步逼近，紧锁着的眉头证明着他此时的怒火。

盛岚看着眼前的人，脚步不停后退，却在退到门口时被人抵住后背，无路可退。

转身便看到站在后面面无表情的韩晴，她说："我们谈谈。"

"还有你。"韩晴的目光落到盛薇的身上。她要和温言的这两个极品亲戚一起谈谈，问问她们的心到底是不是石头做的。

"我们和你没什么好谈的，这是我们自己的家务事，你让开！"盛岚就要推开韩晴。

韩晴拧眉，神色沉重："不谈也可以，那我就开门见山，不要再出现在这里！"

"韩晴，别在这里装好人！你能护着温言一辈子吗？"盛岚无法冷静，说话句句带刺。

江听寒将温言扶起来坐在沙发上。温言低着头，闭着眼睛，双手捂着脸，整个身体还在颤抖。

江听寒看到了掉在地上的手链，他伸手捡起要递给温言时，看到了温言左手手腕处留下的一道伤疤。

江听寒的心咯噔一下，直接从手指尖麻到了头皮。他冰凉的掌心攥住温言的手腕，那道疤痕触目惊心，几乎让他忘了呼吸。

温言微怔，手迅速往后缩，眼神闪躲，不敢看江听寒。

"这是什么？"江听寒盯着温言，从来没攥过她这么紧。

温言咬唇，声音颤抖："疼。"他依旧没有松手，而是指着那道疤，问她："是不是她们干的？！"

门外三个人看过来，盛岚和盛薇根本不知道发生了什么。

温言一口气抽出了胳膊，赶紧用衣袖遮挡住，压低声音："我不小心烫伤了！"

"这根本就不是烫伤的疤痕！"江听寒拧眉，不可置信地看着温言，心里忽然冒出一个大胆的想法。

"我没有，你不要多想。"

韩晴看着二人，不知道发生了什么。

"让开！"盛岚推开韩晴，大步走了出去，好似什么都没发生一样。

韩晴站在台阶上，瞪着二人离去的背影，喝道："温言就是江家的小孩，谁若是欺负温言，我韩晴绝不饶她，我说到做到！"

"所以你根本就不是喜欢这条手链，而是这条手链能遮盖住你手腕处的疤痕，对吗？"江听寒抬起手，掌心是那条又粗又难看的链子。

温言不说话，只是伸手去拿茶几上的杯子，试图喝口水让自己冷静下来。江听寒却按住她的手臂，语调急促："温言，你看着我。"

温言垂着眼眸，心里一阵刺痛，她不敢看江听寒，她不想让江听寒知道她以前有多么难堪。

"什么时候的事？"江听寒的声音越发轻，甚至有些沙哑，"你可以回到连宜，可以去一个没人认识你的地方，可以躲起来，哪怕是出国，可是温言……"

他就这么看着温言的侧脸，她睫毛颤抖着，轻咬嘴唇，一言不发。

江听寒几近哽咽，在心里无数次问道：可是温言，你怎么能这么做呢？

她没有哭，他却快哭了。

"疼不疼啊？"江听寒的心被撕扯着。

温言声音颤抖，心里酸涩："江听寒，不疼。"

怎么会不疼呢？

温言睨着他，喉咙发紧。

江听寒低着头没有说话，仿佛经历了所有痛楚的人是他一般。

四目相对，虽无言，却又像是说了千言万语。

室内安静，敞开着的门被风吹得轻轻晃动，客厅的窗纱随风飘散，天空中不知何时飘起了雪花。温言柔声道："真的不疼，别为我难过了。"

她的语调故作轻松，仿佛刚才的一切都没有发生，问他："大提琴呢？有没有损坏呀？"

我恋月亮

江听寒沉默片刻，而后站起身："我去拿给你。"

温言看着他的背影，不禁勾起嘴角。

江听寒和小时候真的不一样了，成熟了许多，确实挺让人心安的。

江听寒拿着大提琴进来。

温言望向他，少年身姿颀长，肩上和头发上落了一层薄薄的雪。

温言起身，他朝着她走过来，将大提琴放在茶几上。

"洗手了没？"他忽然问温言。

温言咬唇，双手有些不自然地揪了揪衣角，然后要去洗手。

"还真洗？"江听寒笑。

洗漱间传来流水声，温言很快回来。她有些紧张，大概是因为从这一刻开始，她打开的不仅仅是一把大提琴，而是她接下来与之前完全不同的生活。

温言指尖钩住卡扣，怀揣着忐忑的心情掀开了琴盒，扑面而来的是大提琴熟悉的味道。

温言指尖轻抚琴弦，心脏狂跳不止。

她第一次拿到大提琴的时候，不是这样的心情，只是很好奇。而现在，她觉得这是上天赐予她重生的礼物。

不……不是上天赐予她的，是江听寒。

"温言，要不你和我说说，那段视频背后的真相到底是什么？"

他一直都秉持着温言不说，他不多问的态度，这是他第一次主动去问这件事的真相。

温言抬眸望他，似乎在犹豫。

"我信你说的每一句话。"他一直都相信温言，从来都不是说说而已。

"好。"温言愿意对江听寒坦诚相待，告诉江听寒她所有的秘密。

那天晚上，音乐协会和大提琴协会的人要在她和夏知之间选出一名大提琴演奏家作为代表去国外和一个乐团合作。

年仅十五岁的温言脱颖而出，获得了名额。散场时是晚上八点多，温言很疲惫，便和盛欣一起在休息室待着，等温觉开完会来接她们回家。

其间几个好友来她的休息室恭喜她，包括夏知。夏知情绪很低落，但面对温言，还是很诚恳地祝福。夏知走后，盛欣很感慨，说夏知也是个优秀的女孩儿。言语之外,她觉得温言年纪有些小了,这样郑重的事情交给她有点不妥。

"温言,我们考虑一下是否真的要去?"盛欣坐在温言的对面,语重心长。

没有人比温言更清楚这次名额的来之不易。她能走到现在,足以证明她的实力是被认可的,她不想放弃。

"我要去,一定要去。这一路走来,多少人看我不惯我,可我都熬过来了!我凭自己的实力拿到了这个名额,你现在却让我放弃,我不能接受。"

温言低下头,小姑娘还穿着白裙子,漂亮得耀眼:"妈,你不知道,这些人说我就算了,可他们还说你……"

"说你作曲家的身份不实,说你没有作品,说你只不过是蹭了姥爷他们名气的花瓶一个!妈妈,我一定要去参加这次的表演,且在单独演奏的时候,演奏你为我创作的那首曲子,我要让全世界的人都知道,我的妈妈盛欣是优秀的作曲家,她不是花瓶!"

盛欣沉默,然后叹了口气。她知道女儿是为了争口气:"言言,不要意气用事……"

"妈,我没有意气用事。在我眼里,你是最优秀的,我不允许他们乱说你。"温言比任何时候都认真。

她一直想找个机会演奏妈妈为她创作的那首曲子,可一直没有更好的舞台。现在就是最好的机会,她得去。

盛欣抱住温言,不禁红了眼睛。

"宝贝,原本妈妈觉得你还太稚嫩,不够成熟,想让你沉淀一下,毕竟走出国门不是小事。但看到你已经下定决心,妈妈也不阻拦你了。妈妈陪你一起去!"

温言看到盛欣要哭,也跟着掉眼泪:"妈妈,不要哭,如果……如果你真的不希望我去,那我就不去了……"

"妈妈怎么会不希望你去呢?妈妈希望你去呀,你是妈妈的骄傲!你就该站上世界的舞台!你好不容易获得的资格,我却让你放弃,这件事是妈妈不对,我们去!"

"视频真的是恶意剪辑的,那并不是真相。"温言望向江听寒。

从她的语气里,江听寒听出了低微。她没自信,是怕自己不信。自己又怎么会不相信她呢?他无条件相信她。

雪断断续续下到了除夕。星海街的年味极强,家家户户挂了红灯笼,贴了新春联。

夜幕降临,巷子里已经有爆竹声响起。

温言吃着韩晴刚刚炸好的春卷,烫得两只手倒腾来倒腾去。

江听寒刚贴完春联回来,浑身还散发着凉气。他看到温言嘴巴张张合合,眼里泛起笑意:"你就不能凉凉再吃?"

"不能。"温言想帮韩晴一起做年夜饭,却被韩晴推了出来。

江听寒知道她闲不住,想拉着她和他们一起打游戏。温言拒绝,被外面的烟花吸引,她拿起棉服外套。

江听寒抬眼看她,打着游戏问她:"去哪儿?"

温言没回答,而是穿上衣服出去了。巷子里都是在放爆竹的小孩子,三两个大人陪着,热闹极了。

几个小孩拿着仙女棒转圈圈,三角爆竹堆在地上,不停喷出绚丽的烟花。是欢乐,是团圆,是令人羡慕的温馨时刻。

温言靠在墙边静静地看着,像是阴暗沟壑里偷窥别人幸福的老鼠。看着看着,她便忍不住红了眼睛。不知是被风吹的还是怎么的,她眼角竟忍不住落下了一滴泪。

只刹那间,脸颊上忽然多了一丝温热。

温言恍惚,抬起头的瞬间,对视上少年漆黑幽深的双眸。

忽有烟花在墨色天空炸开,少年的脸庞被照亮。他俯下身睨着她,笑:"原来月亮也会掉眼泪啊。"

温言微怔,而后舔着唇偏过头,故作淡然:"风吹的。"她才没有掉眼泪。

江听寒嗤笑一声,拍了拍手中的方形烟花:"看别人放烟花多没意思啊,我给你放。"

往年江峰不怎么买烟花,买两挂鞭子意思一下就完了,主打低调。今年是因为温言在家。

江听寒弯着腰打开纸箱，拿打火机点燃烟花。

温言往后退了两步，异形烟花缓冲了几秒，冲上几米高空，像是发着金光的扁扇。而那少年身着黑色长款棉服，一只手插兜，逆着光朝她走来，慵懒随性，不拘一格。

温言看着他，不禁失了神。

她自以为没什么比烟花更绚烂美好，直到江听寒入了她的眼。

他的身上镀着一层光晕，像是从天而降的神，成为最耀眼的存在。

他满身寒气地来到她身侧，温言却感觉不到一点寒冷，有的只是温暖。她满足地望向天空，烟花照亮两个人的脸庞。

江听寒双手放进口袋，偏过头看温言。她微微仰着脸，眼眸里是忽明忽暗的光芒，睫毛在眼下覆上一层浅浅的阴影。

"烟花不好看吗？别盯着我。"小姑娘的声音入耳。

江听寒脸上荡起一抹笑意，眉梢好看地挑起："烟花好看，月亮更好看。"

温言仰头望天，连宜已经下了几天的雪了，哪儿有月亮？

江听寒往她身边站了站，俯下身，声音低沉，小声说道："此月非天上月。温言，你明白的。"

温言嘴角漾起一丝笑容——嗯，她明白的。

"饺子好咯！"江峰端着水饺上桌。

韩晴从厨房出来，看着一桌子的年夜饭，满意地点点头。

"不错不错！今年的年夜饭十分像样！"她不忘拿出手机拍了张照片，嘴里嘟囔着，"我得发个朋友圈。"

电视里正放着春晚小品，窗外不知何时又飘起了雪花。每家每户亮着灯，玻璃窗上爬了一层寒霜。

韩晴端杯子站起来："这么好的时刻，我讲两句？"

"来来来，领导讲话了，鼓掌欢迎。"江峰连忙放下筷子，第一个配合。

"首先欢迎言宝来到我们家！"韩晴指向温言。

"谢谢韩姨，也谢谢江叔叔。"温言立刻拿起杯子，和韩晴碰了一下杯子，再看看江峰，喝了一口果汁。

"不客气，不客气！"江峰和韩晴异口同声。

江听寒手撑着脸，感谢他们，怎么不知道感谢感谢我？

江听寒刚在心里吐槽完，温言便往他那边靠了靠，用只有两个人能听到的声音说道："也谢谢你，江听寒。"

江听寒神色微怔，然后心满意足，神清气爽。

"把所有的不开心全留在今夜吧。"韩晴弯下腰，碰了一下温言的杯子，"往后的岁岁朝朝，我只祝你快乐。"

温言莞尔，眼眸微红："谢谢韩姨，是你们的爱让我觉得开心快乐。"

韩晴笑，若他们的爱会让她开心快乐，那他们一定会爱她很久很久。

韩晴："以后的路慢慢走，有些话我们慢慢说，干杯！"

电视里传出新年倒计时，韩晴的杯子被再次倒满。四个人起身，围着圆桌碰杯。

新年的钟声敲响，爆竹声达到了顶峰，一声声新年快乐传入耳里。

江听寒夹了一个饺子给温言，温言刚咬了一口，便停下了动作，眼眸亮亮地说道："是豆腐呢！"

江听寒挑挑眉，勾起嘴角，笑意绵绵。

"韩姨、江叔叔，我吃到豆腐了哦！"温言晃了晃剩下的半个饺子，那叫一个欢喜。

新年吃到豆腐饺子的人会在新的一年有好福气，她今年一定会顺顺利利。

江峰和韩晴对视一眼，纷纷笑了，怪不得包饺子的时候江听寒偏要自己包一个！

温言回到家已经很晚了，正要休息，收到了江听寒的微信消息。

江小狗："还没睡？"

温言："就要睡了。"

手机那边没有回消息，但是江听寒的名字下一直显示"对方输入中"，想必是有话要跟她说，但又不知道怎么说好。

温言想了想，率先发了消息过去。

温言："新年快乐，愿你平平安安，远离伤病，永远不止于巅峰。"

过了一会儿,他回了消息。

江小狗:"大小姐,愿你快乐,在梦想的道路上一路生花。"

温言和江听寒一同放下手机,二人看着天花板,对未来充满了期待。

青春大概如此,汹涌纯粹。创造巅峰,一路生花,那些以后都不敢轻易再说出口的狂言,现在真挚而热烈。

就在江听寒要睡时,他的手机里多了一条消息。发消息人来自沈故。

清晨,温言是被爆竹声给惊醒的。她呆呆地坐在床上,睡眼惺忪,但此时已经快九点,昨晚睡得实在是太晚了。往外看去,江家已经有了来拜年的邻居,很是热闹。

温言打了个哈欠,揉了揉眉心,想着再躺一会儿。手机忽然响了起来,一会儿一条,这种频率,一般是简怡。

温言摸着床边的手机躺下来,却在看到简怡发来的内容时弹起来,迅速打开微博。

"温言父母死亡视频真相!"

"温言被冤枉的三年!"

温言呼吸有些沉重,她刚要点开,便听到楼下传来敲门声,往下看去,是江听寒。温言下楼给他开门。

江听寒双手握住温言的肩膀,声音都在颤抖,问:"看没看手机?"

江听寒拉着温言来到沙发前,现在新闻里都在播放温言相关的消息。电视机打开,映入眼帘的是一个拿着工作牌,高高瘦瘦的男生:"我叫沈故,望都传媒记者。在此,我要实名制为温言澄清她害死父母一事。"

"温言的母亲盛欣女士,同意她去参加表演。当年温言父母去世后流传的那段视频,被人恶意剪辑过。在此,我放出原视频,为广大市民还原真相,为温言洗清冤屈。"

电视里出现一段晃动的画面,有些黑,但隐约能听到说话声。

沈故解说道:"这是选代表人去国外演出的那天晚上,我刚拿到了第一手消息,在后台准备发资料到台里。但是我忘记关摄影机了,于是恰巧录下了全程。这段视频,我也是在两个月前清理内存的时候才发现的。"

温言震惊地看着电视屏幕，手死死地抠着膝盖。电视里开始传来盛欣和温言的对话，是盛欣在夸夏知。

有些听不清，但沈故配了文字，勉强对得上。紧接着，便是盛欣让温言考虑一下。

"宝贝，原本妈妈觉得你还太稚嫩，不够成熟，想让你沉淀一下，毕竟走出国门不是小事。"这句话最为清楚。也正是这个时候，沈故发完了资料，准备离开，画面再次晃动，能看到长廊的地毯，还有沈故的衣服和脚面。

他担心有网友说他在洗白，因此附上了当年他去采访时在台下的自拍，确确实实是这个装扮。

沈故走到休息室门口的时候，撞上了那个在偷拍的记者。画面有些模糊，但一晃而过时拍到了那个记者的脸。那人说了句"不好意思"，便做贼心虚般迅速走了。

沈故往休息室里看，刚好看到盛欣和温言的温情时刻。他的摄影机也因此拍下了全程。

"温言的母亲盛欣是允许她去参加演出的。之所以不愿意温言去，不过是担心温言资历不足。"沈故望着摄影机，十分真诚地说道，"温言和盛欣是互相尊重的，我相信一个女孩能在十五岁就有如此成就，她不会是那样一个恶人。你们在为盛欣发声的同时，却不知已经深深重伤盛欣，因为在盛欣的世界里，她真的很爱她的女儿。"

沈故说完这句话，画面切换。那是比赛当天，台上公布温言为代表时，沈故对盛欣的采访。

"你好，得知女儿有机会走出国门演出，身为一路同行的母亲，是什么样的心情呢？"

盛欣优雅大方，一头长发温婉可人，她面对镜头，丝毫不胆怯："我希望我的女儿有更大的舞台，能被更多人知晓。她真的很优秀，从小到大，她失去了很多快乐。她的童年几乎都是大提琴，她曾无数次崩溃。可哭过后，她又继续拿起大提琴，一个人不停地练习。"

看着这段视频，温言紧咬着唇，她从来没有看过这段视频，没有……

视频里，盛欣望向舞台，看到女儿，眼里都是光芒，她说："如今她能得到这样的荣誉,是她的努力付出有了收获。我爱她,爱她的坚强勇敢,爱她的小脾气,爱她在舞台上闪闪发光。她是我的宝贝,我的全部。我将永远以她为荣。"

——我将永远以她为荣!

温言直直地看着电视里被定格的盛欣,心被狠狠剜了一刀似的疼。她身体不停颤抖着,眼泪决堤一般,恨不得哭个痛快,却哭得无声。

江听寒拧着眉,心里发涩,不知如何安慰,只能安静地坐在旁边陪着她。

温言所有的情绪一同迸发,终于哭出了声。

她的哭声闷闷的,却像是被敲击着的鼓,一声声击垮江听寒。他怕她不哭,什么都憋着;却又怕她哭,因为他的安慰太过单薄。

温言不知道哭了多久,只知道醒来的时候已经下午两点多了。她睁开眼,卧室里暖得让她忍不住踢了被子。

楼下客厅里是朋友们嬉笑的声音,温言洗漱后,刚推开门,便见江听寒倚着栏杆在等她。

少年声音沉闷,带着一丝小心:"是不是他们吵到你了?"

温言摇头往下看:"楼下很多人?"

"嗯哼。"江听寒挑眉,双手环胸靠在床头柜上。

"来给你拜年吗?"温言问他。

江听寒语带嫌弃:"就不能是为了他们的朋友就要奔赴新生活前来祝贺的?"

温言有些恍惚,因为他说的是"为了他们的朋友",这个称呼真好。

江听寒歪歪头,问道:"有幸听大小姐拉琴吗?"

楼下,许次等几个人正围着那把大提琴,问:"就这个,十几万?"

林捷:"怪不得寒哥不请我们吃饭呢,奖金都花这儿了。"

许次:"欸,青梅竹马的关系也不是那么好维护的哈?"

简怡看到江听寒下楼,刚要叫他,便见江听寒来到许次和林捷的身后,一人给了一脚。还好陆禾手快,一把拎走了大提琴。两个人直接扑倒在沙发上,摔了个狗啃泥。

"嘶——"许次转身,指向来人,正要开骂,却在看到是江听寒的那一秒,眯着眼笑了。

"大过年的,别逼我揍你。"江听寒拍了一下许次的脑袋。

许次委屈,林捷上前正要说话,江听寒一个冷厉的眼神扫过去:"你也是。"

林捷和许次对视一眼,纷纷闭上了嘴。

楼梯上传来脚步声,一行人抬头看去,温言正好下楼。她身着一条一字肩黑色长裙,一只手扶着栏杆,黑发散落身后,几缕落在漂亮的锁骨上。这是一条很素净但很衬她的裙子,不会很夸张,更不会很寡淡。

简怡瞪圆了眼睛,情不自禁地"哇"了一声。

温言抬眸,刚好迎上江听寒炙热的目光。

江听寒以前总是在想这个样子的温言像谁,今早看到视频才发现,温言更像盛欣。

盛家是个很神奇的地方,既能培养出盛欣那样温文尔雅的女人,也能培养出盛岚和盛薇那样的疯子。

这时,简怡走过来,搂住温言的手臂:"别听他的,超级好看!"

"我也觉得。"温言笑了笑。

"我们宝贝穿得这么漂亮,是想干什么呢?"简怡手摸着下巴,等待着温言的下文。

温言勾唇:"你知道的。"

简怡拍拍自己的小提琴,挑眉:"报告,您的小提琴手随时准备着!"

"那开始吧。"温言走过去,拿起她的大提琴。

简怡坐在温言旁边,问:"拉什么?"

"《一步之遥》怎么样?"温言想挑战一下。

"一来就这么凶啊。"简怡摩拳擦掌,有点担心自己跟不上温言。

温言笑。虽然她有很久没碰过大提琴了,但这首曲子她以前闭着眼睛都能拉出来,现在应该……还有一点点手感吧?总之,拉完就知道她降到什么水平了。

简怡找好乐谱,温言调好大提琴,两个人商量着从哪个节拍进。

沙发上的几个男生听得一头雾水,对专业术语一窍不通。但不得不说的是,两个姑娘坐在一起,真是太养眼了。

光从窗外照进来,温言的一侧脸颊和发丝被镀上一层浅浅的金光,她微微抬眼,和简怡相视一笑。

小提琴的声音先入,温言握着大提琴琴弓,看着乐谱,有种说不出的紧张。

所有人都看向温言,气氛跟着紧张了起来。温言会拉响大提琴吗?

小提琴的声音在客厅里缓缓消散,就在所有人都忐忑时,沉闷优雅的大提琴声骤然响起。一刹那,汗毛竖起。

所有人都激动得不得了,唯有江听寒注意到了温言一直在颤抖的手。

简怡紧跟着一起演奏,小提琴和大提琴的声音渐渐融合,谁也不会抢走谁的光芒。

温言紧咬下唇,目光一直在琴谱和她的琴弦上交替着。她很紧张,那种紧张无法形容。她以为自己真的放得下大提琴,却在再次拉响它时,感受到了大提琴带给她的力量。她再也不会放弃大提琴了,这是她的爱,也是爸爸妈妈的爱。

她要完成当初答应妈妈的梦想,将妈妈为她创作的曲子带到大众面前。她要告诉所有人,她的妈妈盛欣不是一个花瓶,而是一位优秀的作曲家,她有着很高的音乐素养、音乐能力和音乐知识。

可温言失误了,她没跟上节奏,音节也错了。

一首曲子结束,客厅里掌声阵阵,温言显得有些无措。虽然《一步之遥》有些难度,但她连完整地拉一首曲子都做不到了。

"你只是紧张,并不代表你实力下降。言宝,你是最棒的。别质疑自己,好吗?"简怡扶住温言的手臂,希望能给予温言一点力量。

温言知道简怡是怕她放弃,但她是不会放弃的,她只会更加努力。

"一起出去吃饭吧,我请客。"陆禾忽然举手。

简怡立刻坐过来:"烧烤!"

"没问题,听你的。"陆禾挑眉,一副敞亮的模样。

"那我去换衣服。"。

"我们去外面等你。"江听寒指了指门口。

温言很快换了衣服跟出去。

"不久就要全国体考了,好紧张。"许次开始贩卖焦虑。

我恋月亮 212

江听寒以前并不懂许次的紧张，但现在，他慢慢能和许次共情了。他拍了一下许次的肩膀，安慰道："别紧张，咱们都能成功上岸的。"

简怡还是第一次和他们这么多人来吃烧烤，餐桌上的氛围实在是太舒服太惬意了。

与此同时，有关温言洗清冤屈的言论，也在大幅度地进行互联网覆盖。

江听寒的手机里有两条未读消息，分别来自沈故和江衍。

江听寒没有当着温言的面看信息，他做这些事没有任何目的，只希望她好。

大年初二，江听寒晨跑刚回来，便在家门口看到了许庆恒。许庆恒这个新年过得并不好，他被停职调查了。

"小寒！"许庆恒看到江听寒，还是很热情。

江听寒没说话，只是看着许庆恒，等着他的下文。

"小寒。"许庆恒双手紧握，言语之中有点紧张，"许鸢想当着温言的面给温言道个歉，我正在等温言呢。"他指了指温言的窗外。

江听寒抬头看过去，窗帘还没拉开，温言还没醒。江听寒冷着声音问："几点，在哪里？"

"就……就今天吧，等温言醒来。我看外面有个面馆不错，我带许鸢就在那儿等。回头温言醒了，你给带句话，行吗？"许庆恒对于温言实在是愧疚，可事已至此，他现在也只能代替许鸢尽可能地弥补温言了。

"知道了。"江听寒抿唇，余光扫到了许庆恒身后的那辆轿车上，后车座有个身影。在发现他看过去的时候，那人低下了头。

许庆恒叹了口气，风吹在身上，吹弯了一个父亲的腰，吹白了一个父亲的黑发。子不教，父之过，他认。

温言正吃着早餐，江听寒便进来了，门都没敲一下，那叫一个轻车熟路。

"许鸢想给你道歉，就在门口面馆等你，去不去？"他没废话，直接开门见山。

温言微怔："现在？"

"嗯。"

温言咬着三明治，盯着江听寒看了一会儿。

江听寒再次问她:"去不去?"

江听寒推开面馆的门,悦耳的风铃声入耳,几只小猫咪看到熟人,"喵喵"叫了几声。江听寒顺手摸了摸架子上的一只小白猫,而后看向面馆里面。

许鸢坐在贴近窗户的三号桌,她看到江听寒,立刻站了起来,双手紧攥在一起。

她身着一件黑色羽绒服,整体有些憔悴,头发也剪短了,眼眸黑漆漆的,没了往日那种高傲。

许鸢往江听寒的背后看去,空无一人。江听寒穿着一身黑,这会儿站在她的面前,浑身带着冷气。

"她不接受我的道歉,对吗?"许鸢的眼皮颤抖了一下。

江听寒一只手插兜,坐在了许鸢的对面:"她有不接受的权力。"

不是每句对不起都会换来一句没关系。虽然这句话很老土,但这就是事实。

"江听寒……"她看着江听寒,不禁红了眼睛,"我知道错了。"

江听寒面无表情,面对这样的许鸢,他一点同情心都没有。

"我只是被嫉妒蒙蔽了双眼……"许鸢的眼泪啪嗒落下,"温言不原谅我,难道是想让我愧疚一辈子吗?"

江听寒拧眉,盯着她那轻易落下的眼泪,只会更加心疼温言。有人哭起来轻而易举,可有些人连掉眼泪都是一件难事。

"不应该吗?"江听寒睨着她,眼神渐渐冷冽。

"许鸢,你该感谢温言。她完全可以无视你,让你等上个几天,但是她让我来告诉你一声,不必等了。"

江听寒站起来,深深地叹了口气,目光复杂:"你以为大过年的我愿意来见你?"说罢,他转身离开。

江听寒回到家时,温言正在阳台上等他。江听寒双手插兜,站在院子里仰头看她:"等我呢?"

"许鸢要出国了。"江听寒一边上台阶一边告诉温言。

温言点点头,江听寒则是停在了她的面前。

我恋月亮　214

"嗯。"温言轻轻应着。如今这场荒唐的闹剧已经完全收尾,许鸢的道歉对她来说真的不重要。

"好好生活吧,未来还长。"江听寒的手掌落在温言的头顶。

温言看着他深邃的瞳仁,又是一阵点头,会好好生活的。

江听寒瞧着她,忽然笑了。他收回手,微微俯下身,与她平肩。他望着她的眼眸,嘴角漾起一抹笑,忽然说道:"你好乖。"

温言恍惚,目光与他对视,只一瞬间,便感觉脸颊滚烫。

"我回家了。"温言转身便要溜。

看到温言神色慌张想逃跑,江听寒拉住她的手臂,脸上挂着一抹坏笑:"跑什么啊,还有一件事和你说。"

温言盯着他,神色谨慎。

"江衍找到当初恶意剪辑视频的人了,他当时发完视频后发现事情不受控就出国了,初六有一个有关你事情的记者发布会,你要去。"

温言皱了皱眉,她以为这所谓的记者招待会,只是记者围绕那个该死的人问几个问题,听那个人道句歉,这件事便彻底结束了。

但她大错特错。

她被带入会场后,瞬间就被记者包围。镁光灯疯狂闪烁着,无数台相机对准她疯狂拍摄!

温言像是回到了十五岁最光鲜亮丽时,所有人的镜头都对着她,对她说:"恭喜!"他们用钦佩的眼神看她,说她小小年纪就有如此成绩实在了得。

记者涌上前,温言往后退,有些恐惧。

背后有人挤上来,挡在了温言面前,满是怒意地吼道:"别拍了,等会儿有问答环节!"

温言看清来人,伸手抓住他的衣角,终于得空喘了口气。

负责人入场维护秩序,温言这才跟着江听寒进去。会场特别大,今天来了很多记者。温言跟在江听寒身侧,眼睛被场内的灯光晃得有些睁不开。

她感觉自己像是在做梦,这一切太过虚拟,直到她看见了坐在前排的韩晴、江峰、简怡和陆禾等人。他们都替她开心,这一刻,完完全全是温言的主场。

时间定格在中午十二点整。

江衍上了台,今日的发布会是江衍一手安排的,他同时也是今天的主持人。

温言规规矩矩地坐在椅子上,放在膝盖上的双手紧握,是肉眼可见的紧张。

"感谢大家百忙之中来参与这次的记者招待会……"江衍看向台下。

这时,所有人的目光,还有摄像机的镜头,也全部切到了台下。

台下迟迟没有人上去。江衍抿唇,握着麦克风,淡淡道:"看来,你是想我请你上来?"

这话说完,会场里舞台的台阶上有人出现。是一个穿着破烂的中长发男人,胡子拉碴,有些憔悴。他双手抓着裤子,不敢看温言。

温言的心跳漏了一拍,一直到现在她都不懂,他们素不相识,他为什么要剪辑那样的视频?键盘敲敲打打,视频随便发发,便能毁掉别人,这真的太可怕了。

全场记者都在议论,这声音可以和菜市场的喧闹媲美。他压低了头,声音颤抖道:"温言,对不起!我只是随便发个视频,我没想到那个视频会火,火了之后舆论不受我的控制,我对不起你。"

江听寒握紧拳头,他的眼泪掉得真容易啊,和许鸢一样容易。为什么恶人的眼泪都比受害人要掉得容易呢?

温言静静地看着面前苦苦求饶的人,不知道为什么,当这个人真正跪在她面前赎罪时,她内心竟然一点波澜都没起。

这时,五颜六色的信封忽然从天上掉落,一封又一封,慢慢将舞台堆满,像是一座座大山,埋没那个罪人。

江听寒弯腰捡起掉在温言脚边的信封,然后递给温言。

温言拧着眉,接信的时候手不停地抖。信封里是实名制的手写道歉信,密密麻麻写了几页。

温言攥紧了手中的信,她抬头看向江听寒,双眸沁了一层薄薄的雾水。这一刻,她的内心再也无法平静。

少年脸庞温柔,他轻擦她脸颊流下的泪水,只说了六个字:"温言,还你清白。"

温言不知道该怎么告诉江听寒她此时温热颤抖的心。她真的很感谢江听寒，感谢江衍，感谢此时此刻帮助她的每一个人。

发布会继续进行，途中有负责人忽然找到温言，问方不方便等一下上台接受媒体采访。

温言拒绝了，无论好坏都已经过去了，她已不愿再提起。

就在发布会结束之际，会议室的大门被推开。所有人向后看去，警察站在门口，器宇轩昂地走向舞台，对台上哭泣的男人严肃道："您涉嫌网络造谣伤害他人，造成了极其恶劣的影响。网络绝非泄愤造谣的法外之地，网络公共秩序不容扰乱。现在我们正式通知你，你被逮捕了！"

温言看看眼前一套套黑色制服，思绪被带回了那个夜晚。那年把她从房间里救出去的人，是一直负责她案件的一位中年警察。

她当时浑浑噩噩，浑身都是血，耳边传来那个人颤抖的声音，他说："小姑娘，你是不是傻了？你以为伤害自己就能自证清白吗？想骂你的人只会用更黑暗的想法去揣测你为何死亡！你得活下去，活下去才能为自己洗清冤屈，知不知道？！"

台上，江衍开始做最后的总结："在此谢谢大家赏脸来参加今日的记者发布会。我在隔壁安排了酒桌招待大家，感谢各位赏脸！"

会议室里人渐渐散了，江衍从台上走下来。江听寒起身，抱了一下江衍，再拍拍江衍的肩："谢了，哥。"

江听寒叫他哥的时候很少，但最近叫他哥，都是因为温言。罢了，懒得跟他计较。

"谢谢。"温言弯腰鞠了一躬，十分感谢江衍。

江衍立刻将她扶了起来，语气十分温柔："不用客气，能帮到你，我很荣幸。"

吃完饭已经很晚了，温言和江听寒在餐厅门口与大家告别。

沿着星海街回家，路上的一切都是那么熟悉，却又让温言有一种刚刚熟悉这里的感觉。温言是第一次觉得，一直飘浮着的她落地了，原来生活也可以如此轻松舒服。

温言回家洗漱完已经近十一点。她坐在书桌前打开电脑，等待开机时，看向和父母的合照,内心是藏不住的愉悦。

  温言拿起手机,抱着大提琴拍了一张照片,然后打开微博,发表了最新动态——

  永远心存四季轮转的大好山河,永远期待夜晚升起的每轮明月,永远热爱我的热爱。

第九章

告白

高三体育生统考时间已经确定在四月中旬。江听寒和陆禾一返校后便被教练喊去，他们要准备去省训了。

　　简怡的巡演在火热进行中，华扬交响乐团最近可是声名赫赫，但依旧有烦恼，那就是温言！

　　温言发完那条抱着大提琴的微博之后，有不少乐团都向温言抛出了橄榄枝，开出了十分优越的条件。

　　很多乐团表示，只要温言愿意去，便给温言找望都音乐学院大提琴教授带她，一年便让温言升为乐团大提琴首席，拿乐团顶薪。

　　甚至有些乐团明目张胆转发温言的微博挖人。

　　温言暂时没有加入乐团的打算，便全部婉拒了。她要先找个老师，但她不找别人，就找小时候一直带她的那位，连宜音乐学院大提琴教授——黄岐桦。

　　黄岐桦教授的大提琴履历让人望尘莫及，现如今他已经退休，温言也经历了这么多事，不知道黄教授还愿不愿意带她。

　　温言想去碰碰运气。于是上完上午的课程后，她便请假了。

　　中午江听寒回教室找温言的时候，温言不在。王轩告诉他："温言请假了，估计是在忙艺考的事。"

　　"啊。"江听寒看着空荡荡的座位，握了握口袋里的巧克力牛奶，不禁撇嘴，大小姐怪没口福。

　　"江哥，你们省训哪天走啊？"王轩好奇地问。

　　江听寒拍了一下王轩的脑袋，懒洋洋道："明天。"说完，他便出去给温言打电话。

　　温言那边立刻接了："怎么了？"

　　"去哪儿了？"江听寒靠着栏杆，往操场看。

　　"我在环江路，找我以前的老师，想让他带我练大提琴。"

　　"环江路？"江听寒挺直了身板，皱了皱眉，"自己去的？怎么不叫我一起？"

　　温言笑："你不是忙吗？我想着我们俩各忙各的呗。"

　　"生疏了不是。"江听寒挑眉，一只手伸进口袋，开始下楼梯，"给我发个定位过来，随时随地和我报告去哪里了，有事给我打电话。"

我恋月亮　220

"知道啦。我到了，先挂了。"

手机里收到了教练要集合的消息，江听寒叹了口气，去体育部集合了。

晚上，温言开开心心地推开大门，就看到了坐在秋千上等她的江听寒，想到了他要去集训的事。

"这么晚了，在外面干吗呀？"温言走过去，发现江听寒的脸冻得通红。

某人委屈巴巴地看着她，双手环胸："这么晚才回来？"

"和老师很久没见了，老师很牵挂我，师母做了一桌子菜要我留下一起吃饭，便多絮叨了几句。"

"我要去集训了。"江听寒瞧着她，脸上写满不舍。

温言愣了一下，她还以为江听寒怎么了。"集训就集训嘛，干吗这个样子？"温言坐在江听寒的旁边，双手环胸，看向他的侧脸。

江听寒瞥着她，叹了口气，没良心的家伙："我要集训一个半月。"

温言从他的话语中隐隐约约听出了一些不悦，知道他为什么不愿意去。所以为了不让江听寒担心，她便故作不以为然地摊开双手，问："所以？"

江听寒被她打败了。他也懒得给自己找不痛快，从口袋里掏出那包巧克力牛奶拍到了温言的手上："所以，你在家好好照顾自己！"

温言盯着手心里的巧克力牛奶，再看江听寒。

江听寒双手插口袋里，整个人窝在秋千上，闷闷不乐。

"我明天早上六点半学校集合去沈城集训，天冷，多睡会儿，不用送了。"他摆摆手，回家了。

次日一早，天刚蒙蒙亮。

温言咬着吐司面包，匆忙穿上外套，刚推开门便看到了放在栏杆上的那包巧克力牛奶。

温言拿起牛奶装进口袋里，发现牛奶还是温热的。不是不给她了吗？

温言看了眼时间，六点十分，立刻跑了出去。

五中校门口停着一辆黄色大巴车，所有要去集训的体育生已经到齐了。

"来，咱们上车了！"教练拍拍手，示意大家上车，"行李箱都装好了哈，别落下东西哈！"

江听寒站在树边，不急不忙。许次从后面过来，看江听寒稳如泰山："上车了寒哥。"

江听寒点头，知道了。

许次眯眼，拉住陆禾，忽然问："寒哥怎么忽然沉默寡言了？"

"装的。"陆禾跟许次先上车了。

所有人都到齐了，江听寒看了一眼时间，刚好六点半。

"走吧？"教练拍拍江听寒的肩膀，就他一人还没上车了。

江听寒抿唇，有些失望。

江听寒转身正要上车，便听到后面传来一道熟悉的声音："江听寒！"

江听寒的脚步猛地停下，比任何时候都快。他转头，对上温言的视线，毫不意外，是惊喜。

温言跑得急，出门时绑好的头发这会儿有些凌乱。她大口喘着气，一只手拍拍胸脯，还好赶上了。今天很倒霉，出门的时候遇上几个红绿灯全部是红灯！她后半段只好跑过来。

"不是叫你不要送了吗？"江听寒下了车。

车上的人纷纷趴在窗口，教练更是不着急发车了。

温言眨眨眼，她双手放在口袋里，小声嘟囔着："可是，你告诉我时间，不就是想让我送吗？"

被戳中心思的江听寒无声。

温言莞尔，不禁提醒他："训练小心一点，和其他队员在一起，收敛一点你的少爷脾气。"

"我有少爷脾气吗？"江听寒站得端正，垂下视线看她。

温言仰头，质问道："没有吗？"

"没有。"某人心虚。

温言拍拍江听寒的肩膀，帮他弹走一切不如意："不贫了，一路顺风。"

"嗯。"江听寒只是看着她。

江听寒终于笑了，他转身，背对着温言摆摆手："走了。"

车子远去，温言看了好久，直到车子消失在十字路口，这才叹了口气，进了学校。

温言先去了教师办公室，和班主任请了假。从今天开始，她每天只来上半天课，下午都要去找黄教授联系大提琴。

黄教授说她基本功在，影响并不大。她现在最重要的，是心态要稳定。

温言中午吃了饭，立刻就坐公交车去黄教授家了。

老巷子，小庭院，静谧干净。温言刚背着大提琴走进来，就听到师母道："言言，我中午做了炸酱面，一起吃哦。"

"师母，我已经吃过了。"温言朝厨房那头喊道。

师母从厨房出来，不满道："以后中午不要吃了来，我们等你一起吃吧。"

"好。"温言微笑，也没客气。

她很荣幸，回到连宜能遇到这么多温柔的人。

温言推门进主宅的时候，黄教授正在擦他那把大提琴。老爷子六十五岁，一头白发，身板笔直，岁月在他的脸上留下了深刻的痕迹。他穿着一件黑色毛衣，套了一件保暖马甲，下身是黑色的裤子，干净又舒服。

"老师。"温言走过来。

"我今天先考考你乐理吧。"他没抬头。

温言一怔："老师，这么突然？我都没复习。"

"就因为你没复习，所以我才想看看你还有多少功底。小时候，你可是随便考的。"黄岐桦抬头看向温言，表情严肃。

"孩子刚来你就要考乐理，也不说让孩子喝点水！"师母端着两碗炸酱面进来。

"我这儿是来学习的，又不是饭馆！你一会儿叫她吃饭，一会儿叫她喝水！"黄岐桦冷哼了一声，有点小老头的傲娇。

温言笑笑，老师和师母的相处方式还是老样子。

"好了，我吃饭，顺便回答我的问题。"他走过去，开始吃面。

温言闻着香喷喷的炸酱面，大脑有些空白。

黄岐桦开始出题："大二度的音程是什么？"

温言坐在椅子上，双手放在膝盖上，不由得紧张起来："不协和音程。"

黄岐桦瞧了她一眼，继续问："在自然小调的基础上升高七级音就可以构成？"

"和声小调。"

一整个下午过去，黄岐桦都在问温言乐理知识，还翻出了一套试卷让温言自己答。

温言的基本功没有废，脑子也还在线，黄岐桦对温言的表现还算满意。

夕阳西下，屋子里没有了阳光，师母烧了暖炉，屋子里暖暖的，烤得温言的脸通红。

师母就坐在一旁做针织活儿，也不嫌他们吵闹，一直脸上带笑，时不时地说一嘴什么。

黄岐桦点了几首曲子，温言都能拉下来，但中间偶尔会错几个音，太难的音也得停下来调整。

时间停在七点，黄岐桦摆了摆手，示意温言停下。他已经摸透温言现在的情况了，回头他会特别制定一个计划。

"老师，我还有救吗？"温言对自己很没信心。拉错音、放慢速度，这些举动都让她羞愧。在她认知中，这样是会被嘲笑的。

"看你的表现了。"黄岐桦随意回答。

温言问了一个很单纯的问题："老师，我还有机会去到更好的舞台吗？"

黄教授和师母对视一眼，纷纷笑了，温言却不知道他们在笑什么。而黄岐桦的回答，让温言一生受益。

"机会都是你自己抓住的，你问任何人，任何人都无法回答你。但我可以肯定地告诉你的是，这琴，你若不练，连机会都没有；可你练了，就一定有机会。需要机会的时候，就扪心自问做得够不够。"

温言在公交车站等公交车时，接到了江听寒发来的视频。

江听寒刚和几个朋友回宿舍，休息一下还要再出去夜跑。看到温言一个人在外面，他直皱眉："这么晚了，在哪儿呢？"

"刚从老师家出来。"温言将镜头给到大提琴。

江听寒将手机摆正，照全了脸，嗓子有些干涩地问温言："以后每天都要回来这么晚吗？"

过了下班高峰，公交车站人很少，路上的车子倒是不少。附近是居住地，夜走的人也蛮多，还是很安全的，不用担心安全问题。

"大概吧，老师说时间太紧了，能多复习就多复习些。"温言打了个哈欠，她靠在大提琴上，直勾勾地看着手机里的江听寒。

"等下坐上公交车给我拍张照片,到家了给我发个消息。"他起身,拿起手机。

温言点点头,将手机放在耳边,轻轻说道:"江听寒,巧克力牛奶很好喝。"

说完,温言主动按了挂断,然后将手机装进口袋里,不敢再看一眼。

温言是在韩晴的陪同下完成艺考的。

从考场出来,温言像是完成了一件人生大事,如释重负。

韩晴在人群中冲她招手,满脸温柔。温言停下脚步,直直地看了韩晴许久。说到底,温言最感谢的人是韩晴,在她自暴自弃的时候,是韩晴在背后默默为她打点。

韩晴带着温言挤出喧闹的人群,温言看着她为自己开路,不禁钩住了她的手,握住。

韩晴转过头看向温言,她有些意外,在看到温言脸上乖巧的笑容后,反握住温言的手。

温言追随着韩晴的脚步,任由心中的爱意蔓延。她会继续做爸爸妈妈的骄傲,不会让爱她的人失望。

温言和韩晴吃完饭后,又一同去探望黄教授和师母。大院门敞开着,似乎在等谁。

温言和韩晴拎着大包小包,刚进院子,就听师母道:"老黄,孩子来啦。"

主宅的门被推开,黄教授匆忙出来,看着温言问:"怎么样?"

"放心吧老师,我不会给你丢人的。"温言莞尔一笑。

老头瞧了温言一会儿,而后笑了。温言若是这么说,那便是有戏。

"请进!"黄岐桦邀请韩晴进门。

温言像是被大人领着串门一样,乖乖跟在韩晴的身边。这种感觉,让温言觉得很安心。

韩晴和黄岐桦聊了很多,话题主要围绕温言。

直到太阳下山,温言才和韩晴一起离去。离别时,师母恋恋不舍,要温言有空常来坐坐。

三月末,艺考的分数出来了。是让温言很满意的分数,简怡也是一样。

夜晚,繁星闪烁。温言从教室出来,懒洋洋地伸了个懒腰。

简怡叹着气,一脸疲惫:"好累,不如还是让我去巡演吧!"

温言笑着看她,与她一同下台阶。

简怡:"寒哥他们哪天回来呀?"

"明天。"温言问过江听寒了,江听寒说是明天。

"那快了。"简怡点点头,然后嘿嘿一笑。

和简怡分开后,温言戴上耳机准备回家。刚走了没两步,衣领就被人拽住,有人从后面跟了上来,耳边传来一道熟悉的声音:"嗨,这位大小姐,要不要一起回家?"

月光将地面的两个影子拉长。温言猛地停下脚步,摘下了耳机,不可置信地转过头。

江听寒眉梢轻挑,身着一件黑色卫衣,双手插进裤兜里。此时他目光炙热地打量着她脸上的表情,将她惊讶的神色藏进心底。他勾起嘴角,微微俯身,一脸痞笑:"Surprise(惊喜)。"

温言往后退了一步,看着江听寒近在咫尺的脸,不禁有些恍惚。

"不是明天才回来吗?"她惊喜又疑惑。

月光倾泻而下,少年眼底的笑意渐浓,夜色藏不住他的秘密:"听你说巧克力牛奶很好喝,所以我就提前回来了。"

温言抬眼,对视上他真挚的双眸,嘴角勾起一抹温柔笑意。

她抬眼看他,问:"训练怎么样?"

江听寒挑眉,脱口而出:"轻松!"

温言嗤笑一声,嫌弃不已。装什么呀,训练哪有轻松的?

江听寒跟了上去,双手插兜,阴阳怪气:"欸,这人啊,远了香,近了臭。"

温言懒得看他。

"我刚走的时候,也不知道是谁跟我视频,像只小猫一样靠在大提琴上扮可怜。"

温言脸色一僵。

江听寒叹气,又继续说:"也不知道是谁告诉我,巧克力牛奶很好喝。"

温言抿唇,只觉得羞耻。

江听寒拧着眉，故作深沉："所以，巧克力牛奶很好喝，这句话到底是什么意思呢？"

温言没回答他的问题，而是加快脚步迅速进了星海街。

三月末，温度开始回升，海又变回了原来的模样。月光将海面照得波光粼粼，海风伴随着咸咸的浪花吹上岸。

江听寒跟在温言身侧，见她不说话，不禁拍了一下她的脑袋。

正当温言闷头往前走时，那人忽然伸手到她面前，掌心放着一包巧克力牛奶。她听到那个少年笑着说道："嗯，巧克力牛奶很好喝。"

温言睫毛微颤，看向江听寒。

"笨蛋。"他沉沉地说了一句，把牛奶放到她的手里。

温言握住了手心的牛奶，心中是藏不住的开心。她将牛奶装进口袋里，认真道："体考加油。"

"会加油的，不加油怎么配得上大小姐您啊。"江听寒看着前方，吊儿郎当地回答。

温言："我的第一志愿，是望都音乐学院。"

江听寒顿了一下，歪歪头，问她："确定了？"

"嗯，确定了。"温言点头。

"既然你确定了，那我也确定了。"他挑眉，一脸散漫。

"要对自己的人生负责，别随波逐流。"温言提醒他。

他身子倾斜着，靠在她的耳边小声说："我没有随波逐流，我随的，是月亮。"

海面上映出月亮的轮廓，浪花轻吻天上月。

体考。

江听寒咬着面包，穿一身红色的训练服，四处走走看看，不慌不忙，张扬得很。

许次还在不停地练习起跑。

"许次，别练了，高度紧张会影响心态，你调整一下。"江听寒拧眉。

许次的成绩不差，他只要放轻松就好了。

"才刚开始你就这么紧张，以后出去比赛可怎么办？"江听寒扔给他半个面包，示意他压压惊。

许次沉默片刻，而后拿起面包咬了一口，坐在了江听寒旁边。看着跑道上驰骋的少年们，他忍不住道："寒哥，有时候真挺羡慕你的。"

"羡慕我是老天爷赏饭吃？"江听寒一同往前看，神色淡淡的。

这个世界上没有凭空而出的天才，什么叫老天爷赏饭吃，他每天在家躺着就会跑第一吗？他流过的汗水和眼泪，不比任何人少。

江听寒推了一下许次的脑袋："别只注意别人身上的光环，也抬头看看专属于你的荣誉。"

许次不差，他得了很多奖，也付出了很多努力。平时训练他总是最后一个走，虽然总在他面前耍嘴皮子，但在体育这件事上，他从不含糊。

江听寒该去准备了。

许次站了起来，看着他的背影，笑道："寒哥，如果我没过，你替我——"

江听寒停下脚步，没回头看他，语气却很冷厉："你的梦想你自己去完成，考不过我瞧不起你！"

许次睨着江听寒的背影，心思渐沉。

江听寒测完后去和陆禾集合，陆禾问："许次没事吧？"

"他能有什么事，瞎焦虑。"江听寒眉头紧锁，话虽然是这么说，可不知道为什么，他心里乱糟糟的。

"集训的时候挺好的，应该不会有什么问题。"林子然喝了口水，看了眼时间，"这一枪应该是老许了。"

江听寒往远处看去，人很多，说实话，找不到谁是谁。今年体考的人明显比往年多。仔细想想，许次焦虑也是正常的。这种人生重大的转折点，就像是高考，怎么会不紧张呢？

江听寒忽然有些后悔，刚才自己的语气是不是太重了，或许应该好好安抚安抚许次的。

人群忽然慌乱起来，有医护人员抬着担架往操场里走，紧接着就听到那边有人道："天哪，毁了……"

"他躺下的时候特别痛苦，护着脚跟，可千万别是筋腱断裂啊……"

江听寒的心猛地一紧，众人赶过去的时候，医护人员正将那人抬到担架上，嘴里喊着："让一让。"

江听寒正要推开人群，听到有人说："五中的吧？是不是和江听寒一起来的呀？"

江听寒的手僵在空中，神色逐渐凝重。他第一次想要退缩，竟连上前看一眼的勇气都没有。就在江听寒转身想逃避时，看到了站在他身后的少年。

阳光洒落在他身上，一身黑色的训练服，衣前的号码牌被掀了一个角。汗珠翻滚，骄阳似火，少年这会儿呼哧呼哧喘着粗气，随后是紧张，是激动，是无法掩盖的开心，是把所有压力抛到脑后的释放："寒哥，800米，2分06秒。"说完的一瞬间，许次的眼睛便红了。

江听寒内心的所有焦急在看到他笑着哭的时候，全部消失不见了。不是他，还好不是他。

2分06秒，再努努力就突破二级运动员的标准了，这么强还每天羡慕别人！

"哭什么啊，不知道的还以为你跑了3分06秒呢。"他走过去，拍了一下许次的脑袋，而后抱住许次，猛拍了几下许次的后背，声音压低，"健健康康的比什么都强！"

林子然和段和君默默喝着水，段和君小声嘀咕着："他刚才肯定是把那人当老许了。"

"他就是表面不在乎，其实内心是最在乎的。"林子然扬了扬嘴角。

等等，另一个人哪里去了？

陆禾从人群里挤过来，叹着气："唉，三中的。小时候就开始练体育了，速度还挺快呢，真令人心痛啊！"

陆禾再一抬头，发现江听寒脸上的表情凝重，忙问："发生了什么？"

江听寒踢了陆禾一脚，拿过段和君手里的水喝了一大口，必须压压惊。在确定许次没事之后，他本来都已经走了，又折回来踢了一脚许次。

害他担心，该打！

许次和陆禾一脸莫名其妙："踢人是怎么回事？"

"恭喜你们都跑出了好成绩啊！接下来就是文化分见真章啦！"简怡惊呼。

方形凉亭里，杯子在空中碰撞，气氛融洽且热闹。众人围着两个烧烤炉,炉上的肉烤得滋滋冒油。

简怡将一杯汽水一饮而尽,然后打了个嗝。

陆禾扶额,表示头痛:"好歹也是个名人,能不能注意点形象?"

四月末,连宜已经春暖花开,星海街又热闹了起来,靠近海岸的烧烤店装饰得华丽又梦幻,小彩灯和彩色牌匾看得人眼花缭乱。

吹着海风,听着音乐,和几个朋友吃着烧烤,简直没有比这更惬意的事情了!

许次伸手招呼江听寒:"寒哥,你的鱼好了。"

温言吃得差不多,便去沙滩上找小朋友玩了。

陆禾他们还有好多话要聊,毕竟梦想虽然很丰满,现实却压了少年们草长莺飞的肩膀很多年。

简怡也过来陪温言坐。微风吹过,不骄不躁。少年们在后面肆意吐槽这些年的辛酸苦辣,也坦然准备接受未来的所有风吹雨打。

温言垂着头,捏着身边的沙子,声音轻轻的:"简怡,回到连宜,我才感觉到我真正活着。"

简怡双手捧着脸,有些打瞌睡,直言不讳道:"改变你的不是连宜,而是对的人。"

温言抬眸,不禁往后看去。许次正趴在江听寒的肩膀上哭,江听寒一脸嫌弃地皱着眉,但还是很有耐心地拍着他的脑袋以示安慰。

简怡迷迷糊糊地歪着脑袋,靠在了温言的肩上。

温言揉了揉简怡的脑袋瓜,看她睡得迷迷瞪瞪,小声说着:"谢谢你,我的小天使。"

送走朋友们后,温言和江听寒沿着沙滩散步。

温言遇到了一个编麻绳的奶奶,她的小摊位上有各种各样的手工首饰品,每一个都精致且独特。奶奶戴着白色的沙滩帽,头发编了个麻花辫,穿着一套浅色的套装,整个人文雅极了。

有个小朋友蹲在奶奶身边,要了一个小花图案的发卡。奶奶便当着她的面一点一点编织。

江听寒见温言蹲着看,也跟着蹲了下来。

奶奶瞧着两个人,笑得慈祥:"要买东西呀?"

温言指尖点着唇:"随便看看可以吗?"

奶奶立刻点头:"随便挑随便选,没有心仪的,我编给你。"

江听寒问:"什么都能编?"

"什么都能编。"奶奶笑意盈盈,很有自信。

温言拿起了摊位上一个郁金香的小发卡,对江听寒说:"江听寒,我要这个。"

"要就自己买咯。"江听寒看着温言。

温言瞪着他,以眼神压制。

江听寒抿唇,一副"怕了怕了"的表情,摸手机出来,一边付款一边问:"奶奶,你每天都来这里吗?"

"是呀,我每天下午三点钟就来啦。"

"哦。"江听寒点点头,而后起身看向温言:"走吧。"

温言晃了晃手中的小发卡,很可爱。

江听寒跟在温言身后,无奈摇头,一个小发卡就那么开心?江听寒又往奶奶的小摊位看了看,然后看向温言的手腕,笑了。

"回家咯。"他拍了一下温言,大步向前跑去。

"讨厌。"温言不耐烦地整理着头发。

夜色渐浓,风铃摇曳,海岸的风吹动两个人的衣角。

江听寒小跑在前,温言不慌不忙地跟在后面。从热闹繁华的街道走到空无人烟的小巷,一抬头,发现最终在等她的人,从未变过。

六月。

学校墙壁上挂着红色的横幅,祝福语振奋人心。随着最后一次下课铃声响起,整个教学楼响起了同学们压抑多年的声音。

温言就坐在树下的长椅上,她以为自己的高三将是黑暗无趣的,从未想过她的高三是热烈而温柔的。

三天高负荷的考试,每一场考试温言都用最好的状态全力以赴。

考完试,温言最想做的一件事,就是抱着她的大提琴去沙滩最中央拉一首曲子,尽情发疯!

临近七月末,她完成了自己的这个心愿!她压抑了太多年,她有太久没有带着她的大提琴出现在大众面前了。

她想听到很多掌声，只属于她温言的掌声！

晌午的阳光强烈，但她一点都不觉得晒，反倒是舒服。大提琴浓厚的音色和海岸上低飞的海鸥叫声形成了鲜明对比。她身着一条白裙子，就这样独树一帜地出现在沙滩中央，引起了所有人的注意。

不远处的二楼咖啡馆，江听寒双肘撑在栏杆上，看着沙滩中央的人，不禁勾起嘴角宠溺地笑道："真是个小疯子。"

"你不去？"耳边传来陆禾的声音。

"别管我去不去了，看看那是谁？"江听寒看到有人拿着小提琴加入！

浪花席卷着沙滩，大提琴的独奏里忽然多了小提琴的加入。

温言闭着的眼睛瞬间睁开，一转头就看到了站在她身后的简怡。

"《一步之遥》来不来？"简怡主动发出邀请。

一首《一步之遥》将星海街的气氛带动了起来。大提琴和小提琴的声音完美融合，观众连连喊绝，人围了一层又一层。

简怡就围绕在温言的身边，像一只小蝴蝶，围绕着高山之上的白玫瑰。优雅高贵，俏皮可爱，这是形容她们的词汇。

一曲结束，温言扶着大提琴，慢慢调整呼吸。从决定拿起大提琴那天起，她要么是在老师家练琴，要么是在家里练习。这还是她第一次在这么大的地方，如此大胆，不惧怕他人目光地拉琴！太爽了！这令她再次感受到了万众瞩目的滋味，仿佛大海都是她的听众。

江听寒录制的视频按了结束，他转身，倚着栏杆，再次点开视频。温言到底知不知道，光落在她身上的那一刻，沙滩、海面、白鸽都显得不过如此。

温言望向简怡，简怡偷偷给温言竖大拇指。温言就是温言，没人会比她更懂大提琴了。

"怎么出来吃饭还带着琴？"温言问她。

简怡眯着眼笑："我也不知道，就是忽然想带嘛，就带来啦！这可能就是我们之间的小默契吧？"

温言思考了一下，点头。她们确实很有默契。

"陆禾他们已经在咖啡屋了，我先过去啦！"简怡背起小提琴，看到

我恋月亮 232

了在咖啡屋的陆禾,便往咖啡屋那边去了。

温言找了条长椅坐下来,仔细地收好大提琴,倚在身边。沙滩上又恢复了平静,只剩下海浪声和喧闹的闲聊声。她戴上耳机,用手机播放了一首五月天的《因为你 所以我》,难得享受午后阳光。

温言仰起脸,阳光透过单薄的云层照耀着整个海面,她看见枝叶摇晃,光透过缝隙洒在她的身上,轻轻摇曳着。

温言不禁顺着光的方向伸出手,光落在掌心似要灼伤她。她只轻轻一握,就攥住了生命的力量。

左耳的耳机忽然被摘下去,温言转过头,就见江听寒坐在她身边,戴上了她的耳机。

"好品味,五月天。"他歪歪头,打趣温言。阿信的声音实在是太有特色了,只听一小句,便能听出是他的歌。

温言收回手,看向江听寒。夏天的少年,无须过多装饰,一件白色衬衫,便清爽得让人移不开目光。

温言发现,江听寒今天穿了她送给他的那双粉色鞋!

"在看什么?"江听寒问温言。

温言伸手去抓光,回答他:"光。"

江听寒挑眉,学着温言伸手:"光抓得住吗?"

温言的视线落在江听寒的身上,可倘若那束光不单单只是"光"呢?

耳机里,很合时宜地唱到副歌部分,每一个音节都听得人心跳加速。

你将 你的 翅膀给了我

带我 穿越 狼群和镜头

让我 能够 品尝 片刻自由

因为你 所以我 爱上那 片天空

天空下 我在祈求 那是你 牵着我

最深刻 的故事 最永恒 的传说

不过 是你 是我 能够 平凡生活

在这一刻,她希望这首歌能代替她,表达她对江听寒想说的话。因为江听寒,她才重新爱上这个糟糕的世界。

光是抓不住的,但江听寒可以。

四目相对，温言的一侧被光笼罩着，单薄又孤独。

江听寒抬手，掌心落在温言的头顶，轻轻揉了几下，笨蛋……

光是抓不住的，但江听寒可以。

江听寒忽然问她："抱你一下行不行？"

温言还没回答，就已经被他拉入怀中。

少年的胸膛总是温暖有力，他垂着头，掌心紧扣着她纤细的腰肢，将脸埋进她的脖颈，气息洒在她的脖颈，眼眸幽深。他有无数次都想好好抱一抱温言，在她难过时、不堪时、开心时……

她真的好瘦小一只，抱在怀里都怕把她碰疼了。

温言察觉到江听寒的不对劲，小声问他："怎么了？"

"没事儿，就想抱抱你。"他声音闷闷的，呼吸炙热。

温言的耳朵是最敏感的，他一说话，有温热的气息触碰到耳朵，她就忍不住想躲。可她越是躲，他便抱得越紧。

温言贴在江听寒的怀中，睫毛微颤。她感受着江听寒强烈的心跳，任由她的心跳一起失控。

夜晚，星海街的小餐馆，灯火辉煌。小餐馆的包厢里笑声不断，随着毕业季的到来，年轻的游客显然增多。

几人一直到晚上十点多才散，江听寒结完账回来，发现温言正一个人趴在桌子上，脸红得厉害。

江听寒坐到温言旁边，饶有兴味地看着她。

温言双手撑着脸，碎发贴着脸庞，眼神有些朦胧。

江听寒捏了一下温言红扑扑的脸蛋儿，调侃道："大小姐这酒量也太差了，一碗酒酿就醉了？"

"注意你的措辞，我没醉，我只是有点晕。"温言为自己解释。

江听寒笑，伸手将她脸庞的碎发往后掖去，问她："那你还能不能走？"

"嗯……能。"温言扶着桌子站了起来。她确实能走，就是有点东倒西歪而已。

江听寒要扶她，她便摆摆手，一副大小姐姿态："问题不大，问题不大！"

"小江，别忘了把我的大提琴给我背上。"她指了指门口的大提琴。

江听寒笑出声，确实问题不大，还知道要背琴。但这称呼是怎么回事儿，小江？

温言扶着楼梯把手，磕磕绊绊地下楼，推开餐厅门的那一瞬间，海风吹在脸上，温言清醒了几分。

"小江，我们去哪里？"她转过头问江听寒。

江听寒见她醉得还不是特别彻底，问道："我带你去哪儿，你就跟我去哪儿？"

"嗯。"温言点点头。说着，她伸手钩住江听寒的衣袖。

江听寒顿了一下，眼底闪过一丝不易察觉的欢喜。大小姐微醺的时候还挺乖，都知道主动牵他了。

"怕丢了？"他微微倾斜身体，贴近她。

"怕你走丢了。"温言一副"我为你操碎心"的表情。

江听寒无语。

"小江，你这粉鞋子，蛮好看！"温言指了指他脚上的鞋子，给出大大的夸赞，"谁给你买的，这个人眼光也太好了吧？"

江听寒一边笑一边带她往沙滩去，嘴里懒洋洋地说着："一个小酒鬼给我买的。"

她没听到，便在后面继续说："你不是说只有重要日子才会穿吗？今天是什么重要日子？"

"少问。"江听寒一句话把她噎回去。

温言哼了一声，她走着累，便脱了鞋，光脚踩在沙子上，显然有一种借着酒劲要耍无赖的模样。

江听寒无奈，只好背着她的琴跟在后面。

江听寒每每转过头看她，她都迷迷糊糊的，与往日有着极大的反差。很可爱，很乖，就是那种不问世事的大小姐姿态，和小时候一样。

江听寒找了条无人的长椅，把温言按坐在那儿，去给她买柠檬水。

温言坐在长椅上，吹着风，清醒了许多。她趴在椅子上，望着不远处小摊前正在给她买东西的江听寒。

少年身姿颀长，宽肩窄腰，看着就有安全感。月光洒在他的身上，可真好看啊。

江听寒走过来,将柠檬水递给她。

温言默默坐好,白皙的手指摁了摁眉心,有些惆怅道:"小江,你好恶毒。我喝多了,你还带我吹海风,搞得我很想吐。"

"吐出来就好了。"江听寒就是故意的。

温言:"你是在打击报复我吗?"

"我们无冤无仇,我报复你什么啊?哎,温言,你到底醉没醉啊?该不会是趁机想放松一下,所以装的吧?"江听寒往前靠了靠。

其实温言就是装的,他早就知道了。她喝了几杯果酒,他心里都有数着呢。

四目相对,江听寒挑眉,眼里都是打量。那双含情眼里充满玩味和灼热,实在是让温言心虚。

温言摸了摸耳朵,眼看着装不下去了,她连着叫了几句:"小江、小江、小江。"

江听寒眼里笑意绵绵,海风吹动他垂落下来的刘海,他喝了口水,望向海面。大小姐撒起娇来真是不顾别人的死活啊。

温言接过,喝了两口柠檬水,又酸又涩,清醒了。

江听寒倚在靠背上,忽然说:"温言,你把手伸出来,左手。"

"干吗?"温言好奇地伸出左手,手腕上忽然传来冰冰凉凉的触感,是江听寒的指尖。

温言看到江听寒将什么东西戴在了她的手腕上。

"这是什么?"温言低头正要一探究竟,却不经意撞上江听寒的脑袋。

江听寒拧眉:"别动,马上就好。"

温言百无聊赖地抬起手,映入眼帘的是一根以粉色和蓝色为基础色系编出来的扁绳,扁绳上面点缀着金色丝线。在绳子中间,有一个黄金的月亮图案。月亮旁边套着一个平安结扣在绳子上,结扣上挂着一个金色大提琴的挂坠。

温言有些蒙,她抬眼看江听寒,眼里写满惊讶。

"好不好看?"江听寒瞧着温言,挑着眉,吊儿郎当的。

困意散去,温言的眼睛亮了几分:"好看。在奶奶那儿买的吗?"

听到她说好看，他不禁炫耀道："我去和奶奶偷师学艺了。"

"专门为我做的？"温言小声问。

"嗯，专门为你做的。"他直言不讳。

月光下，手绳上的金色丝线闪着细碎的光，温柔又惊艳。

温言轻抚着手绳，内心涌起一股暖流。她藏着内心喜悦，温温柔柔道："小江有心了，我很感动。既然如此，我就勉强承认你眼光比我好吧。"

江听寒咂舌，看着海面叹气："大小姐哪儿都好，就是嘴硬。"

温言还沉浸在收到礼物的喜悦中，暂且让他赢一次。

江听寒双手插进口袋，随意靠在长椅上，目光炙热地睨着温言，问："喜欢吗？"

"喜欢。"她晃了晃手绳，眼眸亮亮的。

夜色浓郁，沙滩乐队在唱歌，身后是喧闹的小吃街。

她听到那个少年沉着声音叫她："温言。"

"嗯。"温言应他。

他打量着她脸上的表情，暗沉的眸子里某些情绪在翻腾："我问的喜不喜欢，其实不止手绳。"

温言抬眼，撞进江听寒漆黑深邃的双眸里："比如？"

岸上忽然有人放起了烟花，江听寒的脸庞忽明忽暗，他抬手指向自己，干脆利落道："比如，我。"

海面映出烟花的虚影，风吹动温言的发丝，温言的眼眸干净又温柔。

他还真是直白啊。

"温言，你明白我的。我很喜欢你，不是开玩笑。"江听寒看了看她，是少有的正经。

"我一直在想，为什么我人缘这么好，谁都能和我成为朋友，就偏偏你不行。所以你一定要和我做朋友……

"直到那年你彻底消失。我明明对证书这些东西向来不屑一顾，却想获得你的原谅拼命去获得一个证书时，我才发现，这不是执念，是一种很奇怪的感觉。"

江听寒倚在长椅上，他的身上第一次出现了重重的无力感。温言看着他的眼眸，感觉到了他的酸涩和无奈。

"你不是问我为什么进体育圈吗？"江听寒迎上她漂亮的眸子，淡淡笑着，"很大一部分原因是你。"

温言瞳孔紧缩了一下，指向自己，她？

"我每天搜索你的消息，看着你是如何进步，如何成为最耀眼的人。为了能离你更近一点，为了你小时候随口而出的一句话，我进了体育圈。"

温言立刻打断他："我小时候随口而出的一句话吗？"

江听寒睨着她，眼眸里满是失落。他想去捏捏温言的脸，问她是不是都不记得她说过的话了。可伸出去的手终究还是收了回来，而后望向海面。

"温言，你小时候可是说过要嫁给我的。"他用故作轻松的语调说。

温言微怔，不可置信。

江听寒就知道她不记得了。

有一年暑假，电视机里直播体育比赛，她指着冠军奖台上的冠军对江听寒说："江听寒，如果你长大也能获得冠军，我就嫁给你！"

江听寒挑眉，不禁红了眼，逗她："我现在已经拿了很多个冠军了。你是不是要嫁给我好多次啊？"

温言怔在原地，那张精致漂亮的脸上除了茫然无措，没有其他神色。

他紧抿着唇，内心像是终于有了一个缺口，可以诉说这些年压抑在心底的秘密。

温言的眸子里渐渐染了一层雾水，她听到他问："温言，我只想知道，你有没有一点点为我心动过？"他不求多，只求一点点。

温言能感觉到江听寒的真诚，在这段感情里，他是煎熬的。她总觉得江听寒这人事事不在意，没什么能入得了他的眼，却没想到，原来江听寒对自己有着这样复杂的情感。

那她也干脆点告诉他自己对他的感情。她身子往前倾斜，双手撑在长椅上，对视着他的眼眸，正要回答他的问题。

江听寒忽然打断她，声音有些沙哑："温言，你不必急着回答我。"

温言看得出来，他在担心，担心她说出的答案不是他心中所想。

"小狗也会有对自己没自信的时候吗？"温言声音轻轻的。

江听寒笑了。他垂下头，舔了舔有些干涩的唇，淡淡道："小狗没有铠甲，他不是刀枪不入的英雄。"告白这种事，是要勇气的。

其实他完全可以和温言保持这样的关系,可人总是太贪心,有了这些就想拥有更多。小狗也是一样的。

"就是没有心动过也没关系的。"江听寒手指揪着衣角,又看了看温言,"毕竟是大小姐嘛,眼光高一点也正常,对吧?"

温言就这么看着他,他眼角红红的,长长的睫毛掩盖住了他眼底的失落。明明已经很委屈了,却还在强颜欢笑,自己哄着自己。

从小到大,江听寒向来是要什么有什么。唯独温言他要不来,她太珍贵了。

温言抬手,掌心落在江听寒的头顶。江听寒抬眼,喉结上下动了动,放在身前的双手一时无措:"要拒绝我吗?"

"谁说我要拒绝你了?"温言有拒绝他吗?分明就是他一直在说,根本没给她回答的机会啊。

江听寒睫毛微颤,正擦着她眼泪的手顿住:"什么?"

温言看着他泛红的眼眸,哽着声音说道:"还要我说得再明白些吗?"

江听寒的心狂跳,心情像是在坐过山车:"嗯。"他要她说得更明白些。

温言睨着他,想更仔细地看清他,缓缓说道:"我对你心动了无数次。"

江听寒抬眼,眼底瞬间闪过一丝惊喜。

温言温柔地笑着,手指轻擦他眼角即将掉下来的泪珠,认真地说:"江听寒,我可以很明确地告诉你,我喜欢你。"不是敷衍的喜欢,也不是随波逐流的喜欢,而是发自内心被吸引的喜欢。

喜欢江听寒的嘴硬心软,明明说了再也不管她,却还是愿意一次次为她回头。

喜欢江听寒的真诚直接,他从来不会骗她,答应她的事从来都会做到。

喜欢江听寒的无赖撒娇,永远为她妥协。

喜欢叫他小狗,喜欢他看她时的每一个眼神,喜欢欺负他,喜欢听他叫自己大小姐,喜欢看到他拿自己没一点办法的无奈模样……

江听寒喉咙发紧,第一次觉得自己像是在做梦一样,温言竟然说她喜欢自己。

"真的喜欢?"江听寒生怕是自己听错了,又确认了一遍。

温言拧眉,不悦道:"骗你做什么?"

江听寒摇头:"你再说一次你喜欢我。"

"不要。"温言起身就要回家。

江听寒立刻拉住温言的手臂。温言低头,看着还坐在长椅上的江听寒。

江听寒仰着脸看她,真像一只可怜兮兮的小狗。

"温言,再说一次。"他声音沙哑,一定要温言再说一次。

温言笑了,这家伙……她站在江听寒的面前,用手揉乱了江听寒的头发,认认真真地说:"江听寒,我也喜欢你。"

温言是个人,有血有肉的人。没有人会不为江听寒心动。

他真挚而热烈地闯入她的生活,替她解决生活中所有的黑暗。她从来没奢求过光照在自己身上,有了他之后,她希望照在自己身上的光炙热些,再炙热些。

只有这样,她站在江听寒的身边才不黯淡。

江听寒喉咙发紧,他再次为自己争取:"温言,我们交往吧。"

他想照顾她,想给温言一个家,想告诉温言,她从来都不是一个人。她的天塌下来也没关系,从今往后,有他替她扛着。她什么都不用做,只要去爱她所爱,完成她的梦想。

"确定要和我交往吗?"温言捏着他的耳朵,眼底笑意渐浓,"和我在一起,可是要被我欺负的哦。"

"嗯。"一辈子都被她欺负又如何?

夜色浓郁,月光下,浪花汹涌。温言第一次觉得,美好不是一个形容词,而是一个动词。

她垂下头,轻轻应着:"那我们在一起吧。"

暧昧气氛升温,岸上又有人放起了烟花。烟花转瞬即逝,却依旧能在人心中长存。

夏天来了,是该谈一场热烈而美好的恋爱了。

"江听寒,好困。"

"回家吧。"

江听寒蹲下来,帮她穿好鞋。他背起她的大提琴,朝她伸手。

温言看着他,竟明目张胆地撒起了娇:"不想动。"

江听寒笑,放下大提琴,背对着她:"背你回家。"

"那大提琴怎么办？"温言问他。

"我都能背得动，放心。"他弯下腰。

温言头靠在他的肩上，想起冬天江听寒去训练，她从黄教授家出来，一个人在公交车站等车。她当时满脑子想的都是，如果江听寒在她身边就好了。

温言闭上眼睛，轻声叫着："江听寒。"

"嗯。"他声声应她，从不让她的话落空。

街道上人来人往，小店门口响起风铃声，面馆里的小猫喵喵叫着，眼睛圆鼓鼓地看着二人，仿佛看懂了什么。

江听寒放慢脚步，他听到了温言轻声嘟囔："江听寒，我想要好多好多多的爱……"

江听寒的心像是被什么刺了一下，泛着疼："我会给你好多好多的爱。"

拐进小巷子，两个人的声音渐渐消散。

江听寒清楚地感觉到温言在他的背上睡着了。

江听寒将温言送回家，将她放在床上，又用毛巾帮她擦了擦脸和手，这才把被子给她盖好。

她侧过身，蜷缩着身体，卷着被子，把自己缩成一团。

"没安全感的家伙。"江听寒轻声呢喃。

次日。

温言睡醒已经是中午了，她睡眼蒙眬地看着窗外强烈的阳光，打了个哈欠。

她翻了个身，摸到了手机。打开后，99+的微信消息让她一瞬间清醒。

简怡：你们在一起啦？真的假的？

简怡：他送你什么了吗？我跟你说，女孩子恋爱可不能随便对付啊！找他要花，要礼物！要诚意！不能随随便便答应！

算上表情包，简怡一共发了二十多条。

另外的消息，来自一个群消息，群名为：今天吃什么？

这是什么？温言点进去，群里聊了99+的消息，点到最上面，便看到了进群后的第一句话。

一个小时前，江听寒将她拉进了群。

江听寒：家属。

温言一愣，点开群资料才知道，这是他正式带她进入他的朋友圈了。群里没其他人，就他们体队的几个男孩子。

温言注意到了手腕处的手绳，恍惚了一下，想起自己昨晚答应和江听寒在一起了。嗯……忽然有了新身份，还怪别扭的。

温言赶紧给简怡回复了消息，和简怡简单地说了一下昨晚告白的事，然后在群里冒了个泡。

温言：早。

群里瞬间炸开了锅。

林捷：早啊，大嫂！

许次：叫什么大嫂！寒哥的女朋友就是我们的女朋友！女朋友早！

温言：啥？

林捷：老许说得对！

冷翊：嗯……确实在理。

段和君：你们是真不怕挨揍。

林子然：皮孩子。

陆禾：第二天，他们三个因为左脚迈进训练室，被寒哥暴打一顿。

许次：抱着打吗？行，女朋友要是不介意的话，我也不介意的。

随后，群里一串的"哈哈哈哈哈"刷了上去。

温言看着他们的消息，不禁笑出声。这群家伙这么欢乐的吗？

门铃忽然响了，温言趴在窗口往下看。江听寒靠在栏杆上，冲她摆摆手："下楼。"

少年身着黑色T恤，头发打理得干净利落，阳光照在他的身上，他笑得格外灿烂。

温言手撑着脸，问他："干吗？"

"什么干吗？你现在可是我女朋友了，我让你下楼就下楼。"他仰着脸，双手环胸，那叫一个趾高气扬。

温言懒得和他计较，让他先得意几秒。她简单洗漱了一下，换了身衣服便出去了。

"去哪儿？"温言跟在他身侧。

"吃饭。"他说。

"我自己做就好了嘛，干吗要吃出去吃。"温言将头发往后捋了捋。

江听寒牵住温言的手，一脸认真："生活需要仪式感，这是我们正式交往的第一天，必须去外面吃。"

温言也不反驳他，跟着他出去。

江听寒所谓的仪式感，就是他们第一次吃饭的面馆——Good night。

温言一进去就去找那只贵妇猫，因为暑假的原因，店里人很多，猫也不见了踪影。找了一圈没找到，温言只好回到座位上，有些沮丧。

江听寒有些郁闷地看了她一眼，猫难道比自己重要吗？！

"别看啦，老样子吧。"温言叫服务生过来，"一份红烧牛肉面，一份——"

江听寒放下菜单，打断温言的话："你好，两份红烧牛肉面。"

服务生点点头，而后离开。

温言抬眼看他，眼里带着疑惑。他随意地靠在椅子上，睨着温言，说："我的口味很早就变了。"

温言忽然发现，她对江听寒真是太陌生了："江听寒，还有什么是我不知道的？"

"以后慢慢发现吧。"江听寒倒了杯水推给她。

温言有些为难，担心地问："你会不会觉得我不够喜欢你？"

"不会。每个人表达喜欢的方式都不同，比如你需要我，遇到危险能想到我，这就代表你喜欢我。"

"那我对你呢，表达喜欢的方式就是一直陪在你身边，接受你的喜怒哀乐。"江听寒挑眉，贴心地回答她的问题。

温言垂下头，可她还是觉得，她这样对江听寒是不公平的。感情要想走长远，互相尊重和同样的付出很重要。

"别有压力，恋爱本就是一件随心所欲的事情。我理解你，你也明白我，就足够了。嗯？"江听寒伸手拍拍温言的脑袋。

"喵。"那只贵妇猫忽然从窗户上跑过来，温言不禁眼前一亮。

小家伙好像又胖了一些，不知道是从哪个人的怀里钻出来的，这会儿毛发乱糟糟的。

温言抱起猫，江听寒忽然想起上次拍的照片，他起身去前台，又借到了那台相机。

只是，拍照的过程并不是很愉快。

"温言，你离它远一点。"

"它的脸都要占据半个屏幕了，我去哪里？"

"温言！"

江听寒的话音刚落下，就见温言转过头，忽然亲吻了一下他的脸颊。他的手抖了一下，摁下了拍照键，这一幕被顺利捕捉。

他转过头，一脸诧异。温言则是看看他，问："能不能不吃猫的醋了？"

江听寒哽住，有些乱了阵脚。

"那一下不够。"江听寒不要脸地凑了上去，"再亲一下。"

温言皱眉："江听寒，贪得无厌不好。"

江听寒嗤笑，他勾起嘴角靠近温言，问她："你知道我是怎么坚持到现在拿下你的吗？"

"全靠贪婪。"说着，他便毫不犹豫地亲了上去。管他周围有没有人，管别人怎么看，他想吻她，便吻她了。

他巴不得告诉全世界，温言是他的女朋友，他会永远为温言心动。

服务生正将两碗面送过来，笑盈盈地说："二位，面好了。"走后还不忘回头看他们。

叮！温言的手机响了。

她咬断面，拿起手机，是一条陌生人发来的短信。

廖丹："温言，我是廖丹。之前在望都十中我们是同学，你还记得吗？"

温言眯眼，望都十中……那个学校里的人大多嚣张跋扈，她怎么会不记得。

温言放下手机，懒得理。

廖丹："我们班的同学最近来连宜毕业旅行。忽然想到你在连宜，怎么样，要不要见一面，一起玩一玩？"

"是谁？"江听寒问她。

温言便把短信给他看，道："望都的同学。"

"你们关系很好？"江听寒问她。

"好什么？"温言夹了块肉放进嘴里，说，"你不是问我为什么转到连宜读书吗？就是因为在望都十中混不下去了，我才转到这儿的。"

江听寒顿了一下，还是第一次听温言说这件事。

"她们哪里是想和我玩一玩，分明就是来看我热闹的。"温言才不去呢。

江听寒陷入沉思："你的事情都已经澄清了，他们还会乱说吗？"

"对他们来说，我就是一个能用来玩耍谈论的发泄的工具而已。"事情的真相是什么并不重要。

江听寒挑眉，他拿起手机，那人又发来一条消息。

廖丹："温言，别怕。只是老朋友叙叙旧而已！明天晚上七点半，星语 KTV3333 包厢，记得来哦！"

江听寒勾唇，敲了一个字发出去："好。"

"怕什么，我陪你去。"江听寒挑眉，给了温言一个放心的眼神。

"江听寒，没必要。"温言不想再和那些人有什么瓜葛。

江听寒吃下最后一口面，擦着嘴角，认真道："很有必要。"主动找上门的，他能忍？

温言握着筷子，想了想，没说话了。

服务生将刚才拍的照片洗好给他们，江听寒翻看着，阴阳怪气道："哎，大小姐眼里满满的都是猫。"

"别酸了，不是有一张眼里只有你吗？"温言幽幽说道。

江小狗苦涩："一张而已。"

"没关系，以后我们会拍很多照片的。"温言抬眼看他。

江听寒瞧着她，笑了，这话倒是听得心里美滋滋的。

"回家啦，我下午还要练琴，过几天考试成绩就下来了。"温言起身，不禁伸了个懒腰。

江听寒跟着起身先去开门，温言便率先走出去。风铃声悦耳。

温言蹲在店铺门口的小花园面前，感慨道："果然是夏天来了，花儿开得真娇艳。"

江听寒买了一小束粉色郁金香，递给温言："喏。"

"浪费。"温言话是这么说，却还是接了过来。她嗅了一下，香香的。

"简怡今早给我发消息了。"江听寒双手插兜。

温言疑惑，简怡给他发消息干吗？

"她说，追女孩子呢，要用心，告白要从一束花开始。我这一想，我昨晚没给你买花啊。"江听寒勾起嘴角，冲着她手中那束花扬了扬下巴，"补上。"

"是没有花，但不是有这个吗？"温言抬起左边胳膊，手腕处的手绳上的金线被光晃得亮晶晶的。

"我也是这么说的。但简怡说了，不行。"江听寒一张认真脸。

温言笑了："你这么听简怡的话？"

"你别吃醋。我不是听简怡的话，我是听娘家人的话。"简怡是温言最好的朋友，拉拢这个闺蜜是很有必要的。毕竟生活中闺蜜都是劝分不劝和的！

温言感受到了江听寒强烈的求生欲。

"好吧。小狗的物质和浪漫我都收到了，谢谢小狗。"温言一脸欣慰。

"不客气，大小姐。"

光落在两个人的身上，二人相视一笑。

刚到家门口，江听寒便看到门口停着一辆黑色轿车。

温言和江听寒同时往院子里看去，就见江峰正同几个穿着黑色正装的人一起走出来。

温言和江听寒同时往后退了一步。那几人看向江听寒，立刻问："这是小寒吧？老江，真是跟你一个模子刻出来的。"

江峰讪笑："嗯，我儿子江听寒。"

江听寒则是礼貌性地点了点头，算是和各位叔叔打过招呼了。

车子很快远去，江听寒瞥向江峰，不过年不过节，他怎么会在家？

"江叔叔，你怎么回来了？"温言先问了。

"最近没什么事，我休假了。"他笑笑，率先走进院子。

温言和江听寒跟上去，温言问："会在家待很多天吗？"

"是呀。"江峰眼底神色淡然，虽然看起来是笑着的，却总觉得有些疲惫感。

江听寒感觉不对劲，但他没有多说，而是拍拍温言的脑袋："回去休息吧。"

"好。"温言莞尔,又和江峰打了个招呼,便回家了。

江峰瞧着二人相处的模样,和江听寒一同往家去。爷俩动作十分一致,换鞋子,走到客厅,拿起杯子喝水。

江听寒拧眉,正要问江峰怎么回事,就听门外传来了脚步声,是韩晴回家了。

韩晴推开门,第一句话便是:"老江,你——"在看到江听寒和江峰都在客厅时,她到嘴边的话咽了下去。

江听寒疑惑,他妈怎么着急忙慌的?

韩晴调整了一下状态,笑道:"儿子也在家啊。"

"听说他回来了,你班都不上了?"江听寒无奈。

韩晴瞪了他一眼,没理他。

江听寒耸肩,上楼换了身衣服,再下来的时候,二人已经坐在沙发上了,看起来有事要说。江听寒淡淡道:"我去训练了。"

"好,注意安全。"二人异口同声。

江听寒不禁多看了他们一眼,觉得怪怪的。

训练馆。

江听寒刚进去,就被许次他们给围堵了:"兄弟,快快分享一下,昨晚都发生了什么?你早说你要告白啊,我们是不是该晚点走?"

"晚点走干什么?"江听寒斜睨着许次,留下来当电灯泡吗?

"如此浪漫美好的告白时刻,你难道不缺一个气氛组吗?"林捷十分焦急。

江听寒咂舌,认真思考了一下,说:"还真不缺。"

几个人纷纷翻白眼。

后面教练走进来,拍了拍手:"有事说。"

"第一件事,各大体育学院分数线已经出来了,你们回头看一眼。我估计被录取应该都问题不大。

"第二件事,接下来要报名的男子成人组田径接力赛,你们有没有意见?"

江听寒默默做着腿部拉伸，见几个人都说没意见，他道："这次我坐板凳吧，陆禾上。"

"你不上的话，许次上四棒。"教练打了个手响，说，"四棒需要爆发力，许次确实不错。"

许次看向江听寒，不禁皱起了眉头，眼里满是诧异。

"不出意外，这是我们小队最后一次参加团队赛了。接下来你们就要各自奋斗了。"体育老师说到这儿，还有些伤感。

"行，就这么决定了。"他点点头，然后看了眼时间，"十分钟后我们训练。"说完，他便去做准备工作了。

教练一走，许次立刻走到江听寒的身边："寒哥，什么意思啊？"

江听寒抬头看许次，他就是想告诉许次，他很优秀，不比任何人差，他是团队里不可缺少的存在。

他拍了一下许次的手臂，发出命令："加油，带我们小队拿冠军，为我们拿下最后一个团队奖杯。"

许次张张嘴，想再说点什么。陆禾打断他，拉着他去做拉伸："老许，听寒哥的。"

"希望他能明白你的意思。"林子然淡淡道。

江听寒笑："他肯定明白。"

第十章

成长

江听寒训练到十点多才回家,温言这会儿刚看完去年京音考试的资料,就听到外面有人叫她。

温言下楼,推开门,江听寒正站在门口,手里拎着小吃。他背着运动包,可见连家都没回,直接就奔着她来了。

"买了夜宵给你。"他走进来,将东西放在茶几上。他抬头,发现温言还站在门口,"干吗?门童啊?"

温言撇撇嘴,坐在了他旁边:"买这么多,吃不完的。"

"吃不完放冰箱。"

"你倒是会过日子。"

江听寒嘿嘿笑了一声,他倚在沙发上,目光落在温言身上。训练了好几个小时后,所有的疲惫在看到温言的那一刻,一扫而空。

"温言。"他揉揉温言的头发,声音低沉。

温言转头看他,舌尖舔着嘴边的酱汁:"嗯?"

江听寒睨着她的唇,不禁皱了皱眉,许久,他才问:"你今天下午都做什么了?有没有想我?"

"练琴、看资料,和简怡聊了一会儿天。"她往后坐了坐,叉了一小块蛋糕,问江听寒要不要吃。

他摇头,只是笑着,问她:"那有没有想我?"

"嗯……"温言的小表情有些可爱,如果她说没想江听寒的话,小狗会不会生气呢?

"啧。瞧你这样子就知道,你根本没时间想我。"江听寒噘嘴,委屈巴巴。

温言被猜透小心思,也不好反驳。

他忽然靠过来,抱住了温言。温言发现,他好像特别喜欢抱自己。

"怎么啦?"小狗是不是心情不好?

少年垂着头,声音轻轻的:"温言,我好喜欢你。"

"我知道啊。"

"你根本不知道我到底有多喜欢你。"江听寒闭上眼,抱得更紧了。

温言沉默,不再说话,揉揉他的头发,回抱他。

江听寒拧着眉,声音沙哑:"大小姐,要时刻想我,要比昨天更爱我,

我恋月亮　　250

要和我结婚。"

温言抬眼,轻笑:"前面的话都不重要,重要的是,要和你结婚。"

"嗯,要和我结婚。"他抬起头来,表情是那样失落,"我一想到我们不能结婚,以后你会离开我,我就受不了。"

温言捏捏他的耳朵,小声说:"想那么远干吗呢?"

"是啊,想那么远干吗呢。"江听寒重复她的话。

温言根本不知道,她对江听寒来说有多珍贵。一旦拥有了她,就想拥有一辈子。是吧,他太贪得无厌了。

"我答应你,我们奔着结婚去谈恋爱,行吗?"温言哄着他。

他真的像只小狗,总是会在她面前暴露最软弱的一面。温言觉得好笑,明明感情中都是男孩子哄女孩子,到她这儿怎么反过来了?

"你亲我一下,我就信了。"江听寒吸了下鼻子,直接将求爱气氛拉满。

温言忽然觉得自己上当了,怎么这家伙自从在一起了之后就总是要亲亲啊?

"果然又在骗我——"话还没说完,温言便亲了上来。

小姑娘的唇软软的,刚吃过蛋糕的原因,还有些甜。江听寒狠狠地往下咽了一下,就在温言要离开时又贴了上去。送上来,便逃不掉了。吻她会上瘾,一旦开始,便一发不可收拾。

温言的腰被他扣住,她知道,自己逃不掉了。这家伙怎么一直套路她,可恶!

江听寒将她抵在沙发上,掌心握住她试图反抗的手腕,疯狂索吻。在吻温言这件事上,一定是他目前为止对温言做过最粗暴的事情。

温言被吻得身体发软,几次有机会喘气想逃,又被他给拉了回来。吻到热烈时,他会贴在她的耳边,轻轻说:"我爱你。"

温言会被他贴在耳畔的声音和呼吸搞得心跳加快,彻底为他臣服。

咚咚!门外忽然传来敲门声。江听寒和温言的身体瞬间僵住,温言听到外面的韩晴道:"言言,我进来啦。"

温言忙着推开江听寒,脸和耳尖泛着红,吓了一跳。

韩晴推开门的瞬间,就看到江听寒正慌乱地去拿桌子上的杯子,而温言的神色很不自在。

"哟，小白菜在呢？"韩晴瞥着江听寒，眼神里带着打量。

大半夜的不回家，跑人家女孩子家里干吗？到现在也没把言言拿下，真是愁死人了！

"我回家了。"江听寒舔着唇，拎起旁边的运动包就走了。

韩晴："怎么我一来你就要走？"

"回去洗个澡。"江听寒很快离开。

温言看着他的背影，心里暗暗发誓下次不给他亲了。为什么韩姨来了他就跑了啊，她该怎么办？

"言言，你的脸怎么这么红？"韩晴朝着温言走过来，双手捧住温言的脸庞，"哎呀，还这么烫？"

"我去拿药给你哈！"韩晴着急了。

温言赶紧拉住韩晴，道："韩姨，我没事。江听寒给我买的东西太辣了，我刚才呛得脸都红了！"

"啊？"韩晴匪夷所思，往茶几上看，确实很多东西都有辣椒。

"韩姨，你有事啊？"温言往旁边坐了坐，拿起杯子喝水，平复心情。

"啊，我是想着，你和小寒暑假要不要去哪里玩玩呀？"韩晴倒也没什么大事。

温言一脸乖顺地回答道："韩姨，我还要练琴，江听寒要训练，可能没时间出去玩，要辜负你的好意了。"

韩晴闻言，哦了一声，有些失落，还想着给他们俩单独出去玩玩的机会呢。

"行吧，那我回去了。"韩晴拍拍手，还不忘多看一眼温言。

脸红耳朵红，刚才神色慌张。吃辣椒辣的？她才不信！

温言想了想，还是叫道："韩姨。"

"欸！"韩晴转身，"怎么啦？"

温言双手背在身后，有些害羞地说道，"我……在和江听寒交往。"

韩晴听到这句话的时候，先是愣了一会儿，然后瞪圆了眼睛，小心翼翼地问温言："是真的吗？"

"真的。"温言笑了起来。

"天哪！"韩晴走过来，握住温言的手，一双眼上下打量温言，看了许久,最后说,"我儿子太有眼光了!我要感动哭了。能和你在一起,真是他这辈子做过的最重要的决定了!"

温言心里都是感动,她说:"韩姨,我并不完美,谢谢你们愿意接纳我,包容我。是我有福气,能遇到江听寒这么好的男朋友,能遇到像你和江叔叔这么温柔善良的一家人。"

"说什么话?明明就是我们一家人捡了便宜!我要立刻回去告诉你江叔叔!"她拍拍温言的脸蛋,本来都走出去了,却又折了回来,问,"什么时候的事?"

温言如实回答:"昨晚。"

"怪不得昨晚他回来那么晚!"她立刻笑开了怀,说,"明天我给你们做好吃的,我走啦!早点睡!"

温言连连点头。

江听寒洗完澡,就听到楼下两个人发出了一致的笑声。这笑声实在是太嚣张了,好像淘到宝藏了一样。

江听寒站在楼梯口往下看,手里拿着毛巾擦着头发,问:"什么事这么开心?"

江峰立刻说:"江听寒,你和温言交往的事怎么都不告诉我们一声?"

得,温言全盘托出了。

"昨晚的事,想着过几天再和你们说。"江听寒淡淡道。

"臭小子!"韩晴一边骂他,一边夸他,"可算是办了件正确的事!"

"你如果爱她,就要学会保护她。这不用我多说吧?"韩晴摊开双手。

江听寒睨着韩晴,眨了眨眼睛,而后点点头,认真地回答道:"知道了,妈。"

"不管怎样,妈妈都为你开心。希望你们能一直走到最后!"说着,韩晴摸着口袋,递给江听寒一张银行卡,"谈恋爱费钱,苦了你但不能苦了温言。我的副卡你拿着,需要什么就买什么。"

江听寒扯了扯嘴角,什么叫苦了他但不能苦了温言?

江峰这一刻都有点心疼儿子了,韩晴这区别对待确实……

"好了,休息吧,休息吧。"韩晴摆摆手,示意江听寒快快滚蛋。他也就只有这一件事让她开心了。

"嗯。"江听寒起身,走到楼梯口,又转身看江峰,"待几天?"

江峰有些意外,江听寒竟然也开始在意起他了:"不一定。"

江听寒拧眉,问他:"是出什么事了吗?"

江峰原本沉重的心更加开朗了一些,能得到儿子的关心,更让他开心:"没事,休息吧!好好训练!"

江听寒见他不想说,便没再追问。

晚上,星语门口。

温言今天特意穿了一条漂亮的白裙子,黑发散落身后,一颦一笑都漂亮得不像话。

江听寒今天晚上要训练,所以没有和她一起从家里出发,而是从训练馆出发。他给她发了消息,说路上有点堵车,但是很快会到。

来来往往的人很多,一辆辆跑车停在门口,很是阔气。

江听寒从车上下来,温言一抬眼就看到了他,立刻迎上去。

包厢在三楼,温言和江听寒一同上去,几个服务生迎了上来。

江听寒手机忽然响了,来电显示是教练。"你先过去,我马上来。"他说。

温言点了点头,在服务生的带领下来到了3333包厢。

服务生正要推开门,温言听到里面一曲正好音乐结束。这时,有人开口:"温言谈恋爱了,对象还是江听寒?谁信啊。"

包厢里的人正探讨着八卦,主角是温言和江听寒。

温言扶着门把手,眼底神色渐渐暗淡。心里黑暗的人,看什么都是黑暗的。这样的聚会,她真的需要吗?她今天真的不应该来。

温言刚要转身,便看到了站在她身后静静看着她的江听寒。

他逆着光,长廊里昏暗的灯光模糊了他的轮廓。他微微俯下身,温柔地看着她的眉眼,认真道:"我是真心的。"

温言的眼眸有些泛红。往日有人这么说她,她的身后从来没有人为她撑腰。可现在不同了,她有江听寒。

见她红了眼,江听寒有些慌张,生怕自己的话被温言误解:"别怕,大胆进去,有我。"

我恋月亮 254

包厢的门忽然被推开,就见廖丹从里面走出来,看到温言时愣了一下:"呀,温言来了!"里面的人瞬间都站了起来,纷纷往门口看。

廖丹正要开口讽刺温言迟到,余光就扫到了温言旁边那个高高帅帅的男生。

江听寒搂着温言的腰,将温言往怀中搂,看着廖丹的眼神实在算不上友好。廖丹的神色一怔,恍惚了一下,这不是江听寒吗?

包厢里有其他女生跟了出来,在看到江听寒和温言一同出现的时候,都愣住了。

二人对视,眼里写满惊讶,仿佛在说:这是江听寒?温言真的在和江听寒交往?

"是我们走错地方了吗?"江听寒先开了口。

廖丹看着江听寒的脸,不禁吞了口口水,赶紧摇头:"没有。"

她指了指里面,讪笑道:"找位置坐。"

里面的同学在看到温言和江听寒一同进来的时候,露出了和廖丹一样的表情。

"你和温言……"有人问。

江听寒:"不好意思,照理说这是言言的同学会,我本不该来的。但这么晚了,我实在是不放心她一个人,所以就跟来了。大家不介意吧?"

大家纷纷摇头,就凭江听寒这张脸也不会介意啊。这不比景点好看?

"听说你们以前对言言很照顾,既然来了连宜,那我就必须尽一下地主之谊。今天晚上我请客,大家放开了玩。"江听寒淡淡地笑着,既礼貌又有分寸。

一群人鸦雀无声,这话说得他们心里发虚。他们对温言……很照顾吗?

就连温言自己都挑了挑眉,觉得不可思议。江听寒这葫芦里到底卖的什么药?

江听寒拿起一旁的矿泉水,冲着大家说道:"欢迎大家来到连宜,祝大家玩得开心。"

他全程都带着笑,看似很温和,但他每每说话时扫向四周的眼神,压迫感实在太强,让人脊背发凉。

廖丹即便想插话,想找温言的麻烦,这会儿都不知道怎么开场了。

包厢里的气氛有些尴尬，仿佛是来到了江听寒的主场，一切都要听他的一样。

这可不是廖丹找温言来的本意。她找温言来，本是想找找乐子的。这下好了，事与愿违。

温言握紧了江听寒的手，她的手心都出汗了，这种场合太令人慌张了。

江听寒的目光扫向廖丹，廖丹坐在单人沙发上，这会儿显然也有些慌了神。

江听寒不禁坐过去，主动打招呼，显得格外热络："听说你以前和言言关系最好了，谢谢你照顾温言。不知道怎么感谢你好，这样吧，你加我个微信，明后天我都有时间，我带你在连宜玩玩？"

廖丹闻言，抬眼看向江听寒。江听寒歪歪头，那双含情眼幽深漆黑，像是藏着无尽深渊。他是危险的，不容触碰的。

廖丹咽着口水，她若是信了江听寒的话，那才是真的蠢。连宜是江听寒的主场，江听寒今天能带温言来赴约，显然是有备而来。他现在还能好声好气说话，已经算是很给面子了。

廖丹直冒冷汗，说："我忽然想起来还有点事。"她拎起旁边的包，慌张道，"我先走了，你们玩吧。"

"这就走了？不加个微信？"江听寒眯眼，话语里带着讽刺。

廖丹看都不敢再看江听寒一眼，抬腿就走了。廖丹一跑，其他人紧跟着都说有事先走了。不出五分钟，包厢里就只剩下温言和江听寒。

温言捂住脸，笑得特别开心："江听寒，我就没见过廖丹这样怂过。"

"以后多被打击几次，就不会这么嚣张了。"江听寒看着捂脸笑的温言，他一点都不觉得开心，只觉得心疼。

他揉着她的头发，轻声安抚："以后不管遇到什么事都不用怕，天塌下来都有我。"他耐心安慰，每一句话都是少年最热烈的誓言。他从来不会骗温言，他说到做到。

温言轻轻点头。

"这么大的包厢，等会儿还要买单，不玩的话太浪费了，要不把许次他们喊来一起玩？"江听寒抬手，手指捏住温言的脸，看向她。

温言仰起脸，鼻尖红红的，睫毛上挂着泪珠，轻轻一闭眼，眼泪便顺着眼角滑落,落到他的手背上。

"江听寒,给我唱歌吧。"温言靠在他的怀里,声音软绵绵的。

江听寒嗯了一声,拿出手机,准备连接KTV设备点歌。

"听什么?"他问温言。

温言垂头:"什么都行。"

江听寒见她情绪这么低落,想找首欢快点的歌哄哄她。

温言脑海里划过《花海》,忽然想到江听寒给她录歌的时候,总会留下一串乱七八糟的字母。

温言拿出手机,点开他的录歌链接,指着上面那一串字母,问他:"这些字母是什么意思?"

江听寒正翻着歌,目光移向她的手机屏幕,问:"你没试着拼一下?"

温言吸了吸鼻子:"可以拼?我以为你是乱码的。"

"所以真的有其他意思,不是乱码的?"温言挺直了腰板。

江听寒轻咳一声,点了点头。

温言盯着那一串字母陷入沉思,破解不开,又点开了另一个链接,也是一串乱码。

温言实在拼不出是什么意思:"求解。"

"你想知道?"江听寒放下手机,面对温言。

温言点头,很想很想。

江听寒笑,指了指自己的脸颊,求解可是要付出代价的。

温言就知道他不会轻易告诉自己,于是她很听话地亲吻了一下他的脸颊,默默等待他的下文。

"这边。"他又换了个方向。

温言:"江听寒,人的耐心是有限的。"

他不言语,只是点点脸颊,一副你不亲我就不说的无赖模样。

温言抬手拍了一下他的脸:"不要脸。"

"是你跟我求解,还说我不要脸?"江听寒趴在沙发靠背上,只觉得委屈。

"所以,到底是什么意思?"温言也跟着他一起趴在沙发靠背上,一双眼里写满了好奇。

江听寒往她跟前凑了凑，直勾勾地看着温言的眼睛，说："《花海》的秘密是，会无条件满足大小姐的所有要求。"

温言微怔，因为她想听《花海》，所以他给她唱了《花海》。

他仔细瞧着她的眉眼，声音温柔无比："《再见深海》的秘密是，月亮知道有人在爱她吗？"

那是温言第一次和江听寒说她发生的事。亲人抛弃她，舆论席卷她，没有人信她，所以他给她唱了《再见深海》。

她不是一个人，从来都不是。温言睨着江听寒，浓密的睫毛掩饰不住她眼里的难过。她抚摸江听寒的脸庞，语气哽咽："月亮以前不知道，但月亮现在知道了。"

在外，他是万人仰慕的体育之星，他是张扬的，是不受束缚的。可唯独在她面前，愿意放下身段。

"那我也告诉你一个秘密。"温言声音轻轻的。

江听寒沉沉地应着："好。"

她往前凑了凑，乖顺道："江听寒，你才是我的光。"光是抓不住的，但江听寒可以。

江听寒从来没觉得做别人的光有什么值得炫耀的。但这一刻，他像是打了胜仗的勇士，想告诉全世界，他被温言需要。

他点点她的鼻尖，温柔道："你的光会一直跟随着你，你可以肆意生长。"

他再也不会给任何人伤害温言的机会了。

转眼便到了八月，录取通知书陆续送达。

"温言，你的快递！"温言正在做瑜伽，忽然听到外面有人喊自己。她抬头往窗外看，一眼就看到了邮递员。

"来啦！"温言很快下楼，她来到门口，搓搓双手，只听邮递员道："望都发来的！"

温言抬眸，眼前一亮，是录取通知书吗？！

温言连忙接过邮件，看到寄件人的时候，心里一颤。

"谢谢！"温言道谢。

温言赶快拆开了信封，只见红色的封皮上面印着几个烫金大字——望都音乐学院录取通知书！

温言搓了搓手心，打开后看到自己的名字写在上面时，激动得手都在颤抖。

江峰刚好跑步回来，看到温言满脸笑容，问她："什么事这么开心呀？"

"江叔叔，我通过了。"温言将通知书递给江峰。

江峰神色一喜："真棒！有小寒的信吗？"

邮递员耳聪目明，迅速接话："请问是江听寒吗？"

江峰："是的，我是江听寒的父亲。"

邮递员把江听寒的那封递给江峰。

江峰看了一下发件人，嗯了一声："看来小寒也中榜了。"

"毋庸置疑的嘛，他那么优秀。"温言眯着眼笑，对江听寒满满的都是赞赏。

江峰却皱了皱眉，没说什么话，先回家了。

温言瞧着江峰的背影，不禁问道："江叔叔？"

"欸！"江峰转身，笑着问，"怎么了？"

"你最近不太开心吗？虽然我不能帮你解决什么，如果你怕家人为你担心的话，或许，你可以跟我说说？"温言双手背在身后，轻轻咬着唇，小心翼翼。

江峰很喜欢温言这种大大方方有事说事，还会观察别人情绪的女孩儿。在外面做事，能多遇到几个这样乖巧懂事的，工作会轻松不少。

"好，如果有需要的话。"他点点头便回家了。

江家的饭桌上。韩晴正在问江听寒比赛的事："你们什么时候比赛？"

"下周三。"江听寒夹了块排骨，说，"我不跑，第四棒给许次了。"

江峰看了他一眼，没说什么。

"也好。"韩晴也算是见过许次很多次了，她还挺喜欢那个小孩儿的。

"你现在对跑步的态度是什么？"江峰忽然问。

江听寒手撑着脸，懒洋洋道："没什么态度。"

"还是不喜欢？"江峰问。

"还可以。"不排斥，但算不上热爱。

江峰笑笑，心里是说不出的滋味。有些人想跑不能跑，有些人往上拼拼不出个名堂。而这个不想跑的，却一次次创造奇迹。

"你还不回去工作？"江听寒问江峰。

江峰和韩晴对视一眼，江听寒说："你似乎回来半个月了。"而且，江听寒发现，家里好像经常会来一些穿着正装的公务人员，"该不会是工作上出什么事了吧？"

啪的一声，江峰忽然放下了筷子。饭桌上的气氛瞬间凝重。

"我休年假不行吗？我以前不回家，你嫌我不陪你，不陪你妈妈。现在我回家了，你又天天问我怎么不回去工作。"江峰被问得烦了，他叹着气，身上泛着无力感，"小寒，你说我到底要怎么做，才能让你满意啊？"

江听寒笑了，自己哪句话戳到他的心了？他发什么脾气？

韩晴拉了拉江峰，示意他别这样，小寒也没说什么……

"我每天在外面工作已经很烦了，回家清静清静不行吗？一定要催着我回去工作吗？"江峰的情绪显然不稳定。

江听寒拧眉，目光有些沉重，干脆也一同放下筷子，不吃了。

韩晴坐在中间，也有些崩溃："行了，干吗呢真是！一家人有什么话不能好好说的，非要吵！"

"都别吃了！"说完，韩晴便起身上了楼。

江峰闭上眼睛，双手扶着餐桌，心情烦闷。

温言刚从门外进来，就听到江家发生了争执。她刚上台阶，就看到从江家走出来的江听寒。

他看起来有点压抑，看到她的时候，脸上也没什么表情。

"过来坐会儿？"温言小声邀请他。

温言推开门，他便跟着她。温言坐下，他也坐下，像个做错事的小孩。

"吵什么呢？"温言帮他整理了一下衣服，捏捏他的耳朵，对视上他的双眸。

江听寒和温言说了刚才饭桌上发生的事。

温言也有些意外，江叔叔竟然发这么大的火？

"江听寒，你没发现江叔叔这次回来很奇怪吗？"

江听寒沉默，而后靠在温言的肩上，忽然说："温言，我带你走吧。"

温言笑了笑，揉着他的头发，温柔地问道："去哪儿呀？"

"只要是有你的地方，哪儿都行。"他沉声回应。

温言也毫不犹豫地点头："好。"

江听寒立刻抬起头，他瞧着温言脸上那认真的表情，笑了。他用手捏住温言的脸，眼看着她的脸嘟起来，说她："小傻子吧你，竟然还敢答应，就不怕我把你卖了？"

温言摇头，她不怕。她轻声说："只要是你，我就愿意跟你走。"

——只要是你，我就愿意跟你走。

江听寒的睫毛颤抖一下，这一刻，他发现自己肩上的担子重了许多。以前只是想得到他的月亮，现在想让他的月亮和他在一起过得好。

江听寒指尖点了一下温言的鼻尖，神色满是宠溺，心情好了许多。

"江听寒，别和江叔叔吵架了。其实他很爱你的。"温言安抚他。

江听寒嗯了一声，很是听话："知道了，回头我去和他道歉。"又问，"要和我一起去看周三的比赛吗？"

温言点头："嗯，陪你一起。"

江听寒晚上回家的时候，厨房已经收拾完了。韩晴一个人坐在沙发上看电视，看起来不是很开心。

"妈。"江听寒叫她。

她只是嗯了一声，好似刚才什么都没发生一样。

"他呢？"江听寒坐过来。

"走了，工作去了。"韩晴继续看电视。

"工作去了？"江听寒愣了愣。

韩晴看向他，说："他确实在家里待太久了，这人吧，太闲了就会情绪失控。你也多理解理解他，他真的不容易。"

江听寒沉默。他点了点头，上了楼。他躺在床上，拿出手机，点开了江峰的微信。上次对话还是一月份的那场比赛。他和江峰的沟通不多，江峰深知江听寒不喜欢自己，所以平时也不打扰。

"儿子，早点休息，我今天上夜班，我去工作了。"门外再次传来韩晴的声音。

江听寒关了手机，应了一声，随后传来砰的一声关门声。

江听寒站在窗口，看着韩晴开车远去。小时候，他经常趴在这儿看着江峰离开，一走就是几个月、半年，甚至一年。

妈妈生病他不回来，他住院生病江峰也不回来。妈妈无数个夜里给他打电话，说她快撑不住了，他还是不见踪影，永远都在为他的职业付出。

后来他回家住过一阵子，想和江听寒促进一下感情。江听寒越发讨厌他，就因为他一直让妈妈掉眼泪。直到有一天他忽然退役，所有人都骂他是个叛徒，竟然在自己最巅峰的时候退役。

本以为他退役了就会把重心放在家庭上，谁知他去当了教练，从此更是常年见不到身影。从这之后，江听寒更不爽他。也正是因为江峰，他才不喜欢跑步。这些年，他们一直保持着这种陌生人的相处方式，谁也不越界。

江听寒丢下手机，想到江峰那些年做的种种事情，便不想跟他道歉了。

周三。七月份的连宜气温逐渐升温，零上三十度，大太阳刺得人睁不开眼。

这次比赛是各大学校的联赛，听说会有人来观战，表现得好会进一步关注。

温言和简怡的座位在江听寒他们休息区的后面。林捷和冷翊也来了，位置就在温言的旁边。

许次是第一次跑第四棒，教练生怕许次的压力太大，一直让许次放平心态。

"保持节奏，调整呼吸，不要紧张。"教练拍拍许次的肩膀。

许次为了这次比赛，最近加大了训练强度。江听寒他们出去吃饭，他都还在练，他等这天已经等很久了。

许次低下头，看着自己的脚踝，蹲下来按了按，神色有些沉重。

江听寒进场后，往温言这边看了一眼，确定温言和简怡进来了以后，才安心去热身了。虽然他是替补，但还是要热身。比赛时有很多不确定因素，替补队员更应该随时做好作战准备。

"来，加油打气了。"段和君喊陆禾和江听寒。

距离比赛还有五分钟。

许次深吸了一口气，希望今天能有个好的发挥。这是属于他们五中田径队的最后一个冠军了，他势在必得！

今天是 4×400 的接力赛，许次上场，江听寒终于也能体验一把躺赢的感觉了。

今天的第一棒是陆禾。

"今天这个阵容，很有趣。"简怡对温言说。

江听寒攥着毛巾，在周边不停活动着。不知道为什么，他的心跳得特别快。在场下看他们比赛，比自己在场上比赛还紧张！

江听寒余光忽然扫向许次。许次蹲在地上，不知道怎么回事，一直在放松他的右脚。

江听寒抬手遮着太阳，喊了他一声："许次？"

许次抬头，段和君正往他这边来。

"怎么了？"段和君蹲下来，发现许次的手还在揉脚踝。

许次站了起来，段和君便仰头看他，发现许次的脸色也不太好。许次皱眉，说："热。"

"许次，不行就别上了，以后还有机会。"教练拧眉，生怕许次有什么事。

"我能跑！"许次皱眉，声音压低，额头上的汗直往下掉。

而此时，比赛开始了！

枪响，赛道上的参赛选手一同冲了出去，全场瞬间响起尖叫声，都在为支持的选手呐喊助威。

江听寒往场内看了一眼，陆禾不知道是不是担心许次，刚才起跑慢了。但问题不大，才刚刚开始。

"段和君，去准备。"教练催促着段和君去准备。

段和君还在担心许次："真有伤就别上了，为了这一次联赛伤重不值得，知不知道？"

许次站起来，原地小跑了几下，说："看，没事吧？"

江听寒神色复杂，攥着毛巾的手更紧了一些。

目光给到场内，陆禾紧跟着前五名，后面三名逐渐被拉开距离。第二棒很快开始交接，段和君和陆禾练了很多次交接，训练的时候一直在出错。好在今天并没有发生什么失误，顺利交接后，段和君开始发力。虽说第四棒需要很强的爆发力，但在接力赛中，每一棒都是至关重要的！

第三棒开始交接，前五名依旧没有拉开太大距离，好似随时都要被谁超过去。

林子然跑到中途开始发力，挤进前三，三个人就快要重合到一起了。不到两秒钟，便见林子然从三人中脱颖而出，将那两个人抛到后面。

教练拍了一下许次的后背，示意许次可以做准备了。

江听寒给他加油。许次刚向前走了两步，脚下忽然一个不稳，一阵剧痛从右脚传到心底，他整个人不受控制地摔倒在了地上。

观众席一片惊呼，江听寒正要过来，便听教练急促地喊着："江听寒，你上，你上。"

"寒哥。"许次看着江听寒的背影，脸色很白。

江听寒往后看去，他就躺在地上，光照不到他。他说："我们最后一个冠军……"

场面一度慌乱，许次忽然倒下，让江听寒整个人都恍惚了一下。

冷翊和林捷迅速跳下看台，冲过去的时候，看到许次正抱着他的右脚躺在地上痛苦不堪。

江听寒接过林子然的最后一棒，他目光往许次身上扫去，却没办法过多在意，只能拼命地跑。

后面两队咬得紧，江听寒整个人节奏都是乱的。

教练朝着他大骂："江听寒，你给老子稳住了！"

温言和简怡在看台上根本就坐不住，段和君背着许次就往外场跑。

"言宝，你陪着江听寒，我去许次那边！我们电话联系！"简怡决定跟他们去医院。

温言的心被拉扯着，她看着赛场上还在跑的江听寒，心里是说不出的滋味。

许次在比赛之前忽然倒下，江听寒顶着巨大的压力被推上赛道。乱了，全乱了。

江听寒冲过终点线，小跑了不远便停了下来，直奔着教练而去："许次怎么了？"

"你别着急，应该只是训练过度，脚踝受伤。"教练拉着江听寒，"江听寒，你现在还不能走。比赛还没完，我们组的其他人都去了，你得留下。"

江听寒心里急得要死,打算让教练自己留下。就在这时,入口有一些穿着正装的人走进来。

周围安静了下来,大家都看着他们,好奇不已。

江听寒浑身是汗,和他们比起来,略显狼狈。

"你好,江听寒。我们是你父亲江峰工作的组织派来的检查员。"

"你父亲多年前的比赛因涉嫌服用兴奋剂,现需家属人员和我们走一趟,配合我们的调查。"

江听寒的表情瞬间冷了下去,他皱起眉,问:"你说江峰怎么了?"服用兴奋剂?

去调查组的路上,江听寒的电话暂时被收走了。

温言不能陪着他,只能先赶回去找韩晴。韩晴也不在家,她在家里的桌子上看到了韩晴留下的字条:"言言,家里出了一点事。不必挂念。"

温言心情沉重,家里早就出事了,从江峰回来的那一天起,可韩姨没对她和江听寒说。

她站在院子里,看着空荡荡的房子守着手机消息,感觉无力极了。她只好先打车去医院,在许次的病房门口,听到医生说:"你现在这种状态,一时半会儿是不能跑了。"

"那我以后还能跑吗?"少年急切的声音里带着哭腔,令人悲痛。

医生沉默了几秒,声音低沉地说:"不好说。"

"不好说是什么意思?"许次顺势抓住医生的胳膊。

陆禾和林捷一左一右按住许次,段和君和林子然只好先带着医生出来。

温言撞上他们,往后退了两步。

"江听寒呢?"段和君问温言。

"江听寒被教练留住了,等下过来。"温言只能先这么说,免得他们为江听寒担心。

"医生,你说我朋友怎么了?"温言望向医生,先转移了话题。

医生叹了口气,指了指那边的办公室,边走边说:"他应该是早些年右脚就有伤,这次训练过猛,加重了伤势他没在意。目前从检查来看,是跟腱断裂。"

听到这四个字,段和君往后退了一步。

林子然那样平静的人,在听到医生这句话后都吞了口唾沫,然后转过身。跟腱断裂,是所有运动员的噩梦。

"医生,要不要再检查一下?"温言询问医生。

"我们会持续观察患者伤势,建议你们尽快叫患者的家属来医院,接下来他都会需要陪护。"

温言跌坐在医院走廊的长椅上,她拿出手机,点开江听寒的电话,迟迟无法按下去。

她不知道江听寒能不能接电话,也不知道江听寒现在是什么情况。她想让江听寒快点过来,许次需要他……

温言的手机忽然响了,看到来电显示,温言立刻出了病房按了接听。

"江听寒,什么情况?江叔叔和韩姨呢?"温言有一连串的问题要问。

电话那头的人沉默了几秒,缓缓开口:"许次怎么样?"

温言咬着下唇,她的手指抠着衣服,不知道该不该告诉江听寒实话。

"温言。"江听寒叫她,声音沉沉的。

"我在。"温言抬眸,答应道。

"我爸他们队内发生了点事,他被人举报那年取得第六名的成绩是服用了兴奋剂。组织上已经调查了两个月,他之所以回家,是被停职调查了。现在调查到了最后关头,我和我妈只是过来走个流程,你不用担心我们。"江听寒风轻云淡地解释着江峰的事情。

"那你们今天能回家吗?"温言小声问。

"暂时还不清楚,如果我们下午六点没回家,你就别等了。"他又问了一遍,"许次怎么样?"

温言还是决定先说个善意的谎言:"等你回来再说吧。医生来了,我先挂了。"告诉江听寒,他在那头只会更加焦急。等江听寒回来了,他自己来医院看许次再说吧。

温言叹了口气,心里像是压了一块石头一样沉重。

五点多,许次的爸妈姗姗来迟。

护士提醒病房里少留人,大家实在担心许次,便决定轮流照顾许次。今天第一天,先是段和君。

从医院出来,林子然接到了教练的电话。听完电话,林子然脸上的表情显然冷了下来。他一句话没说就挂断了。几个人看向他,谁都没问,等着他先开口。

"我们的冠军被取消了。"他说。

林捷:"凭什么?"

这可能是许次职业生涯中最后一个冠军了,哪怕只是一个小小联赛的冠军。

林子然抬眼看温言:"那得问温言。"于是,所有人的目光都落到了温言的身上。

"因为江听寒吗?"温言不敢确定。

林子然嗯了一声。

"寒哥怎么了?"陆禾一头雾水。

"江叔叔被举报了,江听寒被调查组带走了……"温言不明白,这和江听寒的比赛成绩有什么关系?

"江叔叔被举报了?"大家几乎异口同声。

林子然有些头疼地揉了揉眉心,说:"现在江听寒是涉事人员,联赛方说不方便将冠军奖杯颁给我们,把我们踢出局了。"

温言只觉得头疼:"我先回家了。"她一分钟都不想再待在外面了,她恨不得这一切都只是一场梦!

简怡担心温言,想送温言回家,被温言拒绝了。几个人站在医院门口,乱成一团!

温言回到家刚好六点,院子里没有人,江家的灯也没亮。温言只好一个人坐在台阶上。

门外传来脚步声,温言立刻站了起来,可惜只是路过的人。

温言转身正要回家,后面又一次传来脚步声。温言本不打算回头了,却听到有人叫她:"温言。"

这声音是江听寒!温言立刻转过头,就见江听寒站在门口。

温言跑过去:"你没事吧,吓死我了?"

"没事。"

"韩姨和江叔叔呢?"温言往后看去。

他将温言拉回来,说:"他们要晚一点。我去换件衣服,你陪我去医院看许次。"

"好……"温言点了点头,语气却有些犹豫。

医院里,温言本打算带江听寒去病房,却直接被江听寒带去了医生办公室。他找到了值班医生,询问许次的病情。

值班医生也没犹豫,随口而出道:"患者是跟腱断裂。"

听到这个字,江听寒的反应和段和君一模一样:"不可能……"

"下午又做了一遍检查,这是检查报告,你自己看。"医生把许次的检查报告调出来。

他们医生早就习惯了,毕竟是运动员,肯定不愿意接受这个事实。可这就是事实,没办法的。

纵使江听寒再不想相信,在看到检查报告时,也不得不接受。

江听寒不记得自己是怎么从办公室走出来的。他站在许次的病房门口,迟迟没有进去的勇气。

温言太懂江听寒的心情了,江听寒发自内心地希望许次越来越好,可现实总是事与愿违。

江听寒闭上眼睛,身体有些摇晃。

温言去扶他,听到他问:"是我害的吗?"

"不是你害的,和你没关系。"温言立刻摇头。

"如果我不让他跑第四棒,是不是就没这事了?"江听寒的目光落到温言的身上。

如果江听寒一定要把这件事揽到自己身上,那她没办法安慰江听寒。

江听寒没办法接受许次不能跑了这件事,转身离开。

温言立刻跟了上去:"江听寒,许次需要你,你不进去看看他吗?"

"没脸。"

段和君出来的时候,两个人都走了。

江听寒在回去的路上,看到了教练单独发给他的消息。

教练:"小寒,你家里还好吗?我们的成绩被取消了。"

这条消息是下午发来的,现在已经晚上七点了。江听寒看完消息,只觉得脑子里轰隆一下,停止了思考。

"我们的成绩被取消了?"江听寒问温言,"因为我被带走调查?"

温言没回答，算是默认了。

出租车停到家门口，江听寒推开车门下了车，看着屋子里亮着的灯，快步冲了进去——江峰！

江峰坐在沙发上，韩晴倒了杯水从厨房出来，却因为被突然冲进来的江听寒吓了一跳，杯子掉在地上摔碎了，水洒得到处都是。

韩晴望向江听寒，强忍着即将爆发的情绪，问他："这么匆忙干什么？"

"你问他！他到底干了些什么？"江听寒的目光落在江峰身上，语气里满是指责。

江峰缓缓抬起了头，对视上江听寒那双漆黑的瞳仁。江听寒像是看敌人一样看他，让他心酸。

温言跟进来的时候，江听寒正在和江峰对峙。

"被调查了为什么不早点告诉我？"江听寒压低了眉心，声音发紧，"因为你，我们这次比赛成绩被取消了！"

江峰则是低下头，任由内心波涛翻涌，默不作声。

韩晴站在一旁，脸色慢慢冷了下去："小寒，不许这么和你爸爸说话！"

江听寒哪里顾得上韩晴，压低了声音质问江峰："你知道许次有多在意这次的比赛成绩吗？"

他一想到许次以后都不能再跑了，他的心就像是被什么抓着一样疼！

许次那么努力，就连最后倒下的时候他惦记的都是冠军！可因为江峰，他们的成绩被取消了！

他比任何人都想跑出成绩，老天凭什么对他这么不公平？

"说话啊，装什么哑巴！知不知道你这样真的很像一个懦夫！"

那年退役时也是这样，回到家一言不发，就这样坐在沙发上。

韩晴和他吵架时，他也是这样！沉默不语和冷暴力究竟有什么区别？

温言是第一次见江听寒这样失控，他发自内心地替许次感到心痛，他将许次受伤的事揽到了自己身上。他内疚，自责！

韩晴一把扯过江听寒，发了火："江听寒，你给我闭嘴！"

"任何人都有资格说你爸爸是个懦夫，但你没有！"韩晴的声音逐渐冷厉，和以往热情的她有着极大的偏差。

江听寒拧着眉，眼里都是难过："妈，你不要任何时候都无条件地顺从他，替他说话……"

"你爸之所以有今天，和你有着脱不开的关系！"

江听寒看着韩晴，睫毛微颤，她这话是什么意思？

江峰起身，声音沙哑："韩晴，别说了。"

韩晴如鲠在喉，压低了声音喝道："有什么不能说的？他已经成年了，他有权知道当年你为什么退役！"

江听寒呼吸沉重，江峰退役……和他有关？

"江听寒，你爸才不是懦夫。他当年退役，是因为脚伤！"韩晴坐在沙发上，偏过头去。

这件事或许对江听寒很残忍，但事已至此，江听寒应该知道！

"你爸当年是因为小伤在家休养。你上小学在学校闯了祸，你爸去学校帮你和解，和对方家长发生冲突，在争执中脚部磕到桌角导致跟腱断裂。你知道吗？"

温言再一次听到了"跟腱断裂"这个医学名称。

江听寒的心紧了一下，像是有一盆冷水随着她的这句话浇了下来。

那年夏天，江峰受伤回家休养。他和学校里一个叫王轩子的同学起了冲突，王轩子的父母在教师办公室里撒泼。

江峰替他出头，双方在办公室动了手。他记得江峰最后是被救护车拉走的，后来江峰一年都没回家。他再次见到江峰，便是江峰退役。

"需要我告诉你跟腱断裂对于一个运动员来说意味着什么吗？"韩晴说到这儿，声音都有些哽咽。

江听寒睨着韩晴，不受控地往后退了一步，肩膀在颤抖。跟腱断裂……又是跟腱断裂！

屋子里有一瞬间的安静，呼吸声此起彼伏。马路上的车鸣声是那样的清晰。

"你爸爸一直说这件事和你没有关系，受伤是一个运动员无法避免的。可是小寒，这件事其实本可以避免……"

韩晴真的很痛心。江峰本该跑得更远的，他的巅峰不该是世界第六。

她更委屈的是，江峰的一生都献给了体育，却在这个时候，还有人举报他，说他服用兴奋剂！

温言一瞬间沉默了,她简直不敢相信,看似这样平静的一个家,竟然也隐藏着如此巨大的秘密。

"所以,他受伤退役,是我的错。"江听寒说出这句话的时候,声音都在颤抖。

他简直不敢相信,江峰退役,是因为他。

一直沉默的江峰倏然开口:"不是你的错。"受伤是无法避免的,这和谁对谁错没有关系!

江听寒的眼睛红了,他拧着眉,垂在腿边的手慢慢攥成拳头:"怎么会不是我的错?"

"和你说这些,不是为了计较谁对谁错。而是想告诉你,你爸这些年,从未做过对不起你的事情。你不该用这样的态度和他说话!"韩晴低吼。

江听寒看着江峰,眼角有泪掉下来,就连呼吸都觉得困难。

江峰同样望着他,因为被调查的原因,这两个月里他苍老了不少,白发不知何时爬满头,眼部的细纹也越发多了。

江听寒忽然恍惚,很多年前,他也是在赛道上驰骋的热血少年。不过是因为有了小孩,所以有了责任。若韩晴不说,他这辈子都不会想到,在鼎盛时期忽然退役的江峰,是因为解决儿子在学校和同学发生冲突一事,而葬送了自己的职业生涯。

"江听寒,你被家里保护得太好了。"韩晴眼里充满泪水,几度哽咽。

江听寒确实被家里保护得很好,这些年除了在温言身上栽过跟头,几乎就没受过挫。不然你以为他这种性格是怎么来的?

江听寒摇了摇头,他还是不太能接受这个事实。江峰的一生都被他毁掉了,这对江峰来说,太残忍了!

江听寒转身往外走去,江峰上前:"小寒!"

他甚至不敢听江峰的声音,只觉得血液在沸腾,烫着他的每一寸肌肤。

温言与他擦肩,眼看着江听寒出去,她递给韩晴一个放心的表情,便跟了出去。

少年背影孤单,漫无目的地走在路上,大脑里一片空白。

温言就跟在江听寒后面,她知道,许次不能跑了,江峰退役和他有关,这一切的一切都来得太突然了,他没办法接受。

他的脚步停在了之前温言常坐的那条长椅前。一抬头，他便看到了跟在他身后的温言。看着温言，他的心便更疼了。

温言朝着他走来，海边起了风，终于没那么闷热了。

他坐在长椅上，温言停在他的面前。她掌心落在江听寒的头发上，轻轻地揉了揉。然后她蹲下来，认真地看他。

江听寒的眼睛始终泛红，情绪看起来糟糕透了。

他的眉心跳动了一下，冒着尖儿的喉咙滚了滚。他蹙着眉，看着海风吹着温言散落的头发。

江听寒垂下头，弯腰抱住了蹲在她面前的温言。

他将头埋进温言的肩里，有什么打湿了温言的肩。

温言除了心疼，不知道还能为他做些什么。她忽然想到了那天江听寒抱着她时说的话——温言，我带你走吧。

现在，她也想对江听寒说：江听寒，我带你走吧。

江听寒抱了温言好久好久，似乎只有温言才能给他一点点安慰。

温言买了两杯气泡水，坐在江听寒身边，和江听寒一起看海。

"去看看许次吧。"温言淡淡开口。

江听寒抬了下眼皮，耳边响起了许次和他说的话。

"真想站在世界赛道上，也让那些瞧不起我们的人看看，我们也能跑出好成绩！"

"寒哥，我有一种不好的预感。预感你一定会完成我的梦想。"

"寒哥，800米，2分06秒。"

江听寒闭上眼睛，心如刀割。

再想到江峰，江听寒更觉得窒息。那可是他最鼎盛的时期啊，江峰当年是怎么接受不能跑了的事实的？

江听寒深吸一口气，站了起来。

温言望向他，他揉了揉温言的头发，淡淡道："回家。"

"你如果心里难受，就在外面再坐会儿吧。"温言是过来人，她知道心里压着事是一种多么痛苦的经历。

"我坐到明天，你就陪我到明天。我倒是无所谓，可你不行。"江听寒闷笑一声，牵住温言的手，带温言回家。

听他这么说，温言更心疼他了。

"江听寒，你也可以自私一点。"别什么事都先想着她。

"我一直都挺自私的。"江听寒语调淡淡的。

温言垂眸，江听寒从来都不自私，他就是个傻子。

"不用为我担心，我的自愈能力向来很好。"江听寒垂眸看向温言。

温言仰起脸，迎上他疲惫的双眸。有那么一瞬间，他似乎长大了。她停下脚步，他不得不跟着停下来，听到温言说："江听寒，别逞强了。"

"不逞强，听你的。明天去看许次。"他脸上带着浅浅的笑意，"走了，回家。"

海风吹了，该冷静也冷静过了，一直坐在那儿并不能解决什么问题，生活还得继续。

回家后，韩晴一个人坐在客厅的沙发上，打碎的杯子早已收拾干净。

江听寒站在韩晴面前，语气很轻："妈。"

韩晴一如既往笑了笑，嗯了一声，又像是什么都没发生一样。

江听寒低下头："对不起。"

突如其来的道歉让韩晴鼻尖酸涩："你爸在书房。"

江听寒往楼上看去，感觉步伐沉重。站在书房门口，江听寒迟迟没有敲门的勇气。或许，他还没做好面对江峰的准备。

门忽然打开，江听寒和江峰面面相觑。父子俩谁都没说话，江峰转身又回了书房。江听寒跟了进去。

他平时很少来江峰的书房，他的书房里都是奖杯和证书。不管是当运动员时还是现在当教练，他在哪个领域都做到极致。

江峰的书桌上，放着一家三口很早之前拍的合照。

"我……"两道声音几乎一同响起。

江听寒抬眼，示意江峰先说。江峰又示意江听寒先说，仅仅这样一个举动，二人之间的关系便瞬间被拉近了。

"对不起。"他从来没觉得这三个字沉重，可今天，这三个字就像一个千斤顶。

"谁家老子会生儿子的气？有什么好对不起的。"江峰答得随意。

书房开着窗，外面正是一棵梧桐树，树叶茂密，夜晚的灯光照在树梢上，屋子里的气氛很温馨。

"我不知道您是因为我。"江听寒实话实说。

"也不全是因为你，是你妈妈言重了。"江峰开导江听寒，言语有些倔强。

"是我害你不能跑了。"江听寒垂头。

江峰倒了杯茶，示意江听寒坐下："不能跑就不能跑呗，多大点事。我现在不还是在为我热爱的事业努力吗？"

他太淡然了，淡然得让江听寒心里更加无法释怀。

"刚得知这个消息的时候，确实不太能接受。但随着时间的推移，慢慢也就好了。"江峰叹气，而后望向江听寒，"你那个朋友……我关注过他，是个好苗子，可惜了。"

听江峰这么说，江听寒的心里更难受了。

房间里安静，窗外有鸟儿在叽喳叫着，海风被吹得好远。爷俩儿的心事也就此舒展开。

江峰淡淡道："小寒，你该正视你的职业了。"

江听寒终于抬头，对视上江峰那双久经年事的双眸。

江峰说："有太多人发自内心地热爱跑步，却被命运捉弄，含泪离开。你身为如今体育界冉冉升起的体育之星，不能再这样应付了。"

"你有没有看过你媒体账号下的评论？每当你跑出了好成绩，有多少人羡慕你？祝福你？"

江峰的话，羞得江听寒脸红。他从未看过，也从未在意过。

江峰起身，来到那一排奖杯面前。从小学开始，他的奖项就没断过。

他拿起一个奖杯，上面一点灰尘都没有。他若在家，便会自己来擦擦奖杯。若是不在，也会让韩晴抽空帮他擦干净。

江听寒听到他说："你要真正爱上跑步，爱上它带给你的一切。"江峰将奖杯放下，转身，脸上显现沧桑疲倦，"江听寒，你应该代替爸爸走完那些爸爸未能走完的路。"

"不止我，还有那些想跑却不能再跑的人。比如许次，你的朋友！"江峰来到江听寒的面前，语气严肃，"你身上担负着的不只儿女情长，冉冉升起的不该只有你的名气，还应该有国旗！"

江听寒无言，只是静静听着。这是江峰第一次和他说这些。这些年，江峰从未说过他对体育的态度。

作为一个真正热爱体育却不能跑的人，看到他这样，应该无数次想打他一顿吧？

江听寒真的如教练所说，他在浪费自己的天赋，他是身在福中不知福。

"好了，我言尽于此，接下来的路该怎么走，你自己决定。"江峰拍拍江听寒的肩膀，看了下时间，道，"我去休息了。明早我的事就该有个结果了。"

"爸。"江听寒叫了他一声。

江峰转头看他，神色淡然。

真的如他所说，他从未觉得自己受伤是因为江听寒，更不觉得这是一件该怪谁的事情，只是自己运气不佳罢了！

"我会好好考虑你今天说的话。还有，我相信你。"江听寒心平气和地说道。

江峰眼睛一亮："那很好，说明我今天没有白讲，有机会带你去国家队逛逛！"说完，他便出去了。

让江峰感动的不是江听寒的态度，而是江听寒说的那句——我相信你。

江听寒留在书房，他第一次这样认真地去看江峰曾获得的每一次荣誉。

江听寒自以为自己很厉害，却发现，他得过的奖项，江峰也全部得过。且江峰是第一个得过国内奖项大满贯的田径运动员。

在江峰的世界里，为国争光从来不是一句口号，而是深深烙印在他血液里的信念。

他有着这样一个优秀的父亲，难道不应该追逐江峰的脚步，变成更优秀的人吗？可这些年，他究竟都在做些什么呢？

他的确应该好好正视自己了。

江听寒坐在江峰的电脑桌前，第一次有了想观看江峰比赛的想法。

江峰的电脑里有很多文件夹，其中一个文件夹名为：江听寒。

他好奇地点进去，这里面竟存着他每一次比赛的视频。江峰在每次比赛后都建了一个文档，写下了对比赛的点评。

江听寒的心咯噔一下，看着那一排排字，心里格外酸楚。

3月3号：这场比赛起跑并不好，他该多练练了。但好在体力够，后期冲刺很稳。

5月12号：起跑还算完美，后面三十米怠慢了，是觉得队友太菜吗？这样嚣张并不好。

6月23号：比去年跑得更快，更扎实了，姿势还有待矫正。臭小子是挺帅的。

7月22号：不想做任何点评，心不在焉的，不知道在想些什么。消极比赛！

江听寒看到那个感叹号，不禁笑了。

再往下翻，有鼓励的，有批评的，也有开玩笑的。

江听寒看着看着，便红了眼睛。

江听寒一早就去了医院，却被拦在了病房门口。

段和君和许次的父母都站在门外，嘴里叹着气："昨晚把我们赶出来之后，今天谁也不肯见。"

"这孩子，不就是不能跑步了吗？怎么就这么执拗！"许次的妈妈眼睛红红的，可见昨晚哭过了。

江听寒和段和君对视了一眼。江听寒想从门外往里看看，却什么也看不见。

江听寒沉默了几秒，敲了敲门，淡淡道："许次，我进去行吗？"

忽然有东西狠狠摔到地面上，而后传来少年的怒吼："滚！全都滚！"

江听寒心一沉，神色越发复杂。他握着门把手的手紧了紧。

"许次，对不起。"江听寒把声音压低。他不知道许次能不能听到，但他想和许次道歉。

"这件事和你没关系。"段和君安慰江听寒。

房间里又有东西摔在地上的声音。

"你不想见我，那就不见了。等你想见我时，我再亲自来和你道歉。"江听寒垂下手臂，而后看向许次的父母，很抱歉地说道："叔叔阿姨，对不起啊。"

"小寒，和你没关系，你不要自责。"许次的爸爸摇着头，声音有些沙哑，"是我们小次自己的问题。"

"他没问题。"江听寒动了动喉咙，双眸黯淡，"是我没照顾好他。"

"真的和你没关系。"许次爸爸嘴笨，来来回回只有这一句，他不希望江听寒自责。

江听寒没再回应，而是往电梯走去。

段和君看着江听寒孤单的背影，心里很不是滋味。他和许次爸妈打了个招呼，追了上去，说："真不是你的错，别往自己身上揽。"

江听寒没应声，按了电梯按钮，动作很重，像是在发泄着什么，然后漫不经心地嗯了一声。

"你这样我也会很担心。"段和君握住江听寒的手臂。

"你们替我照顾好许次。"江听寒拿开段和君的手，抬眼看向段和君，他的眼神过于平静。

段和君张了张嘴。电梯来了，江听寒进去，再没抬头。眼看着电梯门关上，段和君一只手抓了抓头发，深深地叹气。

星海街。

江听寒喝了口可乐，一只手插兜坐在长椅上，看着一望无际的海面，身边忽然有人坐了下来。

江听寒转过头，就见温言同样开了一听可乐，发出噗的一声。

她喝了一大口后，望向江听寒。小姑娘眼眸亮若星辰，长长的睫毛衬得她眼睛很是深邃。这张脸太过精致漂亮，足以惊艳别人无数次。

"见到许次了？"温言问。

江听寒摇头："他很不好。"

"他需要一点时间。"温言转动着手中的可乐。

今天好热，晒得人一点都不舒服，导致内心越发烦躁。江听寒闭着眼睛，只坐了一会儿便坐不住了。

他起身要走，温言伸手钩住他的手。感觉到温言掌心的温热，他微微垂下头。

温言仰着脸看他，睫毛颤了颤，小声道："江听寒，你这样我很难过。"

往日都是他来安慰自己，可轮到他出事了，她却无能为力。

江听寒察觉到温言微红的眼眸，立刻蹲了下来。他抬起手臂，手指在她脸上捏了捏。

"韩姨说她会找最好的医生给许次动手术。术后只要许次好好恢复，还是能跟正常人一样。只是……运动受到了局限。"

温言反握住他的手，认真地说："江听寒，越是这个时候，你越不能颓丧。只有你好好的，才能给许次力量。"

"他今天不见你，我们明天再去，后天也去，大后天继续去！他总有一天会见你的！"温言抬手捏捏他的耳朵，声音越发温柔，不停安慰，"我会陪着你。"

江听寒听完，笑了。他点了一下温言的鼻尖，算他没白疼温言。

"欸，看来某人不需要我们咯。"背后传来几个少年阴阳怪气的声音。

温言转头，江听寒抬眼。

陆禾站在中间，左边是冷翊和林捷，右边是林子然，后面还有简怡。

温言和江听寒一起站了起来。几人走过来，陆禾说："寒哥别怕，不管发生什么，咱们都一起面对！"

江听寒勾了勾嘴角，拍了一下陆禾的脑袋："不去医院，跑我这儿来干什么？"

"许次重要，你也重要啊，咱们体队一个都不能少！"林捷嬉皮笑脸地说。

"一起陪许次手术吧！手术完，我们带他出去散心。"冷翊提议。

大家齐声回答："没问题！"

陆禾忽然问："都没吃饭吧，我请客，吃早饭去。"

温言和简怡一同看过去，异口同声道："就没见过这么愿意请客的人。"

江听寒连续几天去医院都没能见到许次。

八月初，许次做手术，江听寒终于在手术室门口看到了许次。仅匆匆一眼，许次消瘦了不少，身上没了那股子劲，头发也长了些。

手术室的灯亮了，门外站着他的朋友，他的亲人。

江听寒低着头倚在墙边，全程都没说话。

许次爸妈看到这么多人在等着许次出来，内心十分不是滋味。

"小次比赛之前和我们说……做完手术他想去乡下奶奶家休养。"许次妈妈忽然开口，打破了手术室外的寂静。

一行人纷纷抬头，目光落到了许次妈妈的身上。

"去多久？"江听寒先开了口，声音喑哑。

许次妈妈摇头，不清楚。但看许次那样子，应该是不打算回来了。

手术室的门被推开，江听寒起身往门口走去。

医生摘下口罩，笑道："手术很成功，不用担心。接下来就是好好休息，没事的，很快就会康复！"

话落，许次从手术室里被推了出来。

江听寒上前。许次的眼睛有些肿胀，局部麻醉让他得以清醒着做完了手术，冰冷的手术室让他整个人像是沉入海底一样窒息。看到围上来的这些兄弟，他只剩下哽咽，眼泪顺着脸颊往下掉，砸进耳朵里。没人知道他究竟有多痛苦，有多不甘心。

江听寒想说什么，却如鲠在喉。他已经半个月没看到许次了，忽然见到他，他一句话也说不出。

温言注意到江听寒的情绪波动，握住了江听寒的手心。

"先回病房吧。"医生提醒道。

温言拉了拉江听寒，大家往后退了退，让出了一条路。

"小寒，你去病房吧，他不会再拒绝见你了。"许次妈妈说。

陆禾等人都没有进去，将空间留给了江听寒。江听寒去病房的时候，护士已经将许次的床放好了。

江听寒关上病房的门，走进去，对视上了许次的双眸。

房间里一度安静，两个人的呼吸声沉重。

半晌，许次先开了口："和你无关，我并没有怪过你。"

江听寒抬起头，许次淡淡道："我只是恨自己没出息。"

江听寒的心脏猛缩。许次越是这么说，他心里越不舒服，就是觉得亏欠了他的。

"我很遗憾，没能代表五中拿到最后一个奖。"许次说着说着，便笑了。

"对不起。"江听寒声音很轻。

许次笑，眼底没什么光，很平静地说："江叔叔没事吧？"

江听寒摇头。江峰已经没事了，就是被人恶意举报。情况查清后他便归队了，可能还会因祸得福升职。

"嗯，就这样吧。"许次点点头，再不愿说话了。

- 279 -

江听寒睨着他,看得出许次消极的态度。他忽然道:"有个人和你一样,跟腱断裂不能跑了。后来,他当了教练。"

许次笑:"有本事的人去哪儿都会发光。"

"对,有本事的人去哪儿都会发光。"江听寒立刻重复他的这句话。

"因为一次伤病,你就觉得前途无光了吗?"江听寒的语调终于有了温度。

许次闭上眼睛,选择逃避:"我没本事。"

"能不能不要总说这些话,你知道的,在我眼里你不比任何人差。"江听寒说话时的语气格外着急。

许次沉默。江听寒看着他逃避的样子,气不打一处来。他站起来,转身就要走。可想到什么似的,他又停了下来。

江听寒转身,对着许次说道:"你不想见我,以后我就不来了。"

"但许次我告诉你,事已至此,再怎么躺平摆烂,你都不能跑了!如果你还打算做其他的,不管以什么身份,或许未来有一天我们还能在赛场上重逢!但你要一直这么下去,我无话可说。"

门被狠狠关上,许次的身体抖了一下。他双手抓紧被单,脑海中,江听寒的话疯狂重复着。

许次看着自己刚刚手术完的脚,苦笑道:"重逢吗?怎么重逢呢?"

病房外,几个人感觉到了江听寒的怒火,谁也不敢说话。

江听寒呼吸沉重,看着眼前这些人,他只说了一句话:"以后许次的事都别跟我说,他愿意自暴自弃,就让他自暴自弃!就当我没认识过他!"

陆禾等人你看看我,我看看你。江听寒拉住温言的胳膊,带着温言便走了。一直到进了电梯,他才像泄了气的皮球似的靠着电梯壁,目光淡然地看着脚下,苦笑了一声。

"逞一时之快,舒服了?"温言问他。

江听寒抬眼,将温言拉到身边,嘴硬道:"舒服。"

"谁还不知道你啊,嘴硬心软得很!"温言冷哼一声。说了伤害许次的话,他只会更伤心而已!

江听寒闷笑,没说什么。

温言走到他面前,认真道:"江听寒,我们出去看看吧。看完世界你会发现,眼前的这些苦难其实都不算什么。"

"去哪儿?"

温言握住江听寒的手,缓缓举起来,笑靥如花:"风吹到哪儿,我们就去哪儿。"

第十一章

陪伴

沈城，枫叶福利院。比起冬日来，夏天的福利院更加温暖。

院里开着花，墙壁上画着儿童画。院里所有的娱乐设施全部翻新，颜色鲜艳。

"言言，你们想住多久就住多久，千万别不好意思呀！"叶琳一脸热情。对于温言和江听寒的到来表示十分欢迎。

"院长，我们叨扰几天，以志愿者的身份，帮你照顾照顾小朋友们。"温言拎着零食。

身后，江听寒拎着两个人的行李箱。他以为温言会带自己去看海，看天，看世界。结果带他来的第一站是枫叶福利院，很好，很特别。

小朋友们刚刚吃完午饭，看到温言，发出一阵尖叫，奔着温言就冲了过来，将温言团团包围。

江听寒和叶琳就这么被挤到了人群外，二人相视一笑。

"尾尾、小狸！"温言蹭了蹭一个女孩子的脸颊，满脸欢喜。

小姑娘扎着马尾辫，穿着一条粉色的小裙子，漂亮得很。她抱着温言，一双眼明亮又清澈，声音很是好听。她说："温言姐姐，我们住了新房间哦。院长妈妈说，是你资助的我们，谢谢你！"

"不客气，我的宝贝。"温言眯着笑，揉揉她的头发。

"温言姐姐，那个帅哥哥又和你一起来啦。"尾尾捂着嘴巴偷笑，双眸亮着金星，充满佩服。

温言眼看着江听寒拉过行李，抿了抿唇。他在强颜欢笑，她能感觉到。

叶琳带江听寒去楼上，她说："刚好还有两间房，你和小狸住，让尾尾和言言住，可以吗？"

"可以，麻烦您了。"江听寒点头，十分客气。

叶琳瞧了他一眼，忽然笑了，说："你好像变了。"

"冬天见你时，你不是这样的。"叶琳总会见一些形形色色的人，观察人的情绪，她最擅长了。

"年轻人，乐观点，没什么过不去的，还是要做自己。"叶琳推开一个房间的门。

江听寒挑了下眉，没应声。房间装修很童真，里面有四张床，下面书桌，上面是床。屋顶贴的是星空贴纸，整个房间十分梦幻，一看就知道是男孩子的房间。看得出来,叶琳是花了一番心思的。

江听寒又去了另一个房间,放好温言的行李箱后就收到了陆禾的短信。

陆禾:"太不讲究了吧,说好的一起出去玩,自己跑了?"

江听寒回复短信:"和温言一起。"

陆禾:"行吧,让温言跟你去散散心。对了,许次回老家了。我和老段还有然哥打算先去望都玩一圈,冷翊和林捷归队训练去了。总之大家现在都有事可忙,等你回来,希望我们又能像以前一样!"

江听寒看着消息,没再回复。还能像以前一样吗?但愿吧。

他放下手机,一转身,便看到了站在门口的温言。

叶琳先下楼了。温言走进来,左右扫了一圈:"好漂亮的房间。"

"嗯。"江听寒倚在窗前,双手环胸看温言。

"怎么样,这里很好是不是?"她双手捧住江听寒的脸,眼里满是爱意。

江听寒垂眸,轻轻捋着她的发丝。这里很好,但和温言在一起,更好。只要是和温言在一起,他去哪里都可以。

看出江听寒的情绪不高,温言心中难免酸涩。她心疼他。少年不该被琐事压弯了腰,他该意气风发才是。

"江听寒,挫折和坎坷都是人生的必经之路,好好疗愈自己,昔日的枷锁就随它去吧。"

江听寒知道温言带自己出来,就是为了让自己尽快走出阴霾。他没有道理继续颓丧下去,这是对自己的不负责,也是对牵挂自己的人不负责。

"好,都听你的。" 他弯下腰,抱住她。

温言抱抱他,像是安抚小狗,充满耐心。

片刻后,温言问他:"我看到沈城有演唱会,要不要抢票去听?"

他问:"谁的?"

"因为你,所以我……"温言哼着曲调,江听寒立刻就知道是谁了。

他点了一下温言的脑袋,说道:"你抢到票再说吧!"

温言想到抢票的事便头痛:"可是我好想去。"

"那你要加油抢票咯。"江听寒挑眉。

夜晚。

"听寒哥哥,你是不是拿了好多好多冠军呀?"秋千上,小狸正抱着江听寒,眼睛亮亮的。

"是不是会有很多金牌?哥哥,我去年和院长妈妈看比赛,哇,那个金牌像巧克力一样,看起来就好好吃哦!"小家伙摸了摸嘴巴,一副馋巧克力了的模样。江听寒被他可爱的模样逗笑。

江听寒叹了口气。秋千轻晃着,他看向天空,金牌……

在小朋友的眼里,金牌只是巧克力。

在江峰的眼里,那是至高无上的荣誉。

在许次的眼里,那是他奔赴的目标。

那在他的眼里呢?又是什么?

江听寒揉着小狸的头发,正失神。

"哎呀,好凉!"小狸忽然从江听寒的怀中跳了下去。江听寒的身上被滋了水,一抬头,便见温言带着几个小朋友,手里拿着水枪。尾尾问他:"大怪兽,你敢接受我们的挑战吗?!"

江听寒眯眼,搞什么呢这小家伙?

"你这个胆小鬼,该不会是看到我们这么多人,害怕了吧?"温言仰起脸,一副嚣张的模样。

小狸抱起地上装满水的水枪,立刻站在了温言的身边,对着江听寒滋水,还不忘露出小白牙,嘿嘿嘿地笑着。

"小狸,你叛变得也太快了吧?"江听寒咂舌,不忘慢慢靠近他们,试图找个武器。

结果他还没拿到武器,就又被水枪攻击了。

"大怪兽要来抢我们的水枪啦,快滋他!"温言挑唆。

一群小神兽立刻冲了上去,一时间,院子里乱成了一团。水滋得哪儿都是,叶琳站在阳台上,看着白日里刚擦干净的窗户欲哭无泪。哎呀,白擦了,又都是水印了。

可是一看到院子里的小朋友和大朋友玩得那么开心,她便也释怀了。

"小狸,你叛变最快!"江听寒拿到水枪第一个就收拾小狸,他滋得小狸抬不起头,嘴里直喊:"听寒哥哥,我错啦!"

"我们讲规则哦,怕了就得跟我一组了!"江听寒临时讲规则。

温言才不在乎他的规则呢，他们肯定会坚持到比赛最后，和她一起揍江听寒！

"冲呀！"尾尾把水枪灌满水，立刻又冲了上去。

小狸见尾尾欺负江听寒，便和尾尾打到了一起去。

场面虽然混乱，却也充满欢声笑语。每个小家伙身上都湿透了，江听寒和温言也是一样。

江听寒将这些小家伙一个一个搞定，滋不过人家就冲过去扛起来就跑。

温言眼睁睁看着自己身边的小家伙被江听寒扛走："江听寒,你过分了啊。"

江听寒最后拿着水枪站在温言面前，身后那些叛变的小家伙纷纷仰起脸，一脸可爱地提醒道："温言姐姐，你被捕啦！"

江听寒挑着眉，将水枪对准温言。少年笑得灿烂，语调暧昧宠溺："大小姐，缴枪不杀。"

他浑身都湿透了，额头上的碎发被他随意往后压去，身上的少年气十足。

温言往后退了两步,打算跑,脚下忽然打滑,整个人不受控地往后倒去。

江听寒眼眸一沉，立刻上前攥住温言的手臂，将温言往怀中拉来。

温言撞进江听寒的怀里，他抱住温言的后背，听到温言松了口气。

"不闹了，不闹了。"温言认输。

江听寒："啊？刚才不是挺嚣张？这就尿了？"

温言抬头，双手叉腰瞪他："你再说？"

江听寒眼里泛着宠溺的笑意："不说了。"

"嘿嘿，听寒哥哥怕温言姐姐哟。"小狸在旁边和尾尾小声说。

江听寒拍了一下小狸的脑袋："什么叫怕？哥哥这是有风度。好了，时间不早了，快去让阿姨带你们洗澡睡觉吧。"

看着小朋友们被阿姨带了回去，温言拧着衣服上的水，坐在了秋千上。

江听寒到她旁边一同坐下。

墨色的天空挂着一弯明月，微风轻吹，温热细腻。

一片安静中，温言望着身边少年的侧脸，轻轻开口，问："虽然敌人看着很多，其实很好解决的，是不是？"

江听寒转过头看她，听懂了她话里的意思。

人生在世，大小坎坷不断，但回头想想，好像也不算什么。

他来到温言面前,坐在她的身边:"我已经不烦了。"

"哦?那你很棒哦。"温言拍拍手。

"那当然了。关关难过关关过嘛。"他嘴角扬起,眼眸温柔。他懂得温言的良苦用心,他不会一直让自己停在死胡同里。

忽然,屋子里传来叶琳的声音:"尾尾!"

江听寒和温言身体一僵,就见院长妈妈抱着尾尾跑出来。小姑娘浑身都是血,温言被撞得往后退了两步。

江听寒扶住温言,就听院长妈妈道:"快,出去找车,尾尾心脏病犯了!"

医院,抢救室门口。

江听寒抱着温言,温言整个人都是冰冷的。江听寒感觉到温言的不对劲,他搓了搓温言的肩膀,问她:"你冷吗?"

温言摇头,她不是冷。

"尾尾怎么回事?"江听寒不明白,今天一整天不是都好好的吗?

"尾尾有先天性心脏病,很严重,经常会流鼻血,心脏骤停!我上次和院长妈妈在望都医院遇到,就是院长妈妈带尾尾去治病。"温言抬头看江听寒,声音有些颤抖。

江听寒拧着眉,心像是被什么打了一拳,抬头看向手术室。手术室的灯熄灭,医生从里面出来,道:"没事了。"

温言和江听寒对视一眼,然后看到了从手术室里推出来的尾尾。小姑娘还在昏迷之中,巴掌大的脸上惨白无血色,江听寒不禁想到了之前从手术室里推出来的许次。

尾尾第二天中午才醒,温言正坐在椅子上打瞌睡,江听寒坐在床边守着她。

小丫头睁开眼睛,慢慢转头看向江听寒。

江听寒见她醒了,往前坐了坐。他正要说话,尾尾小声说:"嘘,温言姐姐睡着了。"

江听寒笑,小不点还真是懂事。

"有哪里不舒服吗?"江听寒小声问她。

她摇摇头。

"饿了吗?院长妈妈一早就送来了你喜欢喝的瘦肉粥。"江听寒将她脸颊的头发往耳后掖去,动作温柔极了。

尾尾又是一阵摇头。

江听寒沉默,尾尾说:"听寒哥哥,我没事的,我已经习惯啦!"小姑娘语气很轻松,脸上也没有一点难过的情绪。看得出来,她确实早已经习惯这样的生活了。

"你不怕吗?"江听寒好奇。

她很认真地想了一下江听寒的话,轻轻地、静静地回答道:"怕。听寒哥哥,我还不想死呢!"

闻声,江听寒的心像是一颗石头沉进了大海。

"我想成为一个很优秀的大人。院长妈妈说这个世界很大,很美好,我还都没看到呢!"

"听寒哥哥,我要成为像你和温言姐姐一样优秀的人。"她脸上挂满了笑,眼里全是对未来生活的期待。

江听寒闷笑一声,他捏捏尾尾的脸,说道:"哥哥一点都不优秀,对待生活的态度还不如你呢。"

小家伙嘿嘿笑,乖乖巧巧地说:"哥哥不要妄自菲薄,温言姐姐说,你是世界上最棒的人。我也这么觉得。"

江听寒顿了顿,看向一旁撑着脑袋睡觉的温言,笑了。

"尾尾,你会好起来的。以后来看哥哥姐姐的比赛和演出好不好?"

尾尾眼睛一亮,脸上是肉眼可见的开心:"可以吗?"

"当然了。"江听寒温柔地说。

每个人的生活都不如意,大到七老八十,小到四岁五岁。有人坦然面对,有人积极面对。但不管怎样,都得面对,逃避解决不了问题。这是永远不可改变的真理。

温言的脑袋从掌心滑了下来,她恍惚了一下,睁开了眼睛。

尾尾捂着嘴巴偷偷笑温言,温言抬眼,发现两个人正盯着自己。

"醒了?"温言连忙起身,将尾尾浑身上下都检查了一遍。

小姑娘点着头,嗯了一声,乖得很。

"小东西,吓死人了。"温言点了一下她的脑袋,哼了一声。

医生来查房,表示再观察几天,如果没什么事就能出院了。

温言和江听寒便揽下了照顾尾尾的活儿，两个人每天在医院陪伴。

医院是最能体会人情冷暖的地方。有人沉默着办理住院；有人听完医生的诊断随处一站，垂着头一言不发；有人笑着出院，说再也不来了。

"叮！"

江听寒刚给尾尾办完出院，就收到了一条信息。

牛："寒哥，五月天的票，两张连坐，搞定。"

江听寒笑了笑，回复了消息："牛牛，厉害啊。"

牛："必须的，你现在在哪儿，我给你寄过去。"

江听寒发了福利院的地址，推开病房的门，看到温言和叶琳已经收拾好了东西。尾尾抱着小兔子坐在床上，等着江听寒办好出院手续。

江听寒晃了晃手中的出院通知，尾尾开心得跳起来："哦！回家咯！"

江听寒将尾尾抱起来，懒洋洋地说道："回家了。"

尾尾趴在江听寒的肩膀上往后看，温言正跟着他们，脸上带笑。

江听寒摸摸尾尾的头发，脸上都是喜欢。电梯内壁透出三个人的模样，温馨极了。

江听寒忽然贴在温言的耳边，小声道："温言，你会一直明亮的。"

没人护得住他的月亮，只有他行。他很贪心，他不只要得到月亮，还要他的月亮一直明亮。

次日。

温言起床的时候，江听寒已经在帮院里干活了。院子里停了一辆小卡车，里面有许多儿童用品，想必又是某个好心人资助的。

温言站在阳台往下看，不忘扫一眼墙壁上的时间。这才六点半啊，最近在医院守着都没怎么好好休息，他还能起这么早。

"不颓丧了？"温言问他。

"颓丧是什么？这两个字我都不认识。"他吊儿郎当地回应着，没个正经。

温言笑了，嗯，是江听寒没错了。

吃早饭的时候，江听寒忽然将两张门票放在了桌子上。

温言看到演唱会门票的时候，眼睛都瞪圆了："买到了？"

"那当然，我是谁？"江听寒扬起嘴角，看到温言开心，他也跟着开心。

温言冲着江听寒竖起大拇指。

"这就完了？你也不表示表示？"江听寒眨眨眼，往温言那边靠了靠。

温言不解，表示什么？

江听寒委屈巴巴："大小姐，好歹来点实际的吧？花了很多钱呢！"

"怎么，花钱心疼啦？"温言手撑着脸看他，一点也不怕他炙热的眼神。

江听寒沉默片刻，摇头，不敢不敢。

"能给大小姐花钱，是小的有福气，怎么敢？"

"算你有自知之明。"温言勾起嘴角，转过头吃饭。

"你最近和许次联系了没？"温言忽然问。

江听寒摇头："还没，等我回去看他。"

温言望向他，问："是真的想通了吗？"

"嗯，别担心。"江听寒给温言吃了一颗定心丸。

叮！温言的手机响。她拿起手机，喝了口粥，看到了徐千千发来的短信。

徐千千："宝贝，华扬交响乐团在沈城有一场公益演出，就这个月月末，感不感兴趣，来一场？"

温言眯眼，让她去？

徐千千："有很多粉丝都期待你重新回到舞台哦，我也很期待。你不用着急回复我，我给你三天时间，请再三考虑，等你消息。"

温言咬着下唇，将手机放了回去，心思渐沉。公益演出没有票房，倒也不担心会被骂。但是她有三年没上过台了，可能会乱了阵脚，没有底气。

"想去就去呗，怕什么？"耳边传来江听寒的声音，温言抬眼，他解释道，"不是故意看到的，刚好扫到了。"

"故意看的也没事，我对你没有秘密。"温言直接道。

江听寒笑，他放下空碗，一只手撑着脸，面对温言："那我就直接说我的看法了。"

"热爱不是靠喊的，而是要付诸行动。我爸告诉过我一句话，他说我该正视我的职业了。现在这句话我也送给你，温言，你该正视你对大提琴的爱了。"

江听寒靠近温言，一双眼里写满真挚。他掌心落在温言的头上，细心且温柔道："既然爱它，就别放任自己因为心里的恐惧而退缩。勇敢上台吧，重新出现在大众视线里吧！"

温言承认，他被江听寒说动了。他说得对，既然爱大提琴，就别放任内心的恐惧而退缩。

"江听寒，看来人都有着同一个毛病。"温言不禁感慨。

"什么？"

"当局者迷，旁观者清。"她劝江听寒看开的时候，说得头头是道，反过头来江听寒劝她，亦如此。

江听寒笑得温柔，他轻点温言的脑袋瓜，宠溺道："所以啊，人这一生，好的爱人、家人、朋友，缺一不可。"

温言听得心里暖暖的，她捏捏江听寒的耳朵，重重点头："知道了。"

江听寒勾勾嘴角，凝望着温言的眼里泛起一抹说不明的情绪。他带着命令的口吻说道："温言，只有我能成为你的爱人。"

温言眼底荡开了笑意。嗯，只有江听寒能成为她的爱人，别人都没资格。

温言答应去参加公益演出了，简怡听到这个消息十分兴奋，这意味着她要和温言同台了！

她在微信上狂轰滥炸温言的时候，温言正和江听寒在演唱会的现场。

现场的氛围太燃太炸，一首首耳熟能详的音乐引发全场大合唱。江听寒全程都在看温言，她脸上的笑，眼眸里泛起的光，沙哑的声音，无一不在告诉江听寒——现在的她，很开心。

在江听寒的世界里，温言的开心比任何事情都重要。可他不好，这一个多月里，让她跟着自己哭了太多次。

她自己难过的时候都没流过几次眼泪，说过几次难过。却在他沉默不语的时候，一次一次拉住他的手，露出悲伤的表情。

以前，他不知道深爱一个人到底是什么滋味。他不说谎，直到这一刻他才明白。虽然这个年纪说爱太荒唐，可他就是想告诉温言，他真的爱她。

爱她的傲慢，爱她的漂亮，爱她的高高在上和光芒万丈。

爱她的无情，爱她的喜怒哀乐，爱她每一次看向自己时的眼神。

他那高不可攀的月亮，在奔他而来，低头看他。爱与浪漫并存，他的月亮，要一直明亮。

江听寒抬头看向舞台，唱到了她最爱的歌曲。

人群 烟火 香槟和气球

是你 带我 从派对逃走
逃离 人间 耳语和骚动
……
你将 你的 翅膀给了我
带我 穿越 狼群和镜头
让我 能够 品尝 片刻自由
……

她大声合唱，目光一次次落在江听寒的身上。那一声一声，无一句不像是在告诉江听寒她的爱意。

因为江听寒，她才能大胆走出黑暗，去勇敢接受这个世界的所有恶意、善意、美好，去爱这个世界。

幸存者无罪，她无罪。

宇宙之大，人生永远不会结束，每天都有新开始。人都是贪婪的，只不过每个人的目标不一样。小狗会贪婪月亮，月亮会贪婪光，而月亮的光是小狗。

温言再也不会陷入黑暗，因为她感受到了光的力量。

"尾尾，姐姐今天要回去咯。你要照顾好自己。"温言帮尾尾梳头发，尾尾眼睛里泛着泪光，全是舍不得。

江听寒倚在床边，不禁心疼。尾尾生病住院都没有哭，却因为他们要离开掉下眼泪。

温言捧着尾尾的小脸蛋，耐心地说道："过几天姐姐可能还会来沈城演出，到时候让哥哥带你去看姐姐的演出好不好？"

尾尾立刻开心了起来。江听寒笑得温柔，果然小孩子的世界最简单了，喜怒哀乐来得快去得也快。

江听寒蹲下来，抱了抱尾尾，轻声说道："尾尾，身体不舒服要立刻告诉院长妈妈，不要逞强。"

"会的。"小家伙乖巧点头，说道，"听寒哥哥，你要加油哟！以后我会跟温言姐姐去看你比赛的！"小姑娘抬起脸庞，满脸骄傲。

"好,哥哥答应你,以后带你看哥哥的比赛!"

"拉钩!"小家伙伸出手。

江听寒睨着她的小手,心里像是有什么揪着一样,再也没有不认真下去的理由:"拉钩。"

温言和江听寒回连宜了。高铁站,陆禾他们已经等候多时。

"哎哟,容光焕发啊!"陆禾围着江听寒转了一圈,咂舌道。

江听寒问:"一起去个地方?"

高铁站门口,几个人都停下脚步,去哪儿?

连宜新乡村。这里靠着大海,附近都是渔民。正值傍晚,夕阳西下,海岸迎来海鸥叫声,海面被照得泛起红光。

家家户户冒出浓浓炊烟,飘着饭菜香。

几个人站在一个插着红旗的大院门口,院子里到处都是晾晒的海鲜,还有一些锚和渔网。

院子很宽敞,房子是一栋二层小楼,对联已经褪色,夕阳照在房子上,有一种说不出的感觉。

门忽然被推开,就见穿着黑色T恤的少年从里面出来。几个人的脚步立刻停了下来。

那人抬头,迎上他们的目光,看到他们的刹那间,愣住了。

温言攥紧了江听寒的手,小心翼翼地看了一眼江听寒。

"许次你这个没良心的,自己在这么美的地方享清福!"林捷大声骂他。

那少年的肩膀抖了一下,而后皱起眉头,最后羞愧地低下了头。

段和君笑笑,忽然问陆禾:"陆禾,你知道什么东西一遇到不如意的事就躲起来吗?"

"王八呗。"陆禾勾唇,直视许次。

"还有呢?"段和君又问。

冷翊默默道:"蜗牛。"

"还有。"段和君继续说。

几个人纷纷看向段和君,还有什么?

段和君一点都没客气,一片寂静中,他冷冷地吐出两个字:"懦夫。"

院子里一阵安静,许次终于抬起头喝道:"你干脆直接报我身份证号码算了。"

"好啊,那就点名——许次。"段和君歪歪头,摊开双手,一副"我就骂你了,你能奈我何"的表情。

许次没说话,而是转身要回家。

段和君立刻问他:"什么意思,我们大老远过来看你,不让进屋?"

许次垂眸,继续往里面走。

"许次,你就这么不待见我们啊?"林捷不爽。

他没转身,却停下了脚步。

林捷便故意骂道:"那我们走好了,就当我们多此一举!每天跟个傻子一样担心他,人家根本就没把我们当回事!"

"热脸贴人家冷屁股的事我从来不做,走了。"冷翊跟着一唱一和。

"寒哥,走吧。"陆禾拍拍江听寒,"人家小日子过得好着呢,每天都有肉和海鲜吃。你看这小村子,多美啊,风景如画,又不用训练,也没有烦恼。反倒是我们自己,一天累死累活的,过得还不如人家。"

一声又一声,没人察觉到许次紧紧攥着门把手的手是怎么一点点泛白的。他脚上动了刀,根本不能吃海鲜!

"许次,这次走了我们就再也不会来看你了,以后也不会再和你联系。既然你想从此相忘于江湖,那我们就满足你!"林捷最后放了狠话。

江听寒勾了勾嘴角,他看着许次颤抖着的肩膀,淡淡道:"许次,祝你健康。再见。"

在听到江听寒开口后,他终于忍不住转过身。少年眼眸猩红,语气哽咽却又充满力量,他叫道:"寒哥!"

当他转身才发现,其实他们从来就没有走远,反而离他越来越近了。

江听寒睫毛颤抖了一下,看着许次那张消瘦的脸,笑了。

大家都不说话,而是等着许次开口。他张了张嘴,像是内心的感情终于得到了释放。他喉结微动,哽咽道:"我很想你们。"

林捷一把抱住许次,不禁骂道:"还知道想我是吧?"

许次就这么被林捷抱着,终于忍不住落下了眼泪。尤其是当他和江听寒对视的那一刻,两个人虽然一言不发,却又像是说了千言万语。

"浑蛋玩意儿。"陆禾撑着许次的肩膀,句句都是脏话,却句句充满

我恋月亮 294

牵挂,"做完手术就跑,也不告诉我们去哪儿了。许次,你真行啊。"

"我给你发了一个月的消息,你一条都没回。"林捷吐槽不停。

许次哭着哭着就笑了:"对不起。"

陆禾骂他:"对不起什么啊,你从来就没对不起过我们!"

林捷继续吼道:"许次,你给我好好的!兵来将挡,水来土掩,一点小曲折而已,算什么啊!"

林子然没说什么,而是拍拍许次的脑袋:"好久不见,瘦了。"

只这一句话,足以让许次落泪。

江听寒上前抱了一下许次,掌心狠狠地揉着许次的头发,似在宣泄自己的不满。

"疼!"许次委屈道。

一瞬间,大家都笑出声来。

温言看到这一幕,原本压抑着的内心瞬间放晴了。

你看,这就是少年和青春。无论是晨起的光,还是上午炙热的太阳,抑或是傍晚的夕阳,晚上的月亮,都会毫不吝啬地照耀在他们的身上。

他们有过误解,有过争执;有过巅峰,有过低谷。可回过头,他们还是他们,永远热血,永远炽热,永远朝气蓬勃。

晚上,许次弄了海边烧烤招待大家。这里的海和星海街不同,这里到处都是住家。村民都围在一起散步聊天,让人觉得很亲切。

江听寒和许次单独坐在一边,江听寒问许次:"你对未来有怎么打算?"

许次拧着眉,喝了口可乐,说:"没打算。"

"一点没考虑?"江听寒瞥着许次,眼底满是不解。

许次笑:"一点没考虑。实在不行,就留在这个小地方,和爷爷出去打渔吧。"

"你看,风吹日晒,虽然疲惫,但日子也算充实,好像也挺好的。"许次望着海面上刚刚回来的渔船,声音淡淡的。

江听寒看过去,那些模糊的船影慢慢变得清晰。

"你不会甘心,也不会这么做的。"江听寒扫了许次一眼。

他只是嘴上说说而已,或许,在今天之前他都没有打算。但今天结束后,他一定会有新的打算。

江听寒低头在手机上按了几下，许次的手机响了。

江听寒说："我给你推过去的是我爸的微信。许次，你可以加他，有什么事都可以找他。"

"想得开的，想不开的，任何事，都可以。"江听寒足够真诚。

他希望许次像江峰一样，面对挫折时可以不甘堕落。江峰能，许次一样也能。

"我这算不算走后门啊？"许次笑，眼里却闪着泪光。

"不算，一家人。"江听寒回答得干脆。

许次扑哧一笑："哎，那我可真是高攀了啊。"

"不高攀，他喜欢吃海鲜，等你回连宜，给他带点海鲜，算孝敬他的。"江听寒挑挑眉，神色认真。

"真的啊？"许次脸上带笑。

"真的。"江听寒喝完最后一口可乐，将瓶子捏扁，丢进了旁边的垃圾堆里。

许次叹息，两个人都沉默了。江听寒看着海面，许次转动着手中的可乐，眼眸深邃。

"寒哥。"他轻声叫江听寒。

"嗯？"

"带着我的梦，跑下去吧。"少年的声音沉了沉。

江听寒转过头看他，四目相对，许次的眼里都是释怀。他不能跑，他认了。他们说得对，又不是只有这一条路。他还年轻，还有很多条路。

"你知道的，我这人没什么大的理想，唯一的理想就是站在世界赛道上。现在我去不了了，你一定要去！"

江听寒抿唇，心头发哽。许次的话太沉重，他不知道自己能不能担得起来。

"等你站在世界赛道上，我就可以告诉全世界，这是我兄弟！想想都觉得骄傲！"许次说这些话的时候，眼里都是泪花。

江听寒低下头，双手紧攥，沉默不语。他听到许次说："寒哥，你一直都是我追逐的目标。我的目标，永不黯淡。"

江听寒拧眉，当他再抬起头的时候，眼底的恍惚全部消失不见，最后只剩下坚定。

"许次，我答应你，会带着你的梦，一直跑下去。"这不是随意敷衍的玩笑话，而是少年之间最真挚的承诺。

温言靠在椅子上，看着不远处和解的二人，心里荡起层层涟漪。

没有谁的一生是顺风顺水的，成长都是需要付出代价的，只是每个人的代价不同。

从许次家回去，已经是凌晨一点多了。车里很安静，大家都睡了。

江听寒一直看着窗外路过的风景，眼里泛起波澜。肩膀上忽然有了重量，江听寒转过头，就见温言像只小猫一样缩了缩身子，睡得不安。

江听寒垂眸，将毛毯往她身上拉了拉，她轻轻呢喃了一声："江听寒。"

"嗯。"江听寒便应了一声，轻吻她的额头。

不知是夜晚太醉人，还是他忽然之间懂事长大了，他似乎再也无法把跑步当成一个和温言的约定了。

他得代替江峰走完他未能走完的路，告诉全世界，他的父亲是一个优秀的运动员。

他得带着许次，甚至是无数个像许次一样不能跑的兄弟一直跑下去。

他得站在最高的领奖台上向温言证明他足够优秀。

他得建造出属于自己的职业生涯里程碑。

他肩上担的责任还有很多，他要像父亲一样，将信仰融入血液中。

韩晴第二天起床的时候，看到江听寒在家，整个人都惊呆了。她朝着江听寒小跑过来，抱住他："儿子！你终于回来了。"

"是想我了，还是想温言了？"江听寒挑眉，打趣韩晴。

韩晴嘿嘿笑了一声："都想。"她说着，往温言家看去。

刚好温言背着大提琴出门，江听寒开窗，正要喊她来吃饭。

温言抬头看过来，不等江听寒说什么，匆忙道："韩姨上班了吗？帮我和韩姨打声招呼，说我晚上去看她，我现在要去找简怡。"

小姑娘的身影渐渐远去，江听寒叹气，大小姐这是要开始忙事业了啊，感觉自己之后要被抛弃是怎么回事？

韩晴趴窗看过去的时候，早已经不见温言的身影。

"忙点好呀，你们平时就是太闲了！"韩晴指了指江听寒，然后坐下来吃早饭。

江听寒说:"温言要去沈城参加华扬乐团的公益演出,应该是去找简怡练琴了。"

"哦?她要上台啦?"韩晴十分惊讶。

江听寒点头。

"马上就8月23号了,小丫头要过生日了呀。"韩晴手撑着脸,忽然说。

"传家宝送给她怎么样?"韩晴眼睛一亮。

"我们家还有传家宝?"江听寒嘴角一扯。

韩晴嘿嘿笑,起身道:"我去拿。"

"真给啊?"江听寒瞧着韩晴往楼上去的背影,听到她喊:"那是!"

片刻后,韩晴将一个首饰盒放在桌子上,她神神秘秘地打开,说道:"这可是祖祖辈辈传下来的,珍贵得很。我和你爸生了你之后,你奶奶才传给我的呢。"

盒子打开,是一支金色的凤凰发簪。看得出经历了很多年的风霜,它的颜色已经没有那么明亮了,但做工精致,凤凰雕刻得栩栩如生。

"纯金的?"江听寒问韩晴。

"对呀。"

"能卖多少钱?"江听寒抬眼看韩晴。

韩晴翻了个白眼:"你就知道钱!"

"我都想好了,等你们结婚啊,就给你们办一场中式婚礼!八抬大轿,三书六礼,凤冠霞帔!"韩晴双手捧着脸,那叫一个激动,声情并茂的。

江听寒听得一愣一愣的:"妈,你是真敢想。"

"彩礼钱我可都准备好了,就等着做婆婆咯。"韩晴一脸喜悦。

"长大是不可能一夜之间长大的。"江听寒起身,拿起一旁的训练包。他咬着包子,戴上帽子,懒洋洋道,"走了,训练去了。"

韩晴:"欸,儿子,你们什么时候去大学报到啊?"

"九月份,还早。"他回答道。

"欸,都走了,家里可就剩下我们俩啦。"韩晴手撑脸发呆。

"这就是我们长大的代价,老妈,你还期待我们长大吗?"江听寒勾唇笑。

"嗯……"韩晴倚在门口看着江听寒穿鞋,笑道,"期待。"

温言开始预备公益演出了。

她和简怡先在连宜磨合几天，回头再去沈城华扬交响乐团集合。这次表演的曲目还是挺多的，温言每一首都要练，虽然已经重新拿起大提琴半年了，但她心里还是没底。或许上了一次台之后会好一些吧。

江听寒和陆禾他们在进行暑假训练，每天也是早出晚归。两个人有时候一天都见不到一次面。虽然见不到人，但是江听寒会给她送东西。

今天送两颗山楂球，明天送两包巧克力牛奶。

这天，温言正如约要去找简怡练琴，被江听寒叫住："你记得今天是什么日子吗？"

温言歪歪脑袋，今天？8月23号，什么日子？

江听寒关上门，下了台阶，看着温言，一脸疑惑："你是不是忘了你今天过生日？你有没有看我凌晨给你发的消息？"

温言怔了怔，摸了一下口袋。她最近都没怎么看微信消息。她点开微信，看到了好几条未读消息。

江听寒："我的大小姐，你得一直快乐，不止生日。"

简怡："生日快乐！我在爱你。"

韩晴："宝贝，生日快乐哟！"

温言抬起头，惊呆了："我今天过生日？"

江听寒蒙住，她这是什么表情啊，搞得像他过生日一样。看到温言这么惊讶，江听寒只觉得心里堵得慌。

温言小时候的每一次生日都很隆重，星海街的小孩都羡慕温言。有派对、蛋糕，还有人给她拍录视频，所有聚光灯都打在她的身上。

可现在，温言连自己生日都不记得了。是这些年的风风雨雨磨平了她的棱角，让她变得如此坦然。

江听寒轻叹一口气，一把将温言抱在怀中。

温言抬眸，被抱得猝不及防。

"生日礼物。"他说。

温言立刻推开江听寒："就一个拥抱吗？"

"不然呢？"

温言嫌弃脸："好敷衍啊江听寒。"

江听寒嬉皮笑脸，张开双臂："那把我送给你。"

"你已经是我的啦。"温言摊开双手，再换一个。

"嘿嘿……"江听寒忽然傻笑。

温言撇嘴，这家伙怎么傻乎乎的？现在换个男朋友还来得及吗？

"今晚早点回家，我给你过生日。"江听寒点点温言的脑袋瓜。

温言有些恍惚，真是好多年没听人说过这样的话了。以前都是妈妈提醒她：言言，早点回家，我和爸爸给你过生日。

温言抱抱江听寒："知道啦，晚上见。"

人生在世，值得喜乐的事不多，有人能记住生日，也算一种。

江听寒看着温言远去的背影，眼底都是宠溺的神色。他像是看到了儿时的温言，她也总是这样，留给他一个背影。她不会回头看他，也不会和他多说一句话。

但现在不同了。她会依依不舍地转过头看他，然后朝着他摆摆手。

温言晚上回家的时候，江家正关着灯。下午江听寒给她发的消息是：回家了直接来我家里。

温言正要敲门，却发现门没有关，她轻轻推了一下，门便开了。

温言皱眉，她走进去，还没来得及开灯，屋子里的灯忽然亮起，砰的一声，彩带从头顶落下。

温言瞪圆了眼睛，一只手捂住胸口，吓得往后退了两步，再抬头时，便见许多人出现在客厅里。墙壁上挂满了气球，还有温言的海报。

"欢迎来到温言女士的生日派对！"屋子里传来音乐声和呐喊声，是陆禾在活跃气氛！

"言言，生日快乐！"韩晴出现在温言面前，捧住温言的肩膀，推着温言往里面去。

简怡拿起生日帽，帮温言戴好。

江家的客厅够大，办个派对轻轻松松。靠窗位置的推车上放着一个三层蛋糕，最上面是一个女孩子抱着大提琴，精致又漂亮。温言有一种梦回小时候的感觉。

"有人要哭鼻子咯。"楼梯口传来少年调侃的声音。

温言转身看去，江听寒正一只手插兜从楼梯上走下来。他穿了件白色衬衫，黑色长裤。头发精心打理过了，很帅气。

"穿这么帅？"温言吸了吸鼻子。

"那是，大小姐的生日是要盛装出席的，从小到大我都是这样，只是你没注意过我而已。"江听寒睨着她漂亮的眉眼。

温言望着他，不禁有些失神。可恶啊，被他装到了。

温言抬手帮他整理衣衫，认真道："那从现在开始，以后我只会注意到你。"

"温言，你要这么说那我可吃醋啦！"身后的简怡表示不满。

林捷见状，道："简怡吃醋，那我也吃醋！"

温言转过头。陆禾张了张嘴，看起来是正打算凑个热闹，发现温言转头后，立即闭上了嘴巴。

温言笑，四处看了一圈，发现少了一个人。她不禁问："许次不来啊？"

"就是，许次竟然不来，太过分了，以后咱们不带他玩了！"林捷在旁边欠儿欠儿地骂道。

温言跟着点头："同意！"谁知话音刚落，便见许次从门口走进来，手里还拿着礼物。

少年有些委屈，眼里泛着说不出的情绪："不就是来晚了点嘛，至于吗？"

"温言说的，可不是我说的。"林捷摊开双手，果断甩锅。

许次来到温言面前，将礼物递给温言，笑得温柔："生日快乐。"

"来来来，切蛋糕，许愿了。"陆禾冲着温言招招手。

温言放下手里的礼物，起身往陆禾那边去。

大家都围了上来，屋子里关了灯，蜡烛照亮温言的脸庞，屋子里泛起温暖的光。

"三个愿望哦。"简怡提醒温言。

江听寒往温言那边倾斜身体，说道："记得告诉我许的什么愿。"

"说出来就不灵了。"温言抬眼看他。

"你不说出来，我怎么帮你实现呢？"江听寒一本正经。

温言笑："那我还许什么愿，干脆以后有什么事直接找你不就好了？"

"那更好了。"江听寒表示他乐在其中。

温言哼了一声。她十指相交，看了看周围的人，说道："第一个愿望，希望大家身体健康，远离伤病。以后不论距离多远，友谊长存。"

大家纷纷鼓鼓掌，林捷在后面捧场："遵命，遵命。"

温言眼里泛笑，继续道："第二个愿望，祝我和小怡演出顺利。"

简怡重重点头："肯定会顺利的！"

至于第三个愿望嘛……

大家一边吃东西一边看温言，等着温言开口。温言抬眸扫了江听寒一眼，而后笑了笑，闭上眼睛，默默许下了第三个愿望。

希望他们一直相爱。

"干吗呀，第三个愿望怎么不说出来？"江听寒点了一下温言的脑袋。

"说出来就不灵了。"温言还是这句话。

"切蛋糕咯。"温言看着蛋糕上的小女孩，切了一刀下去，气氛组立刻玩闹了起来。

江听寒抹了一点奶油蹭到温言的鼻尖上。

温言嗔怪地叫他："江听寒！"

他立刻道："漂亮着呢！"

这边刚说完，那边简怡也将奶油蹭到了温言的脸颊上："言言会一直漂亮的！"

韩晴坐在沙发上嗑瓜子，看着这一幕，脸上的笑容就没断过。年轻真好呀，真好！

她拿起手机给江峰拍了一段小视频，说："想到了我们年轻的时候。"

江峰很快回了消息："等我不忙了，带你去旅游。"

韩晴笑了笑，发了一条语音过去："你不忙，我还要忙呢。我们俩呀，都忙着吧。"

江峰发了一个大哭的表情图过来，韩晴摇摇头，回了一个抱抱。

温言去卫生间清理脸上的奶油，江听寒倚在门口看她。

卫生间的灯光有些昏暗，温言今天穿了条白色的裙子，衬得整个人瘦弱单薄。

"所以第三个愿望到底是什么？"江听寒还执着于第三个愿望。

"等你过生日我再告诉你。"温言洗了把脸。

"你知道我生日什么时候吗？"他问。

温言顿了一下。

江听寒闷笑:"温言,你连我生日是什么时候都不知道。"

他垂下眉眼,眼里闪过一丝受伤的情绪。

温言承认,她确实不知道。

"我只说一次,你记住了。"他慢慢贴近她的耳边,温言缩了一下肩膀,往后躲了躲,听到他说,"6月19号。"

"那不就是你训练那几天?"温言眼里写满茫然。

"是啊,某个人每天都在练琴,哪里顾得上我?"江听寒挑挑眉,观察着温言的每一个小表情,眼睛就快要长在温言身上似的。

"那你怎么不说?"温言的脸上瞬间写满愧疚。

"不重要。"他回答得淡然。他从来不过生日的,每年只给温言过,就足够了。

"对不起。"温言小声道歉。

"不要说对不起。"

他才不要温言的对不起,要就要点实际的。

他的指腹在她脸颊上轻轻摩挲着,像小狗一样呢喃:"温言,你还没说过爱我。"

"很重要吗?"

"很重要。"

一问一答,认真沉重。

温言勾了勾手指,示意他弯弯腰。

江听寒听话地弯下腰来,温言的声音自耳畔缓缓传来,她说:"我爱你。"

江听寒的内心瞬间得到了满足。这句话,他等了好久。

夜晚静谧,江听寒默默地发了一条微博——我的大小姐,没有人会比我更爱你。

温言是要睡觉的时候才看到的,她点开了那条当时为江听寒庆祝的微博动态,按了转发,补一条——现在是我的男朋友啦。

转发温言:是青梅竹马,是江听寒,是冠军。

第十二章

求婚

很快便迎来了公益演出。距离演出还剩下一个小时,观众已经陆续进场,后台的师兄弟们都来了。

会场外,三大排演出的祝福花篮,全都是给温言的。

"这么紧张?"头顶传来徐千千的声音。

虽然温言最近每天都在舞台上排练,但真到了表演当天,她还是忍不住紧张。

徐千千眼里含笑,蹲了下来,掌心落在温言的肩膀上,道:"别紧张,想想你以前在舞台上表演的时候。"

温言撇嘴:"以前和现在哪儿能比?那时年少轻狂没经历过挫折,自认为我就是最厉害的人。"

"现在也一样。"徐千千认真道。

温言无奈:"徐姐姐,我自己都不敢这么吹自己。"

"我这可不是吹。"徐千千这不是安慰话,而是发自内心想说的,"你还记得吗?你第一次上台也是这样紧张。是你妈妈在台下鼓励你,你才好起来。"

温言顿了一下,回忆被拉到很远。

"温言,虽然你妈妈不在了,但她一定以另外一种方式在陪着你。"她揉了揉温言的头发,安慰温言,"漂漂亮亮地演一场吧,让你妈妈好好看看,你一直都是她的骄傲!"

温言垂头,想到妈妈,她真的就不紧张了。

"来,准备上台了!"负责人开始召集各位队员上台。

徐千千将温言扶了起来,她拍拍温言的肩膀,眼里全是信任。

温言没有再逃避和紧张的理由,她的内心只有一个想法,重回舞台。让那些爱她的人好好看看,她还可以!她还行!她从来不怕重新开始!

简怡跟在温言的身边,摸了一下温言胸前那枚玫红色的玫瑰胸针。

温言抬眼看她,眼中带笑。这是简怡送给她的圣诞节礼物,简怡胸前是一枚粉色的玫瑰胸针。

"我们终于又同台了。"简怡握紧温言的手,满心欢喜。

"以后会一直同台。"温言看向简怡,笑意温柔。

简怡点头:"亲爱的温言女士,祝你演出成功。"

二人相视一笑，一起走上舞台。

温言的目光往下落，在人群中找到了江听寒和陆禾他们，还有福利院的小朋友们。尾尾朝着温言疯狂招手，她趴在江听寒的耳边，似在和江听寒说些什么，两个人笑得特别开心。

温言暗暗在心里给自己加油打气。

场内有十几台直播的机器，纷纷对准了温言。

今日的温言略施粉黛，黑发微卷散落身后，穿着一条修身的黑色纱裙，美极了。

徐千千说完开场词后，台下响起一阵掌声，紧接着迎来今日的第一首曲子。

温言往台下看去，等待着进入节拍。她看向江听寒，他的身边空了两个位置，那两个位置旁边坐的是陆禾他们。

这两个位置……温言的心忽然颤抖了一下。

江听寒特意留出来两个位置，就是为了让温言安心。他是在告诉温言，她不用怕，他们所有人都在。

温言闭上眼睛，渐渐进入状态，完美合拍。

简怡由衷地为温言感到开心，她见证过温言所有的大起大落，她不求太多，只求老天让她的朋友在她热爱的道路上一直走下去。

江听寒看到温言顺利进拍后，似乎看到了她身上散发出的光。

她终于回到了属于她的主场，稳重且优雅。明明台上有那么多大提琴家，偏偏只有她最惹眼，吸引了无数人的目光。

温言注定是属于舞台的，这是江听寒从小就认定的事。

演出结束接近十一点。原本十点就该散场的，可温言被媒体和粉丝围住了。江听寒在后台等了一个小时都没看到温言。

江听寒心知肚明，这只是一个开始，未来这样的日子还有很多。

他希望温言的眼里只有他，却也希望温言光芒万丈。

待他再去到休息室的时候，只见温言朝着他扑来。

温言垂眸，听到他说："你要一直站在聚光灯下，你要闪闪发光，熠熠生辉。"

温言点头："我会带着我的热爱一直走下去的。江听寒，你也是……"

"那我们拉钩,巅峰相见。"温言笑得明媚。

江听寒抿唇,瞧着她伸出来的手,面上是从未有过的严肃:"嗯,巅峰相见。"

三年后。

温言大三在读期间,收到了国外著名音乐学院的邀约。这时,江听寒已经从省队进入了国家田径队。

夜晚的望都灯光闪烁,看得人眼花缭乱。一家料理店里,温言看着手机,等着江听寒来。她往外看了看,双手撑着脸,内心忐忑不安。

餐厅的门被推开,江听寒戴着帽子,穿着黑色T恤,下身是黑色长裤,一眼看过去,满满的安全感。

服务生上了菜,温言夹了块排骨,抬眼看江听寒:"我今天找你来,是有事要和你说。"

"不是约会啊,我今天还喷香水了呢。"他挑眉,将手腕往温言这边探来。

温言表示嫌弃:"江听寒,你最近精致得很啊。"

江听寒双手环胸,一脸认真:"我这叫认真对待我们的约会。"

"再说了,我过几天又集训走了,你不想我啊?珍惜我在你面前的时间吧!"江听寒叹气,帮温言倒果汁。明明两个人都在望都,可这恋爱谈得,跟异地恋似的。

温言看着江听寒,本想说的话,忽然不知道怎么开口了。她低着头吃东西,江听寒看她,气氛忽然有些沉重,问:"怎么了?"

"没事。"温言帮江听寒夹菜。

"有事就直说,我们俩之间没有秘密。"江听寒喝着水。

温言咀嚼的动作停了下来,她抬眸,对视上江听寒炙热的双眸。犹豫了一会儿,温言放下手中的筷子。她认真地说:"江听寒,我收到国外音乐学院的邀请,可以出国进修三年。"

温言咬了咬下唇,去国外进修后,就有可能和至顶乐团合作,她想将妈妈为她创造的曲子带向国际,向全世界证明,妈妈不是花瓶,她是有本事的作曲家。

这是温言十五岁那年没能完成的梦想。

江听寒抿唇,看着桌子上的东西,有些吃不下去了:"去三年?"

温言嗯了一声,说:"三年。"

"三年之后一定会回来吗?"他笑了笑。

"当然。"回来之后,她就有了开个人独奏会的资本。

江听寒低头。

温言知道,她这个消息太突然了,江听寒一时半会儿肯定接受不了。但她现在也是在和江听寒商量,并不是一定要去。她想听听江听寒的建议。

饭桌上的气氛有些压抑。

"说句自私的话,我并不想让你去。三年可以改变很多事情。"江听寒握着杯子,他没有信心。

"我理解的,所以我也是在跟你商量。你不想我去的话,那我就……"

"就不去了?"江听寒抬眸看她,打断她的话。

温言咬着唇,虽然梦想很重要,但江听寒对她而言也很重要。如果非要在江听寒和梦想之间做选择,她会选江听寒。

江听寒笑,问:"为了我,放弃去国外进修的机会,你愿意吗?"

温言点头,她不是开玩笑的,也不是在敷衍江听寒:"愿意。"

江听寒勾勾嘴角,继续吃饭。

温言心里难过,问他:"你笑什么?"

"足够了。"他说。

他和梦想,在温言的眼里他比较重要,这就足够了。

"想去就去。"

温言拧眉,不可置信。

"不就三年嘛。"江听寒给温言夹菜,嘴里说着,"虽然三年会改变很多事,但我爱你这件事不会改变。"

"去吧。"他说,"你有你的梦想要追,我也有我的梦想要追啊。"

温言叹着气:"我不想让你难过,我们之间本来就是你付出的更多一些。"

江听寒笑:"没有谁比谁付出多这一说。"

"其实我也有事想和你说。"江听寒抬眼,"下一届奥运会,队里已

我恋月亮

经开始定人了。"

"教练说按照我平时的成绩,我大概率会被选上。如果被选上,就要没日没夜地训练了。现在网络这么发达,我们可以常视频。而且现在交通这么发达,温言,如果我想见你的话,怎么都会见到你,不会因为你去国外就见不到,明不明白?"

爱你的人会想办法见到你,不爱你的人才会想办法躲着你。

可温言看着他,自己却有些不舍了。

江听寒揉揉温言的头发,看着她,爱她的眼神从未变过。他说:"等你回来,我们结婚吧。"

温言眼眸微颤,吃着东西的动作停了下来。片刻后,她玩味道:"大少爷玩够了?舍得被婚姻束缚吗?"

"是你的话,就舍得。"江听寒歪歪头,双手环胸,格外认真。

只要是温言,他什么都舍得。再说了,温言这话说哪儿去了?什么叫他玩够了?从他认定温言的那天起,他就再也没看过别人。

"嫁不嫁?"江听寒扬了扬下巴,有些跩。

温言勾唇,虽然表面看起来还算平静,心里早已泛起波澜,问:"你求婚还这么嚣张?"

江听寒眯着眼笑,双臂撑在桌子上,像朵花儿似的,嬉皮笑脸:"你不就爱惨了我这副死样子。"

"啧!"温言默默推开江听寒的脸。

江听寒笑得更灿烂了。好吧,他承认,是他没出息,爱惨了温言。

"哪天走?"江听寒问她。

温言:"确定去的话,一个月之后就走了。"

江听寒坐到温言身边,像只小狗似的在温言身上蹭了蹭:"我等你回来。"

"嗯。"温言拍拍江听寒的脑袋,"好好训练,不许受伤。"

"知道了!"江听寒亲了一下她的嘴角。

望都机场。

江听寒正在帮温言整理衣服:"钱包和行李都要收好,受委屈了要立刻告诉我，回头把地址给我，我给你寄一些吃的。不管是缺钱还是缺——"

机场安检处，温言指尖轻轻放在江听寒的嘴唇边，打断了他接下来要说的话："江听寒，你再这样说下去，我要舍不得走了。"她拧眉，语调轻轻的，"我什么都不会缺，如果非要说缺什么，只会缺你。"

"我可没办法去国外陪你，缺我也没办法。"江听寒偏过头，傲娇得很。

可温言知道，他心里其实很难过。

"三年很快的，其间一有假期我就回来。"温言捏了捏江听寒的耳朵，眼底爱意浓郁。

江听寒也只是嗯了一声，而后听到了那边催促安检的声音。他将温言的包递给她："去吧。"

温言没接他递过来的包，却问他："江听寒，你不抱我一下吗？"

"不抱了，怕舍不得放你走。"他没看她，声音发闷。

温言的心像是被什么拧了一下，一丝丝地疼。她踮起脚，吻上江听寒的唇："我爱你。"

江听寒垂下眼睑，搂住温言的腰，回吻她。

温言看着他的眉眼，眼里满是温柔："等我回来，我们结婚。"

两个人的生活慢慢步入正轨。温言开始忙学业，在国外扩展自己的社交圈，认识了许多音乐行业的老师。

江听寒的生活三点一线，每天都在刻苦训练。

两个人每次视频，温言的第一句话都是："看看腹肌。"

江听寒总是会说她："温言，你要被带坏了。"

温言一边吃东西，一边卷着头发，一脸正经："看自己男朋友的腹肌怎么了？"

江听寒以前经常想，大小姐脸皮又薄人又无情，一点不随他。现在好了，越来越随他了。

江听寒抿唇，掀起衣服，很迅速地亮了一下他的腹肌。

温言皱眉："没看到！"

"机不可失，错过不再。"他擦了擦头发，拉过椅子坐下来。

"好吧，那就看看脸吧。"温言双手撑着脸，往手机前凑了凑。

江听寒笑，也往前靠了靠。两个人就这样通过手机看彼此。

他手撑着脸，嘴里嘟囔着："大小姐离开的第二百天，想她，想她。"

"离开江听寒的第二百天，耳根子清净，清净。"温言揪了揪耳朵。

江听寒叹气："没爱了，温言。"

"乖啦。"温言假装透过屏幕摸摸他的脑袋。

他很配合地将脑袋贴在镜头上，温柔道："大小姐，你该睡觉了。下次别再等我视频了，太辛苦我会心疼的。"

"小狗终于说了句好听的。"温言吐槽他。

可她也是想和江听寒多聊聊嘛，熬点夜不算什么的。

"等你回来，我每天贴在你的耳边说好听的。"江听寒挑挑眉，语调暧昧。

温言嘴硬道："聒噪。"

"啧，温言，你别太难搞，看腹肌的时候你可不是这样的。"江听寒表示自己受伤了。

"好啦，最爱你了。晚安！"温言难得不嘴硬。

江听寒心满意足。

关了视频后，温言躺在床上睡不着，翻了翻微博。这几年，她的微博都是在分享日常，有趣的，无趣的。

大多都和江听寒有关。两个人简直是相爱相杀，各种丑照互相爆料，因此也引来了不少粉丝。

温言翻着主页，忽然看到一个话题，问：有哪些名字一听就是小狗的名字？

温言眯眼，打开评论，里面确实有很多小狗的名字，豆豆、毛毛、妞妞、小白等……

温言眼里闪过一抹坏笑，她点了转发，打了三个字：江听寒。

三年后。

各大媒体有关温言的消息铺天盖地席卷而来——

"温言独当一面，勇登至顶乐团舞台！"

"至顶乐团负责人透露，她正在积极接触温言，希望能将温言留下来，不愿温言回国。"

"首个在至顶乐团舞台独奏的大提琴演奏家温言！"

二十三岁的温言，成了首位在至顶乐团有独奏资格的大提琴演奏家。同时，二十三岁的温言终于完成了十五岁时就该完成的梦想。她演奏了妈妈盛欣为她创作的曲子——《言》。

曲调温馨温暖，再加上温言的倾情演绎，一瞬间火遍全国。

各大新闻争相报道，温言的照片一夜之间出现在世界的每一个角落。宣传温言的海报图片上，温言穿着一条白色长裙，背后一个大蝴蝶结，回眸一笑，惹得无数人折腰。

同时，一段有关温言的采访也在各大平台流传。

记者："温老师您好！请问接下来是会继续留在这边，还是回到国内呢？！"

温言："我会回国。"

记者："欢迎您回国，回国之后有什么打算吗？"

温言："回国后我会开个人独奏会！"

记者："那也就意味着，您拒绝了至顶乐团的邀请？"

温言："是的。"

记者："十分期待您的个人独奏会！"

温言冲着镜头莞尔一笑，那双眼里泛着细碎的光芒，她太好看了，一颦一笑都优雅动人。

"温老师，有关您的个人感情问题，接下来会有什么好消息吗？"记者再次将麦克风递给温言。

"嗯……有好消息会告诉大家的！"她直言不讳，没有半点隐瞒之意。

记者："好的。温老师应该也知道，奥运会即将开始，江听寒会代表国内田径队出征，您有什么话要对他说吗？"

温言看向镜头，眼眸流转，美得不可方物："江听寒，我说到做到，只要你登上领奖台，我就嫁给你。"

这一视频被网友疯狂转发。

望都咖啡厅里，温言喝了口咖啡，正看着手机里的短信。

江听寒："你回国了我都见不到，伤心。我正在体检，下个月就要跟队了，安全起见，最近都不让我们出去。"

温言回了个"已阅"，关掉手机后揉了揉简怡的头发，递给了简怡一张邀请函。

简怡看到邀请函，问："婚礼邀请函啊？这么快就结婚？"

温言无语道："打开看看。"

简怡叹气，打开后看到上面的文字时，瞪圆了眼睛。她看看温言，再看看那邀请函，不可置信地将邀请函合上又打开，再三确定里面的内容后，指向自己："言言，你没搞错？"

温言坚定回答："没搞错！"

简怡张了张嘴："你要我做你独奏会上的嘉宾和你同台？"

"怎么了，不行吗？"温言歪歪头，语调散漫。

简怡一只手捂住嘴巴，忽然就想哭了。温言现在算是大提琴演奏家中的翘楚，独奏会上只能邀请一个嘉宾，她完全可以邀请国内外更厉害的人来撑场面。

"你，现在后悔可还来得及。"简怡握紧了邀请函，声音都怹忐了起来。能成为温言独奏会的唯一嘉宾，这简直就是往简怡的身上镀金。

"笨蛋，非你不可。"温言直截了当地回答她。

简怡的眼泪"唰"一下就掉了下来，她抱住温言的胳膊，呜呜地哭着："姐妹！"

温言笑她："就这点出息？"

"你根本就不懂！"她是看着温言大起大落的，温言如今能有这样大的成就，她太开心了！

简怡撒娇："言宝，我们还演奏《一步之遥》吧！"

"你不腻呀？"温言挑眉。

简怡："不腻！对了言宝，我们穿一样的裙子吧，一黑一白。"

"都依你。"温言宠溺地揉了揉简怡的头发，爱意满满。

这年，温言和华扬交响乐团签约了，回到了最初梦开始的地方。同时，也开启了她的第一场名为《温言·迎光而上》的个人独奏会。

她如约站上了世界最大的舞台。而现在，她也如约站在了只写着她的名字，专属于她的舞台。

舞台很大，场内很温馨，粉丝们像是在奔赴一场约会，竟然每个人手中都拿着一枝郁金香。

温言今日穿着一条淡粉色的裙子，头发是公主造型，戴了一条珍珠项链。她脸上化了淡妆，五官精致漂亮。

舞台上没有灯光，温言就在一片黑暗中缓缓走上台，抱着大提琴坐在了舞台中间。

一片寂静中，大提琴的音律缓缓响了起来。今日，她用妈妈那首《言》作为她的独奏会开场，带观众走进她的大提琴世界。

场馆里回荡着温馨的音乐，场内的观众静静听着。直到一首曲子结束，漆黑一片的场馆里轰然响起阵阵掌声。

同时，舞台灯光亮起，温言就这么优雅地出现在大家的面前。

温言以为自己出现是惊喜，却发觉，在灯光亮起的刹那间，所有人都高高举起手中那枝郁金香，齐刷刷地喊着："欢迎重回舞台！"整个场馆里，人手一枝粉色郁金香，和她身上这条淡粉色的裙子简直不要太般配。

观众席的最中间，空了三个位置。两个是留给爸爸妈妈的，一个是留给江听寒的。

温言看到了韩晴和江峰，两个人穿着特意定制的白T恤，上面是温言的照片。韩晴指了指自己的衣服，给温言竖起大拇指。她可是温言的头号粉丝！

右边是院长和尾尾，尾尾冲着温言比心。听寒哥哥果然没骗她，只要保证身体健康，就能去更多更远的地方，还能看温言姐姐的演出！

温言看到了很多朋友，大家都来看她的表演，都在为她喝彩，看着她的眼睛里全是爱意。

她的粉丝们高高举起她的名牌，那一枝枝郁金香更是美艳。这个世界上，曾送她郁金香的，只有一个人——江听寒。

她忽然想到了那时和江听寒的对话。

"江听寒，我想要好多好多的爱。"

"我会给你好多好多的爱。"

他们人手一支郁金香，就是在给她好多好多的爱。

"谢谢大家。"温言弯腰鞠躬,她拿着麦克风,眼眶微红,"我曾经以为,我再也不会回到这个舞台了。却没想过几年后,我能站在这里开自己的独奏会,能得到这么多人的喜爱,我感到十分荣幸。爱很简单,希望大家在爱我的同时,首先爱自己。"

台下响起一阵掌声,有粉丝回应:"爱你也会爱自己!"

温言轻轻点头,继续说:"这场独奏会的名字叫'迎光而上'。我希望通过音乐给大家传递一些能量。愿我们在生活中不管遇到什么样的苦难,都能坚持走下去。不要气馁,不要低头,不要妥协,我们总会遇到光。"

大胆地向前走吧,别回头,前路无限风光。有花和掌声,有爱和光亮。

温言调整状态,回到属于她的位置上:"那么现在,温言的个人独奏会,正式开始!"

大提琴的音乐在场内响起,这场大家和温言的约会,逐渐拉开帷幕。

温言换了一身黑色裙子,她站在舞台中间,缓缓拉起《一步之遥》的曲子。

舞台后面的门缓缓打开,简怡一袭白色短裙走进来,小提琴的声音加入了进来。

简怡在离温言不远的地方停下了脚步,温言转过身,二人相视一笑。

温言身着黑裙子,佩戴玫红色的玫瑰胸针;简怡身着白裙,佩戴粉色玫瑰胸针。

"好美哦。"韩晴搂着江峰的胳膊,不禁感叹女孩子之间的友谊真好。

"只可惜你儿子不知道跑哪里去了。"江峰吐槽。

韩晴朝左右看去,确实不解:"臭小子,从小到大不就想看一场温言的演出吗?人哪里去了呢?"

浩瀚人群中,没人注意到那个戴着帽子藏在人群中的男人。男人一身黑,唯有脚下那双鞋带有颜色,是粉色。他偷偷拍了自己和舞台上的温言,点开微博发了动态——

年幼不懂事,梦想是看一场大小姐的演出。如今长大懂事,想看无数场大小姐的演出。

温言就该闪闪发光,熠熠生辉。

她在谢幕,每鞠躬一次,他都在心里说一遍:我爱你。

温言看向观众席,她慢慢后退,退出观众的视线。下台时,她已热泪盈眶。直到一束郁金香送到她的面前。

温言抬眼,猝不及防地撞进那个男人的眼眸,片刻后,眼泪掉了下来。

"恭喜。"男人的声音早已褪去青涩,如今低沉稳重。

尤其是看向她时的眼神,深沉热烈,不再写在表面,而是深深刻在心底和眼里。

"我还以为你不来了。"她声音哽咽。

他弯下腰,望着她眼角落下来的眼泪,用指尖接住她的眼泪。他眼中含笑:"怎么会有人不看大小姐的演出呢?"

温言踮起脚正要去吻他,他已经先迎了上来。掌心扶住她的后背,贴着那束花,吻了上去。

温言的独奏会结束,江听寒便随队出征了。

运动员们耀眼的成绩挂在各大新闻头条,一位又一位运动员夺冠的视频和获奖感言令人热血沸腾。

田径队的比赛正在如火如荼进行着,在4×400的接力赛中,国内的田径小将们成功摘下银牌!运动员们披着国旗在场内奔跑,享受着观众的呐喊!

全国的观众为之兴奋,谁人都知,这奖牌来之不易!

温言拖着行李箱赶路,看到江听寒的照片时,笑了笑,她偷偷跑到江听寒比赛的地方来了。

"温言,这边!"忽然有人冲着温言招招手。

温言抬眸,就见许次在不远处。

"我不会给你们添麻烦吧?"温言问许次。

许次撇嘴:"说哪儿去了,怎么会添麻烦?你能来,我们求之不得!"

温言笑笑,提醒许次:"别告诉江听寒。"

"好。"许次眼里闪过一丝坏笑,而后带温言去办理入住。

与此同时,许次收到了队内发来的新消息:"进了!进决赛了!"

许次眼前一亮,将手机拿给温言看:"寒哥进决赛了!"

继江教练后,国内历史上第二个闯进奥运男子百米决赛的运动员!

"他果然带着你的梦想一起闯进世界级赛道了。"温言望向许次。

许次点头,他收敛了几分兴奋,攥紧了手机:"寒哥永远都不会让我们失望。"

答应他们的,江听寒从未食言。

温言和许次来到了总决赛的现场。

温言站在观众席,看向赛道上的江听寒。他身着红色运动服,脚下是她送给他的那双粉色运动鞋。他如约在每一个重要场合,都穿上了她送给他的那双鞋。

他正在拉伸,全程一言不发,和这热闹且令人兴奋的总决赛现场格格不入。

镜头给到他的时候,他只是淡淡一笑,而后指向自己身前的图标,以表示他为这个国家而战。

江听寒看向远处已经搭起的颁奖台。他深知自己可能还触碰不到金牌,但他依旧竭尽全力,努力奔跑。

比赛开始。

在这偌大的比赛场上,不止江听寒想赢,所有人都想赢。

温言握紧了扶手,为他加油:"江听寒,加油。江听寒,拼尽全力地冲吧,别停下!"

温言在不远处的大屏幕上看到了新鲜出炉的成绩,然后全场沸腾,尖叫声刺破耳膜,她不可置信地看向江听寒。似不敢确定般,她又一次看向大屏幕。直到确定那是真的,她忍不住喊出了声:"江听寒!江听寒第三!"

场内的呼喊声不断,全场观众热血沸腾!

江听寒在看到成绩后,眼泪夺眶而出。

许次冲上来抱住江听寒,为他呐喊:"寒哥,我永远为你热泪盈眶!"

江听寒红着眼,像是回到了那年冬天。他去沈城参加比赛,许次抱着他,也是这样说的。

"许次。"江听寒拍着许次的肩膀,"你的梦想,我替你完成了。"

许次激动得嗓子都哑了,他喊道:"不是我的梦想,是我们的梦!是我们所有体育人的梦!"

江峰看着两人，跟着一起红了眼眶。看到新鲜血液闯入赛场，江峰比任何人都高兴。他由衷地希望国内体育能够迅速发展！

热爱不停，巅峰不止！

颁奖台上，江听寒拿着捧花和铜牌，内心再一次泛起层层波澜，汹涌至极。

冉冉升起的不会只是他的名字，还有国家炽热鲜红的国旗，江听寒做到了！

国内正在直播的记者用这样的话来介绍他："初生牛犊不怕虎，第一次站上这么大的赛场，便赢得如此荣耀。他不是神，他是江听寒！"

是的，他不是神，他是江听寒！

"温言，你来。"许次忽然朝着温言招了招手。

温言从观众席下来，许次整个人都还激动得不行。他忽然带着温言往颁奖台那边去，温言问他："怎么了？"

温言被许次带到颁奖台附近的时候，记者刚好在采访江听寒。

"恭喜斩获一枚铜牌，有什么想说的吗？"记者询问。

他微微弯腰，神色认真，脸颊有汗水滑落，可他的声音是那样清晰而坚定："河清海晏，时和岁丰，祝愿祖国，繁荣昌盛。"

话落，江听寒拿起胸前那枚铜牌。他看向站在不远处的温言，意气风发："温言，你说过的，我站上领奖台，你就嫁给我。算话吗？"

温言愣了一下。

这话一出，全场人都朝着江听寒这边看了过来。

许次推了推温言，示意温言上前，然后往江听寒手里塞了一样东西。

江听寒单膝跪在温言面前，拿出首饰盒里的戒指，朝着温言举起，同时大声道："温言，嫁给我吧！"

少年时，他的肩膀只能背得起温言和她的琴。现在，他能背得起国旗和温言的未来。

前途和温言，他都要！

温言哽住，江听寒不是不知道她来吗，他为什么会准备戒指？她是不是被许次套路了？

江听寒竟然在奥运会的现场求婚，这也太大胆了吧？

"嫁给他，嫁给他！"周边的人开始起哄。

温言无法拒绝她，她伸出手去，江听寒立刻替她戴上了戒指。

温言双眸通红，伸手将江听寒拉了起来。他拥抱住温言，温言也紧紧环抱住他："辛苦了，江听寒。"

她喜欢光环下的江听寒，可她也希望江听寒能快乐。

江听寒放开温言，为她戴上奖牌，将她拥入怀中，亲吻她，轻声说道："我爱你。"

巅峰相见，这是他们答应过彼此的。温言必须嫁给他，她逃不掉的。

星海街。

江听寒推开面馆的门，等待着温言从里面出来。夏日夜晚，微风吹过，店门口的风铃声响起，悦耳清脆。

温言挽上江听寒的手臂，眯着眼笑："谢谢。"

江听寒勾唇，声音低沉富有磁性，他说："不客气，建议以身相许。"

温言抬眼看向他，神色略惊讶，她叫道："江听寒。"

江听寒关上门，牵着温言的手往沙滩上去。他应着："嗯。"

"告诉你一个秘密。"温言歪歪脑袋，显得有些神秘。

江听寒洗耳恭听："什么？"

"其实你第一次说这句话的时候，我就听到了。"

那年夏天，他们第一次进到这家小店。离开时，他为她开门，她其实听到了。

"大小姐惯会装傻。"江听寒坐在长椅上，一脸惆怅。

温言笑了笑，看向远处波光粼粼的海面。她懒洋洋地说道："我答应了。"

江听寒偏过头，双眸落在她的身上，答应什么了？

温言抬手揉揉江听寒的耳朵，语调暧昧地说道："以，身，相，许。"

月色溶溶，海风轻拂，温言是月亮。

而月亮听见了他的心声，他对月说："我爱你。"

风吹不散浪漫，这一刻，他如愿以偿得到了他的月亮。

他们说，月亮注定是要西沉的，可我的月亮永远不会西沉。

她高高悬挂在我心里，在我眼里，在我的每一次心动和每一个爱意汹涌的眼神里。

喜乐安宁都是人间，去寻找属于你的月亮吧，就现在。